Livia Rose
Das Vermächtnis der Apfelblüte
Roman

Livia Rose ist das gemeinsame Pseudonym zweier schreibverrückter Autorinnen, die zusammen mit ihren Familien in Wien, Österreich wohnen. Seit gut zwanzig Jahren eng befreundet, arbeiten sie gemeinsam daran, ihre Geschichten in Buchform zum Leben zu erwecken. Auf Instagram findet man sie unter @liviarose.autorin.

Livia Rose

Das Vermächtnis der Apfelblüte

Roman

Mehr über unsere Autoren und Bücher:
www.piper.de

Wenn Ihnen dieser Krimi gefallen hat, schreiben Sie uns unter Nennung des Titels »Das Vermächtnis der Apfelblüte« an empfehlungen@piper.de, und wir empfehlen Ihnen gerne vergleichbare Bücher.

ISBN 978-3-492-50839-1
© Piper Verlag GmbH, München 2023
Redaktion: Julia Feldbaum
Satz auf Grundlage eines CSS-Layouts
von digital publishing competence (München)
mit abavo vlow (Buchloe)
Covergestaltung: Alexa Kim »A&K Buchcover«
Covermotiv: Bilder unter Lizenzierung von depositphotos.com genutzt
NewAfrica@depositphotos.com
alenalihacheva@depositphotos.com
ksena32@depositphotos.com
zrfphoto@depositphotos.com
konstsem@depositphotos.com
Printed in Germany

Kapitel 1

Eliza

»Wo ist er denn? Ich weiß doch, dass ich ihn auf den Stapel gelegt habe …«

Elizas Finger flogen über den Schreibtisch und wühlten durch loses Papier, bevor sie mit dem linken Ellenbogen gegen einen Teller stieß, der sich gefährlich nah an der Tischkante drehte. Angewidert verzog sie das Gesicht, weil sie sich nicht mehr daran erinnern konnte, wann sie zuletzt Dosenravioli gegessen hatte.

Der Teller drehte eine Pirouette über die Kante und … fiel.
O nein!

Geistesgegenwärtig ließ sie sich zur Seite fallen und streckte die Hand aus. Vergebens. Das laute Klirren hallte spitz in Elizas Ohren, während sie dumpf – aber zum Glück neben den Scherben – auf dem Boden aufschlug. Ein grunzender Laut entfuhr ihrer Kehle.

Was für ein bühnenreifer Auftritt! Zum Glück war sie allein. Einzig Mog, ihr Kater, starrte missgelaunt von seinem Thron auf dem Bücherregal auf sie herab.

»Glotz du nur!«, krächzte Eliza.

Sie strich sich eine zerzauste Locke aus dem Gesicht und rollte sich zu einem kompakten Ball zusammen. »Ich kann nicht mehr …«, flüsterte sie. Und was machte es schon, wenn sie nur ein paar Minuten hier liegen blieb, um ins Leere zu gucken? Die letzte Auseinandersetzung mit Charles kam ihr in den Sinn.

Du musst dich entscheiden, Eliza! Entweder ich oder deine geliebten Antiquitäten ... Seit du deine Seele an diesen Sklaventreiber vom Auktionshaus verkauft hast, bist du nicht mehr du selbst!

Ein tiefes Brummen drang in Elizas Ohr, gefolgt von einer rauen Zunge, die über ihre Stirn schabte und sich mit penibler Genauigkeit bis zu ihrem Haaransatz vorarbeitete.

Dann landeten sieben Kilo Lebendgewicht mit einem Rums auf ihrem Kopf und zerrten an ihren goldblonden Haaren. Gleichzeitig klatschte eine haarige Tatze, die so groß war wie die Hand eines Kleinkindes, in ihr Gesicht, und sie schnappte erschrocken nach Luft.

»Mog!« Eliza fuhr hoch.

Der schwarze Kater sprang auf und suchte beleidigt das Weite. Unter ihrem Mahagonischreibtisch blieb er sitzen und starrte sie böse an.

»Du hast ja recht, Großer! Dich habe ich auch vernachlässigt, nicht wahr? Dabei warst du immer der Einzige, der zu mir gehalten hat.« Stöhnend rappelte sich Eliza hoch, bevor sie einen Blick auf ihr Handy warf. Sie stieß ein entsetztes Kreischen aus. »Zwei Stunden? Ich habe zwei Stunden hier auf dem Boden gelegen? Scheiße!«

Sie hatte noch drei Objekte, um die sie sich kümmern musste, bevor diese morgen zur Auktion angemeldet werden konnten! Mr. Pickleberry hatte ihr unmissverständlich zu verstehen gegeben, dass er die Authentifizierungen der Gegenstände am besten noch gestern in seinem Postfach haben wollte. »Warum hast du mich so lange hier liegen lassen, Mog?«

Der grimmige Kater lugte aus der Dunkelheit unter dem Tisch hervor.

Eliza wusste, was dieser Blick zu bedeuten hatte. *Eine Pause ...* aber sie hatte doch gar keine Zeit für eine Pause!

Ihr Puls beschleunigte sich. Erschrocken fasste sie sich an

die Brust und klammerte sich an die Lehne des Stuhls, um nicht erneut umzufallen. Dabei erhaschte sie einen Blick in den ovalen Spiegel, der gegenüber an der Wand hing. Das bleiche Gesicht einer jungen Frau, die nur mehr vage an sie selbst erinnerte, starrte sie anklagend an. Eliza seufzte und schlang die Arme um ihren dünnen Körper. So konnte es wirklich nicht mehr weitergehen! Erst gestern Abend war sie ziellos mit der Tube unterwegs gewesen, ohne zu bemerken, dass sie im Kreis gefahren war. Erst als die Lichter ausgegangen waren und der Fahrer sie freundlich, aber bestimmt, daran erinnert hatte, dass er jetzt Dienstschluss hatte, hatte sie es realisiert. Schlussendlich hatte sie sich ein Taxi nehmen müssen, um von Heathrow nach Hause zu kommen.

Eigentlich hätte sie gleich ins Flugzeug steigen können ...

Langsam beruhigte sich ihr Herz, und Eliza wandte sich ab, um den in Selbstmitleid schwelgenden Menschen im Spiegel hinter sich zu lassen. In der Zwischenzeit hatte der Kater sein Versteck unter dem Tisch aufgegeben und strich ungeduldig um ihre Beine, wobei er sie anklagend anjaulte wie ein Hund.

Was hatte sie noch gleich tun wollen? Nachdenklich legte sie den Zeigefinger an ihre Lippen.

Ich möchte dich noch einmal sehen, bevor ich den Löffel abgebe – das hatte Mildred geschrieben. Tante Mildreds Drohbrief! Niemals würde sie den eingeschüchterten Blick des armen Boten vergessen, der ihr das A4-große, reißfest verstärkte Kuvert in die Hand gedrückt hatte, als wäre es der Heilige Gral, bevor er sie ungefähr zwanzigmal um Verzeihung gebeten hatte, weil es ihm in den Sinn gekommen war, kurz vor Mitternacht auf ihrer Türschwelle aufzutauchen. Eliza wollte sich nicht einmal vorstellen, was ihre Großtante getan hatte, um einen solchen Service zu erhalten. Aber vermutlich war der arme Kerl gar kein richtiger Postbote, sondern gehörte zum MI6.

Erneut ließ Eliza den Blick über das Chaos auf ihrem Schreibtisch wandern. »Ah!« Sie stieß einen spitzen Laut aus und stürzte auf das Schriftstück zu. Es lag exakt auf demselben Platz, auf dem sie zuvor so galant gelandet war. »Und du hast das natürlich gewusst und nichts gesagt«, sagte sie an Mog gewandt.

Der Kater funkelte sie nur an, und ihr war, als verdrehe er die Augen. Eliza nahm den Brief. Wie furchtbar altmodisch! Aber das passte zu ihrer engstirnigen Großtante, die sich seit eh und je weigerte, moderne Technik zu benutzen, weshalb sie auch kein Handy besaß und vermutlich niemals in ihrem Leben eine SMS schreiben würde. Aber war das wirklich so schlimm? Wenigstens stand Mildred nicht unter dem ständigen Druck, erreichbar zu sein, so wie sie. Das war eine Art von Freiheit, von der Eliza nicht einmal zu träumen wagte.

Wie auf Kommando klingelte das Telefon. Eliza und der Kater erstarrten gleichermaßen.

Ich muss rangehen, Mr. Pickleberry wird sich Sorgen um mich machen ... Außerdem hatte sie ihm noch kein Update zu dem *Fabergé*-Ei aus der Sammlung der Marchioness von Cholmondeley gegeben!

Aber würde er das wirklich? Sich Sorgen machen? Nein.

Sie schüttelte den Kopf. Alles, worum sich dieser Mann sorgte, waren seine seltenen Artefakte, teuren Kunstgegenstände und besonderen Abschriften, die sie auf Herz und Nieren prüfen sollte. Er hatte sich noch nie Gedanken um das gesundheitliche Befinden seiner Angestellten gemacht. Verdrossen blickte Eliza zwischen dem Telefon und dem Brief ihrer Großtante umher. Noch vor ein paar Tagen hätte sie nicht gezögert, seinen Anruf entgegenzunehmen. Aber seit Tante Mildred ihr geschrieben hatte, konnte sie nicht länger verleugnen, dass ihr Leben gerade den Bach runterging ... und dass Mr. Pickleberry einen guten Anteil an ihrer Misere zu verantworten hatte.

Weil sie nie *Nein* sagen konnte.

Weil sie es nicht übers Herz brachte, ihre geliebte Arbeit zu vernachlässigen. Weil sie liebte, was sie tat, und weil es das war, was sie am besten konnte.

Selbst die wertvollsten Gegenstände verließen das Auktionshaus nicht, bevor Eliza sie nicht beurteilt und freigegeben hatte. Mr. Pickleberrys Vertrauen in ihr Können fühlte sich fantastisch an. Aber war es das wirklich wert, ihre Seele einem garstigen Teufel verkauft zu haben? Der Brief in Elizas Hand schien immer schwerer zu werden. So schwer, dass sie sich wünschte, erneut auf den harten Boden zu sinken. Das Telefon verstummte, und sie atmete erleichtert auf. Ihr Blick fiel auf den abgewetzten Ohrensessel in der Ecke, auf dem es sich Mog in der Zwischenzeit gemütlich gemacht hatte.

»Ist da noch Platz?«, fragte sie.

Der Sessel knarrte bedrohlich, als sie sich neben dem schwarzen Haarmonster niederließ. Eliza öffnete das Kuvert. Obwohl sie den Brief schon zweimal gelesen hatte, hatte sie noch keine Zeit gehabt, um anständig über dessen Inhalt nachzudenken.

Tante Mildreds ausschweifende Handschrift erinnerte sie an die einer großen Königin.

An meine geliebte Großnichte Eliza,
ich hoffe, dass dich dieser Brief genauso so schnell erreicht, wie es mir der adrette Junge vom Posthaus versprochen hat. Falls nicht, werde ich wohl bald ein ernstes Wörtchen mit dem jungen Mann reden müssen!

Eliza kicherte, während sie sich vorstellte, wie Tante Mildred dem armen Mann ihren mit Perlmutt verzierten Gehstock um die Ohren haute.

Wie du vielleicht von deiner Mutter weißt, bin ich seit ge-

*raumer Zeit krank, weshalb ich dich um ein alsbaldiges
Treffen bitten möchte.*

Sie runzelte die Stirn. War ihre Tante denn wirklich ernsthaft erkrankt?

Außerdem hat sie mir erzählt, dass du viel zu viel arbeitest! Denk daran, mein Kind: Geld ist nicht alles! Aber zur Sicherheit erinnere ich dich noch einmal an deinen Großonkel Bernard, der mit kaum fünfzig Jahren, aufgrund des andauernden Stresses, nach seinem morgendlichen Toilettengang einen Herzinfarkt erlitten hat ...

Eliza brach in schallendes Gelächter aus und wurde dafür mit scharfen Krallen belohnt, die sich garstig in ihren linken Oberschenkel bohrten. Tante Mildred und ihr eigenartiger, zutiefst schwarzer Humor! Wenn sie nicht wüsste, dass Mildred Ehemann Nummer vier mehr geliebt hatte als all ihre vorangegangenen Ehemänner zusammen, dann wäre das alles ... nun ja, irgendwie verdächtig?

Und damit du nicht vor mir in der Urne landest, schlage ich dir folgendes Arrangement vor: Besuche mich in Appleton Valley und hilf mir ein wenig im Antiquitätenladen aus (immerhin bist du die Einzige, die weiß, wie man dieses Geschäft zu führen hat, wenn ich tot bin). Im Gegenzug dafür biete ich dir das Rätsel deines Lebens an. Verlockend, nicht wahr?

Sehr verlockend, in der Tat ...

Und um dir die Entscheidung leichter zu machen, schicke ich dir meinen kostbarsten Besitz mit. Dieses Bettelarmband gehörte deiner Ururgroßmutter Josephine. Deine

Aufgabe wird es sein, die verbliebenen sechs Anhänger zu finden und das Geheimnis um ihr Leben zu lüften.

Eliza verstand nur Bahnhof. Was hatte das Leben ihrer Ururgroßmutter mit Mildreds Krankheit und Elizas viel zu hohem Arbeitspensum zu tun? Und was bezweckte ihre gerissene Großtante mit diesem geheimnisvollen Spiel?

Sie schüttelte das Kuvert. Ein dunkelblauer Samtbeutel fiel heraus und landete auf dem Rücken des schlafenden Fellknäuels.

Schade, dass ich nicht dabei sein kann, wenn du das Kuvert öffnest!

So vorsichtig wie möglich löste sie die Kordeln des Beutels. Es war ein wunderschönes Goldarmband, an dessen zarten Gliedern ein faszinierend detailgetreues Segelschiff baumelte. Eliza hielt es hoch und betrachtete es von allen Seiten.
Gold.
Keine Punzierung. Warum das?
Echte Smaragde aus Kolumbien, verarbeitet um 1900 – vielleicht auch später ...
Nur mühevoll bezwang Eliza den Drang aufzuspringen und ihre Lupe zu holen, um die schillernden Steine genauer zu begutachten, die den Bauch des Schiffes zierten. Wer auch immer diesen Anhänger gefertigt hatte, war ein Meister seines Fachs gewesen. Noch nie zuvor hatte sie ein solch winziges, aber dennoch so fein ausgearbeitetes Schmuckstück gesehen!

»Als ob man einfach an Bord gehen könnte ...«, murmelte sie.

Meine liebe Eliza, ich bin sicher, dass du verstehst, was ich dir sagen will? Und falls du es nicht verstehen solltest, weil dein Gehirn zu überarbeitet ist, dann sage ich es dir

noch einmal in aller Offenheit: Ich möchte dich noch einmal sehen, bevor ich den Löffel abgebe! Deshalb habe ich dir ein Flugticket nach Virginia und ein Ticket für die Fähre nach Appleton Valley ins Kuvert gesteckt, damit du ein schlechtes Gewissen bekommst und morgen in einer Woche ins Flugzeug steigst (wenn meine Berechnungen und die des adretten Postjungen stimmen).
Den Rückflug kannst du buchen, wenn du das Rätsel rund um Josephines Leben gelöst hast.
Ich freue mich auf dich.
Erwartungsvoll,
deine Tante Mildred

PS: Um ein Hotel brauchst du dich nicht zu kümmern, da du natürlich bei mir in deinem alten Zimmer über dem Antiquitätenladen wohnen wirst. Ich werde dir außerdem jemanden schicken, der dich vom Hafen abholt und sicher zu mir bringt! Wie du siehst, habe ich mich schon um alles gekümmert.

Eliza zog die Tickets aus dem Umschlag, und einmal mehr beschleunigte sich ihr Herzschlag. Aber dieses Mal war es nicht jene Beklemmung, die sie bei dem Anblick des Namens ihres Chefs auf dem Display fühlte.

Es war Aufregung. Neugierde. Vorfreude. Mit dem Zeigefinger fuhr sie die gedruckten Buchstaben nach. Tante Mildred verstand sich wirklich blendend darauf, sie für sich zu gewinnen. Die alte Dame hatte ihren kostbarsten Köder ausgeworfen, und Eliza hatte freudig angebissen. Und nun hing sie wie ein Fisch am Haken.

Ein altes Schmuckstück ... Josephines Leben ... ein Rätsel ... Aus welchem Grund?

Tante Mildreds Worte stimmten sie auch nachdenklich und bestätigten nur, was Eliza längst wusste. Nämlich, dass sie einen Tapetenwechsel dringend nötig hatte, wenn sie nicht irgendwann wie Großonkel Bernard nach seinem Toilettengang enden wollte!

Nachdenklich streichelte sie über Mogs zotteliges Fell. Wenn sie die drei verbliebenen Gegenstände noch heute abarbeitete, könnte sie morgen zu Mr. Pickleberry gehen und ihren wohlverdienten Urlaub einfordern. *Oder einfach kündigen.*

Das kam ganz darauf an, wie er auf ihre Bitte reagierte.

Eliza lehnte sich in dem Stuhl zurück und schloss die Augen. Wenn Tante Mildred wirklich so krank war, wie sie vorgab, dann konnte sie nicht länger tatenlos hier herumsitzen und über ihr verkorkstes Leben jammern. Und selbst wenn sie es nicht war, dann verbrachte Eliza ein paar sonnige Tage in Appleton Valley, bevor sie sich wieder auf den Heimweg in ihr verkorkstes Leben machte.

Eine Tatze landete in ihrem Gesicht. Eliza blinzelte. Mog starrte sie an.

»Und du wirst wohl nicht bei Germaine bleiben, während ich weg bin, nicht wahr? Du wirst mich so lange piesacken, bis ich dich in deinen Korb stecke und ins Flugzeug verfrachte...« Sie drückte einen Kuss auf die feuchte schwarze Nase des Katers und wurde dafür mit einer weiteren Tatze belohnt. Dieses Mal ohne Krallengewalt. »Du hast ja recht, mein Großer. Lass uns nach Hause fahren. Du und ich.«

Zufrieden rollte sich der Kater auf ihrem Schoß zu einer Kugel zusammen. Eigentlich sollte sie arbeiten, aber Eliza brachte es nicht übers Herz, sich auch nur einen Zentimeter zu bewegen.

Nach Hause, nach Appleton Valley...

Kapitel 2

Harrold

»Du hättest sein Gesicht sehen sollen, als ich den Stock auf den Boden geknallt habe. Der Junge wurde leichenblass im Gesicht und meinte: ›Aber Ma'am, ich kann diesen Brief nicht innerhalb von zwei Tagen zustellen lassen! Einen solchen Service bieten wir für Sendungen nach Übersee nicht an. Außerdem schließen wir in zehn Minuten.‹ Und ich sage: ›Jungchen, hätte ich das damals auch zu deinem Urgroßvater gesagt, als er mit seiner unteren Körperhälfte in der Apfelpresse steckte, dann würdest du heute nicht hier stehen und kluge Sprüche klopfen!‹ Da wurde er noch bleicher und ging los, um mit seinem Vorgesetzten zu telefonieren, und siehe da: Der Brief ist auf dem Weg nach London.«

Agatha gab ein belustigtes Zischen von sich. »Wunderbar! Und wann genau hast du noch mal das Geschlechtsteil des alten Brims vor dem Tode bewahrt?«

»Ach, Agatha! Weißt du es denn nicht mehr? Du warst doch dabei! Ich habe versucht, ihn herauszuziehen, während du wie der Teufel gerannt bist, um Hilfe zu holen.«

»War ich betrunken?«

Mildred kicherte. »Nein, aber ziemlich schockiert.«

»Wie seltsam ... wo ich mich doch so gern an unsere Jugendzeit zurückerinnere.« Sie steckte sich einen Butterkeks in den Mund und griff nach ihrer Tasse. »Ahhh! Jetzt erinnere ich mich doch! *Das* war wirklich kein schöner Anblick ...«, rief sie aus, und der Tee schwappte über den Tisch, was sie nicht im Geringsten zu kümmern schien.

Ein Lächeln zupfte an Harrolds Mundwinkel, während er auf dem alten Eisenstuhl schaukelnd in die Ferne blickte. Genauer gesagt in Richtung seines nagelneuen silberfarbenen Mercedes Benz SLS.

»Und denkst du, die Mühe hat sich gelohnt?«

»Natürlich! Ich habe schließlich meine besten Geschütze aufgefahren! Bernard ist auch nur gestorben, weil er den stressigen Alltag bei Gericht nicht mehr aushalten konnte. Wer seine Arbeit jeden Tag mit nach Hause schleppt, der hat definitiv einen an der Waffel! Das wollte ich auf jeden Fall vermeiden.«

Agatha nickte zustimmend. »Außerdem können wir froh sein, dass sich dieser mittellose Tölpel von selbst in Luft aufgelöst hat! Irgendwie hat er mich zu sehr an deinen zweiten Ehemann erinnert, und du weißt doch, dass ich ihn am wenigsten leiden konnte ...«

Harrold drückte auf den Knopf der Fernbedienung, und die Türen schwangen hoch. Und klappten zu. Schwangen wieder hoch und klappten zu.

»Langweilen wir dich etwa, Junge?«, fragte Agatha mit diesem Unterton in der Stimme, den er nur zu gut aus seiner Kindheit kannte.

Harrold drehte sich herum.

»Großtante Mildred leidet unter einem schmerzhaften Ausschlag, will aber nicht zum Arzt gehen, weil sie dem armen Mann immer noch übel nimmt, dass er vor dreißig Jahren den Ring seiner verstorbenen Ehefrau bei ihr versetzt hat. Also leidet sie lieber weiter vor sich hin und wirft seiner zweiten Frau böse Blicke zu, die nur ganz zufällig seit ungefähr fünfunddreißig Jahren seine neue Sprechstundengehilfin ist.«

Die Türen des Wagens schwangen auf. Und wieder zu.

»Zum Glück erfreue ich mich seit jeher bester Gesundheit ...«

»Und du, Grandma, hast Mildred natürlich zugestimmt und ihm gewünscht, dass ihn die Hölle verschluckt und gleich wieder ausspuckt.«

Agatha lachte. »Weil er ein Idiot war, der nie auch nur irgendetwas für seine Familie getan hat. Dieser Tölpel hat nur herumgehurt und sein ganzes Geld verspielt. Und nachdem Tilly an Krebs gestorben war, schickte er seine einzige Tochter ans andere Ende der Staaten in ein Mädcheninternat.«

Harrold seufzte belustigt. Wie hatte er seiner Mutter nur jemals dafür danken können, ihn nach Appleton Valley geschickt zu haben? Zuerst hatte er so getan, als ob er es verabscheuen würde, seine Großmutter in diesem langweiligen Kaff zu besuchen. Aber in Wahrheit freute er sich wie ein kleines Kind an Weihnachten darüber, wieder hier zu sein. Seine Heimatstadt war eine willkommene Ablenkung von seinem trostlosen Alltag zwischen seinen Geschäften und den Plastik-Barbies, die unermüdlich daran arbeiteten, ihn zwischen ihre Beine zu bekommen. »Außerdem planst du nächsten Sonntag absichtlich, nicht zur Kirche zu gehen, um Pater Brown eins auszuwischen«, fuhr er fort. Gerade konnte er sich wirklich nichts Schöneres vorstellen, als mit seiner Grandma und deren bester Freundin hier zwischen den Apfelbäumen zu sitzen und über Gott und die Welt zu lästern ...

»Er ist selbst schuld!«, rief seine Großmutter empört. »Wie konnte er das arme Ding nur drei Stunden vor dem Pfarrhaus sitzen lassen? Sie war ganz nass und hatte schrecklichen Hunger! Wo bleibt da die Barmherzigkeit, frage ich dich? Aber wehe, ich vergesse einmal die Münzen für seinen Klingelbeutel, von dem er seine Sauferei und die unschicklichen Bildchen finanziert!«

Beinahe hätte Harrold seinen Tee zurück in die Tasse gespuckt. »Aber es war doch nur eine Katze, Granny. Jeder weiß, dass diese Viecher wahre Überlebenskünstler sind ...«

Agatha warf einen Butterkeks in seine Richtung. »Du undankbarer Junge! Das nächste Mal werde ich dich auch nass und hungrig vor meiner Tür sitzen lassen, wenn du wieder einmal hier auftauchst. Dann wirst du schon sehen, was du davon hast.«

»Ach, komm schon, Grandma! Warst nicht du es, die sich gewünscht hat, dass ich dich noch einmal besuchen komme, bevor du den ... Löffel abgibst? Mom hat dich doch bestimmt angerufen, um dir von ihrem Überredungserfolg zu berichten. Du wusstest, dass ich heute ankomme!«

Seine Großmutter zwinkerte Mildred mehr oder weniger verstohlen zu.

Glaubte sie etwa, er hätte es nicht gesehen? Oder hatte sie es mit Absicht getan? Harrold kicherte leise in sich hinein. Dabei beobachtete er eine Apfelblüte, die langsam durch die Luft schwebte und zielgenau in seinem Tee landete.

»Und was noch?«

»Hm?«

»Ich lobe deine überdurchschnittliche Auffassungsgabe, aber die wichtigste Information hast du trotzdem nicht gehört, Harrold.«

Er blickte überrascht auf. Zwei wachsame Augenpaare funkelten ihn an. Irgendetwas war hier im Busch. Warum sonst trug die eine einen viel zu breiten Strohhut, der ihr Gesicht verbergen sollte, während die andere eine Sonnenbrille über ihre Nase schob, die sie wie *Puck die Stubenfliege* aussehen ließ? Es schickte sich eher wie eine Zusammenkunft in geheimer Mission an. Aber was hatten die beiden alten Hexen nur vor?

Er fischte nach den Kräuterzigaretten in seiner Hosentasche.

Tante Mildred rümpfte die Nase. Er wusste, dass sie es nicht leiden konnte, wenn er rauchte. Dabei hatte er sich extra diese besonderen Glimmstängel besorgt, die sonst nur beim Film benutzt wurden. Eine echte Kippe wäre ihm bedeutend lieber gewesen ...

»Ihr verlangt, dass ich Mildreds Verwandtschaft vom Hafen abhole, wollt mir aber nicht verraten, wer es ist. Und wie soll ich diese Person dann erkennen, wenn sie kein Schild mit meinem Namen über ihren Kopf hält?«

Er zündete die Zigarette an und nahm einen kräftigen Zug. Sie schmeckte überraschend angenehm nach Minze, Kamille und einem Hauch von Johanniskraut.

»Das ist kein Problem«, sagte Mildred.

»Du wirst sie erkennen, sobald du sie siehst«, bestätigte seine Großmutter.

Sie?

Jetzt wurde er hellhörig ...

»Ich kenne *sie* also, ja?«

»Das Schiff läuft am Dienstag um 17:30 Uhr im Hafen ein. Hol sie einfach ab und bring sie zu mir. Das wirst du doch bestimmt hinkriegen, nicht wahr?«

Diese alten Weiber ignorierten seine Fragen absichtlich!

»Ich hole sie also ab und bringe sie zu dir. Und was bitte soll ich ihr sagen? *Hallo, ich bin Harrold. Du kennst mich zwar nicht, aber wenigstens sehe ich nicht wie ein Massenmörder aus, oder? Komm steig ein, und wenn du willst, verrate ich dir auch noch mein Sternzeichen, damit wir unsere Kompatibilität googeln können?*«

»Ach, Unsinn! Warum sollte sie nicht zu dir ins Auto steigen? Es ist ein toller Wagen, und außerdem bist du nicht irgendwer, sondern Agathas Enkel!«, schimpfte Mildred.

Das bedeutete also, dass sie ihn auch kannte ...

»Wir wissen schon längst, dass ihr kompatibel seid, das ist also kein Problem«, murmelte seine Großmutter.

Harrold rührte die Apfelblüte durch den Tee und bemühte sich, so unbeteiligt wie nur irgend möglich zu wirken. Es klappte. Die Person, die er abholen sollte, war also definitiv eine Frau, die Mildred und Agatha gut kannten. Und er scheinbar auch.

»Gebt ihr mir wenigstens ihre Telefonnummer, wenn ihr mir schon nicht mehr über sie erzählen wollt? Was soll ich denn machen, wenn ich sie nicht wiedererkenne? Was, wenn ihre Haare jetzt rot und nicht mehr blond sind, so wie damals?«, versuchte er, die Großmütter in eine Falle zu locken. Harrold hatte keinen blassen Schimmer, um wen es sich handelte. Das hier war ein Spiel. Und er hatte längst begriffen, dass er mitspielen musste, wenn er mehr Informationen aus den alten Hexen herauskitzeln wollte.

»Du bist kein Trottel, und wir glauben an dich.« Agatha legte den Kopf schief und grinste ihn breit an.

Oh, Granny, dir kann ich rein gar nichts vormachen, du durchschaust mich genauso schnell wie ich dich, aber von irgendjemandem muss ich diese Gabe ja geerbt haben, nicht wahr?

»Danke, für euer Vertrauen in meine überdurchschnittliche Intelligenz, aber das bedeutet, dass ich auf jeden Fall falschliege, wenn ich eine Rothaarige mitbringe, hm? Und ihr habt recht, ich bin kein Trottel und sehe zum Glück auch ganz passabel aus. Außerdem bin ich überdurchschnittlich reich und fahre ein fettes Bonzenauto. Aber was, wenn eine Heiratsschwindlerin einsteigt, die es nur auf mein Erbe abgesehen hat? Und was, wenn ich sie dann tatsächlich heirate und du sie nicht magst, Grandma? Oder wenn sie mich kurz nach der Hochzeit zum Teufel jagt, nur um danach die Apfelplantage zu verkaufen?«

»Noch hast du sie nicht geerbt, du eingebildeter Schnösel!«, rief Agatha. »Wie oft habe ich dir gesagt, dass man Glück nicht kaufen kann? Du bist zwar intelligent, weil du nach mir kommst, aber wenn ich mir deine bisherige Laufbahn so ansehe, dann hat dir das auch nicht besonders viel gebracht! Wenn du nämlich nur einmal auf mich hören und endlich etwas aus deinem Studium machen würdest, dann müsste ich nicht zu derlei Mitteln greifen, um dich vor deinem persönlichen Untergang zu bewahren. Tu lieber etwas für die Menschen, anstatt deinen Grips in Aktien und Immobilien zu stecken und dich durch das Nachtleben von Los Angeles zu schlafen!«

Butterkekskrümel flogen wie kleine Luftgeschosse aus dem Mund seiner Großmutter, während sie schnaufend wie in ein wilder Stier in ihrer Tasse rührte.

»Du würdest also wirklich heiraten, wenn dir die richtige Frau dazu über den Weg läuft?«, fragte Mildred neugierig.

Harrold zuckte mit den Schultern. »Natürlich würde ich heiraten, wenn ich die *Eine* finde. Ich hätte auch nichts dagegen, Vater zu werden, bevor ich fünfunddreißig bin. Man muss den kleinen Gören ja schließlich noch hinterherkommen können.«

Großtante Mildred spitzte die Lippen, bevor sie sie zu einem breiten Lächeln verzog.

Jetzt wird sie es mir erzählen! Ha!

Und tatsächlich setzte die alte Dame zum Reden an, wurde aber sofort von Agatha unterbrochen. »Harrold, du wirst am Dienstag um 17:30 Uhr am Hafen auf sie warten und ihr Gepäck tragen, wie es sich für einen Gentleman gehört. Danach wirst du sie zu Mildred bringen, und dann sehen wir weiter. Alles, was du wissen musst, weißt du bereits, mein Junge, also hör auf, uns auf so hinterlistige Art und Weise auszuquetschen.«

Seine Großmutter nahm ihren Strohhut ab, ließ ihn achtlos neben sich auf den erdigen Boden fallen und erklärte ihre geheime Zusammenkunft für beendet. Dann lehnte sie sich auf ihrem Stuhl zurück und lächelte zufrieden. »Das wird ein Spaß, nicht wahr, Mildred?«

»In der Tat, meine liebe Agatha.«

Harrold prustete, bevor er den letzten Zug von seiner Kräuterzigarette nahm. *Das würde in der Tat ein Spaß werden…*

Der Motor seines Mercedes' schnurrte wie ein gut gefüttertes Kätzchen, während Harrold die ausgestorbene Straße entlangfuhr, die ihn von dem Anwesen seiner Großmutter zum Hafen führte. Es war nun eine gute Woche her, seit er auf das Drängen seiner Großmutter hin nach Appleton Valley zurückgekehrt war. Während dieser kurzen Zeit auf der Plantage hatte er sich bereits einen Überblick über die Bücher verschafft, die Erntehelfer bei ihrer Arbeit begleitet und dem Verwalter geraten, über Führungen durch das Areal und Verkostung ihrer Produkte nachzudenken, um die Gewinne zu maximieren. Außerdem war er dazu verdonnert worden, in Großtante Mildreds Antiquitätenladen auszuhelfen, wertvolle Gegenstände von A nach B zu transportieren und einen Katalog für seltene Münzen auswendig zu lernen.

Kurzum, der Titel *Mädchen für alles* gebührte unbestreitbar ihm.

Was aber auch bedeutete, dass er weder Zeit gehabt hatte, sich um seine Fonds zu kümmern, noch zu überprüfen, welche seiner Aktien in den Keller gefallen waren und welche nicht. Zum Glück hatte sein bester Freund Taz, der zeitgleich auch sein Anwalt und persönliches Mädchen für alles war, ein Auge auf Harrolds Geschäfte.

Schalt einfach ab und mach dir keine Sorgen, ich kümmere mich um alles, hatte er ihm gut zugeredet. Und mit alles, meinte er wirklich *alles*. Nicht dass diese Sorge vonnöten gewesen wäre. Denn Harrold vermisste L. A. nicht im Geringsten. Weder die Annehmlichkeiten seines Lofts samt seiner Haushälterin Bernice noch das Nachtleben, durch das er sich jede Woche »hindurchschlief«, wie Agatha seinen freigeistigen Lebensstil so gern bezeichnete.

Vielleicht hätte er eher nach Hause zurückkehren sollen. Denn eigentlich liebte er das einfache Leben auf dem Land mehr als alles, was die Stadt ihm zu bieten hatte. Und dass die Stadt ihm nichts mehr zu bieten hatte, wusste er schon seit einer ganzen Weile.

Kleine Häuser mit perfekten weißen Gartenzäunen zogen an ihm vorbei. In der Ferne erkannte er den Hafen und eine Handvoll Schiffe, die dort vor Anker lagen.

Hol sie ab und bring sie zu mir, das wirst du doch sicher hinbekommen, oder?

Würde er die geheimnisvolle Frau erkennen? Wer mochte sie wohl sein? Vielleicht eine Freundin von Mildred oder eine entfernte Verwandte, die er zuletzt gesehen hatte, als er noch ein Junge gewesen war? War sie nun blond oder rothaarig?

Harrold trat aufs Gaspedal. Das Auto beschleunigte, und er flog nahezu über den rissigen Asphalt. Mit einem einfacheren Wagen wie einem Jeep wäre er hier viel besser dran gewesen. Oder mit dem alten Honda seiner Großmutter ...

Vor der Ortseinfahrt drosselte er das Tempo. Der große Parkplatz war gesperrt, weshalb er auf die andere Seite fahren musste, was wiederum bedeutete, dass er ein paar Minuten zu spät kommen würde. Die geheimnisvolle Unbekannte nahm es ihm bestimmt nicht übel.

Endlich parkte er den Wagen hinter dem alten Hafenamt. Er schaltete sein Handy ein, damit er erreichbar war, falls Mildred ihn anrufen wollte, und schlenderte über den Platz.

Das Telefon vibrierte. Sechsundsiebzig Nachrichten von *Unbekannt*. Zehn Anrufe in Abwesenheit.

Harrold verdrehte die Augen. Er hätte zu gern gewusst, was sie getan hatte, um an seine Nummer zu kommen. *Sie*. Claire Deveraux, die Tochter eines reichen Immobilientycoons und der Grund, weshalb er vor zwei Jahren aus seiner alten Wohnung ausgezogen war. Sie hatten nur eine Nacht zusammen verbracht, aber das hatte ihr als Grund ausgereicht, um ihm das Leben zur Hölle zu machen. Nachdem sie ihm Tag und Nacht aufgelauert und sogar den Ersatzschlüssel zu seiner Wohnung geklaut hatte, war er in einer Nacht- und Nebelaktion verschwunden. Nur Taz wusste, wo er war, aber Harrold hatte geahnt, dass sie sich nicht lange davon aufhalten ließ. Claire verfügte über genügend Mittel, um ihn ausfindig zu machen, wenn sie es wollte. Und gerade schien sie wieder reges Interesse an ihm zu haben.

Es läutete. *Unbekannt.*

Er drückte den Anruf weg, ging zurück zu seinem Auto und warf das Handy auf den Beifahrersitz. *Sorry, Mildred ...*

Dann zückte er eine Schachtel Tabakzigaretten und zündete sich eine Kippe an. *Sorry, Grandma ...*

Gemächlich schlenderte er über den Platz, wobei er ein gewaltiges No-Smoking-Schild ignorierte, und näherte sich der Menschenmenge, die hinter der Absperrung wartete. Seltsamerweise hing nicht der beißende Gestank von Fischabfällen und Schweröl in der Luft, sondern ein angenehmer, süßlicher Geruch, den er nicht zu deuten vermochte.

Wer bist du, hm?
Kenne ich dich?
Kennst du mich?

Er drückte die Zigarette aus und schloss sich der wartenden Menge an. Neugierig ließ er seinen Blick über die Menschen schweifen, die sich mehr oder weniger geordnet über die Schiffsbrücke schoben. Ein kleiner Mann mit hochrotem Kopf bemühte sich, die Neuankömmlinge in geordnete Bahnen zu lenken. Dabei wirkte er wie ein trauriger Maestro, der sein Orchester nicht im Griff hatte. Harrold schnalzte belustigt mit der Zunge, wofür er von einer alten Dame mit einem tadelnden Blick gestraft wurde. Wahrscheinlich würde ihn die gute Frau am Sonntag zur Hölle wünschen. Sie befand sich in guter Gesellschaft.

Harrold reckte das Kinn. Wie gut, dass er die meisten Menschen um mindestens einen Kopf überragte.

Wo war sie? Wartete sie schon auf ihn?

In der Ferne erkannte er einen goldblonden Schopf. Ihm wurde übel, und sein Herz setzte aus. Das würden Agatha und Mildred nicht wagen ... oder doch?

O doch, das würden sie! War das von Anfang an der Plan der beiden Hexen gewesen?

Harrold sank in sich zusammen und trat ein paar Schritte zurück, um hinter den Leuten zu verschwinden. Gerade Agatha und Mildred wussten am besten, wie schwer es ihm gefallen war, *sie* loszulassen. So schwer, dass er selbst die Flucht ergriffen hatte, weil er nicht mehr ständig an sein gebrochenes Herz erinnert werden wollte. Er hatte es sich geschworen. Niemals wieder würde er auch nur einen einzigen Gedanken an sie verschwenden. Darum war er auch nach Princeton gegangen, obwohl er eigentlich andere Pläne gehabt hatte.

Die Menschenmenge teilte sich und gab den Blick auf eine schlanke Gestalt frei, die ihm so schmerzlich bekannt vorkam. Wollte ihn das Universum verhöhnen? Das Licht der untergehenden Sonne ließ ihre von der langen Reise zerzausten Locken wie flüssiges Gold schimmern.

Sie drehte den Kopf. Harrold hielt den Atem an und sprang hinter einen Container. Mit klopfendem Herzen sank er gegen die Wand, von der dunkelbraune Farbe abblätterte und auf seine Schultern bröselte. Seine Finger zitterten, als er nach der heimlichen Zigarettenschachtel fischte. Das schabende Geräusch des Streichholzes auf der Zündfläche donnerte in seinen Ohren.

Hätte er damals nur eher den Mut gefasst, ihr seine Gefühle zu gestehen, dann wäre sie vielleicht in Appleton Valley geblieben. Er hätte ihr alles gegeben. Alles und noch viel mehr ...

Harrold schloss die Augen und kehrte gegen seinen Willen zurück auf die Apfelplantage seiner Kindheit:

Er lehnte an einem Baum. Wenn er sich hier vor ihr verbarg, würde sie ihn bestimmt nicht finden, oder? Aber es dauerte keine fünf Minuten, bis ihre langen, geflochtenen Zöpfe vor ihm durch die Luft schwangen und sie lachend in seine Arme sprang. Sie waren immer schon beste Freunde gewesen, obwohl er drei Jahre älter war als sie. Später verbrachten sie zwar nicht mehr so viel Zeit miteinander, aber Harrold dachte oft an sie und hinterließ ihr Nachrichten, die seine Grandma an Großtante Mildred weiterleitete. Die Jahre gingen ins Land. Plötzlich waren sie erwachsen, und er sah sie zum ersten Mal nach langer Zeit auf dem Apfelfest wieder. Ihr elfengleicher Anblick raubte ihm den Atem und brachte sein Herz fast zum Stillstand. Sie trug ein weißes Baumwollkleid, und ihr goldenes Haar war zu einem prächtigen Kranz geflochten, der mit Blumen verziert war. Sie war bezaubernd, wie sie mit ihren Freundinnen inmitten des Apfelblütenkreises tanzte. Und Harrold war schon damals nicht entgangen, dass er nicht der Einzige war, der es sah. Der sie sah. Aber sie trug seine Kette, die er ihr vor Jahren zum Geburtstag geschenkt hatte, und nicht die eines anderen Mannes. Das musste doch etwas bedeuten, oder?

Harrold sog den Rauch in seine Lunge, aber er schmeckte so bitter, das ihm übel wurde. Er fiel erneut zurück in seine Erinnerungen.

Jetzt standen sie hinter dem alten Haus am Ende der Apfelplantage. Sie lächelte ihn an und reichte ihm die Hände. Zusammen liefen sie den Hain hinab zu den Klippen. Sie spielten Fangen, wie damals als sie noch Kinder gewesen waren. Er erwischte sie, kurz bevor sie das Meer erreichte. Dann küsste er sie. Und sie küsste ihn. Seine Welt erstrahlte heller als je zuvor.

Der Anfang vom Ende.

An jenem Abend hatte er ihr seine Gefühle gestehen wollen. Aber dann hatte er es doch nicht getan. Warum? Das konnte er nicht sagen. Vielleicht war es Schicksal gewesen … Viel wahrscheinlicher allerdings war, dass er Angst gehabt hatte.

Und dann war sie plötzlich fort gewesen. Später erfuhr er von seiner Großmutter, dass sie mit ihrer Mutter nach London gezogen war.

Harrolds Augen brannten, als die sorgfältig verdrängten Erinnerungen an sie wie ein Gewittersturm über ihn hereinbrachen. Lange Zeit hatte er sich nicht einen einzigen flüchtigen Gedanken an sie erlaubt, bis er sie schließlich vergessen hatte. Oder sich zumindest eingeredet hatte, sie vergessen zu haben.

Der Geruch von Zigaretten verwandelte sich in den süßen Duft von Apfelblüten.

Er nahm einen letzten tiefen Zug und öffnete die Augen.

Vermutlich ist sie es.
Sie ist es.
Fuck!

Noch während er überlegte, was er tun sollte, führten ihn seine Beine aus seinem Versteck heraus. Der Platz war leer, nur ein paar Menschen standen noch dort und unterhielten sich.

Wärst du geblieben, wenn ich es dir gesagt hätte?

Seine Gedanken überschlugen sich. Jetzt war er ihr so nahe, dass er nach ihr greifen könnte, wenn er es wollte. Aber wollte er das wirklich? Er könnte einfach die Flucht ergreifen, eine Notlüge erfinden und nach L. A. zurückkehren.

Aber das wollte er nicht.

Die Frau vor ihm drehte sich um. Große grüne Augen blickte ihn an. Er schluckte schwer, hieß die unzähligen Gefühle, die ihn so sehr verwirrten, einfach willkommen.

Scheiße! Es fühlte sich ganz anders an, als er gedacht hatte. Da waren keine Angst, kein Schmerz, kein Groll und keine Traurigkeit. Nur Wärme und Vorfreude. Eine einmalige Chance.

Seine Mundwinkel verzogen sich zu einem breiten Lächeln, und er dankte seiner Großmutter für ihre Unverfrorenheit, sie wieder zusammenzubringen.

Da stand sie. Eliza.

Kapitel 3

Josephine, 1920

Das war also ihre neue Heimat: Appleton Valley.

Ein Grinsen erschien auf Josies Gesicht und wurde immer breiter, je näher sie den rustikalen Holzhäusern mit ihren roten Dächern und den rauchenden Schornsteinen kamen. Das Städtchen Appleton Valley war von hohen Steinklippen umgeben und kaum erschlossen. Der Landweg war dreimal so lang wie die Fahrt von Cape Charles aus, wo sie vor wenigen Stunden einen Zwischenstopp eingelegt hatten. Ihr letzter Halt, bevor sie dieses Schiff endlich verlassen konnte. Sie begann, wie ein wild gewordener Tiger an Bord der Fähre auf- und abzumarschieren. Ihre seit Wochen angestaute Energie wollte endlich nach außen gelangen, und die Matrosen, die dafür zuständig waren, den Steg vorzubereiten, warfen ihr belustigte Blicke zu.

»Lady, wenn Sie so ungeduldig sind, habe ich einen Vorschlag, wie Sie sich die Zeit sinnvoll vertreiben könnten.«

Josie sah den Mann zu ihrer Linken irritiert an. Zwinkernd ließ er die Muskeln unter seiner Uniform spielen, wobei er darauf achtete, die Tattoos auf seinen Oberarmen ordentlich zur Schau zu stellen. Seine Kameraden lachten.

Ah, daher weht also der Wind.

Josie lächelte. Die Matrosen waren guter Dinge. Nach den vielen Wochen auf See freuten sie sich auf ein Bett, das nicht schaukelte, und waren genauso aufgeregt wie sie. Das ganze Schiff schien vor Vorfreude zu vibrieren. Josie hob die

Augenbrauen und deutete auf eines der zahlreichen Fässer, die überall herumstanden. Warum sollte sie nicht tatsächlich ein wenig Spaß haben, um sich die Zeit zu vertreiben?

»Ich lasse nur echte Männer an mich ran! Besiege mich im Armdrücken, dann bekommst du vielleicht einen Kuss auf die Wange.«

Die Matrosen johlten und pfiffen beeindruckt. Mit so einer Antwort hatte wohl keiner von ihnen gerechnet. Ihr Herausforderer richtete sich zu seiner vollen Größe auf und warf ihr einen amüsierten Blick zu. Was er sich wohl bei ihrem Anblick dachte? Sie war groß für eine Frau, und ihr gelbes Reisekleid war mehr praktisch als schön. Ihre Haut war sonnengebräunt, und ihre goldenen Haare hatte sie zu einem unordentlichen Zopf gebunden. Es wunderte Josie, dass dieser Mann überhaupt anzügliche Bemerkungen in ihre Richtung gemacht hatte. War sie doch keinesfalls die Bilderbucherscheinung einer englischen Lady. Aber Seemänner waren unzivilisierte Raufbolde, und feine Damen würden zwischen diesen Riesenpranken schnell kaputt gehen. Vielleicht übte Josie deswegen einen Reiz auf sie aus.

Sie stemmte die Arme in die Seiten und warf dem vorlauten Matrosen einen provokanten Blick zu.

»Sag jetzt nicht, dass du kneifst.«

Der Mann mit den tätowierten Oberarmen spuckte über die Reling und wischte sich übers Gesicht.

»Ich werde mich nicht zurückhalten, nur weil die feine Lady den Mund zu voll genommen hat.«

Josie sah ihn fragend an. War nicht er es, der mit seinen anzüglichen Bemerkungen eine dicke Lippe riskiert hatte? Sie war sich sicher, dass er es mittlerweile bereute, doch nun gab es für den Matrosen kein Zurück mehr. Er stapfte zum Fass, und seine Kameraden brachten zwei kleinere Kisten zum Sitzen. Paul, wie die anderen Männer ihn gerufen hatten, deutete ihr an, Platz zu nehmen. Dann positionierten sie ihre Arme. Josie kicherte, als er rot wurde. Er hatte wohl schon zu lange keine Frau mehr angefasst. Sie schürzte ihre Lippen. »Aber brich mir nachher nicht weinend zusammen, weil du verloren hast. Wenn du deine Niederlage wie ein echter Mann annimmst, bekommst du den Kuss trotzdem.«

Und dann sammelte sie all ihre Kraft ...

»Ich hätte nicht gedacht, dass Sie tatsächlich gewinnen.« Das junge Mädchen neben Josie blickte sie bewundernd an. Endlich war es so weit, und sie durften das Schiff verlassen. Wie brave Soldaten stellten sie sich in einer Zweierreihe hintereinander an.

Die Matrosen befestigten gerade den Steg und der eine oder andere warf ihr einen verstohlenen Blick zu oder nickte anerkennend in ihre Richtung. Josie schulterte ihren Seesack und griff nach ihrem Koffer.

»Er wollte mich schonen, weil ich eine Frau bin, und hat nicht seine volle Kraft eingesetzt. Da hatte ich ihn aber schon längst besiegt, er hat es nur zu spät bemerkt.«

»Und genau darauf haben Sie von Anfang an gesetzt, oder?«

»Das haben Sie durchschaut?«

Das Mädchen lachte und strich sich eine dunkle Locke aus dem Gesicht. »Das war nicht so schwer.«

Sie trug eine einfache graue Uniform, darüber einen leichten Mantel. War sie ein Dienstmädchen? Das würde auch erklären, warum sie kein Gepäck bei sich trug, nur eine braune Papiertüte, die sie an ihre Brust presste, als würde ihr Leben davon abhängen. Bestimmt war sie an der letzten Anlegestelle an Bord gekommen.

»Sie sind neu hier, nicht wahr? Ich nehme an, Sie kommen, um auf der Plantage zu arbeiten?«

»Woher wissen Sie das?«

»Schätzchen, alle hier arbeiten auf der Plantage.«

Josie nickte. »Ich bin die neue Gouvernante der Familie Mayfield.«

Das Mädchen neben ihr versteifte sich. Hatte Josie etwas Falsches gesagt?

»Dann sind Sie Josephine Cavendish, die *echte* Lady aus London!«, rief sie aus.

»Echte Lady?«

»Nun, angeblich sind Sie eine Adelige«, nuschelte das Mädchen und blickte ehrfürchtig zu ihr auf.

Josie lachte. »Mein Vater war ein Offizier, und weil er darin ziemlich gut war, hat der König ihm den Titel Lord verliehen und ihn in den Adelsstand erhoben. Ich muss Sie also leider enttäuschen, ich bin alles andere als eine *echte* Lady.«

Das Mädchen sah sie argwöhnisch an. Noch bevor Josie auch nur einen Fuß auf amerikanischen Boden gesetzt hatte, waren die wildesten Gerüchte über sie in Umlauf gekommen.

Eine Adelige?

Sie?

Wer hatte sich nur diesen Blödsinn ausgedacht?

»Glauben Sie wirklich, eine Adelige würde als Kindermädchen arbeiten?«

Das Mädchen ließ sich ihre Worte durch den Kopf gehen, während sich der Trupp vor ihnen langsam in Bewegung setzte.

»Dann sind Sie also gar keine hochnäsige Blaublütige?«

Josie schüttelte den Kopf. »Armdrücken mit Matrosen ist keine Disziplin, die sich am Hofe seiner Majestät als Frauensport durchgesetzt hat.«

Das Mädchen kicherte. Als sie die Rampe hinter sich gelassen hatten, zog sie Josie zur Seite. »Ich bin Judy. Judy Evergreen. Es freut mich, Sie kennenzulernen, Ms. Cavendish. Ich arbeite ebenfalls bei den Mayfields, aber als Mädchen für alles. Kochen, putzen, servieren, Botengänge … Was auch immer gerade anfällt. Wir werden uns also sicher öfter über den Weg laufen.«

»Ich freue mich, Judy, und bitte lassen wir die Formalitäten. Ich bin einfach nur Josie.«

»Du bist so ganz anders, als ich es erwartet habe, und ich würde sehr gern länger mit dir plaudern, aber ich muss los. Ich habe noch einiges für Mrs. Mayfield zu erledigen.«

Sie winkte ihr zu und verschwand flink in der Menge.

Josie atmete erleichtert aus, Judy schien ein liebes Mädchen zu sein, bestimmt würden sie sich gut verstehen ... Aber diese Gerüchte, die über sie erzählt wurden, bereiteten ihr Bauchschmerzen.

Wolken schoben sich über die Sonne, und ein leichter Wind zog auf. Zu dem salzigen Geruch der See mischte sich der Duft von Regen. Sie musste sich beeilen, wenn sich nicht nass werden wollte.

Am Hafen ging es hektisch zu. Matrosen, Händler und Neuankömmlinge drängten rücksichtslos aneinander vorbei, aber Josie hatte kein Problem damit, ihre Ellenbogen einzusetzen. Als Erstes musste sie den Mitarbeiter vom Einreiseamt finden, um sich in das Register eintragen zu lassen. Ihre Papiere waren bereits genehmigt worden, also handelte es sich dabei nur noch um eine Formalität. Ein leichter Nieselregen setzte ein und erschwerte ihr das Vorankommen auf den rutschigen Holzplanken. Dankbar für ihr festes Schuhwerk folgte sie einem Schwung Einreisender, die mit ihr zusammen das Schiff verlassen hatten. Während sie sich an herumstehenden Fässern und Holzkisten vorbeizwängte, versuchte sie, die innere Unruhe zu unterdrücken, die in ihrem Magen brodelte. Endlich war es so weit! Ihr neues Leben lag unmittelbar vor ihr. Es war der letzte Wunsch ihres Vaters gewesen, dass sie die Stelle als Kindermädchen bei der Familie Mayfield antrat. Wieso er darauf bestanden hatte, war ihr ein Rätsel. Sie eignete sich nun wirklich nicht als Gouvernante, das wusste sie. Aber welche gute Tochter würde am Totenbett des eigenen Vaters nicht jegliches Versprechen abgeben? Josie sah es pragmatisch, so hatte sie ein paar Jahre Zeit, um Geld anzusparen und sich dann etwas eigenes aufzubauen. Vielleicht ein kleiner Laden, in dem sie Schätze aus aller Welt verkaufen könnte? So eine Hafenstadt eignete sich dafür doch hervorragend? Es war also ein guter, nein, ein solider Plan.

Josie hing ihren Tagträumen nach, bis sie ein klopfendes Geräusch in die Wirklichkeit zurückholte. Vor ihr erhob sich ein Podest, auf dem ein kleiner Mann mit einer großen Brille saß. Er arbeitete von einem provisorischen Schreibtisch aus und trug mit einer weißen Feder, die man noch in ein Tintenfass tunken musste, Dinge in ein Buch ein.

Wie altmodisch.

Der Regen und der kühle Wind hatte die Reisenden dicht zusammengetrieben, die sich wie eine Traube um ihn sammelten. Der Beamte blickte von oben auf sie herab, und ein schmieriges Lächeln stahl sich auf seine Lippen. Er genoss die Aufmerksamkeit der von der langen Reise erschöpften Menschen sichtlich und dirigierte mit seiner Feder die unkoordinierte Menge in eine schöne Reihe. Wie ein wahrer Maestro sein Orchester im Griff hatte, wusste dieser Beamte die Massen in seinem Sinne zu bewegen.

Josie stand ganz hinten in der Reihe und scharrte ungeduldig mit den Füßen. Hoffentlich würde es nicht zu lange dauern ...

Leider hatte sie Pech. Der Beamte nahm sich für jeden Neuankömmling ungeniert viel Zeit, und so manch einer verließ das Podest des Maestros weinend oder mit vor Zorn gerötetem Gesicht. Josie verlagerte ihr Gewicht und kramte in ihrem Seesack nach ihrem Reiseumhang, doch leider fand sie ihn nicht. Der Regen wurde immer stärker, und als sie endlich an der Reihe war, klebten ihre honigblonden Haare wie verwelkte Algen an ihrer Stirn fest, während ihr Magen knurrte und ihre Beine von der langen Warterei wie betäubt waren, was wiederum dazu führte, dass ihre Laune nicht die beste war.

Sie betrat das Podest, das zwar überdacht war, aber nur so weit, dass der Schreibtisch vor Nässe geschützt wurde. *Sie musste weiterhin im Regen stehen.* Eine böse Stimme in ihrem Hinterkopf flüsterte, dass es Absicht war, um die Ankommenden noch mehr zu schikanieren.

»Name, Alter und Grund des Aufenthalts?«, drang die monotone Stimme des Staatsdieners an ihr Ohr.

Er blickte nicht auf, während er mit ihr sprach.

»Josephine Cavendish, Sir, ich bin einundzwanzig Jahre alt und hier, um als Kindermädchen zu arbeiten.«

»So, so.« Der Beamte strich sich über sein glatt rasiertes Kinn und sah Josie endlich an. Die höfliche Anrede schien ihm geschmeichelt zu haben, aber als er seinen Blick über ihren durchnässten schlaksigen Körper gleiten ließ, zeigte sich ein enttäuschter Ausdruck auf seinem Gesicht.

Josie ballte die Hände zu Fäusten, eine unangenehme Gänsehaut zog sich über ihre Arme. Was bildete sich dieser kleine Wicht ein? Er war auch nicht gerade ein Augenschmaus!

»Transportieren Sie Lebensmittel in Ihrem Gepäck? Leiden sie an chronischen Krankheiten, von denen der Staat wissen sollte? Weibliche Hysterie zum Beispiel? Haben Sie sich an Bord vielleicht mit einer Seuche angesteckt? Es wird notwendig sein, Sie zu untersuchen. Ich nehme an, Sie kommen aus England?«

Noch bevor Josie die Chance hatte, sich zu erklären, deutete der Maestro auf ein kleines Zelt und erhob sich.

»Bitte begeben Sie sich in unsere Untersuchungseinheit, einer unserer Mitarbeiter wird Sie begutachten.«

Josie kam die Galle hoch. »Ist das wirklich das normale Prozedere? Meine Papiere wurden doch bereits genehmigt!« Sie reichte ihm die Dokumente, welche er mit einem Achselzucken abwies. »Ich bitte Sie, Sir ... Ich war extra vor meiner Abreise bei den Behörden.« Ihre Stimme zitterte vor Wut, und ein Grinsen erschien auf dem Gesicht des Mannes. Sicherlich verwechselte er das Stottern ihrer Stimme mit

Angst, doch in Josie tobte ein Sturm. Sie war müde, hungrig und nass, und dieser Beamte war nur darauf aus, ihr seine Macht zu demonstrieren.

»Aber natürlich ist dies das normale Prozedere, Ms. Cavendish! Oder zweifeln Sie etwa meine Kompetenz an?«

Der Beamte starrte ihr mit all der Arroganz seines Standes entgegen. Josie bemühte sich, ihre Wut hinunterzuschlucken, was ihr nur schwer gelang. Glaubte dieser Mann wirklich, er könnte sie einschüchtern? Sie hatte mit ihrem Vater die ganze Welt bereist, war von klein auf von Militärbasis zu Militärbasis gezogen. Ihre Spielkameraden waren hart gesottene Soldaten gewesen, und gerade hatte sie einen Matrosen im Armdrücken besiegt. Sicherlich würde sie sich nicht von so einem Sesselwärmer herumdirigieren lassen!

»Ms. Cavendish, ich habe nicht den ganzen Tag Zeit. Wenn Sie sich weigern, dann muss ich Sie leider in eine Überbrückungsunterkunft einweisen. Den Aufenthalt kann ich Ihnen jedoch nicht empfehlen. Es wäre also in Ihrem Interesse, meinen Anweisungen Folge zu leisten.«

Der Beamte leckte sich über die Lippen und blickte sie hämisch an.

»Mein Arbeitgeber erwartet mich noch heute, ich habe keine Zeit für Ihre Schikanen!«, presste Josie mühsam hervor. Männer wie dieser Beamte reizten sie. Mit seinem gerüschten Dreiteiler und dem aufgeblasenen Gehabe war er eindeutig ein Unikat aus dem letzten Jahrhundert. Menschen wie ihn hätte ihr Vater zum Frühstück verspeist.

»Zwingen Sie mich nicht, meine gute Kinderstube zu vergessen, Ms. Cavendish.«

Josie knirschte mit den Zähnen, weil sie drauf und dran war, ihre guten Manieren, von denen sie ohnehin zu wenige besaß, über Bord zu werfen und dem unwirschen Beamten ordentlich die Meinung zu geigen ...

Atme, Josie!

Sie sollte nicht gleich an ihrem ersten Tag in ihrer neuen Heimat eine Szene machen ...

»Da wir an Personalmangel leiden und Sie sich so zieren, werde ich die Untersuchung wohl selbst durchführen müssen.« Der Maestro rümpfte die Nase. »Wenn Sie sich also bitte ins Zelt begeben und sich entkleiden würden.«

Zum Teufel mit der Vorsicht! Josie sah rot. Hatten die anderen Neuankömmlinge deswegen geweint oder waren mit vor Zorn geweiteten Augen davongestürmt? Weil dieser Winzling von einem Mann sie gequält und verhöhnt hatte? Wie konnte man mit Menschen nur so umgehen? Josie stand kurz davor, über den Schreibtisch zu hechten, als sich eine Hand auf ihre Schulter legte und sie sanft nach unten drückte.

Ein hochgewachsener Mann war dicht an ihre Seite getreten. Er trug einen Regenschirm, den er schützend über Josie hielt. Seine Körperwärme drang durch den triefnassen Stoff ihres Kleides, in dem sie längst vor Kälte zitterte.

»Das wird nicht nötig sein«, sagte er mit ruhiger Stimme.

Meinte er sie oder den Maestro?

Wusste der Fremde etwa, wie kurz davor sie war, dem widerlichen Beamten ihre Faust ins Gesicht zu rammen?

Sie wandte sich ihm zu, doch seine Mimik ließ nicht darauf schließen, ob er Freund oder Feind war. Vielleicht lag es daran, dass seine linke Gesichtshälfte von wulstigen Narben durchzogen war, die sich bis über seinen Hals erstreckten und im Kragen seines Hemdes verschwanden.

Splittergranaten.

Er musste wohl im Krieg gedient haben. Wie viele Splitter hatten sie aus seinem Gesicht entfernt? Seine wachen blauen Augen beobachteten sie genau, und Josie stieg trotz der Kälte die Hitze in die Glieder. Denn auch wenn seine linke Gesichtshälfte entstellt war, war es der Rest von ihm nicht. Und dieser Rest würde so ziemlich jedem Mann, der ihr bis jetzt begegnet war, Minderwertigkeitskomplexe verursachen.

Der Maestro hielt inne, um den dunkelhaarigen Störenfried ebenfalls in Augenschein zu nehmen. Seinem missbilligenden Blick nach zu urteilen, musste er den Herren kennen.

»Sie habe ich ja seit einer Ewigkeit nicht mehr gesehen! Ich dachte, Sie verlassen das Anwesen nicht mehr?«

Der Maestro nahm seine Brille ab, um sie zu putzen. Eine Marotte, weil er nervös war?

»Das mit Ihrem Vater tut mir übrigens leid, er war ein guter Mann.«

Die Hand des Fremden lag immer noch auf ihrer Schulter, und sie bemerkte, wie er sich bei den Worten des Hafenmitarbeiters verspannte.

»Ms. Cavendish wird von heute an für unsere Familie tätig sein, Ihre unnötigen Fragen und aberwitzigen Untersuchungen sind also nicht notwendig, Mr. Chestnut. Sie sehen doch, dass die Dame sich bester Gesundheit erfreut.«

Chestnut verzog das Gesicht, weil der Mann seine Worte augenscheinlich ignorierte.

»Sir Mayfield, dass Protokoll *muss* eingehalten werden. Ich werde keine Ausnahme für Sie machen.«

Mayfield ...

Das war doch der Name ihres neuen Arbeitgebers! Aber was tat er hier? War er etwa gekommen, um sie abzuholen? Sie? Ein einfaches Kindermädchen.

Josie musste an Judy und die Gerüchte denken, die es über sie gab. War Sir Mayfield hier, weil er dachte, sie sei eine Adelige? Aber das war doch lächerlich! Was hatte ihr Vater ihm nur erzählt, als er die Stelle für sie beschaffte? Josie musste die Situation so schnell wie möglich aufklären. Bevor es noch peinlicher wurde.

O Papa, wie konntest du nur?

Der Gedanke, ihren Vater für dieses ganze Durcheinander

nicht mehr schellten zu können, brach Josie das Herz, aber es gab jetzt Dringenderes, das ihre Aufmerksamkeit forderte.

»Machen Sie sich nicht lächerlich, Chestnut, wir sind hier fertig.« Sir Mayfield nahm dem verdutzten Beamten die Feder aus der Hand, um sie Josie zu reichen. Seine Bewegungen waren steif, anscheinend waren die Narben in seinem Gesicht nicht die einzigen Verletzungen, die ihn quälten.

»Aber das geht doch nicht!«

»Wollen Sie sich etwa streiten, Mr. Chestnut?«

»Sie stehen nicht über dem Gesetz, Nathaniel!«

Dem Gesicht des Beamten fehlte jegliche Farbe, doch seine Augen waren vor Zorn geweitet. Schmeckte ihm etwa seine eigene Medizin nicht?

»Ich denke nicht, dass ich es bin, der hier seine Macht missbraucht! Soweit ich mich erinnern kann, sind es Ärzte, die für die körperliche Untersuchung der Einreisenden verantwortlich sind. Ich sehe hier aber keinen Arzt.«

Josie hielt die Luft an, wer hätte gedacht, dass ihr neues Leben gleich mit einer Auseinandersetzung starten würde. Der Regen prasselte immer lauter gegen den Schirm. Sir Mayfield hielt ihr die Feder erneut unter die Nase.

Sie nahm sie und sah ihren Arbeitgeber fragend an.

»Sie müssen nur unterschreiben.« Sir Mayfield deutete auf das Register.

Josie wollte der Aufforderung eilig nachkommen, doch Mr. Chestnut dachte gar nicht daran, kampflos aufzugeben. Er griff nach ihrem Handgelenk und verbog es mit einer Kraft, die sie dem schmächtigen Mann kaum zugetraut hätte und sie aufheulen ließ – mehr vor Überraschung, als vor tatsächlichem Schmerz.

Nun reichte es Josie. Der Beamte hatte den Bogen überspannt! Er würde jetzt und hier ihre Faust küssen, doch bevor sie noch ausholen konnte, hatte sich Nathaniels Hand um den Hals des Beamten gelegt. Mittlerweile hatte sich eine Traube Schaulustiger um sie gebildet, und die Menge hielt geballt den Atem an. Josie blieb der Mund offen stehen. Sie war die Einzige, die nah genug stand, um zu sehen, wie sich Chestnuts Lippen binnen Sekunden blau verfärbten. Nathaniel würde ihn umbringen, wenn sie ihn nicht schleunigst davon abhielt.

»Sir?«

Josie umklammerte Nathaniels Arm. Der Regenschirm fiel in hohem Bogen vom Podest, und der Regen prasselte auf sie beide nieder. Er löste seinen Blick von Chestnut, um sie anzusehen. Seine Augen waren die eines wilden Tieres. In den Tiefen seiner Iriden lag eine Wildheit, die sie an einen Soldaten im Kampfesrausch erinnerte und die jeden normal denkenden Menschen das Weite suchen ließ. Doch anstatt wegzulaufen, umklammerte sie seinen Arm noch fester, nahm die Feder vom Tisch und unterschrieb in dem Register.

»Ich denke, wir sind fertig.« Sie lächelte Nathaniel an, während Chestnut japsende Geräusche von sich gab.

Nathaniel schluckte schwer und zog Chestnut näher an sich heran.

»Legen Sie nie wieder Hand an etwas, das mir gehört.«

Seine geflüsterten Worte jagten Josie einen Schauer über den Rücken und ließen sie beinahe vergessen, dass der Mann vor ihr verheiratet war und zwei Kinder hatte.

Endlich entließ Nathaniel Chestnut aus seinem Griff und deutete Josie an, das Podest zu verlassen, während er den Schirm wieder aufhob und über sie beide spannte. Gekonnt führte er sie durch die Masse der Schaulustigen, die ohnehin einen respektvollen Abstand hielten.

Trotz eines leichten Hinkens bewegte er sich schnell, und Josie hatte Mühe mitzuhalten. Ihr Seesack und ihr Koffer waren durchnässt und wogen eine gefühlte Tonne.

»Brauchen Sie Hilfe mit Ihrem Gepäck?«

Nathaniel knurrte sie beinahe an, er war immer noch aufgebracht, aber Josie hatte schon früh gelernt, Ruhe zu bewahren. Sie lächelte, dann schüttelte sie den Kopf. »Ich habe nie mehr bei mir, als ich selbst tragen kann.«

Nathaniel musterte ihr Gepäck, doch anstatt sie zu nötigen, ihr doch ein Gepäckstück abnehmen zu dürfen, wie es vermutlich ein jeder englische Gentleman getan hätte, nickte er ihr nur zu und setzte seinen Weg fort. Schier endlos schien er sie durch Gassen und Straßen zu hetzen. Zunächst führte er sie weg vom Hafen, dann eine breite Hauptstraße entlang und bog schlussendlich in eine kleine Seitengasse ein.

»Entschuldigen Sie meine Frage, aber wissen Sie, wo Sie langgehen?«

»Wie bitte?«

Nathaniel war stehen geblieben und starrte sie entgeistert an.

»Nicht dass ich etwas gegen einen Spaziergang hätte, aber ich würde mich freuen, bald ins Warme zu kommen, und sie wirken so in Gedanken, dass ich mich frage, ob sie überhaupt ein Ziel vor Augen haben?«

»Wollen Sie etwa andeuten, dass ich mich in meiner eigenen Stadt verirrt habe, Ms. Cavendish?«

»Nicht verirrt, Sir Mayfield, aber womöglich haben Sie sich treiben lassen?«

Josie sah sich um. Fast erstaunt blieb ihr Blick an einem verlassenen Haus hängen. Die Fenster waren mit Brettern verbarrikadiert, und die Farbe blätterte von der Fassade. Aber es hatte Potenzial. Nicht weit entfernt von der Hauptstadt und mit einer einladenden Front, war es genau das, was sich Josie für ihren zukünftigen Laden vorgestellt hatte. Ob es wohl zum Verkauf stand?

»Hier wollte ich tatsächlich nicht hinkommen, aber das Schicksal hat so seine Art, Späßchen mit mir zu treiben und mich zu verspotten.«

Josie schwieg. Was sollte sie auch schon großartig darauf antworten?

»Kommen Sie.«

Er führte sie zurück zur Hauptstraße.

Am Rande des Hafens parkte ein Automobil, vor dem ein Chauffeur auf sie wartete.

»Lyon, kümmern Sie sich um das Gepäck der Dame.«

Der ältere Herr im schwarzen Anzug nahm Josie den Koffer aus der Hand und wartete geduldig, bis sie ihm auch den Seesack reichte. Sein Gesicht war freundlich, und er lächelte ihr aufmunternd zu. Die Mayfields mussten wohlhabender sein, als sie gedacht hatte. Ein Automobil und ein Chauffeur? Nicht zum ersten Mal wunderte sich Josie über die Behandlung, die ihr hier zuteilwurde. Sie war als einfache Angestellte angereist, ihren Stand in der Gesellschaft hatte sie mit dem Ableben ihres Vaters verloren. Wieso also behandelte Nathaniel sie, als wäre sie immer noch eine Adelige aus feinem Hause und nicht wie das Kindermädchen, das sie von heute an war? Er hatte sich sogar für sie mit Mr. Chestnut angelegt!

Nathaniel reichte ihr seine Hand, um ihr beim Einsteigen zu helfen, während Lyon mit ihrem Gepäck beschäftigt war. Es waren Soldatenhände. Das hätte Josie blind erkannt. Die Hand, die er ihr reichte, war voller Narben und Verbrennungen, die durch Schrapnellen und Schusswaffen hervorgerufen worden waren. Wenn sie aufgrund seiner Narben im Gesicht nur vermutet hatte, dass er Soldat war, dann hatten ihn seine Hände nun eindeutig verraten.

»Sie haben gedient?«, fragte Josie, obwohl es eigentlich eine Feststellung war.

Nathaniel blieb vor der geöffneten Autotür stehen und sah sie eindringlich an.

Hatte sie ihn verärgert?

»In einem anderen Leben, vor einer Ewigkeit.«

Er hatte den Regenschirm immer noch hinter sich aufgespannt, und das gleichmäßige Trommeln drang rhythmisch an ihr Ohr. Josie hatte sich immer gefragt, warum sie gerade bei den Mayfields arbeiten sollte. Ihr Vater hatte ihr diese Frage nie beantworten wollen.

War Nathaniel der Grund? Hatten die beiden Männer einander gekannt?

Nathaniel beugte sich herab, griff nach ihrem Handgelenk und hielt es hoch. Seine Finger glühten auf ihrer Haut. Er war unnatürlich heiß, oder war sie so kalt? Innerhalb des Kokons, den er um sie beide herum gesponnen hatte, schien die Zeit stillzustehen. Wie lange wollte er ihr Handgelenk noch anstarren? Er schob ihren nassen Ärmel nach oben und gab einen knurrenden Laut von sich, als er den rot-blauen Ring sah, der sich um ihr Gelenk gebildet hatte. Sie wollte ihm ihre Hand wieder entziehen, doch er ließ nicht locker.

»Es ist nicht so schlimm, wie es aussieht.«

Nathaniel blieb stumm, als wäre er von dem Anblick ihrer geschundenen Haut gefangen. Er regte sich nicht, obwohl die Minuten verstrichen. Ein unheilvoller Glanz umgab seine Augen, und sie konnte förmlich sehen, wie die Adern an seinem Hals hervortraten.

Josie räusperte sich.

Sie kannte diesen verklärten Blick von jenen Soldaten, um die sie sich in den Krankenstationen gekümmert hatte. Wenn ihre Gedanken zu den Schrecken des Schlachtfeldes zurückgekehrt und dort gefangen gehalten worden waren. Ging es Nathaniel ähnlich? Seine Narben bargen sicherlich schmerzliche Erinnerungen.

»Wollt Ihr nicht einsteigen, Sir? Der Regen wird immer stärker«, fragte sie mit sanfter Stimme.

Als er immer noch nicht reagierte, beugte sie sich leicht vor und legte ihre Hand auf seine rechte Wange, sie konnte einfach nicht anders, so verloren wirkte er.

»Sir Mayfield, hören Sie mich? Ich bin sicher, Ihre Frau und Ihre Kinder erwarten uns bereits.«

Er schreckte vor ihrer Berührung zurück, als hätte er sich verbrannt, und ließ endlich ihr Handgelenk los. Sie sah, wie seine Pupillen sich weiteten und wieder verengten, während sein Geist langsam ins Hier und Jetzt zurückzukehren schien.

»Meine Frau?« Er runzelte die Stirn. Dann räusperte er sich, und eine leichte Röte zeichnete sich auf seinen Wangen ab.

»Ich habe weder Frau noch Kinder.«

»Aber ich bin doch hier, um als Kindermädchen zu arbeiten!«

Josie atmete tief ein, war sie etwa den weiten Weg umsonst gekommen? Hatte es eine Verwechslung gegeben? Nein, Nathaniel hatte Mr. Chestnut doch erklärt, dass sie von nun an für seine Familie tätig sein würde.

»Sie arbeiten für meine Stiefmutter und deren Kinder.«

»Ich verstehe.«

Er war also der Sohn des Plantagenbesitzers? Da fiel Josie ein, was Chestnut gesagt hatte. »Ihr Vater?«

»Ist im letzten Monat verstorben.«

»Mein Beileid, Sir Mayfield.«

Nathaniel schüttelte den Kopf. »Sie könnten zu keinem besseren Zeitpunkt kommen, Ms. Cavendish. Die Kinder werden Sie brauchen, immerhin haben sie schon wieder einen Vater verloren.«

Josie verstand seine Aussage nicht ganz, aber sie wollte auch nicht länger in seiner Wunde herumbohren. Sie war erleichtert, dass er wieder bei Sinnen war.

Nathaniel ließ sie los. Zum Glück war Lyon bereits eingestiegen. Sie wollte sich gar nicht vorstellen, welche Gerüchte es über sie zu hören gab, wenn der alte Chauffeur herumerzählte, dass sie dem Hausherren so ungeniert nähergekommen war.

Josie wartete darauf, das Nathaniel in den Wagen einstieg, doch er entfernte sich von ihr. Stieg er nicht ein? Als hätte er ihre Gedanken gelesen, schenkte er ihr ein trauriges Lächeln, bevor sich seine Züge erneut verhärteten. Er räusperte sich.

»Lyon, bringen Sie Ms. Cavendish zum Anwesen, ich habe noch zu tun.«

»Aber, mein Herr, Sie sind durchnässt, wäre es nicht klüger heimzukehren und sich zu trocknen?«, fragte Josie.

»Ms. Cavendish, ich habe Sie nicht kommen lassen, damit Sie *mich* bemuttern.«

Also war es tatsächlich Nathaniel, der mit ihrem Vater kommuniziert hatte?

Noch bevor Josie protestieren konnte, knallte Nathaniel die Wagentür zu. Verwundert starrte sie ihm nach. Hatte sie ihn ungewollt verärgert? Ihre direkte Art hatte sie schon des Öfteren in Schwierigkeiten gebracht.

»Sie müssen den jungen Herren entschuldigen, Miss. Er war bereits den ganzen Morgen nervös wegen Ihrer Anreise, außerdem verlässt er das Anwesen zurzeit nicht mehr sehr oft.«

Das hatte Chestnut ebenfalls erwähnt. Sofort plagte Josie ein schlechtes Gewissen. War Nathaniel etwa dazu genötigt worden, sie abzuholen? Und dann hatte sie ihm auch noch solchen Ärger bereitet! Er musste sie für eine einzige Plage halten! Abermals stieg ihr die Hitze ins Gesicht, weil sie sich erlaubt hatte, seine Wange zu berühren. Sie zog die Knie ungalant an ihre Brust und stöhnte in den nassen Stoff ihres Reisekleides hinein, während der Wagen sich humpelnd durch die Stadt bewegte.

»Sagen Sie es mir ehrlich, Lyon, ich habe bestimmt keinen guten ersten Eindruck hinterlassen?«

Der alte Chauffeur lachte. »Wieso denken Sie das, Miss? Es war doch der junge Herr, der Sie hier einfach sitzen lassen hat. Machen Sie sich keine Sorgen! Sie sind nun hier … Leben Sie sich erst einmal ein, dann wird sich schon alles in Wohlgefallen auflösen.«

Josie entspannte sich ob der Worte des grauhaarigen Mannes. Der Regen prasselte gegen die Scheiben des Wagens, und sie schmiegte sich in das weiche Leder der Sitzbank. So hatte sie sich den Start in ihr neues Leben ganz bestimmt nicht vorgestellt, aber noch hatte sie eine Chance, wenigstens bei ihren Zöglingen einen guten ersten Eindruck zu hinterlassen.

Rosetta und William. Ob sie sich mit ihnen gut vertragen würde?

Sie richtete sich wieder auf und zupfte an ihren Haaren, um sie in Ordnung zu bringen. Lyon hatte recht! Noch war nicht aller Tage Abend, und sie musste guter Stimmung bleiben.

Während sie die Stadt hinter sich ließen und der Wagen im Schneckentempo die steilen Klippen erklomm, fasste Josie einen Entschluss. Sie würde ihr Bestes geben und sich ganz auf die Aufgabe konzentrieren, die vor ihr lag, genauso, wie ihr Vater es von ihr gewollt hätte. Sie atmete tief ein und aus und verbannte alle schlechten Gedanken aus ihrem Geist.

Legen Sie nie wieder Hand an etwas, das mir gehört.

Josie verbarg ihr Gesicht hinter ihren Händen. Ihr Herz klopfte ihr bis zum Hals, während seine Worte in ihr widerhallten. Nathaniels wilder Blick bohrte sich in ihren Geist, und sie ahnte jetzt schon, dass dies nichts Gutes bedeuten konnte.

Kapitel 4

Eliza

Seufzend blickte Eliza über die Reling des schwankenden Schiffes. Eine Träne rollte über ihre Wange und gesellte sich zu den Tausenden Kubikkilometern Wasser um sie herum.

»Geht es Ihnen gut, Ma'am?« Eine der Hafenmitarbeiterinnen, die die Überfahrt von Cape Charles in Virginia nach Appleton Valley betreute, trat neben sie.

»Danke, lieb von Ihnen, aber mir geht es gut, ich werde nur schnell seekrank.« Eliza schluckte den bitteren Kloß, der sich in ihrem Hals gebildet hatte, hinunter und atmete tief durch.

»Hier.« Die Frau reichte ihr ein Taschentuch. »Ich schätze, solange es nur Übelkeit und kein Liebeskummer ist, ist alles gut.«

Eliza starrte auf das Taschentuch.

Liebeskummer... wenn du wüsstest.

Vor zehn Jahren hatte sie vor lauter Tränen fast kein Wort herausgebracht. Eliza erinnerte sich noch viel zu lebendig an das Gefühlschaos in ihrem Herzen, nachdem sie in einer Nacht- und Nebelaktion von ihrer Mutter auf dieses Schiff gezwungen worden war. Es war der furchtbare Abschluss des schönsten Tages ihres Lebens gewesen.

Sie sah sich durch den Apfelhain laufen. Er hielt ihre Hand, als wäre sie das Kostbarste auf der ganzen verdammten Welt für ihn. Die Sonne war schon fast im Meer verschwunden. Die Reste von Blau, Rosa und Orange verzierten das Firmament, als hätte jemand einen Pinsel eingetaucht und sanfte Wellen darübergemalt. Er blieb stehen und beugte sich zu ihr herab. Eliza klammerte sich an ihn ...

»Wir legen in fünf Minuten an, also halten Sie noch ein wenig durch, ja?«

Eliza schlug die Augen auf. »Vielen Dank.«

Der schöne Beginn eines furchtbaren Albtraums.

Selbst nach all den Jahren kam es ihr noch so vor, als wäre es erst gestern gewesen. Ihr Puls beschleunigte sich und verdrängte die aufkeimende Übelkeit. Warum, nach all den Jahren? Es war nicht so, dass sie *ihn* vergessen hätte ... Sie war nur so beschäftigt gewesen. Und jetzt, da sie hier auf genau demselben Schiff stand und Zeit zum Nachdenken hatte, hüpfte ihr Herz wie ein Gummiball in ihrer Brust.

Er hat sich nie bei mir gemeldet, obwohl ich ihm eine Nachricht dagelassen habe.

Eliza knirschte mit den Zähnen. Sie verdrehte das Taschentuch zu einer Wurst und entfaltete es wieder. Erst dann wischte sie sich die Tränen aus dem Gesicht. Appleton Valley lag direkt vor ihr. Eine Glocke ertönte und leitete ihre Ankunft ein. Eliza warf einen Blick auf ihr Handy. Tante Mildred hatte ihr eine Nachricht zukommen lassen, von einer ihr unbekannten Nummer.

Erst musst du zum Hafenamt, deren Vorgehensweise hat sich leider seit einhundert Jahren nicht geändert. ☺

Dieses Emoji stammte sicher nicht von Mildred.

Dort kannst du deinen Kater und dein Gepäck abholen. Ich habe dir einen Fahrer geschickt, der dich direkt zu mir bringen wird. Dann machst du es dir erst mal gemütlich, während ich Tee zubereite, bevor wir über deine Urgroßmutter Josephine sprechen.

Eine genauere Anleitung hätte Mildred Eliza kaum geben können.

Das Schiff legte an, und die Matrosen machten sich daran,

die Brücke herunterzulassen. Nur noch ein paar Minuten, dann war sie in ihrer Heimat angekommen.

»Wir bitten Sie, sich zur Brücke zu begeben und das Schiff zu verlassen«, tönte es durch die Lautsprecher.

Wie mechanisch setzte sich Eliza in Bewegung. Das Taschentuch verschwand in der Jackentasche ihres dünnen rostbraunen Trenchcoats, den sie *nur zur Sicherheit* angezogen hatte. Eigentlich war es viel zu warm. Sie blickte an sich hinab. Die Jeans, die sie heute trug, flatterte ein wenig an ihren Beinen, und sie schwor sich, keinen einzigen Keks, den Tante Mildred ihr anbot, abzulehnen.

Sie wird ohnehin mit mir schimpfen, wenn sie mich so sieht.

Aber es stimmte. Eliza hatte sich viel zu lang selbst vernachlässigt. Das musste sie so schnell wie möglich ändern.

Die Menschen schoben sich mehr oder weniger gesittet über die Brücke, und sie steckte mitten drin. Ein paar Meter entfernt fanden sich die Passagiere in einer Zweierreihe zusammen, auf die Mrs. Crown, ihre Lehrerin in der Grundschule, stolz gewesen wäre. Ein Mann, den ihre Tante vermutlich als »Napoleon ohne echten Einfluss« bezeichnet hätte, begutachtete die Reisepapiere, während sich die Frau mit dem Taschentuch, zusammen mit einem Hafenangestellten, um das Gepäck kümmerte. Der Mann kam ihr bekannt vor, aber gerade konnte sie ihn nicht einordnen. Noch nicht. Eliza wünschte, sie kämen schneller voran. Mog war schon so lange in einem Käfig eingesperrt und hasste sie vermutlich bis aufs Blut. Daran konnten auch die weiche Kuscheldecke und die Spielzeugmaus nichts ändern.

Er wird mich mindestens zwei Tage ignorieren und absichtlich nur das fressen, was Mildred ihm in den Napf füllt. Launischer Wicht.

Eliza stellte sich auf die Zehenspitzen, konnte aber kein einziges bekanntes Gesicht entdecken. Warum kam Tante Mildred eigentlich nicht persönlich, um sie abzuholen? Immerhin war sie auf ihre Bitte hin nach Hause gekommen.

Stattdessen schickte sie eine wildfremde Person. Wer es wohl sein mochte? Kannte sie den- oder diejenige vielleicht sogar?

Die Schlange schob sich voran, und sie gingen an einer Traube wartender Menschen vorbei. Eliza schauderte. Wurde sie beobachtet? Sie blickte sich um, aber da war niemand.

»Hübsche Lady? Du bist dran.« Ein kleines Mädchen tippte sie an.

»Danke!« Eliza schenkte der Kleinen ein breites Lächeln. *Hübsche Lady?*

Endlich war sie an der Reihe.

Der kleine Napoleon stand hinter einem Holzpult. In gewisser Weise erinnerte er sie an einen Dirigenten, der im Begriff war, seinen dünnen Stock vor lauter Wut auf das Holz zu schlagen, um sich endlich Gehör zu verschaffen. Sein Gesicht war rot wie eine überreife Tomate, und er wischte sich immer wieder glänzende Schweißperlen von der Stirn.

»Ms. Benington?«

Eliza nickte. »Ja, das bin ich.«

»Der Grund für ihre Reise nach Appleton Valley?«

Eliza runzelte die Stirn. Was ging es ihn an, weshalb sie hier war? Der kleine Mann namens Chestnut, wie ein Schild auf seiner Brust verriet, starrte sie mit diesem Hauch von Missbilligung an, der nur einem typischen Beamten anhaftete. *Chestnut? Aber natürlich!* Nachdem er ihr Äußeres ausgiebig beäugt hatte, schnalzte er geräuschvoll mit der Zunge. Eliza zog die Augenbrauen zusammen. Der Beamte hatte sich überhaupt nicht verändert. Dieser missmutige Erbsenzähler, bei dem jeder Kommastrich sitzen musste …

»Ich besuche meine Tante.«

»Sie kommen aus Großbritannien?«

Schon wieder so eine Frage … Er kannte sie doch!

Eliza verschränkte die Arme vor der Brust. Die kleinen Augen in seinem geröteten Schweinsgesicht folgten jeder ihrer Bewegungen mit Argwohn, und das gefiel ihr ganz und gar nicht.

»Wann bekomme ich endlich meinen Kater zurück?«, beantwortete sie seine Frage mit einer Gegenfrage.

»Kater? Ich kann mich nicht daran erinnern, derlei Papiere auf meinem Tisch gehabt zu haben.«

»Aber ich übergab ihn dem Schiffspersonal, als ich die Fähre betrat. Sie sagten mir, das sei die übliche Vorgehensweise!«

Langsam, aber sicher wurde sie ungeduldig. Was wollte dieser kleine Mann nur von ihr?

»Haben Sie irgendwelche ansteckenden Krankheiten, von denen ich wissen sollte?«

Der kleine Napoleon blickte sie herausfordernd über den Rand seines Klemmbretts an. Lachte er sie etwa aus? Was zum Teufel! Eliza straffte die Schultern und trat einen Schritt auf ihn zu. Obwohl sie nicht besonders groß war, überragte sie ihn immer noch eine Handbreit. Chestnut lehnte sich auf seinem Stuhl zurück, als hätte er Angst vor ihr.

»Ich will meinen Kater zurück! Und, wie ich sehe, verfügen Sie bereits über alle Informationen, die Sie für eine Einreise benötigen. Also hören Sie auf, mich zu belästigen, Mr. Chestnut, und lassen Sie mich endlich durch. Ich habe keine Lust mehr auf Ihre Spielchen!«

Eliza tippte ungeduldig mit dem Zeigefinger auf das zerkratzte Holz. Mr. Chestnut ließ das Klemmbrett sinken und erhob sich ebenfalls. Seine Gesichtsfarbe wechselte auf wundersame Weise von Rot zu Weiß und von Weiß zu einem tiefen Krebsrot.

»Wissen Sie eigentlich, wenn Sie hier vor sich haben? Ich bin der Bürgermeister von ...«

»Das weiß ich! Und selbst wenn Sie die Queen von England wären: Ich will nur meinen Kater, meinen Koffer und meine Papiere zurück! Dann bin ich schon weg, und Sie müssen sich nicht mehr mit mir herumärgern!«, unterbrach sie ihn.

»Diese Impertinenz!«

Chestnut schlug hastig mit dem Stock auf das Pult, bevor er in ihre Richtung deutete. »Sie ... Sie melden sich sofort im Hafenamt, wo man sich überlegen wird, wie man weiter mit Ihnen verfahren wird! Sie, Sie ...«

»Den Teufel werd ich tun! Her mit meinem Kater oder ich werde ausfällig!«

Wo war sie hier nur gelandet? Im letzten Jahrhundert? Aber dann kam ihr Mildreds SMS in den Sinn.

Erst musst du zum Hafenamt, deren Vorgehensweise hat sich leider seit einhundert Jahren nicht geändert. ☺

»Ricks!«, bellte Mr. Chestnut. »Sie übernehmen hier! Ich begleite Ms. Benington persönlich ins Hafenamt!«

Er sprang von seinem Stuhl auf und packte Eliza am Arm, die so perplex war, dass sie ihm einfach folgte. Dabei stolperte sie immer wieder, weil der kleine Mann den Platz wie ein Wiesel auf der Flucht überquerte.

Was erlaubte sich dieser Mann, sie überhaupt anzufassen? Und warum hinderte ihn niemand daran? Eliza bohrte die Absätze ihrer Schuhe in den Boden und stemmte sich gegen ihn.

»Kommen Sie schon, bevor ich Sie zurück auf die Fähre schleife, was vermutlich besser für Sie wäre ... wie damals!«

Wie damals?

Mr. Chestnut beschleunigte sein Tempo einmal mehr, wobei er ihr Handgelenk wie ein Schraubstock umklammerte. Woher nahm er nur diese eiserne Kraft?

»Wenn Sie mich nicht sofort loslassen, schreie ich!«, rief sie.

Hinter ihr ertönten laute Stimmen. Hatten sich die anderen Menschen doch endlich dazu entschieden, diesem Wahnsinn ein Ende zu setzen?

»Lasst mich endlich durch, ihr Provinztrottel!«, hörte sie jemanden irgendwo hinter sich brüllen.

Die Tiefe seiner Stimme jagte ihr einen Schauer über den Rücken.

»Ist mir scheißegal, ob er der Bürgermeister ist! Er soll gefälligst die Finger von Eliza lassen, bevor ich die Polizei rufe!«

Er hatte ihren Namen gesagt! Warum nur kam ihr seine Stimme so bekannt vor? Sie wollte sich umdrehen, aber im selben Moment prallte sie gegen eine riesige Regentonne, die jetzt gefährlich schwankte.

Mr. Chestnut ließ sie los, und Eliza stolperte.

»Eliza!«

Sie schlitterte über eine nasse Planke und verlor den Boden unter den Füßen. Ein Schrei löste sich, aber der Laut blieb in ihrer Kehle stecken. Dann setzte der Schock des kalten Wassers ein.

Eliza kniff die Augen zusammen und hielt die Luft an. *Ich muss schwimmen, schwimmen, bevor mir die Luft ausgeht.*

Warum nur konnte sie sich nicht bewegen? Sie strampelte schwerfällig, um zurück an die Oberfläche zu gelangen, aber gleichzeitig schien sie nur noch tiefer im Meer zu versinken. Das Wasser vor ihren Augen färbte sich rot, und sie fasste sich an die Stirn. *Sterbe ich jetzt?* Ihre Lider flatterten, und eine bleierne Schwere drückte sie nieder. Plötzlich tauchte eine dunkle Gestalt neben ihr auf und griff nach ihr. Der Druck des Wassers presste ihren Körper gegen ihn, und es bedurfte nur ein paar kräftiger Kraulbewegungen, bis sie an die Wasseroberfläche gelangten.

»Halt dich an mir fest, Eliza«, flüsterte er, während er sie beide voranschob.

Dann wurde Eliza aus dem Wasser gezogen. Irgendwo in der Ferne hörte sie den Tumult, den ihre Ankunft in Appleton Valley verursacht hatte. Sie wollte sich aufsetzen, aber bevor sie sich hochrappeln konnte, verlor sie erneut den Boden unter den Füßen.

»Mein ... mein Kater ...«, krächzte sie. *Nun reiß dich zusammen, Eliza!*

»Den finden wir schon noch. Gleich nachdem ich Chestnut zur Hölle gejagt habe.«

»Ich kann gehen, ich kann gehen ...«

»Kannst du nicht.«

Eine große Hand strich ihr eine blutbesudelte Haarsträhne aus dem Gesicht. Eliza blinzelte, bis ihr Sichtfeld klarer wurde.

»Du hast dir den Kopf gestoßen, Eliza.«

Ein Mann blickte finster auf sie herab. Ein außerordentlich gut gebauter, aber sehr nasser Mann, mit schokoladebraunem Haar, das an seiner Stirn klebte. Dazu noch ein tiefblaues Paar Augen und vermutlich dezent geschwungene Lippen, die jetzt zu einem wütenden Strich gepresst waren. Ihr Herz machte einen Sprung, nur um gleich danach stotternd seinen Dienst zu versagen.

Harrold ... Was, um alles in der Welt ...?

»Mr. Mayfield, hier, Ms. Beningtons Papiere, ihr Gepäck und der gesuchte Kater«, hörte sie die Stimme der Frau vom Schiff wie durch Watte.

»Harrold?«

Wie in Zeitlupe wandte er sich ihr zu. Erneut hielt Eliza die Luft an, bis es in ihren Ohren rauschte, weil ihre Gedanken gerade eine Massenkarambolage in ihrem Kopf verursacht hatten. Ihr wurde heiß und kalt zugleich. Harrold blickte sie an, schien in ihrem Gesicht lesen zu wollen. So wie früher.

Warum hast du mir nie geschrieben? Ich habe auf dich gewartet!

Ihr verräterisches Herz nahm seinen Dienst wieder auf und pochte aufgeregt gegen ihre Rippen. Keuchend entließ sie den angehaltenen Atem aus ihrer Lunge.

»Eliza.«

Sie streckte ihre Finger nach ihm aus, berührte seine Wange, und er ließ es geschehen.

»Bitte, bring mich nach Hause«, wisperte sie.

Wie eine Marionette, der man die Fäden abgeschnitten hatte, hing sie in den Armen des Mannes, dem sie vor Jahren ihr Herz geschenkt hatte; sie hatte es nie wieder zurückbekommen. Plötzlich wünschte sie sich nichts sehnlicher, als wegzulaufen. Aber ihre schwächliche Konstitution machte ihr einen Strich durch die Rechnung. Sie konnte jetzt nicht fort, selbst wenn sie es wollte.

»Ich bringe dich nach Hause.«

Seine Iriden verdunkelten sich, tauchten in sie ein, und es dauerte einen Moment, bis er sich losreißen und in Bewegung setzen konnte.

Du bist damals nicht gekommen, Harrold. Warum?, wollte sie ihn fragen.

Stattdessen schloss sie einfach nur die Augen.

»Chestnut dieser Idiot, wenn ich ihn erwische, kann er was erleben. Meine geliebte Nichte beinahe zu ertränken. Ich werde ihn verklagen!«, schimpfte Tante Mildred.

Sie saßen auf einem antiken Biedermeier-Sofa in Tante Mildreds Wohnzimmer im ersten Stock über dem Antiquitätenladen. Nachdem Harrold Eliza nach Hause gebracht hatte, hatte ihre Tante ihnen beiden erst trockene Sachen verordnet – weshalb Eliza nun einen seidenen Morgenmantel mit Stickereien aus den 30ern trug, während Harrold Hose und Hemd von Ehemann Nummer drei hatte anziehen müssen. Dann war sie mit Desinfektionsmittel und Stripes angerückt und hatte mit ihrer nicht vorhandenen Expertise als Hobbyärztin festgestellt, das Elizas Wunde nicht genäht, wohl aber geklebt werden müsse.

»Und du bist einfach nachgesprungen, als Eliza nicht wieder aufgetaucht ist?«

Harrold verdrehte die Augen und seufzte. »Ich habe jedenfalls nicht bis zehn gezählt, ob sie es allein schafft oder nicht, Tante Mildred. Sie ist gefallen, und ich bin gesprungen. Und jetzt trage ich Bernards vorletztes Hemd.«

Eliza blickte Harrold von der Seite an. Dabei neigte sie den Kopf so, dass er es hoffentlich gar nicht bemerken würde. Obwohl sie das bezweifelte. Er hatte schon immer ein gutes Auge für seine Umgebung gehabt. Ganz besonders für sie.

Er sieht noch genauso aus wie damals.

»Ich wusste immer schon, dass du ein anständiger Junge bist. Wenn auch manchmal ziemlich einfältig ...« Sie zog die Augenbrauen hoch. »Und wie geht's jetzt weiter?«

»Mr. Chestnuts Sekretärin hat mich vorhin angerufen und um eine persönliche Unterredung mit Eliza gebeten. Ich werde sie begleiten, damit ich ihm in den Arsch treten kann.«

Eliza zuckte zusammen, wofür sie die Krallen ihres leicht angesäuerten Katers zu spüren bekam, der es sich zwischen ihren Füßen gemütlich gemacht hatte. »Au! Was soll das, Mog? Ich ... ich will diesen Mann nicht noch einmal treffen!«, protestierte sie.

Der Handtuchturban öffnete sich, und ihr Haar, das noch feucht war, fiel über ihre Schultern. Sie ignorierte es.

Tante Mildred schnalzte mit der Zunge. »Der alte Sack hat wohl Wind davon bekommen, wer du bist, und jetzt scheißt er sich in den Latz vor den Konsequenzen. Du könntest ihn anzeigen, wenn du wolltest, aber das gäbe einen Skandal, wie ihn Appleton Valley noch nie zuvor gesehen hat! Nun, jedenfalls nicht mehr seit den 1920er-Jahren ...«

Eliza wurde hellhörig. »Was war denn in den 1920ern?«, fragte sie neugierig. »Spielst du etwa auf Josephine und das Rätsel an?«

»Schlaues Kind«, Mildred lachte, »aber das wirst du schon alles selbst herausfinden müssen. Ob ich unserem Herrn Bürgermeister womöglich sogar noch dankbar sein sollte, dass er sich jegliches Amt in unserem kleinen Dorf unter den Nagel gerissen hat? Das macht die Sache umso einfacher für uns.«

»Die Sache?« Harrold runzelte die Stirn. »Du freust dich doch nicht etwa, das Chestnut Eliza ins Meer gestoßen hat? Muss ich mir jetzt auch noch Sorgen um deine geistige Gesundheit machen, Tantchen?«

Tante Mildred lächelte ein verschwörerisches Lächeln. »Und du begleitest Eliza, ja? Eine göttliche Fügung, wie ich finde«, antwortete sie – aber nicht auf Harrolds Frage.

Harrold verschränkte die Arme und nickte. »Natürlich, ich habe schließlich noch ein Hühnchen mit ihm zu rupfen ...«

Er schwenkte den Kopf in Elizas Richtung. Was sollte sie jetzt nur tun? Sie schaffte es kaum, ihm in die Augen zu sehen. Es war, als reichten allein seine Blicke aus, um die schwelende Glut in ihrem Herzen neu zu entfachen.

Lass dich nicht einwickeln, Eliza. Er hat dich einfach vergessen.

»Gut, ich gehe. Aber nur, weil es etwas mit Josephine zu tun hat.«

»Das solltest du, denn dort hat schließlich alles begonnen!«

Eliza ließ das Bettelarmband klimpern. *Josephine ist mit dem Schiff angekommen, wie ich ...*

»Worauf warten wir dann noch?«

Kapitel 5

Harrold

Man hätte wohl ein Staubkorn fallen lassen können, so still war es, als sie am nächsten Tag zusammen im Auto saßen.

Harrold lächelte. Eliza hatte nicht bemerkt, wie er in ihr Haar gefasst und mit einer ihrer Locken gespielt hatte, während sie Tante Mildreds Erzählungen lauschten. Wohl aber Mildred, die ihn mit Argusaugen und einem wissenden Lächeln im Gesicht beobachtet hatte.

Hexen! Was hatten sie da nur ausgeheckt?

Aber er hatte keine Zeit, sich mit seiner Großmutter und deren bester Freundin zu beschäftigen, weil sein Kopf zu voll war. Voll mit Eliza. In der Nacht hatte er kaum in den Schlaf gefunden, so aufgewühlt hatte sie ihn zurückgelassen. Zuerst war er erstaunt gewesen, ja beinahe beleidigt. Eliza war einfach an ihm vorbeigelaufen, ohne ihn zu erkennen, dabei hatte er sich kaum verändert. Seine Verblüffung allerdings hatte sich schnell in Wut verwandelt, als er beobachten musste, wie dieses Rumpelstilzchen namens Chestnut Eliza packte und hinter sich her schleifte, als wäre sie eine Puppe.

Dieses Gefühl, als Eliza über den Rand gestolpert war und er sich erst durch die Menschenmenge hatte durchkämpfen müssen, um zu ihr zu gelangen, steckte ihm tief in den Knochen.

Seine Gedanken schweiften ab zu jenem Moment, als er Eliza vor sich im Wasser treiben sah. Das verräterische Organ in seiner Brust regte sich und beschloss, dass ein

Walzer im Dreivierteltakt genau das war, was er jetzt brauchte. Wenn ihr etwas passiert wäre, dann ...

Was dann? Was erwartest du von dir? In den ganzen zehn Jahren hat sie nicht einen Gedanken an dich verschwendet.

Harrold umklammerte das Lenkrad fester, während er den Wagen in gemächlichem Tempo über die gleiche Landstraße wie am Tag zuvor lenkte. So konnte er Eliza wenigstens verstohlene Blicke zuwerfen, ohne dass sie es bemerkte.

Wie hübsch sie ist.

Ihre Finger ineinander verknotet saß sie neben ihm und kämpfte um ihre Fassung. Machte er sie nervös? Warum? Warum war sie so aufgeregt? Und seit wann ließ sie es sich anmerken? Das war ihm auch schon gestern aufgefallen. Wie konnte er sie ablenken, ohne zu aufdringlich zu wirken?

»Du warst lange fort, was hast du drüben so getrieben?«, fragte Harrold und bemühte sich, dabei so neutral wie möglich zu klingen.

Warum bist du gegangen?, war das, was er eigentlich fragen wollte.

Eliza wandte sich ihm zu. »Nicht viel. Ich arbeite in einem Auktionshaus. Und du?«

»Ich bin nach Princeton gegangen« – *nachdem du fort warst* – »und habe studiert« – *weil ich nicht wusste, was ich sonst mit mir anfangen sollte.* »Danach bin ich in den Aktienmarkt eingestiegen« – *aus Langeweile* – »und jetzt bin ich wieder hier, weil Agatha mich erpresst hat.« *Worüber ich sehr froh bin. Danke, Oma!*

Eliza kicherte. Zum ersten Mal, seit sie losgefahren waren, lächelte sie. »Aktien? Du? Ich dachte, du wolltest Menschen helfen? Darum fährst du wohl auch diese Protzkarre, du Angeber!«

»Nächstes Mal nehme ich Grannys alten Honda. Was habt ihr nur alle an meinem Auto auszusetzen? Und nein, zum Helfen hatte ich einfach keine Lust mehr.« *Nachdem du weg warst.* Er zuckte mit den Schultern.

»Oh ... aber Tante Mildred hat mich auch erpresst. Sie sagte, wenn ich sie noch einmal sehen wolle, bevor sie in einer Urne lande, müsse ich sie besuchen kommen. Außerdem war sie der Meinung, dass ich eine Auszeit von meinem stressigen Alltag bräuchte. Meine Mutter hat mich wohl bei ihr verpfiffen.«

Wirkte sie deshalb so fragil? Litt sie etwa unter einem Burn-out ähnlichen Zustand?

Harrold bog in die Straße ein, die zum Hafenamt führte. Je näher sie dem alten Gebäude kamen, desto mehr schien Eliza in dem beigen Ledersitz seines Mercedes' zu verschwinden.

Durfte er es wagen?

Wer nicht wagt, der nicht gewinnt, nicht wahr, Harrold?

»Ich schlage ihn zu Brei, sollte er es auch nur wagen, seine Finger nach dir auszustrecken.«

Er ergriff Elizas Hand und hielt sie fest in seiner. Eliza riss die Augen auf und blickte von ihren Händen zu ihm, aus dem Fenster, wieder zu ihren Händen und dann zu ihm. Aber sie schüttelte sie nicht ab.

Ihre Hände sind so kalt.

»Wir gehen jetzt da hin und hören uns an, was er zu sagen hat. Erinnerst du dich nicht an unser letztes gemeinsames Apfelfest? Er war schon damals unausstehlich.«

Ein zartrosa Schimmer färbte ihre Wangen. »Ja, das ist er ... Du ... du hast recht.«

Harrold schluckte schwer. Er erinnerte sich an alles. An jede einzelne ihrer fließenden Bewegungen während des Tanzes, die Gespräche, die sie geführt hatten. Wie sich ihre Lippen auf seinen angefühlt hatten. Fuck, er fühlte sich wieder wie ein dummer Teenager.

Worüber dachte sie gerade nach?

Aber weiter kam er nicht mit seinen verworrenen Gedanken, denn sie erreichten das Hafenamt schneller, als es ihm lieb war. Harrold parkte den Wagen auf demselben Platz wie am Vortag.

Nachdem sie ausgestiegen waren, fischte er die Packung Kräuterzigaretten aus der Innentasche seines Jacketts.

»Du rauchst?«, fragte sie verblüfft.

Er zündete sie an. »Ich habe aufgehört.«

»Aufgehört?« Sie zog eine ungläubige Schnute, bei der sich ihre Nase auf diese niedliche Art und Weise kräuselte.

Fasziniert beobachtete er, wie ihre Sommersprossen dabei zu tanzen begannen.

»Gib her!«

Er schüttelte den Kopf und hielt sie hoch, sodass sie sich auf die Zehenspitzen stellen musste, um seine Hand zu erreichen. Dabei presste sie ihren Körper so fest an ihn, dass er schwach wurde.

Körperkontakt scheint okay für sie zu sein.

Harrold tat, als ob sie gewonnen hätte, und übergab ihr die schwelende Kippe, die sie sich kurzerhand zwischen die Lippen steckte.

War das etwa Keckheit in ihren Augen?

Er machte einen Schritt auf sie zu, bis sie direkt voreinander standen und sie den Kopf in den Nacken legen musste, um ihm in die Augen sehen zu können. Er berührte ihre Wange. Die Zigarette fiel auf den Boden. Jemand räusperte sich lautstark, und sie fuhren peinlich berührt auseinander.

»Ms. Benington, Mr. Mayfield? Wir haben Sie schon erwartet. Bitte folgen Sie mir.« Das musste Chestnuts Sekretärin sein.

Gemeinsam betraten sie das alte Bürogebäude.

»Rauchen ist ekelhaft, *Harrold*«, flüsterte Eliza und grinste dabei von einem Ohr bis zum anderen.

»Ich weiß, darum habe ich ja aufgehört, *Eliza*.«

»Mr. Chestnut wird gleich bei Ihnen sein. Sie können solange hier warten oder sich umsehen.«

Die Sekretärin, eine hochgewachsene Brünette mit Pferdeschwanz, musterte Harrold mit diesem ekelhaft interessierten Blick, während sie eigentlich mit Eliza sprach, die ihr aber zum Glück nicht zuhörte. Sie stand vor einem Glaskasten und starrte auf das geöffnete Buch darin.

Harrold nickte der Sekretärin zu, würdigte sie aber keines weiteren Blickes mehr. »Was ist das?«, fragte er ehrlich interessiert, während er über Elizas Schulter blickte.

Eliza, hoch konzentriert, verschränkte die Arme. Jeder normale Mensch wäre erschrocken, wenn sich jemand so von hinten an ihn herangeschlichen hätte. Aber nicht sie. Die Vertrautheit, die sie einst geteilt hatten, bestand wohl immer noch. Zum Glück.

»Es ist ein Register, das im Jahr 1905 beginnt. Um genau zu sein, ein Register, in dem man jeden einzelnen Reisenden notiert hatte, bevor er nach Appleton Valley eingelassen wurde.«

Harrold hob eine Augenbraue. »Dieser Ort war schon immer seltsam.«

»Da!« Sie tippte auf den Glaskasten. »Da steht der Name meiner Urgroßmutter Josephine. Ich wünschte, ich könnte das Buch nur einmal kurz durchblättern.«

Harrold, der immer noch über Elizas Schulter lugte, zuckte mit den Schultern. »Und was genau willst du damit anstellen?«

»Ich muss herausfinden, was Tante Mildred wirklich ausgeheckt hat! Denn wie du gestern bestimmt schon bemerkt hast, ist sie alles andere als krank oder gebrechlich! Sie hat mich auf ganz gemeine Art und Weise geködert, damit ich zurückkomme, weil sie wusste, dass ich das Rätsel um die Vergangenheit meiner Urgroßmutter unbedingt lösen wollen würde.« Sie präsentierte ihm ihr Handgelenk, an dem ein goldenes Bettelarmband mit nur einem Anhänger baumelte. »Ich soll Josephines Leben zurückverfolgen und ihre Geheimnisse aufdecken. Dafür muss ich die verlorenen sechs Anhänger finden, und die Geschichte wird sich wie von selbst zusammenfügen.«

»Aha. Und dann?«

»Dann werde ich wohl wissen, wie es weitergehen soll.«

Wie es weitergehen soll? Was meinte sie damit? Aber eigentlich war das auch egal, wenn er nur noch ein wenig Zeit mit ihr verbringen durfte. »Okay, dann lass uns das Buch einfach stehlen und schnell von hier verschwinden. Scheiß auf Chestnut!«

Eliza kicherte. »Gute Idee.« Plötzlich verzog sie das Gesicht. »Halt, warte, was hast du gerade gesagt?«

Aber Harrold vergrub bereits seine Hand in ihren Locken und zog eine der unzähligen Haarnadeln, die ihre goldene Mähne zusammenhielten, heraus.

»Warte, nicht! Ich kann Mr. Chestnut auch einfach bitten, es mir zu geben«, flüsterte sie.

Harrold drehte die Haarnadel geschickt zwischen den Fingern. »Und du glaubst allen Ernstes, er würde es dir einfach so überlassen? Hast du etwa schon wieder vergessen, dass dich dieser Mann erst gestern Nachmittag fast ertränkt hätte?«

»Aber wenn ich's so recht bedenke, dann war es eher ein Unfall und keine Absicht ...«, antwortete Eliza kleinlaut.

»Das sah für mich aber ganz anders aus! Chestnut war schon immer ein grantiger alter Kauz, dem es keine Menschenseele je recht machen konnte.«

Ihre Lippen formten dieses perfekte *O*, über das er niemals ganz hinwegkommen war.

»Aber wenn sie uns erwischen, dann ...«

Zog sie seinen absurden Vorschlag plötzlich doch in Erwägung?

»Hier sind keine Kameras. Und was soll das hier überhaupt sein? Ein Minimuseum? Dann hätte man uns eben nicht allein hierlassen dürfen. Oder Chestnut hätte es besser sichern müssen.« Was ihm zwar noch lange nicht das Recht gab, etwas zu klauen, aber darüber konnte er auch noch nachdenken, wenn er erwischt wurde – und nachdem ihn sein Anwalt ausgeschimpft hatte.

»Solche Gegenstände gehören eigentlich in ein richtiges Museum«, erklärte Eliza fachmännisch.

Neben dem Register gab es auch noch einen übergroßen Schlüssel und ein paar andere, vermutlich wertvolle Dinge, die die Geschichte von Appleton Valley erzählten.

Harrold zückte die Haarnadel und blickte gelangweilt über seine Schulter. »Du passt auf.«

Dann untersuchte er den Glaskasten. Es war ein einfaches Schloss, das selbst ein Kindergartenkind mit ein bisschen Geschick zu knacken imstande wäre. Wenn dieses Ding hier tatsächlich so wertvoll war, wie Eliza vermutete, dann litt Chestnut entweder an ausgeprägtem Größenwahn oder aber er war wirklich so dumm, wie er aussah. Womöglich war er aber auch einfach nur davon überzeugt, dass niemand jemals auch nur einen Fuß in dieses Haus setzen würde, und verzichtete deshalb auf abschreckende Sicherheitsvorkehrungen.

Harrold bog die Nadel auf und steckte sie ins Schloss. Zwei halbherzige Umdrehungen später hielt Eliza das Buch in den Händen, während er die Tatwaffe in seiner Hosentasche verschwinden ließ.

»Ich ... ich leihe es mir nur kurz aus ...«, stammelte sie. »Josephine kam im Frühling des Jahres 1920 nach Appleton Valley. Ich muss wissen, wohin sie nach ihrer Ankunft gegangen ist.«

»Und, was steht da?«

Harrold positionierte sich so, dass Eliza vor neugierigen Blicken verschont blieb, und sah ihr über die Schulter.

»Ich suche nach der richtigen Woche. Sie reiste an einem Freitag an. Aber wohin ist sie dann gegangen?«

»Hier steht, dass sie sich einer angeordneten Leibesvisitation widersetzt hat. Ihr Arbeitgeber scheint für sie gebürgt zu haben«, sagte Harrold.

Eliza nickte zustimmend. »Hier wurde etwas ausgebessert. Siehst du? Man erkennt noch die Reste von verschmierter Tinte. Damals war es viel schwieriger, Texte zu korrigieren, ohne das Papier zu beschädigen. Jemand hat mit aller Macht versucht, Teile des Textes zu löschen. Aber warum?«

Harrold beugte sich über Elizas Schulter. »Mr. Nathaniel Mayfield? Im Ernst?«

Sie neigte den Kopf, und ihm entging nicht, wie sich ihre Wangen zartrosa färbten, weil sie einander so nahe waren, dass er ihren Atem auf seiner Wange spüren konnte.

Wie schön du bist ...

Harrold straffte die Schultern, bevor er Abstand zwischen sie beide brachte. »Wie heiße ich mit Nachnamen?«

»Mayfield.«

»Wie hieß er?«

»Mayfield? Oh!«

»Der Stiefbruder meiner Urgroßmutter hieß Nathaniel. Vielleicht hat Josephine ja auf der Apfelplantage gearbeitet? Das wäre dann dein *Wohin*«, antwortete er.

Harrold kannte diese Seite seiner Familie nicht besonders gut. Aber von Agatha wusste er, dass es im Hause Mayfield bereits einen Sohn gegeben hatte, bevor seine Vorfahrin in die Familie einheiratete.

Diese Hexen ... Sie wollten, dass wir ihr Rätsel gemeinsam lösen! Das war also Grandmas Plan.

»Die Plantage beschäftigte damals fast die ganze Stadt.«

»Wie nett, dass er persönlich gekommen ist, um sie abzuholen.« Harrold zwinkerte Eliza zu.

Ich weiß ganz genau, warum ihr das tut!

Ein Poltern, gefolgt von einem lauten Fluch ließ Eliza zusammenfahren.

»Er kommt!«

Schnell legte sie das Buch zurück an seinen Platz.

»Was ist das?«

Sie bückte sich und griff nach einem goldenen Anhänger in Form einer Apfelblüte. Er klebte auf der Rückseite der Säule und schien exakt zu ihrem Armband zu passen.

»Klebestreifen?«, fragte Eliza irritiert, aber Harrold verdrehte nur die Augen, weil er genau wusste, wer dafür verantwortlich war.

»Es ist eine Apfelblüte, was wohl bedeutet, das ich dich von heute an bei deiner Suche nach der Wahrheit begleiten werde. Alles, was das Thema Äpfel betrifft, betrifft schließlich auch mich.«

»Und wenn ich das nicht will, Harrold?«

»Du willst.« Er nahm ihre Hand und grinste.

»Idiot ...«, zischte sie, schüttelte sie jedoch nicht ab.

Das überraschte ihn. Er wusste, er war ein Risiko eingegangen, zu glauben, dass ihre alte Vertrautheit nach all der Zeit immer noch bestand.

»Komm, wir verschwinden jetzt von hier. Ich finde, wir haben lange genug gewartet!«

Zwei große Schritte von ihm und sechs kleinere von Eliza führten sie weg von dem Gepoltere und durch die Tür hindurch, durch die sie gekommen waren.

»Aber Mr. Mayfield, Sie können jetzt noch nicht gehen! Der Bürgermeister erwartet Sie doch in seinem Büro«, rief die Sekretärin alarmiert.

Harrold drehte sich herum und schenkte ihr sein breitestes Lächeln. »Dann richten Sie Mr. Chestnut doch bitte von Ms. Benington und mir aus, dass er sich seine Entschuldigung in den Allerwertesten schieben kann. Wir haben jetzt lange genug gewartet und noch eine andere dringliche Sache zu erledigen!«

»Harrold, was tust du denn?«, protestierte Eliza, doch er zog sie einfach mit sich. »Es tut mir schrecklich leid! Auf Wiedersehen!«, rief sie, noch bevor sich die Tür hinter ihr schloss.

Kapitel 6

Eliza

Es war noch früh am Morgen, als Eliza hustend erwachte, nachdem Mog ihr seinen Schwanz mehrfach ins Gesicht gewedelt hatte. Er war immer noch böse auf sie, weil er viel, viele Stunden in einem engen Käfig hatte ausharren müssen ... Schlaftrunken wischte sich Eliza seine langen, absichtlich abgeschüttelten Katzenhaare aus dem Gesicht und blickte sich um.

Ich hole dich morgen gegen halb zwölf ab. Und wehe du gehst ohne mich!, waren Harrolds Worte gewesen, nachdem er sie vor dem Antiquitätenladen abgesetzt hatte. Eigentlich hatte ihn Eliza noch hereinbitten wollen, aber Harrold hatte noch etwas zu erledigen gehabt, das sich nicht aufschieben ließ.

Eliza gähnte, während sie ihre Haare zu einem lockeren Dutt drehte.

Moment ... warum denke ich so früh am Morgen zuallererst an ihn?

Erschrocken klopfte sie sich auf die Wangen, und der Haarknödel fiel wieder auseinander.

Ein leises »Plopp« schreckte sie aus ihren Gedanken. Mog war von dem antiken Kleiderschrank auf einen noch älteren Sekretär gesprungen und dann weiter auf ein Bett aus der Jahrhundertwende, wo er sich missgelaunt auf die alte Spitzenbettwäsche fallen ließ. Früher einmal war dieses Zimmer hier ihres gewesen, und alles sah noch so aus wie damals –

bis auf die unzähligen Antiquitäten, die überall herumstanden.

»Ich bin dumm, oder?«, fragte sie ihn. »Wie kann ich jetzt an ihn denken, wo er doch ganz bestimmt nicht an mich denkt? Glaubst du, Harrold hat eine Freundin?«

Der Kater miaute. Hatte sie es sich nur eingebildet oder hatte er eben die Augen gerollt?

»Also doch dumm ...«, murmelte sie und stand auf.

Vor einem ovalen, goldgefassten Spiegel mit imposanten Verzierungen blieb sie stehen und musterte einmal mehr die hagere Gestalt darin. Tante Mildred hatte sie gestern Abend in ein langes, bis zum Kinn hochgeschlossenes weißes Nachtkleid gesteckt, das bis zum Boden reichte. Sie sah aus wie ein Gespenst aus einem gruseligen Piratenfilm. Aber wenigstens hatte sie gestern Abend den ganzen Teller leer gegessen und auch noch den Blaubeermuffin hinuntergewürgt, den Mildred ihr in den Mund gestopft hatte.

Nach nur einem Tag hatte sich ihre Gesichtsfarbe schon von kalkweiß zu zartrosa gewandelt. Sie schlüpfte aus dem Nachthemd in eine Jogginghose samt T-Shirt und machte sich auf den Weg nach unten. Dabei blieb sie immer wieder stehen, weil sie von irgendeiner Antiquität abgelenkt wurde, die einfach so im Raum herumlag. Gerade hielt sie einen Armreif, der vermutlich auf irgendeine Königin aus Europa zurückging, in den Händen, als das Handy in ihrer Hosentasche brummte. Vor Schreck ließ Eliza beinahe den Armreif fallen, fing ihn aber rechtzeitig auf und legte ihn zurück an seinen Platz.

Wer könnte das sein? Pickleberry? Eliza hatte seit über einer Woche nichts mehr von ihm gehört. Um genau zu sein, seit sie ihm mit ihrer Kündigung gedroht hatte, wenn er ihr den Urlaub nicht gewährte. Dabei war es ihre erste Auszeit seit über drei Jahren! Ihre Finger zitterten, als sie nach dem Telefon griff.

Ihr Herz machte einen Sprung, und die Anspannung fiel

von ihr ab und verwandelte sich in ein anderes, sehr bekanntes Gefühl: Aufregung. Vorfreude.

Harrold schrieb: *Ich hoffe, du hältst dich an unsere Abmachung und bist noch nicht losgezogen?*

Eliza blickte auf die Uhr. Es war doch erst halb sechs Uhr morgens ...

Wieder vibrierte es, und sie sah aufs Display.

Ich hole dich zu Mittag ab, also halte dich bereit.

Eliza errötete.

Und falls du dich fragst, woher ich deine Nummer habe, Grandma hat sie mir gegeben. Wenn du also jemandem die Schuld geben willst, dann gib sie Tante Mildred. Sie ist der Urheber von ALLEM!

Sie tippte: *Ich warte auf dich. Wehe, du kommst zu spät!*

Eliza ließ das Telefon zurück in die Hosentasche gleiten. Dann stolperte sie die mit einem Teppich bespannten Stufen hinab in den Wohnraum und betrat die Küche. Mog folgte ihr auf Schritt und Tritt. Im Vergleich zu den anderen Räumen wirkte die Küche winzig. Eliza bestaunte den alten Holzofen zwischen den modernen Küchenkästen und die gusseisernen Backformen an den Wänden. Feines Porzellan stand in einem runden Vitrinenschrank im Eck.

Sie öffnete den Kühlschrank, aber es gab weder Milch noch Eier und auch keine Frühstücksbrötchen.

»Tante Mildred wollte ausschlafen, also werden wir nicht vor zehn Uhr frühstücken! Ich habe noch genug Zeit zum Einkaufen.«

Mog miaute.

»Nein, du musst natürlich nicht auf uns warten!« Eliza nahm die mit einem Goldrand verzierte Schüssel des Katers und füllte sie mit gedünstetem Hähnchen und Karotten, weil Tante Mildred darauf bestanden hatte, dass er nur selbst gekochtes Futter fraß, während er unter ihrem Dach residierte.

Gegen halb acht fand sich Eliza mit einem mulmigen Gefühl

im Bauch vor der einzigen Bäckerei der Stadt wieder. Sie zog den Strohhut tiefer ins Gesicht, womit sie sich selbst die Sicht versperrte, obwohl sie doch so neugierig war. Hinter der Theke der Bäckerei arbeitete Tia, eine ehemals gute Freundin aus Schulzeiten.

Sollte sie einfach hineingehen? Was würde Tia sagen, wenn sie Eliza erkannte? Den Strohhut festhaltend blickte Eliza an sich herab. Zwar hatte sie ihre bequeme Hose gegen ein mittellanges geblümtes Kleid getauscht, aber sie war trotzdem unsicher.

»Was soll schon schiefgehen?«, murmelte sie.

Sich an den Beutel aus Stoff klammernd trat sie ein. Vor ihr warteten noch drei weitere Personen, von denen sie zwei erkannte. Eine war Betty, die Tochter von Barb, der örtlichen Friseurin, und der andere war Mike, ein früherer Footballspieler, heute seinem Aussehen nach Handwerker.

»Eliza?« Tia streckte den Kopf so weit nach rechts, dass es beinahe unnatürlich wirkte. »Bist du's wirklich?«, rief sie laut aus. Der ganze Laden drehte sich zu ihr um, und Eliza stieg die Schamesröte ins Gesicht.

»J...ja ... ich bin's«, gab sie kleinlaut von sich.

»Kannst du kurz für mich übernehmen? Nur fünf Minuten!«, bat Tia eine Kollegin, eilte hinter der Theke hervor und blieb freudestrahlend vor Eliza stehen. Warme Finger legten sich auf ihre Schultern. »Komm, Eliza, lass uns kurz nach hinten gehen!« Sie nahm Elizas Hände und zog sie an der Schlange vorbei in ein gemütliches Hinterzimmer. »Mein Gott, ich habe dich seit einer Ewigkeit nicht gesehen, wie ist es dir ergangen? Warum hast du dich nie bei uns gemeldet? Du warst so plötzlich verschwunden, und niemand wusste, wo genau du bist. Harrold war am Boden zerstört! Oh!« Tia schlug sich erschrocken die Hände vor den Mund. »Sorry, Eliza!«

»Alles gut, Tia, ich freue mich auch, dich zu sehen. Wie geht es dir?«

Tia schloss Eliza in eine feste Umarmung. »Uns geht's allen gut. Ich bin mittlerweile verheiratet und habe zwei Kinder« Sie wackelte mit den Hüften. »Wie man sieht ... Darum bin ich auch etwas aus der Form gegangen! Aber du bist keinen Tag gealtert, wie machst du das nur?«

»Ich ... ich habe nur gearbeitet, nichts weiter ...«

Ich hatte keine Zeit, um eine Familie zu gründen.

Ein Stich ins Herz ließ Eliza zusammenzucken. Tia sah zwar nicht mehr so aus wie vor zehn Jahren, aber dafür schien sie sehr glücklich zu sein. Ganz im Gegensatz zu ihr.

»Und dein Mann?«

»Er ist unten in der Backstube. Uns gehört die Bäckerei – oder besser gesagt seinen Eltern. Erinnerst du dich nicht mehr an Caleb?«

»Du hast Caleb geheiratet?«

Caleb, dem sie damals den Spitznamen *Koloss* verpasst hatten, weil er problemlos ein Mädchen auf jedem Arm tragen konnte?

Tia nickte heftig. »Ja, ich mochte ihn schon damals eine ganze Weile. Aber jetzt genug von mir! Sag, bist du nur zu Besuch oder vielleicht ... zurück?«

Zurück?

»Oh, Eliza, wir wussten alle, dass es nicht deine Entscheidung war. Kein Grund, traurig zu sein!«

Sie zückte ein Taschentuch und reichte es Eliza, die es reichlich verwirrt annahm, um Tränen zu trocknen, die sie nicht einmal bemerkt hatte. Ihre alte Freundin wiederzusehen, die ein Leben führte, das sie sich selbst schon immer gewünscht hatte, stimmte sie ... traurig.

»Ich muss leider gleich wieder zurück in den Verkaufsraum. Ma kann die Kundschaft nicht ewig allein bedienen. Aber was hältst du davon, wenn wir uns bald mal treffen und über alte Zeiten quatschen? Oder hast du schon zu viel um die Ohren?«

Eliza knüllte das feuchte Taschentuch zusammen. »Ich

weiß noch nicht, wie lange ich hier sein werde. Gib mir mal dein Smartphone.« Sie tippte ihre Nummer in Tias Handy. Warum klang ihre Stimme so furchtbar verbittert? Tia schien es jedoch nicht zu bemerken und umarmte sie noch einmal, bevor sie zurück in den Verkaufsraum gingen.

»Was darf's denn sein?«, fragte Tia mit einem breiten Lächeln im Gesicht.

»Milch, Eier, einen Bagel und Brötchen, bitte. Ah, und einen Donut!«

Mit schwerem Herzen und der zuckrigen Sünde in der Hand verließ Eliza den Laden. Nach diesem ungeplanten Zusammentreffen mit ihrer alten Freundin hatte sie sich diesen Donut redlich verdient. An der Ecke warf sie das zusammengeknüllte Taschentuch in einen Mülleimer und biss in den fettigen Zuckerkringel.

Ihr Telefon vibrierte. Es war Harrold: *Zieh dir heute am besten eine Hose und feste Schuhe an, denn wenn nicht, werde ich dich den ganzen Tag auf Händen tragen müssen. Aber da ich ja ein schwacher Mann bin, reicht es wohl gerade noch für den kurzen Weg vom Auto bis zum Haus.*

Harrold und schwächlich? Aber die Zweideutigkeit seiner Worte war ihr nicht entgangen.

Sie tippte: *Das könnte dir gefallen!*

Die Antwort kam postwendend: *Mist, du hast mich erwischt. Dann bis später!*

Der Stein in Elizas Magen zerbröselte und machte Platz für noch mehr Zucker.

»Möchtest du noch einen Kaffee, Tante Mildred?« Schon seit geraumer Zeit rührte Mildred, zur Salzsäule erstarrt, in ihrer leeren Tasse. »Tantchen?«

Die ältere Frau zuckte zusammen, wobei zwei der Lockenwickler auf ihrem Kopf das Rührei auf ihrem Teller küssten.

Eliza unterdrückte ein Kichern.

»Entschuldige, was hast du gesagt?«

»Ich will dir schon die ganze Zeit von gestern Nachmittag erzählen.«

Eliza schob den Apfelblütenanhänger über den Tisch. Jetzt schien Tante Mildred endlich aufzuwachen.

»Ah, die Apfelblüte ... Ihr habt also gemeinsam herausgefunden, wohin Josephine nach ihrer Ankunft gegangen ist?«

Eliza nickte. »Wir vermuten, dass sie auf der Apfelplantage gearbeitet hat. Das hättest du mir aber auch gleich sagen können!«

Mildred betrachtete den goldenen Anhänger. Dann schob sie sich ein Stück Honigwabe in den Mund. In diesem Haushalt gab es zwar weder Milch noch Eier oder Brot, aber dafür reichlich anderes ausgefallenes Zeug.

»Du denkst, das war der einzige Grund? Ich habe dich ehrlich gesagt für schlauer gehalten.«

»Du meinst die gelöschte Textstelle in dem Register?«

»Ich meine denjenigen, der für Josephine gebürgt hat.«

Nathaniel Mayfield ... War er der eigentliche Grund, weshalb sie ins Hafenamt bestellt worden war? Aber Tante Mildred hätte ja unmöglich wissen können, was passieren würde ... Also musste sie Helfer gehabt haben! Könnte es sein, dass sie mit Mr. Chestnut unter einer Decke steckte? Ein kalter Schauer lief ihr über den Rücken. Nein, ganz bestimmt nicht, Mildred verabscheute diesen Mann mehr als jeden anderen Menschen in Appleton Valley! Und dafür zu riskieren, dass sie ertrank? Nein, so weit würde ihre Tante dann doch nicht gehen. Es musste jemand anderes sein. Vielleicht die hübsche Sekretärin, die Harrold schöne Augen gemacht hatte. Natürlich war Eliza nicht umhingekommen, es zu bemerken. Aber auch nicht, wie kalt er die Frau behandelt hatte. Etwa ihretwegen?

»Also, was habt ihr noch alles herausgefunden?«

»Nathaniel Mayfield und Harrold sind miteinander verwandt.«

»Korrekt.«

Tante Mildred tunkte ein Stück Brot in den tropfenden Honig.

»Aber nicht blutsverwandt.«

»Doch ein schlaues Kind, ich wusste es.«

Eliza lehnte sich auf dem gepolsterten Stuhl zurück. Dieses Frage-Antwort-Spiel gefiel ihr. Beherzt langte sie nach einem Bagel und strich Butter darauf, bevor sie nach Stauds fein passierter Erdbeermarmelade angelte. Es war das erste Mal seit einer Ewigkeit, dass sie sich genug Zeit fürs Frühstück nahm. Ein zartes Gefühl wärmte ihr Herz, als sie Tante Mildreds strahlendes Lächeln bemerkte.

Hab ich's dir nicht gesagt? Es wird dir guttun, nach Hause zu kommen.

Auch wenn das Zusammentreffen mit Tia einen fahlen Beigeschmack auf ihrer Zunge hinterlassen hatte. Davon durfte sie sich jetzt auf keinen Fall in den Abgrund ziehen lassen. Weder die Tatsache, keine funktionierende Beziehung oder Kinder zu haben, noch Mr. Pickleberry, der sich vielleicht bei ihr melden könnte, durften ihre Laune trüben.

»Aber wie ist das möglich? Wenn Harrold und Nathaniel nicht blutsverwandt sind? Von wem stammt Harrold dann ab? Hast du denn keinen Familienstammbaum hier?«

In diesem Haus gab es doch nichts, was es nicht gab – außer Milch und Eiern.

Mildred zuckte die Schultern. »Ich habe keinen da. Aber da ihr ja nachher ohnehin auf die Plantage fahrt, kannst du Agatha danach fragen. Wenn sie gut aufgelegt ist, dürft ihr vielleicht einen Blick darauf werfen.« Sie zwinkerte.

»Kannst du mir nicht wenigstens einen Anhaltspunkt geben?« Die Neugierde brachte Eliza beinahe um den Verstand. »Bitte, Tante Mildred!«

Mildred deutete ihr an, die Hand auszustrecken, und hängte die Apfelblüte an eines der goldenen Glieder des Bettelarmbands. »Na gut, aber nur einen Hinweis: Nathaniel war Mr. Mayfields Sohn aus erster Ehe.«

»Das heißt also, es muss noch weitere Kinder geben? Ich meine ... wir ... also Harrold und ich, wir sind doch nicht verwandt, oder?«

Eliza wurde kreidebleich im Gesicht.

Mildred seufzte. »Mr. Mayfield senior hatte nur einen leiblichen Sohn. Natürlich seid ihr beide nicht miteinander verwandt! Wie hätten Agatha und ich sonst zulassen können, dass du dich mit Harrold triffst?«

Hitze stieg in Elizas Wangen, als sie begriff. Ihre Tante und Harrolds Großmutter hatten gewusst, dass sie einander *mochten* ...

»Ein Jammer, dass deine Mutter so furchtbar stur war ... Sie hätte dich nicht einfach mitnehmen dürfen, egal, wie verletzt sie war. Appleton Valley war dein Zuhause. Aber alle Verbindungen zu kappen, schien ihr wohl der einzig richtige Weg gewesen zu sein.«

»Wir haben nie wirklich darüber gesprochen.«

»Hätte ich sie nicht zu einer Aussprache gezwungen, hätten wir wohl irgendwann einen Brief ans FBI schreiben müssen, um dich zu finden. Aber am Ende hat sich ja doch noch alles in Wohlgefallen aufgelöst. Und eure Sache werden wir auch noch richten!«

»Ihr wusstet von mir und Harrold?«

Mildred nickte. »Natürlich wussten wir es. Alle wussten es. Aber dann warst du fort, und Harrold ergriff keine drei Tage später die Flucht.«

»Bestimmt hat er kein einziges Mal an mich geda...«

Die markerschütternde Haustürklingel schnitt Eliza das Wort ab. Tante Mildred blinzelte übertrieben.

»Es ist offen, mein Junge. Komm doch rein!«, brüllte sie über Elizas Kopf hinweg.

Elizas Puls schnellte in die Höhe und brachte das verräterische Organ in ihrer Brust zum Stolpern. Dabei war er noch nicht einmal in Sichtweite.

Noch ehe sie den Gedanken zu Ende fassen konnte, steckte er den Kopf zur Tür herein.

»Hast du eine Hose an?«, fragte Harrold mit ernster Miene.

War das seine erste Frage an sie? Noch bevor er Tante Mildred begrüßte? Ihre Tante lachte.

»Ja«, antwortete Eliza beherzt und stopfte sich die Reste des Bagels ebenso gierig in den Mund wie den Trost-Donut auf dem Heimweg von der Bäckerei. Danach leckte sie sich wie ein Kleinkind die Finger sauber.

Harrold atmete schwer ein. »Wie schade.« Er wirkte ehrlich enttäuscht.

Sie kicherte. Dann schnappte sie ihre Tasche. »Wir werden den ganzen Tag unterwegs sein, oder?«

Er nickte.

»Heißt das jetzt, ich soll nicht auf dich warten? Wie gut, dass ich heute mit Agatha zum Bridge gehe.« Erneut zwinkerte sie. Dann erhob sie sich und schlenderte in ihren flauschigen Pantoffeln an ihnen vorbei. »Viel Spaß!«

»Hexen«, murmelte Harrold, aber Mildred war schon längst verschwunden.

Kapitel 7

Josephine, 1920

»Ms. Cavendish, langweile ich Sie etwa?«

Erschrocken wich Josie vom Fenster zurück. Das Rotkehlchen, welches auf der Fensterbank gesessen hatte, flog rasch davon.

»Keineswegs Mr. Miller, die Differenzen zwischen kommunistisch und kapitalistisch geführten Wirtschaftssystemen hat mich schon immer fasziniert.«

Rosetta und William kicherten.

»Wir sprachen gerade über die Fotosynthese.«

»Oh, nun ja, die finde ich auch sehr interessant. Sonnenlicht und Energie und so …«

»Ms. Cavendish.«

Der Hauslehrer massierte seine Schläfen. Er warf ihr einen frustrierten Blick zu und schüttelte den Kopf. Josie verkniff sich ein Augenrollen. Immerhin sollte sie ein Vorbild für die Kinder sein. *Aber bei aller Höflichkeit …*

Wie lange konnte sie schon das Rotkehlchen dabei beobachtet haben, wie es sein Nest baute? Sekunden? Minuten? War dies tatsächlich Grund genug für Mr. Miller, sie so zornig anzusehen? Immerhin war sie doch nur das Kindermädchen! Und es ging hier ja nicht um *ihre* Bildung.

»Ich wusste nicht, dass meine Aufmerksamkeit für ihren Unterricht von Bedeutung ist.« Josie wusste, dass sie kindisch klang. Sie strich ihre neue graue Uniform glatt und blickte zur Seite. Raymond Miller verschränkte die Arme vor seiner schmalen Brust, und ein verärgertes Krächzen entkam seiner Kehle. Der Hauslehrer erinnerte Josie an einen Raben – oder noch besser an einen Aasgeier. Sein Blick hatte stets etwas Lauerndes, als würde er nur darauf warten, dass sie einen Fehler machte.

Er kam auf sie zu, bis sie Nasenspitze an Nasenspitze standen. Dann beugte er sich weiter vor, um ihr ins Ohr zu flüstern. »Muss ich Sie etwa an Ihre unzähligen Unzulänglichkeiten erinnern, Ms. Cavendish? Sie täten gut daran, aufmerksamer zu sein.«

Josie lachte. »Das kitzelt, Mr. Miller.«

Er sah sie zunächst irritiert und dann wütend an, hatte er etwa gedacht, sie würde ihm ängstlich zustimmen und um Vergebung winseln? Außerdem war seine Nähe mehr als nur unangebracht! Sie brachte Abstand zwischen sich und den jungen Mann. Josie seufzte. Natürlich hatte sie bereits in den ersten Tagen bemerkt, dass ihre Erziehung als Tochter eines Offiziers nicht ausreichte, um die Aufgaben einer Gouvernante gewissenhaft zu erfüllen. Sie konnte einen Suppenlöffel nicht von einem Soufflélöffel unterscheiden. Sie wusste mehr über Wundbrand als über Haute Couture, und sie konnte einen Baum erklimmen, aber keine Quadrille tanzen. Aber das war noch lange kein Grund, einfach aufzugeben und den Schwanz einzuziehen! Ein Kadett musste schließlich auch erst lernen, mit einer Waffe umzugehen, und ein Matrose wurde auch schon mal seekrank in seinen ersten Tagen.

In den letzten Wochen war sie in jeder freien Minute in die Bibliothek des Hauses gelaufen und hatte alles über die Etikette der feinen Gesellschaft gelesen, was sie finden konnte. Bis spät in die Nacht hinein hatte sie am Bett der Kinder gewacht und sich in dicke Wälzer über die Virtuosen der Hausfrau und Mutter eingearbeitet. Sie hatte Judy um Hilfe gebeten, und diese hatte sie bereitwillig mit den Gepflogenheiten der amerikanischem Upper Society vertraut gemacht. Sie war natürlich noch weit davon entfernt, perfekt zu sein, aber dieses Land rühmte sich schließlich nicht umsonst damit, dass Fleiß und harte Arbeit mehr zählten als Status und Geburtsrecht. Während Mrs. Mayfield gütigerweise darüber hinwegsah, dass ihre britische Gouvernante nicht die perfekte englische Lady war, auf die sie gehofft hatte, schien der Hauslehrer der Familie eine sadistische Freude daran zu haben, sie ständig darauf hinzuweisen. Oft fragte sich Josie, was sie diesem Mann nur angetan hatte, dass er so ein perfides Interesse an ihr besaß.

»Das ist, weil er dich attraktiv findet.« Die adrette Rosetta wickelte eine ihrer schokoladenbraunen Locken um ihren Zeigefinger, während sie durch den Flur schritten. Nach ihrem kleinen Disput hatte Miller den Unterricht für beendet erklärt, da er seine kostbare Zeit nicht mit unkultivierten Nannys und kichernden Kindern verbringen wollte.

»Wie kommst du nur auf so einen Unsinn?« Josie konnte sich nicht vorstellen, dass ein Mann wie Miller an einer Frau wie ihr Interesse haben könnte.

»Ach, Josephine, du hast doch keine Ahnung, wenn es um das Herz von Männern geht.« Rosetta seufzte tief, bevor sie ihrem Kindermädchen einen mitleidigen Blick zuwarf.

William tätschelte Josie aufmunternd den Arm. »Macht doch nichts, Josie, dafür weißt du, wie man kämpft.«

Also gibt er ihr recht!

William sprang nach vorn und tat so, als würde er mit einem Degen nach unsichtbaren Feinden schlagen. Dabei kam er schnell außer Puste, und auf seinem roten Gesicht bildete sich ein dünner Schweißfilm. Der Junge brauchte eindeutig mehr Bewegung und weniger von den Plätzchen, die er sich so gern von den Dienstmädchen zustecken ließ.

»Ja, und wie genau soll ihr das dabei helfen, einen Mann zu finden?«

»Wer sagt denn, dass ich einen Mann will?«

Josie massierte sich die Schläfen. Irgendwo im hintersten

Winkel ihres Gehirns regte sich ein klitzekleines schlechtes Gewissen Mr. Miller gegenüber. Der Mann wollte auch nur seine Arbeit erledigen. Wer hätte gedacht, dass ihr ein Haufen ungehobelter Matrosen weniger Kopfschmerzen bereitete als diese Familie neureicher Großgrundbesitzer?

»Was solltest du denn sonst wollen?« Rosetta zog die Augenbrauen hoch.

Nun war es an Josie, dem Mädchen einen mitleidigen Blick zuzuwerfen. Wie kam es, dass sich eine junge Frau heutzutage nicht mehr als das Leben an der Seite eines Mannes vorstellen konnte? Dabei gab es für Frauen schon mehr Möglichkeiten als noch vor ein paar Jahrzehnten. Natürlich keine, die einem viele Annehmlichkeiten und Luxus gewährten, aber ein Ehemann war schon längst nicht mehr die einzige Option für eine Frau. Außer man setzte Geld mit Glück gleich. Josie stieß einen frustrierten Laut aus. Vielleicht fehlten ihr auch nur Sonne und die frische Luft.

»Was haltet ihr von einem Spaziergang, Kinder?«

»Nicht sonderlich viel«, kam Rosetta ihrem jüngeren Bruder zuvor, der sichtlich angetan von der Idee war. Josie grinste. Sie war es schon gewöhnt, dass Rosetta jede ihrer Ideen sofort abschmetterte. Aber sie kannte auch die Schwachstellen der kleinen Möchtegern-Lady.

»Bitte, Rosetta, ich hatte bis jetzt noch keine Gelegenheit, die Gegend zu erkunden, und wer könnte mir eine bessere Führerin sein als du? Ich bin sicher, du weißt alles, was es über diesen Ort zu wissen gibt.«

Ein kleines Lächeln umschmeichelte Rosettas Lippen. Komplimente waren ihre Achillesferse, doch ganz überzeugt schien sie immer noch nicht zu sein.

»Ach, komm schon, Rosie, wir waren schon ewig nicht mehr draußen, wegen diesem blöden Regen. Wir könnten auch Nathaniel besuchen«, sagte William und boxte Josie spielerisch in die Seite, während er mit seinen Augenbrauen wackelte, als wären es zwei wild gewordene Raupen.

Was sollte denn das werden? Josie runzelte die Stirn, doch William deutete unmissverständlich auf seine Schwester. Eine zarte Röte legte sich auf Rosettas Wangen.

»Meinetwegen«, nuschelte sie auf einmal und lief voran. William hechtet seiner Schwester hinterher. »Dann kann Josie uns zeigen, wie man gegen Bären kämpft.«

Bären?

Josie schüttelte den Kopf und lächelte. William besaß eine blühende Fantasie.

Ein nervöses Kribbeln breitete sich in ihrem Bauch aus. Nathaniel. Seit ihrer ersten Begegnung hatte sie immer wieder an ihn denken müssen. Es war nicht ihre Art, eines Mannes wegen schlaflose Nächte zu haben, aber der Gedanke, dass er womöglich dazu gedrängt worden war, sie abzuholen, quälte sie.

Es war dumm. Schließlich hatte sie nicht darum gebeten. Aber sie konnte nun einmal nicht aus ihrer Haut heraus. Ihr Vater hatte ihr immer gepredigt, nie in jemands Schuld zu stehen: *Wenn es hart auf hart kommt, bist du die Einzige, auf die du dich verlassen kannst, Josie.*

Ob sie Nathaniel wohl ein Geschenk mitbringen sollte? Als Wiedergutmachung? Als Begleichung ihrer Schuld?

Josie bemühte sich, den Kindern hinterherzukommen, während das Kribbeln in ihrem Bauch immer stärker wurde.

»Ist das wirklich in Ordnung?«

Rosetta blickte scheu an sich herab, bevor sie in das warme Licht des Tages trat. Sie hatten den Schatten des Herrenhauses hinter sich gelassen und einen kleinen Zaun überwunden, um zwischen den Apfelbäumen hindurchspazieren zu können.

»Wieso nicht? Ich finde es großartig.«

William hüpfte übermütig von Matschpfütze zu Matschpfütze und spritzte dabei seine Schwester an, die ihm mordlüsterne Blicke zuwarf. Der Frühling schien in William genauso erwacht zu sein wie im Rest des Landes. Er nahm Anlauf für seinen nächsten Sprung und versank knöcheltief in der aufgeweichten Erde. Es war eine gute Idee von ihr gewesen, dass die Kinder ihre Reiterausrüstung mit den kniehohen Stiefeln trugen. Josie klopfte sich für diesen Geistesblitz selbst auf die Schulter, auch wenn sich Rosetta in Hosen sichtlich unwohl fühlte.

Sie selbst trug die braune Ledergarnitur, die ihr Vater ihr zum sechzehnten Geburtstag für die Jagd geschenkt hatte. Damals war sie noch zierlicher gewesen, weswegen das Leder an ihren Rundungen nun leicht spannte. Dennoch genoss sie in ihrer jetzigen Kleidung mehr Bewegungsfreiheit als in ihrer Uniform. Ihre Muskeln zuckten, und es juckte sie in den Fingern, nach all den Wochen der Untätigkeit wieder ihre eigene Kraft zu spüren. Wie Rosetta zuvor sah sie sich um, dann nahm sie Anlauf, aber anstatt mitten in eine Pfütze zu springen, überwand sie diese in hohem Bogen, griff nach einem herabhängenden Ast, um sich schwungvoll daran hochzuziehen. Vom Baum aus sah sie lächelnd auf ihre Schützlinge herab und sprang dann leichtfüßig wieder zu Boden, bevor sie noch jemand entdeckte.

William starrte sie mit offenem Mund an.

»Das will ich auch können«, flüsterte er und machte sich gleich ans Werk. Er hüpfte hoch, um nach einem Ast zu greifen, doch seine speckigen Finger rutschten immer wieder ab. Frustriert stampfte er einmal auf, trat gegen den Baum und versuchte es noch einmal. Anerkennend nickte Josie ihm zu. William besaß mehr Kampfgeist, als sie ihm zugetraut hatte.

»Ich verstehe nicht, was an diesem lächerlichen Herumgealbere erstrebenswert sein soll? Das ist doch alles reine Zeitverschwendung.«

Die vierzehnjährige Rosetta rümpfte die Nase.

»Ein wenig Bewegung würde dir auch nicht schaden.« Josie gab dem Mädchen einen leichten Schubs.

»Nein danke, eine echte Lady spielt nicht im Dreck oder erklimmt Bäume.« Rosetta warf ihrer Gouvernante einen herausfordernden Blick zu. »Ich dachte, du seist für unser gutes Benehmen verantwortlich.«

»Mach dich nicht lächerlich. Wir beide wissen, dass du bessere Tischmanieren hast als ich, aber ich kann doch nicht zulassen, dass du zu einer vollwertigen Erwachsenen heranwächst, die keinerlei Erinnerungen daran besitzt, je in eine Matschpfütze gesprungen zu sein! Es gibt noch so viel mehr im Leben als gutes Benehmen.«

Josie gab Rosetta einen festeren Schubs, und das Mädchen stolperte auf die nächste grau-braune Wasserpfütze zu.

»Du bist unmöglich!«, fluchte sie und wedelte mit den Armen, um zu verhindern, das Gebräu auch nur mit der Schuhspitze berühren zu müssen.

»Was hast du da in der Jacke, Josie?« William war zu ihnen zurückgelaufen, sein Gesicht war rot von der Anstrengung, und Schweißperlen rannen seine Schläfe hinab. Neugierig betrachtete er das ovale Metalldöschen, welches Josie aus ihrer Tasche zog.

»Sind das Bonbons?« Er leckte sich über die Lippen.

»Hast du nicht gerade erst gegessen?«, fragte Rosetta genervt.

»Es ist ein Dankeschön für euren großen Bruder, er war mir am Tag meiner Ankunft eine echte Hilfe.«

»Nathaniel ist nicht unser Bruder«, meinte William enttäuscht darüber, dass es keine Naschereien für ihn gab. Er trottete davon und sprang über die nächste Pfütze.

Erstaunt hielt Josie inne. »Aber dann ist er doch zumindest euer Halbbruder?«

Endlich ergab es Sinn, warum Nathaniel nicht im Herrenhaus der Familie, sondern am Rande der Plantage wohnte. Selbst Judy, ihre verlässlichste Quelle für Klatsch und Tratsch, hatte keine Antwort darauf gewusst. Nur, dass er sich nach seiner Heimkehr aus dem Krieg in das kleine Haus zurückgezogen hatte und kaum Besuch empfing. Josie runzelte die Stirn. Etwas eigenartig war es schon. Immerhin war Nathaniel nach dem Tod seines Vaters das Familienoberhaupt und somit der rechtmäßige Erbe der Plantage und aller umliegenden Ländereien.

»Nein, wir sind nicht mit ihm verwandt, der alte Mayfield war nicht unser Vater.« Rosettas Augen wurden glasig. »Unser ... Vater ... Er starb ihm Krieg.« Die Worte kamen ihr nur schwer über die Lippen.

»Das tut mir leid.«

Rosetta zuckte mit den Schultern. Sie sprach nun leise und weniger überheblich als sonst. »Sein Tod war noch nicht einmal bestätigt, da hatte Mutter dem alten Mayfield bereits aufgelauert.«

Josie spürte Rosettas Schmerz, als wäre es ihr eigener. Wieder einmal sah sie sich an dem Totenbett ihres Vaters sitzen ...

»Erzähl es bitte nicht William.«

Sie beobachteten gemeinsam, wie William erneut von einem Ast abrutschte.

»Nathaniel und mein Vater waren Freunde. Ich will gar nicht wissen, was er nun über meine Mutter und uns denkt.«

»Versuchst du deswegen, immer so perfekt zu sein?«

Rosetta blickte zur Seite. »Ich versuche bloß, niemandem im Weg zu stehen und nützlich zu sein. Ist das denn so falsch?«

»Keineswegs, womöglich aber etwas ambitioniert für eine Vierzehnjährige. Aber neben all dem Pflichtgefühl solltest du nur nicht vergessen, dass das Leben auch wunderschön sein kann.«

William kam wieder angelaufen, er sah sich verstohlen um und wackelte mit den Augenbrauen, bevor er Josie deutete, sich herabzubeugen, damit er ihr etwas ins Ohr flüstern konnte.

»Weißt du, Rosie ist heimlich in Nathaniel verliebt.«

»William!« Rosetta zog ihren Bruder am Kragen zurück und funkelte ihn böse an.

Josie schmunzelte. William irrte sich. Rosetta war keineswegs in ihren Stiefbruder verliebt, sie hatte furchtbare Schuldgefühle. Womöglich dachte sie, er würde ihretwegen nicht mehr im Haus wohnen wollen ... Und wer wusste schon, ob es nicht vielleicht so war?

Die Kinder fingen an, sich zu schubsen. William schmiss mit Dreck nach seiner Schwester, und sie zog ihn an den Haaren, bis seine Kopfhaut rot glänzte.

»Hört bitte auf, Kinder! Sind wir bald da?«, fragte Josie und beschleunigte das Tempo.

»Ja!«, gaben die Kinder im Chor zurück und liefen ihr hinterher. Nun hüpfte sogar Rosetta in eine Pfütze. Josie schmunzelte, dann lächelte sie breit.

»William hat mich bereits schmutzig gemacht, da ist es auch schon egal.«

Josie wurde es warm ums Herz. Endlich hatte sie etwas richtig gemacht.

»Grins nicht so, ich hab trotzdem bessere Tischmanieren als du!«, erinnerte sie Rosetta in ihrem gewohnt arroganten Tonfall.

»Alles gut, ich werde niemandem davon erzählen, dass du Spaß hattest.«

Rosetta verdrehte die Augen und zeigte ihr die Zunge, bevor sie ihrem Bruder hinterhereilte.

Ein kühler Wind umspielte Josies Haar und löste ein paar Strähnen aus ihrem losen Zopf. Sie ließ sie durch die Finger gleiten und träumte sich in die Zeit ihrer Kindheit zurück. Ihre Welt war ein wundervoller Zaubergarten voller exotischer Wesen, Düfte und Geschichten gewesen, von der wilden Savanne Afrikas bis hin zu den Gewürzmärkten Indiens. Fast war es ihr, als könnte sie den Duft von Zimt und Curry zwischen den Apfelbäumen riechen. Ihre Laune hob sich mit dem Gezwitscher der Spatzen in den Ästen und dem Brechen der Wellen an den nahen Klippen. Dieser Ort könnte genauso ein Zaubergarten sein, wenn sie sich darauf einließ. Zusammen mit den Kindern lief sie unter blühenden Apfelbäumen hindurch und überwand eine provisorische Brücke, die nur aus ein paar hastig zusammengezimmerten Holzplanken bestand. Ihre Muskeln kamen richtig in Fahrt, und sie veranstaltete einen Wettlauf mit William, den sie haushoch gewann. Fast war sie enttäuscht, als sich die Reihen der Apfelbäume lichteten und den Blick auf ein kleines Häuschen freigaben.

Die Kinder stürmten auf das Haus zu. Josie blieb stehen. Das nervöse Kribbeln in ihrem Bauch kehrte zurück. Sie schluckte und nahm das Metalldöschen wieder in die Hand. Es gab nichts, wovor sie sich fürchten musste. Immerhin glaubte William doch fest daran, dass sie es mit einem Bären aufnehmen konnte. Da sollte doch so ein Plantagenbesitzer kein Problem sein ...

»Nathaniel, Nathaniel, wir sind da!« Auch wenn er nicht mit ihnen verwandt war, schienen die Kinder ihn sehr gern zu haben.

William und Rosetta hielten abrupt inne, und ihr freudiges Gelächter erstarb.

»Mutter.«

Die Tür des Hauses hatte sich geöffnet, und eine kleine Frau in einem dicken Pelzmantel kam heraus. Mrs. Mayfield runzelte die Stirn, als sie ihre Kinder sah, aber dann verzogen sich ihre Lippen zu einem honigsüßen Lächeln. So süß, dass Josie schlecht davon wurde. Sybille Mayfield erinnerte sie an ein kleines Mädchen, das in den Kleiderschrank seiner Mutter gefallen war. Alles an ihr wirkte zu groß und ein wenig fehl am Platz; von dem Nerz bis zu dem knallroten Lippenstift, den perlenbesetzten Ohrwärmern, der mit Gold bestickten Tasche und den Schuhen, in denen Josephine nicht einmal laufen könnte, wenn ihr Leben davon abhinge. Ihr

Lächeln war immer freundlich, und ihre Stimme immer ruhig, sie war eine Lady durch und durch.

William fing sich als Erster und warf sich voller Freude in die Arme seiner Mutter.

»Aber, William, du machst mich doch ganz schmutzig.«

Sie schob den Jungen auf Armlänge von sich fort und strich ihm das wilde Haar glatt. Rosetta bewahrte den Abstand zu ihrer Mutter. Das Verhältnis zwischen Mutter und Tochter war schwierig.

»Ms. Cavendish, welch freudige Überraschung, Sie mit den Kindern hier zu sehen. Ein interessantes Ensemble, das sie da alle tragen ...«

»Es ist vielleicht nicht schicklich, aber sehr praktisch, Madame.«

»Nun, ich bin sicher, die Dienstmädchen werden es Ihnen danken.«

Wie immer wusste Josie nicht, ob sie die Worte ihrer Arbeitgeberin als Tadel oder Kompliment annehmen sollte. Der immer gleich höfliche Ton und die Maske desinteressierter Freundlichkeit machten es Josie schwer, in Mrs. Mayfield zu lesen.

»Was tust du hier, Mutter? Ich dachte, du seist in der Stadt mit einem Wohlfahrtsprojekt beschäftigt?« Rosettas verschränkte die Arme vor der Brust und stellte sich demonstrativ neben Josie. Als wollte sie sie beschützen ...

»Sei doch nicht immer so skeptisch, mein Liebling. Ich habe mit eurem Bruder Tee getrunken, und nun begebe ich mich in die Stadt. Meine Damen und ich organisieren einen Ball zugunsten verwaister Mädchen, um ihnen eine Ausbildung zu ermöglichen.«

Obgleich sie ihrer Tochter geantwortet hatte, blieb ihr Blick auf Josie geheftet.

»Ein Anliegen, mit dem Sie sich sicher identifizieren können, Ms. Cavendish.«

Josie schluckte, dann lächelte sie. *Falsche Schlange ...*

»Wie nobel von Ihnen Madame, dass Sie sich trotz Ihres vollen Terminkalenders Zeit dafür nehmen.«

In Wahrheit hatte Josie keine Ahnung, womit Sybille Mayfield ihren lieben langen Tag verbrachte, doch eines wusste sie: Diese Frau liebte Komplimente genauso sehr wie ihre Tochter.

»Nun denn ... ich muss mich jetzt leider von euch verabschieden. Bitte seid brav und bereitet eurer Gouvernante keine Probleme.«

Eine schwarze Limousine fuhr vor, Josie erkannte Lyon am Steuer. Der alte Chauffeur winkte ihr lächelnd zu. Mrs. Mayfield kramte weiße Handschuhe aus ihrer Tasche und streifte sie über. Lyon kam ums Auto herum, um seiner Arbeitgeberin beim Einsteigen behilflich zu sein. Doch er war nicht der Einzige, der aus dem Wagen geklettert war. Etwas unbeholfen zwängte sich Mr. Miller vom Beifahrersitz hoch.

»Oh, mein lieber Raymond, wie wundervoll, dass du dir die Zeit nehmen konntest.«

»Für dich doch immer, meine teuerste Sybille. Schließlich finde ich es ebenso wichtig, ungebildeten Waisenkindern eine Ausbildung zuteilwerden zu lassen.« Miller warf Josie einen unmissverständlichen Blick zu, während er Mrs. Mayfield den Arm reichte. Wie ein zerbrechliches Püppchen hielt sie sich an Miller fest, als könnte der leiseste Windhauch sie davonpusten.

Josie stieg die Galle hoch.

»Nun denn, meine Lieben, die Arbeit ruft, wartet mit dem Abendessen nicht auf mich.« Sie hauchte William einen Kuss zu und richtet im Vorbeigehen den Kragen von Rosettas Jacke, bevor sie im Inneren der Limousine verschwand. Miller schloss die Tür und ließ sich von Lyon in den Wagen helfen.

William stellte sich neben Josie und Rosetta, und gemeinsam sahen sie dem abfahrenden Auto hinterher.

»Sie sind Cousin und Cousine zweiten Grades«, sagte Rosetta in die Stille hinein, so, als müsste sie sich für ihre Mutter rechtfertigen.

»Aber das weiß ich doch«, beruhigte Josie das Mädchen. Die Verwandtschaft zwischen Mr. Miller und Mrs. Mayfield hatte ihm vermutlich erst die Stelle als Lehrer eingebracht. Josie zuckte mit den Schultern. Egal, wie verworren diese Geschichte war, sie durfte sich nicht in die Familienangelegenheiten ihrer Arbeitgeber einmischen. Diese Stelle war immer noch nur zur Überbrückung gedacht – und um den Wunsch ihres Vaters zu erfüllen. Ihr Plan war es, ein eigenes Geschäft zu eröffnen.

»Ich bin hinten in der Laube.« Nathaniels tiefe Stimme jagte ihr einen angenehmen Schauer über den Rücken. Ihr Griff um die Blechdose wurde fester. War es eine gute Idee gewesen, Nathaniel ein Geschenk mitzubringen? Plötzlich kam sie sich furchtbar lächerlich vor. Mrs. Mayfields adrettes, wenn auch überladenes Auftreten hatte ihr wieder einmal vor Augen geführt, wie sehr sie sich von anderen Frauen unterschied. Rosetta hatte schon recht, wenn sie sagte, dass Josie von so manchen Dingen keine Ahnung hatte.

Sie umrundeten das Haus und betraten einen verwilderten Garten. Ein außerordentlich schöner verwilderter Garten, der so wirkte, als sei es gewollt, dass nicht jede Blume wie ein Soldat in Reih und Glied stand. Josie fand den Anblick erquickend, sie hatte nie eine besondere Vorliebe für den schön gepflegten englischen Rasen gehegt. In der Mitte zwischen dem Haus und dem Gartenzaun, der das Grundstück von der Apfelplantage trennte, stand ein Pavillon auf einem steinernen Plateau. Die einladende Schaukel, die an Ketten von der Decke der Holzkonstruktion baumelte, nahm beinahe den ganzen Raum im Pavillon ein. Diese Schaukeln waren im Augenblick der letzte Schrei. Es wunderte sie ein wenig, dass Nathaniel so eine besaß. So romantisch hätte sie ihn gar nicht eingeschätzt. Aber sie wusste eigentlich nichts über ihn.

»Hier bin ich«, erklang die tiefe Stimme erneut.

Ein Tisch mit zwei Bänken war in die Ecke geschoben worden, um der enormen Schaukel Platz zu machen. Und unter ebenjenen Bänken kniete Nathaniel. Die Kinder stürzten sofort auf ihn zu, als sie ihn sahen.

»Was tust du da? Oh, sind die süß! Können wir sie behalten?«

Josies Neugier war geweckt. Sie betrat den Pavillon und beugte sich über Nathaniel, der in jenem Moment versuchte aufzustehen. Sein Hinterkopf rammte mit voller Wucht gegen ihr Kinn. Josie taumelte zwei Schritte zurück und ließ vor Schreck auch noch die Metalldose fallen. »O nein!« Schnell wollte sie sie wieder aufheben und wenn möglich auch noch die Tränen verbergen, die ihr in den Augen stachen. Wie peinlich! Als sie jedoch sah, wie Nathaniel strauchelte und sich schwertat, allein wieder auf die Beine zu kommen, schluckte sie ihren Schmerz hinunter, griff ihm beherzt unter den rechten Arm und hievte ihn hoch.

»Bitte entschuldigen Sie, das war meine Schuld«, stammelte sie.

Nathaniel sah sie verwundert an, so, als hätte er noch nicht ganz realisiert, was soeben geschehen war. Er zog seinen Arm aus ihrem Griff, aber Josie wich nicht von seiner Seite. Er wirkte furchtbar bleich, ein Schweißfilm glänzte auf seiner Stirn, und sie hatte Angst, er könnte jederzeit umkippen. Dabei war die Wucht des Zusammenstoßes gar nicht so schlimm gewesen. Ihr Kopf tat längst nicht mehr.

War er krank? Fiebrig? Viele Menschen erkrankten, wenn die Jahreszeiten wechselten.

»Josephine, sieh mal!« William zupfte an ihrer Jacke.

Sie folgte seinem Fingerzeig und verstand sofort, warum die Kinder so aufgeregt waren. Unter der Bank lagen, dicht aneinandergekauert, zwei kleine Kätzchen. Dicke Schlammkrusten verklumpten das Fell der zitternden Tiere.

»Sie müssen sich vor dem Regen hierhergeflüchtet haben. Ich habe sie eben erst entdeckt.«

Nathaniel strich sich fahrig durchs Haar. War ihm die Situation genauso peinlich wie ihr? Für einen Moment erinnerte er Josie an einen verlorenen Jungen, der nicht so recht wusste, wie er sich zu verhalten hatte. Aber dann versteinerte sein Gesicht zu einer unnahbaren Maske.

Er räusperte sich. »Wie kann ich Ihnen zu Diensten sein, Ms. Cavendish? Gewiss sind Sie nicht ohne Grund zu mir gekommen?«

Nathaniels formelle Attitüde entlockte ihr ein Lächeln. Ein Fremder hätte den eigentlichen Herrn dieser Plantage fälschlicherweise für einen Bediensteten halten können und sie für eine Baroness, die darauf wartete, dass ihr Pferd gesattelt wurde. Nathaniel warf ihr einen irritierten Blick zu, so wie davor auch schon Miller. War es für diese Männer so befremdlich, dass sie beim kleinsten Einschüchterungsversuch nicht wie Espenlaub zitterte?

»Ich wüsste nicht, warum meine Frage, so amüsant ist.«

»Entschuldigen Sie, mir kam nur gerade ein lustiger Gedanken in den Sinn. Wie dem auch sei, ich wollte nur einen Spaziergang mit den Kindern machen. Sie haben den Wunsch geäußert, Sie zu sehen.«

Josie beobachtete Nathaniel verstohlen. Seine Hände zitterten, auch wenn er es zu verbergen suchte. Die Narben auf seiner Wange stachen deutlicher hervor als bei ihrer ersten Begegnung. Vermutlich wegen der gespenstischen Bleiche seiner Haut.

»Aber es scheint Ihnen nicht gut zu gehen, Sie sollten sich besser ausruhen. Wir werden verschwinden und ein andermal wiederkommen.«

»Wie kommen Sie darauf, dass es mir nicht gut ...«

Noch bevor er den Satz zu Ende sprechen konnte, wankte

Nathaniel bedrohlich. Josie reagierte sofort und dirigierte ihn zur Bank.

»Setzten Sie sich, Sir Mayfield. Ich bringe Ihnen ein Glas Wasser.« Sie wandte sich zu den Kindern um. »Rosetta, William, bitte habt ein Auge auf euren Bruder.«

Schnell eilte Josie ins Haus; sie hatte oft genug Männer zusammenbrechen sehen, um die Vorzeichen deuten zu können. Der Verlust der Gesichtsfarbe, das Zittern, der plötzliche Schweißausbruch... Und seine Haut hatte sich kalt angefühlt. Sie stürmte durch die Tür und stand direkt in einer geräumigen Stube, wie man sie oft in Bauernhäusern vorfand. Mit hastigen Schritten umrundete sie einen Tisch, auf dem ein hübsches Teeservice mit floralem Muster stand. Irgendwie passte es so gar nicht zu Nathaniel. Ein einfacher Feldbecher dagegen...

Auf einem alten Holzofen brodelte noch Wasser in einem silberfarbenen Teekessel. Josie schüttete das heiße Wasser in eine Tasse und verbrannte sich prompt die Finger, als die Flüssigkeit über den Rand des Bechers schwappte. Verdammt! Auf dem Tisch fand sie ein Gefäß mit Würfelzucker und löste drei Stück in dem heißen Gebräu auf. Ein bitterer Geruch stieg ihr in die Nase. Er kam von einer der Teetassen, die auf dem Tisch standen. Josie schnupperte in die Luft. Die Tasse war noch bis zum Rand gefüllt. Der rote Lippenstift, welcher am Rand haftete, deutete auf Mrs. Mayfield hin. Der Tee schien ihr nicht sonderlich geschmeckt zu haben; so intensiv, wie er roch, hatte sie ihn zu lange ziehen lassen.

Josie umschloss den Becher mit dem warmen Zuckerwasser und verließ das Haus. Rosetta stand neben Nathaniel und sah ihn besorgt an. Er saß immer noch an derselben Stelle, an der Josie ihn zurückgelassen hatte. Sein Körper war zusammengesackt, die Augen geschlossen. War er etwa bewusstlos geworden?

Sie stellte die Tasse auf den Tisch und berührte seine

Stirn. Nathaniel schnellte nach vor und griff nach ihrer Hand, seine Augen waren weit aufgerissen, und sein Atem kam stoßweise. Er quetschte ihre Hand schmerzlich zusammen, und er sah durch sie hindurch. Er schien nicht zu wissen, wo er war. Neben Josie zog Rosetta scharf die Luft ein und wich zwei Schritte zurück. Es musste sehr befremdlich für das junge Mädchen sein, ihren Bruder so zu sehen. Josie war diese Reaktion allerdings schmerzlich vertraut. Für sie hatte es oft keine Arbeit in den Militärlagern gegeben, auf denen ihr Vater stationiert war, weshalb sie sich gern in den Lazarettzelten und Militärkrankenhäusern wiedergefunden hatte, um wenigstens etwas zu tun zu haben. Mit einem Ziehen im Bauch fragte sich Josie, welche Schrecken Nathaniel wohl widerfahren waren, dass sich sein Geist so quälte.

»Was hat er denn?«

»Nur einen Albtraum.« Josie legte ihre freie Hand auf Nathaniels Schulter und wartete geduldig darauf, dass er sie ansah. »Es war nur ein Traum.«

Seine eisblauen Pupillen huschten hin und her, bevor sie endlich ruhiger wurden, weil sie an ihrem Gesicht hängen blieben. Sein Atem kam immer noch stoßweise, aber er löste langsam den Griff um Josies Handgelenk.

»Träumst du von deiner Zeit auf dem Schlachtfeld?« William war ebenfalls neben ihr aufgetaucht und sah Nathaniel mit einer Mischung aus Ehrfurcht und Staunen an.

Nathaniel schüttelte den Kopf. »Das ist schon eine Ewigkeit her. Und solche Fragen solltest du nicht stellen, mein Junge.«

Josie reichte Nathaniel die Tasse, und er begann, vorsichtig zu trinken. Seine Stirn hatte sich kalt angefühlt, also war es nur der Kreislauf und kein Fieber.

»Kinder, warum geht ihr nicht los und kümmert euch um die Katzen?«

William nickte.

»Die Kätzchen brauchen bestimmt Milch, ich gehe eine

holen.« Rosetta rauschte an ihnen vorbei und verschwand im Haus.

William hatte sich im Schneidersitz auf den Boden gesetzt und beide Kätzchen in seinen Schoß gehoben. Ein seliges Lächeln lag auf seinen Lippen. Die Kinder hatten sich einen guten Zeitpunkt ausgesucht, um endlich einmal auf sie zu hören. Die Anspannung fiel von Josies Schultern ab.

Aber da beschloss Nathaniel aufzustehen. Wackelig machte er ein paar Schritte.

»Sie sollten sich doch ausruhen!«

Was dachte sich dieser Mann eigentlich? Josie packte ihn am Arm, zog ihn zur Schaukel und deutete ihm an, sich zu setzen. Nathaniel starrte sie stur an, während sein Gesicht immer bleicher wurde. Aber Josie konnte genau so stur sein.

»Ich habe zu tun, Ms. Cavendish. Meine Arbeit wartet nicht auf mich, also einen schönen Tag noch.«

Hatte er sie gerade rausgeworfen? »Ich hätte ein schlechtes Gewissen, Sie jetzt allein zu lassen, Sir Mayfield.«

»Halten Sie mich etwa für einen Schwächling?«

»Ich halte Sie für zu stolz, um Hilfe anzunehmen, obwohl Sie gerade Hilfe brauchen. So, wie alle Männer zu stolz sind, Gefühle zu zeigen.« Sanft, aber dennoch bestimmt drückte sie ihn auf die Schaukel. Zu ihrer Erleichterung ließ er es geschehen.

»Womöglich kann ich bei Ihrer Arbeit behilflich sein, wenn Sie im Gegenzug versprechen, sich auszuruhen. Dann wäre mir nämlich wohler ums Herz.«

Eine zarte Röte erschien auf Nathaniels Wangen, und die starre Maske bröckelte. »Ich verstehe Ihre Besorgnis nicht recht, Ms. Cavendish. Sie ist unangebracht.«

»Unangebracht, weil Sie mein Arbeitgeber sind oder weil Sie immer noch der Meinung sind, keinerlei Hilfe zu brauchen.«

»Beides, Ms. Cavendish!«

Ihre direkte Art schien ihm zuzusetzen, und Josie konnte sich ein Grinsen nicht verkneifen.

»Sei nett zu ihr, sie ist nicht so dümmlich wie die anderen.« Rosetta war wieder aufgetaucht. In einer Hand trug sie eine Schale Milch und in der anderen ein Körbchen.

»Du bist auf ihrer Seite?«, fragte Nathaniel in einem einschüchternden Ton.

Das Mädchen zuckte die Achseln und setzte sich zu ihrem Bruder auf den Boden. Nathaniel seufzte theatralisch. »Dann scheine ich ja keine Wahl zu haben, als mich zu fügen.« Er schien kurz nachzudenken, dann zeigte sich ein diabolisches Lächeln auf seinem Gesicht. Er deutete auf den Tisch, wo neben Schreibutensilien auch ein aufgeschlagenes Kassenbuch lag. »Irgendwo auf den letzten drei Seiten hat sich ein Fehler eingeschlichen. Die Gleichung geht nicht auf, wenn Sie also wirklich so überzeugt sind, mir helfen zu können, dann werfen Sie doch ein Auge darauf, während ich hier sitze und Däumchen drehe.«

Josie krempelte die Ärmel hoch. Erst vor Kurzem hatte sie etwas über Buchhaltung gelesen. Wäre doch gelacht, wenn sie das nicht schaffte!

Nathaniel rollte mit den Augen, er war sichtlich genervt von dieser Situation.

»In Ordnung, Sir, ich werde Sie nicht enttäuschen.« Josie setzte sich voller Tatendrang auf die Bank, endlich hatte sie einen Weg gefunden, um sich bei ihm für ihren ersten Tag zu bedanken. Doch beim Anblick der Seiten verlor sie schnell den Mut. In dem Buch standen mehr Zahlen als Wörter, und auch wenn Josie gut rechnen konnte, musste sie doch zuerst einmal wissen, *was* sie zu rechnen hatte. Sie biss sich in die Innenseiten ihrer Wangen. Sie hatte vor Nathaniel ziemlich aufgetrumpft, jetzt musste sie zeigen, was sie konnte, wenn sie nicht wie eine Idiotin da stehen wollte.

Schweißperlen bildeten sich auf ihrer Stirn, während sie angestrengt ihr Gedächtnis durchforstete. Sie war sich sicher, dass sie so ein Kassabuch schon einmal gesehen hatte. In einem der Bücher, die sie in der Bibliothek der Mayfields gelesen hatte, ging es um die Verwaltung des Haushaltsgeldes und wie diese verschriftlicht werden sollte. Die Abbildungen in dem Buch hatten so ähnlich ausgesehen wie das, was Josie gerade vor sich liegen hatte. Sie schloss die Augen, um sich besser erinnern zu können. Eingänge auf die eine Seite, Ausgänge auf die andere und dann addieren, im besten Fall überstiegen die Eingänge die Ausgänge.

Josie schreckte kurz zusammen. Nathaniel hatte sich ihr gegenüber hingesetzt, die Tasse in der Hand, und sah sie mit einem frechen Grinsen an. Fand er das etwa lustig? War das ein Spiel für ihn? Wie konnte er nur so leichtsinnig mit seiner Gesundheit umgehen? Das knochige Gesicht ihres Vaters erschien vor ihrem inneren Auge. Er hatte ebenfalls bis zum Schluss keine Hilfe zulassen wollen. Josie presste die Lippen zusammen und stürzte sich auf die Arbeit.

Es dauerte, bis sie das System tatsächlich durchschaut hatte, aber zum Schluss waren ihr doch fünf kleine Rechenfehler untergekommen. Sie war gerade auf der letzten Seite, als sie spürte, wie sich etwas Schweres um ihre Schultern legte.

Überrascht blickte sie hoch, Nathaniel hatte eine Decke um sie gelegt. Verwirrt rieb sie sich die Augen. Der Tag begann, sich dem Abend zuzuneigen. Sie hatte es nicht bemerkt, so vertieft war sie in ihre Arbeit gewesen.

»Wo sind die Kinder?«

Irritiert fuhr sie hoch, doch Nathaniel beruhigte sich sofort.

»Sie sind mit den Kätzchen im Haus und wärmen sich und die Tiere am Feuer. Ich habe Lyon verständigt, er wird Sie und die Kinder dann mit dem Auto abholen.«

Josie sackte in sich zusammen. Sie war wohl tatsächlich die schlechteste Gouvernante aller Zeiten! Beschämt zog sie die Decke enger um sich. Wann war es denn so kalt geworden?

»Bitte verraten Sie mich nicht an Mrs. Mayfield oder, noch schlimmer, an Mr. Miller.« Bei dem Gedanken an ihn bekam Josie eine Gänsehaut.

Nathaniel gluckste. »Der Hauslehrer. Wirklich?«

»Das muss ich mir die nächsten Wochen sonst jeden Tag anhören.«

»Keine Angst, Ms. Cavendish, das bleibt unser Geheimnis.«

Die Art, wie er es sagte, schürte das Kribbeln in ihrem Bauch von Neuem. Sie studierte Nathaniels Gesicht und stellte erleichtert fest, dass es ein wenig an Farbe gewonnen hatte.

»Hören Sie auf, mich so anzusehen. Ich werde schon nicht zusammenbrechen.« Nathaniel hielt ihr eine dampfende Tasse entgegen. »Nehmen Sie. Ihre Finger sind ganz rot.«

Er blickte sie verlegen an.

»Ich hätte nicht gedacht, dass Sie tatsächlich so lange daran sitzen würden, jetzt fühle ich mich wie ein Sklaventreiber.«

Josie nahm das heiße Getränk entgegen und ließ sich von Nathaniel zur Schaukel führen, auf der locker drei Leute Platz gehabt hätten.

»Ich habe Ihnen doch meine Hilfe angeboten, und ich bin froh, dass es Ihnen besser geht.«

Sie ließ sich auf die sorgsam gezimmerten Planken gleiten, während sich Nathaniel etwas umständlicher hinsetzte. Josie lauschte dem Rauschen der Wellen und dem Zirpen der Grillen, dann nahm sie einen Schluck aus der Tasse.

»Das ist köstlich, was ist das?«

»Warmer Apfelmost. Wir produzieren ihn selbst. Es freut mich, wenn er Ihnen schmeckt.«

»Trotz Prohibition?« Entgegen Millers Vorstellung nahm Josie einiges aus seinem Unterricht mit.

»Es ist kein wirkliches Gesetz, mehr eine Richtlinie, und

wenn wir es nur für den Eigenbedarf produzieren, stört es niemanden.«

Das entsprach nicht ganz der Wahrheit, aber Josie beließ es dabei. Eigentlich ging es sie ja auch nichts an. Sie genoss den Apfelmost, der jetzt noch süßer schmeckte, seit sie wusste, dass er verboten war. Der Himmel färbte sich dunkelrosa.

Nathaniel begann, in seiner Jackentasche zu wühlen, und holte das Metalldöschen heraus, das sie zuvor vor Schock fallen gelassen und mittlerweile vergessen hatte.

»Ich denke, das gehört Ihnen?«

Josie schüttelte den Kopf. »Ich habe es für Sie mitgebracht, als Dankeschön für Ihre Hilfe bei meiner Ankunft.«

Im schwindenden Licht der Sonne meinte Josie zu sehen, wie Nathaniels Wangen schon wieder eine rote Färbung annahmen. Er klappte den Mund auf und zu wie ein Fisch. Sein geflüstertes »Danke« klang nervös.

»Es ist eine Salbe aus Shea Butter und Ringelblumen. Ich habe sie selbst hergestellt. Eine Krankenschwester hat es mir beigebracht, als mein Vater in Sierra Leone stationiert war. Mir ist aufgefallen, dass die Haut in Ihrem Gesicht spannt, die Salbe sollte Ihnen Linderung verschaffen.«

»Sie sind sehr direkt, Ms. Cavendish.«

Sie biss sich auf die Lippe. Hatte sie zu viel gesagt? War sie ihm zu nahe getreten? Womöglich sprach er nicht gern über seine Verletzungen. Josie verknotete ihre Finger ineinander. Sie war sich der Blicke, die ihr Nathaniel zuwarf, sehr wohl bewusst und auch, was er sich vermutlich über sie dachte, nämlich dass sie eigenartig war.

»Mein Vater schätzte eine klare und deutliche Sprache.«

»Ja, er war ein beeindruckender Mann.«

»Kannten Sie ihn etwa?«

Josie verstärkte den Griff um ihre Tasse und hielt die Luft an: Sie hatte schon immer das Gefühl gehabt, ihr fehlte ein Puzzleteil zu dem letzten Willen ihres Vaters. Aber er war gestorben, bevor sie dahinter gekommen war. Wieso die Arbeit als Gouvernante und dann ausgerechnet in die USA und zu den Mayfields? Ihr Vater hatte so viele gute Freunde und Bekannte im Empire gehabt.

»Wissen Sie, warum Ihr Vater darauf bestanden hatte, dass Sie *hier* arbeiten?«, sprach Nathaniel die Frage aus, mit der sich Josie seit dem Tod ihres Vaters quälte.

Sie schüttelte den Kopf und nahm einen großen Schluck von dem Apfelmost, bevor sie den leeren Becher auf den Boden stellte. Dann lehnte sie sich zurück.

Müdigkeit und ein leichter Schwindel befielen ihren Geist und Körper. Vielleicht hätte sie das Gebräu doch nicht so schnell trinken sollen.

»Ich weiß nicht, ob Sie die Umstände des Todes meines Vaters kennen, aber er litt in dem letzten Jahr seines Lebens an geistiger Umnachtung. Sein brillanter Verstand verfiel in rasender Geschwindigkeit. Übrig blieben die intellektuellen Auswüchsen einer Kartoffel.« Josie lachte, obwohl ihr zum Weinen zumute war. Nathaniel fasste nach ihrer Hand. Es war eine zarte Berührung, und sie war tröstlich. Es war schön, mit jemandem über ihren Vater sprechen zu können, der ihn auch tatsächlich gekannt hatte.

»Es tut mir leid, ich war taktlos und hätte so eine Frage nicht stellen sollen.«

Josie schüttelte den Kopf. »Schon in Ordnung, ich habe mich ja selbst oft gefragt, warum er diesen Weg für mich gewählt hat. Ich hatte vor, mit Ihrem Vater zu sprechen. In den letzten Monaten vor seinem Tod hat Vater oft von dem lieben Mr. Mayfield gesprochen, und ich dachte, vielleicht sei er dieser alte Bekannte gewesen.« Sie warf Nathaniel einen verstohlenen Blick zu. Falls es doch *er* gewesen war, der mit ihrem Vater korrespondiert hatte, und nicht der alte Mr. Mayfield, dann war jetzt der perfekte Augenblick, um darüber zu sprechen.

Doch Nathaniel schwieg.

Frustriert sog Josie die Luft ein. Es war klar, dass er ihr etwas verschwieg. In ihr tobte ein Kampf zwischen Neugier und taktvollem Anstand. Ein unschöner Gedanke schlich sich in ihren Geist. Redete er etwa nicht darüber, um ihre Gefühle zu schonen? Hatte ihr Vater vielleicht darum gebettelt, seine Tochter hier unterbringen zu dürfen? Sie merkte, wie eine alte Verbitterung in ihr hochstieg, von der sie gedacht hatte, sie schon längst überwunden zu haben. »Wenn ich ehrlich bin, dann weiß ich ganz genau, warum er wollte, dass ich als Gouvernante arbeite.« Sie atmete hörbar laut aus, Nathaniel ließ ihr Zeit. Kurz hielt sie inne und fragte sich, ob es wirklich klug war weiterzusprechen. Aber der Damm war gebrochen, und sie konnte die Worte nicht mehr aufhalten. »Ich denke, mein Vater wusste, dass ich mich nicht als Ehefrau eignen würde ... oder als Mutter. Schließlich hatte ich nie eine, deswegen hat er mir lieber eine Arbeit als einen Mann gesucht. Es schmerzt mich nicht, unverheiratet zu sein, verstehen Sie mich nicht falsch, aber es tut weh, dass mein Vater denkt, ich sei ungeeignet.«

Jetzt reiß dich zusammen, Josie.

Sie fühlte sich unglaublich verletzlich, einem Fremden ihre tiefsten Unsicherheiten auf dem Silbertablett zu servieren. Wie dumm von ihr ...

»Wieso denken Sie, dass er Sie für ungeeignet hält?«

Josie lachte bitter auf. War das sein Ernst? Sie sollte aufhören zu reden, der Most war ihr zu Kopfe gestiegen.

»Ach, sehen Sie mich doch an.«

»Aber das tue ich doch.«

Nathaniel sagte diese Worte ohne den kleinsten Hauch von Ironie oder Sarkasmus. Josie schoss das Blut bis in die Ohren. Was tat sie hier eigentlich? Nathaniel erhob sich und nahm die leere Tasse vom Boden, bevor er verschwand. Würde er jetzt einfach gehen, dann würde sie vor Scham sterben. Doch er kam wieder zurück. In den Händen hielt er einen kleinen Zweig, auf dem eine Apfelblüte wuchs.

»In meinem Garten wachsen viele Blumen. Manche sind klein und unscheinbar, aber haben eine heilende Wirkung, und manche sind von atemberaubender Schönheit, doch sie welken schnell.« Während Nathaniel sprach, bog er den Zweig und verknotete geschickt dessen Enden. »Die Blume selbst kennt ihren Wert nicht, sie tut nur dass, was sie tun kann. Sie wächst und streckt sich der Sonne entgegen.« Behutsam nahm er Josies Arm und streifte den Zweig mit der einzelnen Apfelblüte über ihr Handgelenk. »Nur weil die Blume ihren eigenen Wert nicht erkennt, heißt es nicht, dass andere blind dafür sind. Ihr Vater hat genau gewusst, wer Sie sind und was Sie leisten können. Darum hat er Sie hierhergeschickt.« Nathaniel rutschte näher an Josie heran und platzierte einen Kuss auf ihrer Hand, so zart wie der Flügelschlag eines Schmetterlings und so leicht wie eine Feder, sodass Josie sich fragen musste, ob das gerade wirklich passiert war.

»Danke für das Geschenk, ich werde an Sie denken, wenn ich die Salbe auftrage«, flüsterte er ihr zu, und seine Worte brachten ihr Herz zum Beben.

»Das Auto ist da!«, rief William vom Haus aus, und Josie sprang auf, doch Nathaniel ließ ihre Hand nicht los.

»Kommen Sie mich bald wieder besuchen, Josephine. Ich habe ihre Gesellschaft und natürlich die der Kinder sehr genossen.«

Atme, Josie.

Sie war doch keine Jungfrau in Nöten, die sich von einem Anstandskuss den Boden unter den Füßen wegziehen ließ. Sie beugte sich zu Nathaniel herab, bis sie Nasenspitze an Nasenspitze standen, und umschloss seinen Hals mit beiden Händen.

»Was zum Teufel tun Sie da, Ms. Cavendish?« Sein Gesicht färbte sich herrlich rot ...

»Ich fühle Ihren Puls.«

»Ich sagte doch bereits, dass es mir besser geht.«

»Ihr Gesicht wechselt seine Farbe so schnell wie ein Kaleidoskop von Bleich zu Rot, und irgendwie traue ich dem Ganzen nicht«, sagte sie in dem nüchternsten Tonfall, den sie aufbringen konnte.

Auf Nathaniels Stirn bildeten sich Zornesfalten. Josie verzog die Lippen zu einem verschlagenen Grinsen. Nathaniel war nicht der Einzige, der sein Gegenüber in Verlegenheit bringen konnte.

»Sie sind unmöglich, Ms. Cavendish.«

»Das höre ich nicht zum ersten Mal.« Sie richtete sich auf.

»Ich ziehe mein Angebot zurück. Sie sollten mich nicht wieder besuchen kommen.«

»Oh, Sir Mayfield, nun blutet mir das Herz! Selbstverständlich komme ich wieder. Nicht, dass Ihnen der Kreislauf wieder versagt, wenn niemand in der Nähe ist.«

Noch bevor Nathaniel protestieren konnte, hüpfte Josie die zwei Stufen des Pavillons hinab. Sie lief ins Haus, wissend, dass Nathaniel ihr nie so schnell folgen konnte.

Kapitel 8

Harrold

»Und, was sagst du?«

Harrold führte Eliza über die Straße auf die andere Seite.

»Ich weiß nicht, was du meinst.«

Sie blieben vor einem längst in die Jahre gekommenen roten Auto stehen.

»Ich habe ihn sogar gewaschen. Jetzt sieht er wieder wie neu aus.«

Harrold öffnete die Beifahrertür und deutete Eliza einzusteigen.

Vielleicht wirst du meinen armen Mercedes ja dann endlich zu schätzen wissen.

Aber statt sich über die alte Innenausstattung und den unbequemen Sitz aufzuregen, wie es die anderen Frauen tun würden, die er kannte, klatschte *sie* begeistert in die Hände.

»Du hast dir Agathas Oldtimer ausgeborgt? Darf ich fahren? Oh, bitte ... Biiiitteee!«

Harrold hob eine Augenbraue. Das war nicht ganz die Reaktion, die er erwartet hatte. Aber wenn er es so recht bedachte, dann war Eliza auch keine gewöhnliche Frau, die Freude an gewöhnlichen Dingen fand. Das war schon immer so gewesen ...

Sie ergriff seine Hand, und er blickte sie an.

Wie damals ...

»Harrold?«

»Von mir aus, aber kannst du überhaupt fahren? Damals hattest du keinen Führerschein ...«

Aber Eliza hatte ihm den Schlüssel schon längst abgenommen und setzte sich hinters Lenkrad. Harrold glitt neben ihr auf den Beifahrersitz.

»Ich bin noch zu jung zum Sterben, nur dass du's weißt.«

Bemerkte sie, dass er sie nur aufzog? Insgeheim war er froh, dass Eliza das Steuer übernahm, denn so konnte er sie noch länger anstarren, ohne dass sie es bemerkte. Und falls sie es doch bemerkte, gab es rein gar nichts, was sie dagegen tun konnte, außer rechts ranzufahren und auszusteigen.

»Ich lasse dich schon nicht sterben.« Sie kicherte, während sie ihre Haare zu einem hohen Zopf band und dabei ihren weißen Nacken entblößte.

Wie gern ich dich berühren würde ...

Harrold streckte die Hand nach ihr aus, aber dann hielt er inne und ermahnte sich, Ruhe zu bewahren. Der richtige Zeitpunkt würde sich schon ergeben.

Eine halbe Stunde später öffnete seine Großmutter freudestrahlend die Tür, und Harrold war sicher, dass sie schon eine ganze Weile lang durch das bunte Glasfenster gespäht hatte.

»Eliza, mein Kind! Meine Güte, was für eine wunderschöne Frau du geworden bist!«

Die alte Frau schloss Eliza in eine überschwängliche Umarmung, wobei sie Harrold einen wissenden Blick zuwarf, der eindeutig erahnen ließ, dass er mit seinen Vermutungen recht gehabt hatte.

Die Hexen warteten nur darauf, noch mehr Holzscheite ins Feuer zu werfen, damit der Liebestrank endlich hochkochte. Die Glut war nie ganz erloschen.

»Agatha, wie schön, dich zu sehen!«

»Und warum genau, nennst du mich bei meinem Vornamen? Auch wenn wir nicht blutsverwandt sind, werde ich immer deine Granny sein! Schließlich hast du bei mir fast genauso lang gelebt wie bei Mildred!«

Eliza erwiderte die Umarmung mit der gleichen Inbrunst wie Agatha. Schließlich waren sie immer noch eine Familie.

»Kommt rein, kommt rein, setzt euch! Habt ihr denn die alte Schachtel nicht mitgenommen?« Sie blickte an ihnen vorbei.

»Die ›alte Schachtel‹ hatte keine Zeit.«

Agatha verdrehte die Augen. »Na ja, wie auch immer ... Also, was führt euch zu mir? Ich freue mich so über diese *Überraschung*!« Das Wort Überraschung betonte sie noch einmal extra.

Von wegen Überraschung! All das hier war von Anfang an ein ausgeklügelter Plan gewesen, von dem Harrold noch nicht wusste, ob es ein Happy End für ihn geben würde oder nicht.

Agatha führte sie in den Salon, wo sich Eliza zu seiner Freude wie selbstverständlich neben ihn auf das schmale Sofa quetschte. Seine Großmutter zauberte eine Glocke hervor.

»Mary, Tee, bitte! Und bring doch ein paar von den Orangen-Madeleines mit, die du gestern gebacken hast!«, rief sie.

»Gern, Ma'am!«, brüllte Mary zurück.

Eliza kicherte.

Besagte Mary servierte den Tee, wobei sie ihm das breiteste Grinsen zuwarf, welches Harrold je in dem Gesicht einer Frau gesehen hatte. Selbst Agathas Hausmädchen wusste also über diesen Komplott Bescheid.

»Ich kann dir gar nicht sagen, wie sehr ich mich darüber freue, dich endlich wiederzusehen. Wie ist es dir ergangen? Es war alles andere als leicht, deine Mutter dazu zu bringen, uns deine Nummer zu geben. Ich schätze, sie war sehr verzweifelt, weil du so viel arbeitest. Hier, iss, Kind!« Sie legte ein zweites Stück von dem süßen Gebäck auf Elizas Teller und ließ ganz unauffällig noch einen Würfel Zucker in die Teetasse fallen.

»Es tut mir leid, dass ich mich nie bei dir gemeldet habe, Granny, aber ich dachte, ihr wolltet nichts mehr mit uns zu tun haben.«

»Noch niemals in meinem Leben habe ich einen solchen Unfug gehört! Nun, vielleicht damals, als deine Großtante Mildred *Ja* zu ihrem zweiten Ehemann gesagt hat, aber das ist eine andere Geschichte. Was zum Henker hat dir deine Mutter nur erzählt?«

Eliza zuckte mit den Schultern. »Wir haben nicht sehr oft darüber gesprochen.« Sie verknotete ihre Finger miteinander.

Harrold widerstand dem Drang, ihre Hand zu nehmen.

»Ich will nicht sagen, das sie nicht das Recht hatte, nachdem, was passiert ist. Aber wir hätten bestimmt eine Lösung gefunden, wenn sie nur zu uns gekommen wäre.«

Eliza wischte sich mit dem Handrücken über die Wange. Weinte sie etwa? Harrold beugte sich vor, sodass sie ihn ansehen musste. Tatsächlich kullerten Tränen über ihre Wangen.

»Aber jetzt bist du ja wieder da, und ich hoffe, dass du bei uns bleibst!«, plapperte Agatha unbeirrt weiter.

Was denkst du, Eliza? Wirst du hierbleiben oder wieder gehen? Sag es, na los!

Eliza biss sich auf die Unterlippe. Ihre Pupillen glichen einem See bei Nacht. Wir würde sie reagieren, wenn er sie berührte? War es ... unangemessen? Harrold streckte die Hand nach ihr aus. Aber anstatt sie fortzuschlagen, ergriff sie sie. Ihre Finger waren eiskalt.

»Erst lösen wir dieses Rätsel, das ihr euch für Eliza ausgedacht habt, und dann sehen wir weiter. Ich werde sie dabei nicht allein lassen«, murmelte er.

Seine Großmutter nickte.

Warum hast du so viele Tränen in dir, Eliza? Was ist in den vergangenen Jahren, in denen wir getrennt waren, nur passiert?

»Grandma, Tante Mildred meinte, du hättest hier irgendwo einen Familienstammbaum, den ich mir anschauen könnte«, wechselte sie abrupt das Thema. Trotzdem ließ Eliza seine Hand nicht los.

»Einen Stammbaum? Natürlich haben wir einen.«

»Ich möchte verstehen, in welcher Beziehung meine Vorfahrin Josephine und Nathaniel Mayfield standen.« Sie deutete auf ihr Handgelenk, an dem jetzt das Schiff, die Apfelblüte baumelten.

»So, so ...« Agatha biss in eine Orangen-Madeleine und ließ sich reichlich Zeit beim Kauen. Dabei beobachtete sie sie mit Adleraugen.

»Grandma, wir haben nicht ewig Zeit.«

»Nicht? Habt ihr denn noch etwas anderes vor?« Sie zog belustigt die Augenbrauen hoch. »Aber gut, ihr habt mich überredet ... Ich gebe euch einen unschlagbaren Tipp! Erinnert ihr euch noch an das alte Haus im Apfelhain? Dort werden all eure Fragen beantwortet! Mary? Den Schlüssel, bitte!«

Sofort kam Mary mit einem einzelnen Schlüssel angerannt, der an einem flauschigen roten Herz baumelte. Sie überreichte ihn Agatha, die ihn an Harrold weitergab.

Plötzlich war es so still, dass man eine Feder fallen hören konnte. Harrold warf einen Seitenblick auf die Frau neben sich.

Da saß sie. Eliza, die immer noch die Anhänger an dem goldenen Kettchen betrachtete. Oder starrte sie auf ihre Hände, die so perfekt ineinanderpassten? Eine Gänsehaut breitete sich auf seinen Armen aus. Wie konnte es sein, dass er so stark in ihrer Gegenwart fühlte, nachdem sie einander zehn Jahre lang nicht gesehen hatten? Nachdem sie ihn einfach so zurückgelassen hatte – ohne auch nur ein Wort der Erklärung? Trotzdem verspürte er keinerlei Wut mehr. Alles, was er wollte, war, mit ihr zusammen zu sein. Wie kurzsichtig war er eigentlich? War er nicht der mit dem Doktortitel und der Psychiaterausbildung? Und was, wenn sie das alles nicht wollte? Dann würde er wieder leiden.

Obwohl, eigentlich war ihm das ziemlich egal ... Seit er wieder mit Eliza hier war, hatte er nicht einen müden Gedanken an sein Leben in L. A. verschwendet. Seine Aktien waren ihm egal, ebenso wie seine Kontakte, um die er sich nicht kümmerte, oder besagte Millionärstochter, die er ignorierte, wenn auch nur mit mäßigem Erfolg.

»Gerade hattet ihr es noch sehr eilig.«

Eliza erhob sich zuerst. »Lass uns gehen, Harrold.«

»Ja.« Er richtete sich zu seiner vollen Größe auf und legte die Hand an Elizas Rücken.

Agatha verschränkte die Arme vor der Brust, wobei sie von einem Ohr bis zum anderen grinste. »Verlauft euch bloß nicht, Kinder.«

»Denkst du, Josephine könnte hier gewohnt haben?«

Sie standen vor einem kleinen weißen Haus mit angelaufenen Buntglasfenstern und schwarzen Dachschindeln. Efeu schlängelte sich wie knorrige Finger über das Gemäuer.

Eliza schüttelte den Kopf. »Nein, das glaube ich nicht. Ein solches Haus wäre nicht für einfache Arbeiter oder Bedienstete zur Verfügung gestellt worden. Ganz bestimmt wurde es nach Sonderwunsch in Auftrag gegeben. Sieh nur ...« Sie deutete auf einen rotbraunen Ziegel, der aus dem Mauerwerk ragte. »Wer auch immer hier gewohnt hat, wusste ganz genau, was er oder sie wollte. Konnte es Nathaniel gewesen sein? Oder ein anderes Familienmitglied? Vielleicht ein Notfallquartier oder eine Art Gästehaus?«

Harrold steckte den Schlüssel in das rostige Schloss. Ein Lächeln zupfte an seinen Lippen, als er sich daran erinnerte, wie sie als Kinder hier gestanden hatten. Er war ungefähr zwölf Jahre alt gewesen und sie vielleicht sieben oder acht. Schon damals hatte er sie beeindrucken wollen.

Es klickte.

»Aber wäre das nicht eigenartig? Warum sollte Nathaniel so weit abseits der Familie gewohnt haben?«, murmelte sie neben ihm.

»Vielleicht wollte er es so? Weglaufen ist manchmal eben einfacher, als sich den unangenehmen Dingen des Lebens zu stellen.«

»Nicht wahr?« Sie warf ihm einen Blick zu.

Seine Worte hatten sie eindeutig verletzt, dabei hatte er gar nicht sie gemeint, sondern sich selbst. Hätte er nur mehr Eier in der Hose gehabt, hätte er herausfinden können, wohin Eliza gegangen war. Aber er war selbst zu verletzt gewesen, um klar denken zu können.

Die Tür schwang auf. Er ergriff ihre Hand und zog sie mit sich. Ein muffiger Geruch schlug ihnen entgegen.

»Hier war wohl schon länger niemand mehr. Eliza ...«

Aber Eliza hatte sich längst von ihm gelöst und streckte sich nach einem Gegenstand über dem Kamin.

Harrold schluckte schwer. Ihr langer Zopf baumelte wie ein goldenes Seil über ihrem Hintern, und er ertappte sich bei der Vorstellung, wie es wohl wäre, wenn er es um seine Hand wickeln und daran ziehen würde, bis ihr Kopf an seiner Schulter lag und er sie küssen konnte ...

Reiß dich zusammen!

Er seufzte, trat hinter sie und griff nach der winzigen Figur in der Nische. Eliza versteifte sich zwar, weigerte sich aber beiseitezutreten, um ihm Platz zu machen.

Dann eben nicht.

Ihr schmaler Körper gegen seinen gepresst ließ er sich extra Zeit, bis er die Figur in ihre Hände legte.

»Das ist eine Götterstatuette aus Indien. Krishna, der Gott der Liebe. Und das ist Radha, seine Gemahlin«, erklärte sie.

»Ein schönes Paar.« Warum klang seine Stimme plötzlich so rau?

Eliza drehte sich um. Wenn er sich jetzt herabbeugte, dann ... Eine zarte Röte zeichnete sich auf ihren Wangen ab.

»Eliza ...«

Doch weiter kam er nicht, denn sie tauchte unter seinem Arm hindurch und fuhr damit fort, das Haus zu inspizieren.

Harrold seufzte. Dann folgte er Eliza durch den Salon hindurch, kletterte auf Küchenkästen, wühlte in blechernen Dosen und begutachtete eine alte Waage aus Kupfer.

Über eine schmale Wendeltreppe kamen sie ins obere Stockwerk, welches in zwei Kammern aufgeteilt war.

»Ein Kinderzimmer«, schloss sie aus den Möbeln, die unter vergilbten Leintüchern zum Vorschein kamen. Auf einem der Betten lag ein Hase, dem ein Arm und ein Auge fehlten.

Vorsichtig nahm sie das staubige Plüschtier und begutachtete es. »Armer Tropf.«

Harrold lehnte in der Tür und beobachtete, wie sie durch eine Kiste kramte und noch mehr altes Spielzeug hervorzauberte.

»Sieh nur!«, rief sie plötzlich aus und deutete ihm, zu ihr zu kommen.

»Was ist das?«

»Ein Zoetrop aus dem frühen 19. Jahrhundert.«

Harrold hockte sich neben Eliza. Aber anstatt das vermeintliche Wunderding zu bestaunen, beobachtete er nur sie. Wie ihre Augen vor Freude leuchteten, während sie es ansah ... Wieso konnte *er* eigentlich kein Zoetrop aus dem 19. Jahrhundert sein?

»Ich würde die gern zeigen, wie es funktioniert, aber dafür müsste es dunkel sein, und ...«

»Nimm es mit und zeig es mir heute Abend beim Essen«, flüsterte er.

»Nein, ich kann es doch nicht einfach mitnehmen. Es gehört deiner Großmutter! Warte, was hast du gesagt?«

»Ich bin sicher, dass sie nichts dagegen hat, wenn du es mitnimmst. Außer dir versteht ohnehin niemand den Wert dieser Dinge.«

Eliza hielt die runde Trommel wie einen seltenen Schatz in ihren Händen. »Meinst du?«

Harrold zuckte die Schultern. »Sicher weiß sie nicht einmal, was hier drinnen alles eingelagert wurde.«

»Den Stammbaum haben wir auch noch nicht gefunden. Wie spät ist es überhaupt?«

»Kurz nach acht.«

Eliza sprang hoch. »Was, schon so spät?«

»Du warst sehr vertieft in dein Tun«, erklärte Harrold, wobei er sich ein Lachen verkniff.

Warum nur war sie auf einmal so schrecklich steif ihm gegenüber? War sie etwa doch immer noch verärgert wegen vorhin?

»Warum hast du denn nichts gesagt? In einem Haus voller Antiquitäten verliere ich oft die Beherrschung.«

Weil ich es schön fand, deine Emotionen zu studieren ... Aber das konnte er ihr unmöglich sagen, ohne wie ein verrückter Stalker zu wirken.

»Wie Grandma bereits gesagt hat, haben wir ja nichts Besseres zu tun, also warum hätte ich dich unterbrechen sollen? Außerdem wissen wir jetzt wenigstens zwei Dinge: Hier hat eine Familie mit Kindern gewohnt und: Hier kann man außergewöhnliche Schätze finden.«

»Aber uns fehlt der Familienstammbaum.«

»Ein Zimmer haben wir noch.« Er reichte ihr die Hand. »Bestimmt das Elternschlafzimmer.«

Jetzt glich Elizas Gesicht der Farbe einer überreifen Tomate. Das Spielzeug an die Brust gedrückt ging sie voran. Und natürlich lag das Dokument genau dort, wo sie es vermutet hatten. Es war eine einzelne Seite in Folie, die jemand gut sichtbar für sie vorbereitet hatte. Eliza nahm das Dokument zur Hand. Dabei fiel ein winziger funkelnder Gegenstand heraus. Es war ein goldenes Buch. Eliza nahm es und zeigte es Harrold.

»Hier, das ist Emaille. Wer auch immer diese Anhänger

gefertigt hat, war ein Meister seines Fachs. Siehst du, wie winzig es ist?«

Wieder einmal waren sie einander so nah, dass er ihren warmen Atem auf seiner Haut spüren konnte.

»Hm ... irgendwie erinnert mich dieses Buch an etwas ...«

Eliza blickte zwischen dem Anhänger und ihrem Familienstammbaum hin und her.

»Josephine Cavendish – das war also ihr Name. Nathaniel Mayfield war der direkte Nachfahre von Primus Mayfield, dem die Apfelplantage und die umliegenden Ländereien gehörten. Seine erste Frau Hilda verstarb in dem Jahr, in dem der gemeinsame Sohn Nathaniel geboren wurde. Vermutlich an Kindbettfieber.«

»Woher weißt du das alles?«

»Es steht hier.« Eliza hielt ihm einen handgeschriebenen Zettel entgegen.

Es war die Schrift seiner Großmutter.

»Rosetta und William Mayfield entstammten der zweiten Ehe des Vaters, waren jedoch nicht seine eigenen Kinder.«

»Rosie, also Rosetta, war meine Urgroßmutter.«

»Dann war Josephine wohl wirklich *meine* Urgroßmutter«, schlussfolgerte Eliza.

Harrold gab Eliza den Zettel zurück. »Ich weiß jetzt, wo wir den nächsten Hinweis finden. In unserer Bibliothek existiert ein Buch mit einem ähnlichen Muster auf dem Einband.«

»Oh!« Sie klatschte begeistert in die Hände. »Dann lass uns sofort los und ...«

»Hast du es so eilig, von mir loszukommen?«

Ich nämlich nicht. Je länger du brauchst, um das Rätsel der alten Hexen zu lösen, desto mehr Zeit kann ich mit dir verbringen.

»Ja, ich meine, nein ... Was?« Sie schlug die Hände vors Gesicht, als sie begriff, was sie gesagt hatte.

»Lass uns morgen in aller Ruhe danach suchen. Und danach Pizza oder Pasta? Der alte Giovanni wird sich bestimmt freuen, uns zu sehen.«

Harrold befestigte das winzige Buch an einem der goldenen Glieder. Dann verließen sie das Haus. Eine Zeit lang gingen sie schweigend nebeneinander her, bis sie die andere Seite der Plantage erreicht hatten. Das Anwesen lag in völliger Dunkelheit. Agatha war also schon zu Bett gegangen. Sollte er Eliza noch zum Tee einladen?

Sie blieben neben dem Auto stehen. Eine Lampe ging an und warf einen schwachen Schein auf ihr Gesicht.

»Eliza, ich ...«

Sein Telefon klingelte.

Fuck.

»Entschuldige mich einen Augenblick.« Er wandte sich ab.

Es war Taz.

»Was ist? Was kann denn jetzt so wichtig sein?«, blaffte er ins Handy.

»Hallo, Harrold ...«

Sein Herz rutschte ihm in die Hose. »Claire ...« Er brachte Abstand zwischen sich, das Auto und Eliza, die nicht unbedingt hören musste, was er mit seiner Stalkerin besprach. »Wie kommst du an das Handy meines besten Freundes?«, zischte er.

Claires nasale Stimme am anderen Ende der Leitung dröhnte ihm so laut ins Ohr, dass er das Handy weghalten musste. Vermutlich brachte der Abstand jetzt gar nichts mehr.

»Er hat es in eurer Stammbar vergessen. Und ich war zufällig zur richtigen Zeit am richtigen Ort.«

»Bullshit!«

»Wann kommst du endlich wieder nach Hause? Wann können wir uns sehen? Ich vermisse dich so sehr!«

»Ich wüsste nicht, was dich das angeht!«

»Oh, Baby ... Natürlich geht es mich etwas an, wo du bist.

Taz hat deine Spuren gut verwischt, aber sobald ein kurzer Rock an ihm vorbeigeht, wird er unvorsichtig. Wenn ich raten müsste, dann würde ich sagen, dass du irgendwo in Virginia bei deiner Familie bist. Sobald ich mich freimachen kann, würde ich sie gern kennenlernen. Ich habe gehört, deine Grandma ist eine richtige Lady.«

Scheiße! Wie zum Teufel war dieses Weibsstück an diese Infos gelangt? Wenn sie wirklich hier aufkreuzte, dann würde Eliza alles über seine Vergangenheit erfahren. Niemals wieder würde sie ihn so ansehen wie jetzt ... und wahrscheinlich würde sie ihn verabscheuen, weil er, seit er sein Studium beendet hatte, nichts anderes getan hatte, als zu saufen, herumzuhuren und schnelles Geld mit Immobilien zu verdienen.

Du möchtest anderen Menschen helfen? Das ist toll – du bist eben selbst ein wunderbarer Mensch – das hatte sie vor langer Zeit einmal zu ihm gesagt.

Aber er war eine einzige Lüge.

»Halte dich von meiner Familie fern!« Er drehte sich um, aber Eliza war nirgendwo zu sehen. Harrold drückte die schrille Stimme am Telefon weg und eilte zurück zum Auto, aber es war verschwunden und Eliza mit ihm.

Das Handy fiel auf den Boden.

»Fuck, verdammt!«, fluchte er.

Hatte Eliza etwa alles mit angehört? Und sie hatte seinen Wagen geklaut!

Kapitel 9

Harrold

»Was hast du nur wieder angestellt, Junge?«, fragte Agatha, während sie Harrold einen bösen Blick über den Rand ihrer Teetasse zuwarf. »Mildred meinte, dass Eliza heute Morgen nicht aus ihrem Zimmer kommen wollte.«

Harrold zuckte kaum merklich zusammen. »Ich habe gar nichts angestellt, Granny. Claire Deveraux hat mich angerufen, nachdem sie Taz' Handy gestohlen hatte. Eliza hat es mitbekommen.«

»Dieses französische Magnatentochter-Flittchen?« Agatha richtete sich auf. Ein Stück Madeleine fiel aus ihrem Mund in ihren Tee.

»Magnatentochter-Flittchen?« Er lachte.

»Dir wird das Lachen noch vergehen, du dummer Bengel! Wage es ja nicht, unsere Pläne zu sabotieren! Wir haben so hart daran gearbeitet, euch nach Appleton Valley zu holen. Deine Mutter war die Einzige, die ich nicht in irgendeiner Weise belügen musste. Weißt du eigentlich, wie schwer es war, Sophia davon zu überzeugen, dass Mildred todkrank ist und vermutlich bald sterben wird? Sonst hätte sie niemals zugelassen, dass ich Eliza diesen Brief schreibe. Jetzt schau mich nicht so an! Ich bin zwar nicht stolz darauf, aber hätte sie sich vor Kummer nicht völlig überarbeitet, dann säßen wir jetzt nicht hier.«

»Du hast den Brief geschrieben? Welchen Kummer?« Harrold legte sein Besteck nieder und richtete sich auf.

»Nun, Eliza hatte einen Freund in London. Die beiden waren verlobt und wollten heiraten. Fünf Jahre hat sie ihn durchgefüttert, sein Studium und das Auslandssemester bezahlt, aber das war diesem Idioten nicht genug. Er wollte immer mehr, und dann hat er sich vor ein paar Monaten von ihr getrennt, weil sie nicht genug Zeit hatte, ihm auf die Schulter zu klopfen.«

Sie war verlobt? Warum? Wer ist dieser Kerl?

»Warum weiß ich das nicht ... Das wäre alles nie passiert, wenn sie nicht fortgegangen wäre ... weil ich sie nie so behandelt hätte ...«, murmelte er zwischen zusammengebissenen Zähnen. Er war unfair, und das wusste er. Schließlich hatte er ihr auch nichts von Claire erzählt. Vermutlich weil er nicht fand, dass diese Frau erwähnenswert gewesen wäre.

»Was hast du gesagt?«, fragte Agatha.

»Eliza sollte jeden Moment hier sein. Immerhin hat sie mein Auto geklaut!«

Seine Großmutter seufzte. »Versprich mir, dass du dieses Missverständnis aufklärst. Ihr habt den Anhänger doch gefunden, oder?«

Harrold nickte. »Und ich habe ihr eins der Spielzeuge geschenkt.«

Agatha machte eine wegwerfende Handbewegung. »Das Spielzeug gehörte deinen Urgroßeltern. Es wäre ohnehin bald in Mildreds Laden gelandet. Eliza kann es gern haben. Sie ist die Einzige, die Freude daran hat. Also wirst du diese Sache nun bereinigen oder nicht?«

»Natürlich werde ich das. Ich werde nicht wieder weglaufen, keine Sorge.«

»Ich habe Sophia damals deinen Zettel gegeben, aber ich weiß nicht, ob ...«

Die Türglocke läutete. Mary fegte wie ein Wirbelwind durch den Raum.

»Guten Morgen, Mary.«

»Guten Morgen, Ms. Benington, kommen Sie bitte. Die

Hausherrin und der junge Herr erwarten Sie bereits«, antwortete sie.

Elizas Stimme fuhr Harrold durch Mark und Bein, aber auf eine Weise, die er nicht erwartet hatte. Sein Puls beschleunigte sich, seine Wangen wurden heiß, und die Hände begannen zu schwitzen. Es fühlte sich an wie ... Fieber.

Eliza betrat das Zimmer und wurde sogleich von Agatha in den Arm genommen. Er hatte nicht einmal mitbekommen, dass seine Großmutter aufgestanden war. Sein Blick haftete an *ihr*.

Da stand sie und warf ihm diesen Blick zu. Ärger – bei dem sie nicht genau wusste, warum sie ihn fühlte. Scham – weil er sie so ungeniert anstarrte? Vorfreude – wegen Agathas Hausbibliothek?

»Guten Morgen ...«, sagte sie.

Sie hat Make-up aufgelegt ...

»Harrold, deine Manieren.« Agatha riss die Augen mahnend auf, was sie noch mehr wie eine Hexe aussehen ließ.

»Hm«, machte er.

Eliza setzte sich in Bewegung. Sie hängte ihren winzigen Lederrucksack auf die Lehne des Sessels neben ihm. Dann wandte sie sich ihm zu, wobei sie den Kopf neigte. Harrold blickte zu ihr auf. Der Drang, in ihre goldenen Locken zu fassen und sie auf seinen Schoß zu ziehen, ließ sich nur mit größtem Kraftaufwand unterdrücken. Außerdem würde es ihm vermutlich eine saftige Ohrfeige einbringen, und er hatte Eliza gestern Abend schon genug verärgert. Die Situation erinnerte ihn an eine schlecht gedrehte Hollywood-Liebesschnulze. Natürlich hatte sie absolut alles falsch verstanden, was es falsch zu verstehen gab.

»Wollen wir los?« Sie sah ihn fragend an. Das geblümte Kleid schmiegte sich perfekt an ihren Körper.

»Ja.« Seine Stimme klang rau.

Er erhob sich und ging schnellen Schrittes an ihr vorbei. Zum Glück trug er weite Hosen, sonst hätte sie es gesehen.

Harrold wusste nicht, wann er zuletzt so hart gewesen war. Und das nur vom Anblick einer schönen Frau. *Dieser* Frau.

»Ihr könnt euch Zeit lassen, so lang ihr wollt, ja?«

Agathas übertriebenes Wimperngeklimper jagte ihm einen Schauer über den Rücken, obwohl er es nicht einmal sah. Er verdrehte die Augen.

Dann schloss Mary die Tür zum Salon, und sie waren allein.

»Ich habe scheinbar vergessen, wie groß das Anwesen ist.«

Harrold zückte den Schlüssel zur Bibliothek. »Du warst auch nicht sehr oft hier, nachdem ihr zu Mildred gezogen wart.«

»Mom wollte nicht, dass ich zu viel Zeit hier verbringe.«

Harrold drehte sich um.

Es war kein Geheimnis, dass Elizas Vater seine Geliebte immer wieder auf das Anwesen gebracht und dass ihre Mutter diese Sache Eliza zuliebe viel zu lange ertragen hatte. Irgendwann jedoch hatte Sophia die Schmach und Schande des Betrugs nicht mehr aushalten können. Danach war die Familie zerbrochen, und sie hatten ihr Zuhause verlassen und waren zur Tante ihres Vaters gezogen, die den Antiquitätenladen der Stadt betrieb.

»Du warst erst fünf Jahre alt, als ihr weggegangen seid. Natürlich erinnerst du dich nicht mehr daran.« Aber er erinnerte sich noch gut daran. Zu gut.

Die Tür schwang auf und gab den Blick auf einen dunklen Raum frei. Harrold schaltete das Licht ein. Ein prachtvoller Kronleuchter warf sein irisierendes Licht auf die unzähligen Bücherregale, die die Wände säumten. Dicke kobaltblaue Vorhänge verhüllten die Fenster.

»Wow«, war alles, was Eliza imstande war zu sagen.

Sie betrat den Raum als Erste und drehte sich einmal im Kreis.

Wie Alice im Wunderland.

Aber dann blieb sie abrupt stehen und stürmte auf das erste Bücherregal zu.

»Was ... was zum Teufel ist denn hier passiert?«, rief sie empört. »Alles ist durcheinander! Wer ist für diesen Raum verantwortlich?«

Harrold kicherte in sich hinein. »Niemand, Eliza. Mary staubt bloß die Regale ab. Agatha liest nicht mehr, und ich war das letzte Mal vor zehn Jahren hier drin.«

»Aber woher wusstest du dann von dem Buch?«, fragte sie.

Harrold seufzte. Dann ließ er sich auf einen der schweren cognacfarbenen Fauteuils sinken. »Weil es das Märchenbuch ist, das Agatha uns vorgelesen hat, als wir noch klein waren. Du hast es wahrscheinlich längst vergessen, aber ich erinnere mich noch gut an die Apfelprinzessin und ihre außergewöhnlichen Abenteuer.«

Elizas Augen verengten sich zu schmalen Schlitzen. »*Die Apfelprinzessin?* Und du glaubst, dieses Buch ist hier?«

»Wo sollte es sonst sein?«

»Ich werde es suchen. Aber zuerst muss ich hier Ordnung schaffen. Es ist ein einziges Desaster!«

Sie griff nach dem ersten Buch, und schon bald stapelten sich hohe Türme um sie herum. Harrold überschlug die Beine und sah ihr dabei zu, wie sie die Werke nach Schriftsteller, Jahreszahl und Genre ordnete. Fehlte nur noch die Farbe des Buchdeckels. Irgendwann band sie ihr langes Haar zu einem hohen Zopf und fächelte sich Luft zu.

»Es ist furchtbar heiß hier drinnen«, murmelte sie.

Wieso fragte sie nicht um Hilfe? Ein Lächeln umspielte Harrolds Lippen. *Aber du hast mich ja noch nie um Hilfe gebeten.*

Bemerkte sie, dass *er* bemerkte, dass sie ihm immer wieder verstohlene Blicke zuwarf?

»Willst du etwas trinken?«, fragte er, aber sie schüttelte nur den Kopf. Und dann stieg sie auf eine der Leitern, die an

Rollen an den antiken Regalen entlanggeschoben werden konnten und die bis zu den oberen Fächern reichten. »Du bist wütend auf mich.«

Sie schwankte leicht da oben, fing sich aber. »Ich ... ich bin nicht wütend! Warum sollte ich?«

»Warum bist du dann einfach abgehauen?«

Sie zuckte zusammen. »Ich bin nicht abgehauen! Ich wollte nur nicht das Gespräch mit deiner Freundin belauschen!«

»Du meinst Claire? Aber sie ist nicht ...«

»Ist mir egal, wie sie heißt«, unterbrach Eliza ihn.

Jetzt musste er lachen.

»Findest du das etwa lustig? Weiß sie überhaupt, dass du hier mit mir deine Tage verbringst?«

»Das hat nicht sie zu entscheiden.«

Eliza schob gerade fünf Bücher auf einmal ins Regal. »Ich weiß nicht, ich wäre ...«

»Eifersüchtig?«, vollendete er ihren Satz. »Bist *du* denn eifersüchtig, Eliza?« *Auf eine Frau, die nicht meine Freundin ist?*

»W...was?«

Jetzt schob sie sieben schmale Bücher auf einmal ins Regal, und Harrold konnte nicht anders, als Eliza zu bewundern. Trotz ihrer zarten Statur verfügte sie über ungeahnte Kräfte. Das Zittern ihrer Hände konnte sie allerdings nicht vor ihm verbergen.

»Warum sollte ich eifersüchtig sein? Es geht mich schließlich nichts an, mit wem du dich triffst!«, brachte sie mühselig hervor.

»Also, ich finde, dass es mich schon etwas angeht, mit wem du dich triffst, Eliza ... *Ich* bin nämlich eifersüchtig. Ehrlich gesagt ... Als mir Agatha von deiner Verlobung erzählt hat, war mir danach, einen von Taz' italienischen Mafia-Verwandten zu kontaktieren, um mehr über diesen Bastard, der dich verletzt hat, herauszufinden. Sag mir, warum du nie auf meinen Brief geantwortet hast?«

Zwei Bücher fielen auf den Boden. Eliza ruderte mit den Armen.

Scheiße, sie steht viel zu weit oben!

Harrold sprang auf, aber er war zu langsam. Alles lief wie ein Film vor ihm ab. Eliza fiel aus zwei Metern Höhe von der Leiter, und er schlitterte über den gebohnerten Holzboden. Sie schrie. Und dann wurde *ihm* schwarz vor Augen.

Kapitel 10

Josephine, 1920

»Als ich sagte, Sie sollten mich öfter besuchen kommen, dachte ich nicht, dass Sie ein tägliches Ritual daraus machen würden.«

»William, hör auf zu zappeln.« Josie hatte keine Zeit für Nathaniels Beschwerde. Sie schnappte nach Williams Hemd und zog ihn zurück zum Pavillon.

»Josieee!«, jammerte er wie ein Dreijähriger und wand sich wie ein Wurm unter ihrem Griff. »Ich will nicht sitzen, das ist öde, ich will auf einen Baum klettern!«

Josie seufzte, während sie ihn auf der großen Schaukel positionierte. Sie verstand ihn nur allzu gut, es war ein herrlicher Tag. Die Sonne schien vom strahlend blauen Himmel. In den blühenden Apfelbäumen zwitscherten Sperlinge und Rotkehlchen, und ein warmer Wind flüsterte Versprechen vom nahenden Sommer. Sie hatte den Kindern erlaubt, die dünnen Jacken abzulegen, auf die deren Mutter stets bestand. Am liebsten hätte sie eine Picknickdecke ausgebreitet und mit den beiden den Tag genossen, aber die Kinder hatten Termine, und daran ließ sich nun mal leider nichts ändern.

Josie schüttelte verärgert den Kopf.

Was dachte sich Mrs. Mayfield nur dabei? Direkt nach dem Unterricht, ohne Pause – das Mittagessen hatten sie in Form von Sandwiches unterwegs verschlingen müssen –

war es zur Sitzung bei einem Porträtkünstler weitergegangen.

Rosetta strich ihr Kleid glatt.

»William, du bist furchtbar unreif, hat dir das schon mal jemand gesagt?«

»Lass mich in Ruhe, Rosie!«

William zupfte eine von Rosettas Haarnadeln aus der aufwendigen Frisur, woraufhin das Mädchen wild zu kreischen begann.

»Ms. Cavendish, hören Sie mir überhaupt zu?«

Nathaniel hatte sich mit verschränkten Armen vor ihr aufgebaut. Josie schob ihn beiseite, und nahm William die Haarnadel aus der Hand, um Rosettas Frisur zu retten.

»Könnten sich die Erwachsenen vom Pavillon entfernen?«, drang die piepsige Stimme des Malers an ihr Ohr. Er tippte verärgert mit dem Pinsel auf die Leinwand.

»Ms. Cavendish, ich rede mit Ihnen«, nörgelte Nathaniel.

Josie befestigte die Haarnadel und zog Nathaniel an seinem Arm die zwei Stufen hinunter in den Garten.

»Sir Mayfield, wenn Sie mit der Situation unzufrieden sind, dann wenden Sie sich bitte an Mrs. Mayfield. Alles, was ich tue, ist, deren Befehle auszuführen.«

Josie war außer Atem, und sie war sich ziemlich sicher, dass sich auf ihrem Gesicht rote Flecken gebildet hatten.

»Wir sind hier doch nicht auf einem Schlachtfeld, auf dem man Befehle entgegennimmt«, schnaubte er empört.

Josie strich sich einzelne Haarsträhnen aus dem Gesicht. Sie zählte nur noch die Stunden, bis es für diese Kinder Zeit war, ins Bett zu gehen. Nur noch ein paar Jahre, dann hatte sie das Geld für ihren eigenen Laden zusammen. Eine Strähne schien ihr entwischt zu sein, denn Nathaniels Finger streiften ihre Wange, als er das widerspenstige Haar ordentlich hinter ihrem Ohr platzierte.

Josie machte einen Schritt zur Seite, dieser Mann wusste eindeutig nicht, was sich gehörte.

»Ich meine, Ihr Kopf wird nicht rollen, wenn Sie einmal nicht nach Sybilles Pfeife tanzen.«

»Schlagen Sie mir etwa Ungehorsam vor?« Als Tochter eines Offiziers stellten sich Josie die Nackenhaare auf.

Nathaniels Blick ruhte auf den Kindern, während er den Abstand zwischen ihnen wieder schloss, als wäre er ein Magnet und sie sein Gegenpol.

»Man sieht doch, dass es den beiden nicht guttut. Kinder sollten sich bewegen dürfen!«

Josie gab ihm recht, aber das war nicht ihre Entscheidung, und Nathaniel konnte nicht von ihr verlangen, sich gegen die Wünsche ihrer Arbeitgeberin zu stellen, so viel Menschenverstand musste dieser Mann doch besitzen!

»Ja, ich schlage Ihnen Ungehorsam vor. Sie dürfen Sybille hin und wieder widersprechen. Immerhin verbringen Sie den ganzen Tag mit den Kindern.«

»Das ändert nichts daran, dass Mrs. Mayfield meine Arbeitgeberin und die Mutter der Kinder ist.«

War Nathaniel wirklich so blind für die Hierarchie innerhalb seiner eigenen Familie? Gerade er, als ehemaliger Soldat, sollte doch wissen, welche Befehlskette sie zu befolgen hatte.

»Über das Personal in diesem Haus entscheide immer noch ich. Meine Stiefmutter kennt ihren Platz in dieser Familie, keine Sorge.« Seine Stimme vibrierte drohend.

»Mit Ihrer Aussage erschweren Sie mir mein Leben ungemein, Sir Mayfield.«

»Sie wirken nicht wie jemand, der Angst vor einer Herausforderung hat, Ms. Cavendish. Oder habe ich mich etwa in Ihnen getäuscht?«

Josie schluckte ihre Widerworte hinunter. Nathaniel verhielt sich ihr gegenüber oft so ungezwungen, dass sie manchmal vergaß, dass er der Herr dieses Anwesens war. Sie wusste genau, was er ihr eigentlich sagen wollte, auch wenn er sich furchtbar ungeschickt ausdrückte. Sie seufzte erschöpft. Im Grunde war es ganz einfach. Mrs. Mayfield konnte sie nicht einfach kündigen, wenn sie etwas tat, das ihr missfiel. Diese Macht besaß nur der Hausherr, aber auch, wenn er ihr den Rücken stärkte, änderte es nichts an der Tatsache, dass Mrs. Mayfield die Mutter der Kinder war. Das wog schwerer als die Frage nach ihrer Anstellung. Kein Mensch, der bei gesundem Verstand war, stellte sich zwischen eine Mutter und ihre Kinder. Diese Tatsache schien Nathaniel jedoch egal zu sein. Solange Mrs. Mayfield also nichts Gefährliches von ihr verlangte, würde sich Josie ihren Wünschen nicht widersetzen. Auch wenn das bedeutete, zwei übellaunige Kinder dazu zu bewegen, sich wieder still auf ihre Stühle zu setzen.

Ein mechanisches Brummen holte Josie aus ihren Gedanken zurück in die Wirklichkeit. Ein Automobil ratterte den verwurzelten Feldweg hinauf und kam vor dem Haus zum Stehen. Der schwarze Lack glänzte in der prallen Sonne. Ein mulmiges Gefühl machte sich in Josies Magengegend breit. Was sollte diese Ablenkung plötzlich? Die Kinder waren doch endlich zur Ruhe gekommen ...

»Das habe ich komplett vergessen«, murmelte Nathaniel neben ihr und sah ebenfalls wenig begeistert aus.

Lyon hechtete aus dem Wagen, um seiner Herrin die Tür zu öffnen. Josie bewunderten den Mann für seine Beweglichkeit, aber gesund konnte das in seinem Alter nicht mehr sein. Sybille Mayfield setzte die Spitze ihres perlenbesetzten Satinschuhs auf die feuchte Erde und rümpfte die Nase, bevor sich ein honigsüßes Lächeln auf ihre Züge legte. Wie eine Porzellanpuppe, die dazu verdammt war, den ewig gleichen Gesichtsausdruck zu tragen. Neben der Hausherrin verließ auch Judy den Wagen. Das sonst so fröhliche Mädchen wuselte aufgeregt um ihre Herrin herum, als wäre sie der König von England.

Josie unterdrückte ein Lachen.

Nathaniel ging auf die Truppe zu. Mrs. Mayfield reichte

ihm ihren Arm und ließ sich von ihm zu dem Pavillon begleiten. Sie ging wackelig auf ihren hohen Absätzen, die hoffnungslos in der Erde versanken. Hilfe suchend klammerte sie sich an Nathaniel fest, als wäre sie zu schwach, um die paar Meter allein zu laufen. Mrs. Mayfield verbarg ihr Haar unter einem weißen Turban, der wie ihre Schuhe aus Satin bestand und mit schillernden Perlen besetzt war. Ein silberner Mantel aus glänzendem Material umschlang ihren zierlichen Körper. Mit Nathaniel an ihrer Seite, der trotz seiner Narben, oder vielleicht auch gerade wegen ihnen, wie ein verwunschener Prinz aussah, wirkten sie wie ein Paar aus einem Märchen.

Josie verkrampfte sich. Eigentlich konnte es ihr doch egal sein, wer an Nathaniels Arm hing? Aber es war ihr nicht egal. Dieser Anblick ließ sich nur schwer ertragen.

»Ms. Cavendish, verläuft alles nach Plan?«

»Alles verläuft nach Ihren Wünschen, Madame.«

Josie deutete einen Knicks an, und Mrs. Mayfield nickte ihr wohlwollend zu.

»Mutter!«

William war aufgesprungen und umschlang die Taille der fragilen Frau, die unter der Wucht des Jungen zwei Schritte zurücktaumelte.

»William, was ist denn das für ein Benehmen?«, maßregelte sie ihn und strich ihm die Haare glatt.

»Ich freue mich einfach so, dass du da bist, Mama. Willst du sehen, wie ich einen Baum hinaufklettere?«

»Judy, könnten Sie so freundlich sein und schon mal den Tee vorbereiten?«, wandte sich Mrs. Mayfield an das Dienstmädchen, ohne auf Williams Frage einzugehen.

»Natürlich, Madame.«

Judy verschwand im Haus. Sie trug dieselbe Papiertüte mit sich herum, welche Josie auch bei ihrer ersten Begegnung aufgefallen war. Judy hatte ihr erst vor Kurzem anvertraut, dass Mrs. Mayfield an schweren Migräneanfällen litt. So schwer, dass keine Arznei ihr helfen konnte. Deswegen musste Judy jeden Monat, unter Einhaltung größter Verschwiegenheit, in einem nahe gelegenen Dorf bei einer, wie sie es beschrieb, »Kräuterhexe« eine selbst gebraute Tinktur kaufen. Diese ließ sich Mrs. Mayfield in ihrem Tee servieren. Josie hatte Judy schwören müssen, niemandem davon zu erzählen, da Mrs. Mayfield dem Dienstmädchen dafür ein Extra-Taschengeld zusteckte. Judy hatte Angst, dass ihr jemand den lukrativen Auftrag abspenstig machen könnte.

»Du wirst unsere Verabredungen zum Tee doch nicht vergessen haben, Nathaniel?«, fragte Mrs. Mayfield.

Nathaniel verzog das Gesicht. »Gewiss nicht. Der Tisch wäre bereits gedeckt, hättest du nicht beschlossen, das Porträt deiner Kinder hier anfertigen zu lassen, ohne es vorher mit mir abzusprechen.«

Josie sah ihn mit hochgezogenen Augenbrauen an, doch Nathaniel neigte drohend Kopf. Sie sollte also für sich behalten, dass er seine Stiefmutter vergessen hatte?

»Oh, Nathaniel, meine zwei Engel stören dich doch hoffentlich nicht? William, seid ihr eurem Bruder zur Last gefallen?«

»Nein, Mama, wir waren ganz brav.«

»Darum geht es nicht.«

»Oder ist es, weil ich ein Bild für die Familiengalerie anfertigen lasse, obwohl meine Kinder nicht das Blut der Mayfields in sich tragen?« Die kleine Frau sah bedrückt zu Boden. Tränen glitzerten in ihren Augenwinkeln.

Was für ein Schmierentheater.

Josie und Lyon verfolgten stillschweigend den Schlagabtausch zwischen dem jungen Hausherrn und seiner Stiefmutter. Sie warfen sich einen betretenen Blick zu. Es war offensichtlich, wer gewonnen hatte.

Nathaniel strich sich verlegen durchs Haar. »Du weißt, dass es nicht so ist.«

»Dann ist es also kein Problem, dass die Kinder in den

nächsten Wochen ihre Nachmittage hier verbringen, bis das Porträt fertig ist.« Mrs. Mayfield klatschte in die Hände. Die Tränen waren wie durch Zauberhand verschwunden.

»Natürlich nicht, Sybille.«

Josie konnte es sich nicht verkneifen, Nathaniel einen finsteren Blick zuzuwerfen. Von wegen, Mrs. Mayfield wusste, wo ihr Platz war. Nathaniel bedachte Josie mit einem noch finstereren Blick.

»Mama? Bis der Tee fertig ist, kann ich dir doch zeigen, wie ich auf einen Baum klettere?« Eines musste Josie dem Jungen zugestehen, er war hartnäckig ...

»William, mein Schatz, bitte setz dich wieder zu deiner Schwester. Wenn dein Bruder schon so gnädig ist, seinen Pavillon zur Verfügung zu stellen, sollten wir seine Gastfreundschaft nicht überstrapazieren.«

»Aber ...«

»Kein Aber! Alles hat seine Zeit und seinen Ort.«

»Du hast gerade Zeit, und hier gibt es genügend Bäume.« Rosetta war aufgestanden, ein herausforderndes Funkeln in den Augen. Während Mrs. Mayfield immer aussah, als wäre sie in die Wäschetruhe ihrer Mutter gefallen, wirkte Rosetta mit ihrer stolzen, aufrechten Haltung nicht wie ein Mädchen von vierzehn Jahren. Eher wie ein Soldat.

»Ich bin sicher, Nathaniel hat nichts dagegen.«

Nathaniel, der sich wieder neben Josie platziert hatte, seufzte.

»Madame es ist alles bereit«, rief Judy.

»Ausgezeichnet. Nathaniel, kommst du?«

Mrs. Mayfield würdigte ihre Kinder keines weiteren Blickes und verschwand im Haus.

Nathaniel ballte die Hände zu Fäusten, während William sich mit hängendem Kopf neben Rosetta setzte.

»So wird das nichts«, murmelte der Maler.

Josie musste ihm recht geben, die Kinder wirkten niedergeschlagen, das Funkeln war aus ihren Augen verschwunden.

Josie konnte sich nicht mehr an ihre eigene Mutter erinnern. Nur dank einer verblichenen Fotografie wusste sie überhaupt, wie die Frau aussah, die ihr das Leben geschenkt hatte. Ihr Vater hatte nicht gern über seine verstorbene Frau gesprochen, der Schmerz hatte zu tief gesessen. Deswegen hatte sie sich selbst viele Geschichten einfallen lassen. Geschichten, in denen ihre Mutter und sie durch den Dschungel spazierten – auf der Suche nach einem alten Maya-Schatz. Oder wie sie im Wilden Westen Räuber auf Pferden verfolgten. Sie hatte eine rege Fantasie gehabt. Doch ein kleiner Teil hatte sich immer gefragt, wie es tatsächlich gewesen wäre, eine Mutter zu haben. Wenn sie jedoch jetzt in die trostlosen Augen von William und Rosetta sah, dann war sie vielleicht mit ihren Geschichten besser dran gewesen als mit einer Mutter, der ihre Kinder offensichtlich egal waren. Mrs. Mayfield schien immer so furchtbar beschäftigt zu sein.

Josie gab sich einen Ruck und betrat den Pavillon. Sie stellte sich hinter die Kinder und zog sie beide in eine Umarmung.

»Als ich in Indien war«, begann sie zu erzählen, »gab es dort einen Mann, der konnte mit seiner Flöte eine Schlange zum Tanzen bringen.«

Die Kinder entspannten sich unter ihrer Berührung.

»Gibt es viele giftige Tiere dort?«, fragte William.

»Nicht so viele wie in Australien.«

Das Funkeln kehrte in Williams Augen zurück, und auch Rosetta schien neugierig zu werden.

Josie lächelte. Sie überlegte kurz und fragte dann. »Hab ich euch schon die Geschichte von der jungen Apfelprinzessin und ihrem treuen Ritter erzählt, die auszogen, um Abenteuer zu erleben?«

Die Kinder schüttelten den Kopf. Aus den Augenwinkeln

nahm Josie wahr, wie Nathaniel mit dem Maler sprach, bevor er ebenfalls im Haus verschwand.

Sie setzte sich hinter die Kinder auf den Boden des Pavillons.

»Schaut brav nach vorn, dann erzähl ich euch die Geschichte.«

Josie blickte in den blauen Himmel hinauf und erinnerte sich an ihre Kindheit zurück. Sie war jünger als William gewesen, als sie England das erste Mal mit ihrem Vater zusammen verlassen hatte.

»Alles begann mit dem Boten des Königs, der einen wichtigen Brief für die Apfelprinzessin und den Ritter hatte ...«

»Das war's für heute.« Der Maler hob seinen Pinsel dem Himmel entgegen und schüttelte den Kopf. Dunkle Wolken waren im Laufe des Nachmittags aufgezogen, sodass die Malerarbeit erst am nächsten Tag fortgesetzt werden konnte.

»Endlich.« William war aufgesprungen und in den Garten hinuntergerannt. »Rosie, spielen wir Fangen?«

»Sehe ich etwa aus wie ein kleines Kind?«

Rosetta richtete ihre Frisur und das Kleid, dann folgte sie ihrem Bruder mit gemächlichen Schritten in den Garten. Keine fünf Minuten später liefen die beiden durch das hohe Gras, versteckten sich hinter Sträuchern und versuchten, Grashüpfer zu fangen. Besorgt verfolgte Josie die schnell wandernden Wolken. Sie mussten sich beeilen, wenn sie nicht in den Regen kommen wollten. Das Wetter in Virginia konnte sehr wechselhaft sein. So half sie dem Maler, seine Utensilien zusammenzutragen.

»Ich werde mich nun auf den Weg machen«, verabschiedete sich der Künstler. Er verstaute seine Leinwand und die Farben in einem nahe gelegenen Geräteschuppen und nickte ihr zum Abschied zu.

»Wir sollten ebenfalls aufbrechen!«, rief Josie den Kindern zu.

»Nur noch fünf Minuten, bitte!«, jammerte William, und auch Rosetta wirkte nicht so, als ob sie gehen wollte. Da erhellte ein Blitz den grauen Himmel, dann rollte grollender Donner über sie hinweg.

»Josie!« William stürzte in ihre Arme, und Rosetta griff nach ihrem Rockzipfel. Die ersten dicken Regentropfen plätscherten auf das Blätterdach der Apfelbäume.

»Kommt, schnell ins Haus.«

In der warmen Stube wusch Judy gerade das Teegeschirr ab, währen Nathaniel stirnrunzelnd ein Dokument in den Händen hielt. Mrs. Mayfield saß ihm gegenüber und rührte in ihrer Teetasse. Ihr Lächeln war nur mehr zaghaft.

»Ich muss darüber nachdenken, Sybille, wir sprechen hier über eine beachtliche Summe für die Vermarktung unserer Produkte.« Er legte das Papier zur Seite.

»Natürlich.«

Josie räusperte sich. Die Kinder versteckten sich hinter ihr. Mrs. Mayfield wirkte nicht sehr erfreut über ihr Erscheinen.

»Seid ihr etwa schon fertig für heute?«

»Ein Sturm ist aufgezogen.«

Wie um Josies Worte zu untermalen, donnerte es ein weiteres Mal heftig, und der Regen trommelte gegen die Fensterscheiben.

»Ach, du liebe Güte, Lyon! Bereiten Sie den Wagen vor, bevor die Straßen geflutet sind.«

Der alternde Chauffeur erschien in der Tür. »Sofort, Madame. Es werden jedoch nicht alle Platz im Auto haben. Master William kann neben mir sitzen, aber auf der Rückbank haben höchstens drei Personen Platz.«

Judy und Josie sahen sich an. Es war klar, dass eine von ihnen zurückbleiben würde und womöglich in Regen und Dunkelheit den Weg zum Anwesen gehen mussten. Ein Blitz erhellte den Himmel, und Judy zuckte kaum merklich zusammen.

»Ich werde gern hierbleiben, wenn Sir Mayfield es erlaubt, und das Ende des Sturmes abwarten. Mittlerweile finde ich den Weg zum Anwesen auch allein«, bot Josie an. Dann würde sie zwar das Abendessen verpassen, aber vielleicht gab es Mrs. Mayfield auch die Gelegenheit, Zeit allein mit ihren Kindern zu verbringen.

»Nun, dann wäre das ja geklärt.« Wie gewöhnlich wartete Mrs. Mayfield nicht auf Nathaniels Zustimmung. Sie erhob sich und scheuchte alle zur Tür hinaus.

»Danke«, flüsterte Judy Josie zu.

Dafür habe ich etwas gut bei dir, dachte Josie und blickte zerknirscht zu Nathaniel, der immer noch am Tisch saß und das Dokument anstarrte.

»Ich hoffe, es stört Sie nicht, dass ich bleibe, bis der Regen nachlässt. Wenn doch, kann ich gern gehen, aber dann wäre es nett, wenn Sie mir einen Regenschirm zur Verfügung stellen könnten.«

Josie dachte an ihre erste Begegnung. Damals hatte er einen großen Schirm über sie gespannt, um sie vor dem Regen und dem unwirschen Hafenmitarbeiter zu schützen.

»Mein Regenschirm ist immer noch im Automobil«, meinte Nathaniel. Das mechanische Brummen des Autos ertönte, und Josie beobachtete durch das Fenster, wie sich der Wagen in Bewegung setzte.

»Nun, dann täte es womöglich auch ein Regenmantel.«

»Seien Sie nicht albern, Ms. Cavendish. Als würde ich Sie bei diesem Wetter vor die Tür setzen. Halten Sie mich wirklich für so einen Unmenschen?«

Nathaniels Worte klangen eisig. Josie schnappte nach Luft. Seine Haut war wieder gespenstisch bleich, und die Narben auf seiner Wange stachen feuerrot hervor. Konnte es sein, dass sein Körper sich nie ganz von den Verletzungen erholt hatte?

»Es ist noch etwas vom Tee übrig, wenn sie wollen ...«

Josie lehnte dankend ab.

Schon als sie zur Tür hereingekommen war, war ihr der bittere Geruch aufgefallen. Es war derselbe Tee wie bei ihrem ersten Besuch. Ob sie Nathaniel darauf aufmerksam machen sollte, dass man die Teeblätter nicht so lange ziehen lassen durfte?

Ein Kratzen an der Tür lenkte sie ab.

»Das müssen Dough und Boy sein, bitte lassen Sie die beiden herein.«

Irritiert öffnete sie die Tür, und die zwei kleinen Kätzchen stürmten in die Stube. Nathaniel warf ihr ein Handtuch zu, und sie fing die kleinen Tiere ein und rubbelte sie trocken.

Eines der Kätzchen besaß ein sandfarbenes Fell, das sie ein wenig an Kuchenteig erinnerte. Das musste also Dough sein. Und der kleine graue Raufbold, der ihr die Krallen in die Haut bohrte, war wohl Boy.

»Doughboy, das habe ich lange nicht mehr gehört! Ich nehme an, William hat ihre Namen ausgesucht.«

»Ja, ich habe ihm vom Krieg erzählt und wie die Europäer uns immer nannten. Er dürfte es witzig gefunden haben.«

Josie schmunzelte, dabei war der Krieg alles andere als witzig gewesen. Ihr Vater hatte sie zwar von der Front ferngehalten, aber sie hatte es sich nicht nehmen lassen, in den unzähligen Lazaretten auszuhelfen, wann und wo sie konnte. Ein Schauer jagte Josies Rücken hinab. Würde sie jetzt die Augen schließen, dann wäre sie wieder dort, umgeben vom Geruch des Blutes und den Schmerzensschreien der Soldaten.

»Ich hoffe sehr, dass William in einer Welt aufwächst, in der Krieg immer nur eine Anekdote bleiben wird.«

Josie entließ die Katzen aus ihrem Griff, und die zwei Fellknäuel flitzten über den Tisch und verschanzten sich auf den hohen Regalen in der Nähe des Ofens, wo es schön warm war.

»Wenn Sie schon keinen Tee wollen, dann vielleicht etwas Deftigeres? Sie werden das Abendessen im Anwesen sowieso verpassen; aber das ist kein Grund, hungrig zu bleiben.«

Nathaniel platzierte einen Topf auf dem Ofen und machte sich ans Werk.

»Sie kochen selbst?«

»Sehen Sie hier etwa irgendwelche Angestellten? Ich lebe allein, Ms. Cavendish, falls Ihnen das noch nicht aufgefallen ist.«

»Es ist mir sehr wohl aufgefallen, nur verstanden habe ich es nicht, immerhin bietet das Haupthaus alle Annehmlichkeiten, die einem Landbesitzer zustehen würden.«

Und noch mehr! Von Judy wusste Josie, dass die zweite Mrs. Mayfield keine Kosten gescheut hatte, um das Haupthaus zu modernisieren. Es gab elektrisches Licht, fließendes Wasser, eine eigene Heizvorrichtung, welche die Wohnräume erwärmte, und sogar warmes Wasser in den Badezimmern.

»Sie sind direkt und neugierig wie immer, Ms. Cavendish.«

»Das Leben ist zu kurz für ungeklärte Fragen, Mr. Mayfield.«

»Anstatt mir Löcher in den Bauch zu fragen, machen Sie sich nützlich, und holen Sie mir das Seegetier aus der Speisekammer.«

»Zu Befehl.«

Josie marschierte durch die Stube und betrat einen kleinen Raum im hinteren Teil der Küche. Auf dem Boden stand eine Zinkwanne, die mit Eis gefüllt war. Darin war eine Schüssel platziert, in der Garnelen, Krustentiere, kleinere Fische und Muscheln lagerten.

Sie brachte Nathaniel die gewünschten Zutaten und er warf alles in den Topf, in dem schon Zwiebeln, Knoblauch, Lauch und Möhren in einer dicken geschmolzene Butterschicht schmorten. Josie lief das Wasser im Mund zusammen.

»Passen Sie auf, sonst fallen Sie mir noch in den Topf.« Nathaniel schob sie beiseite.

»Entschuldigen Sie, Sir.«

»Lassen Sie das, ich mag es nicht, wenn Sie mich so ansprechen. Ich bin doch kein alter Mann! Decken Sie lieber den Tisch, und holen Sie mir Mehl aus der Kammer.«

»Kommt sofort ... Sir.«

»Ms. Cavendish!«

»Entschuldigung ...« Sie konnte sich ein Grinsen nicht verkneifen.

Nathaniel versorgte Josie mit unzähligen Aufgaben, sodass sie gar nicht erst dazu kam, hungrig neben ihm zu stehen. Sie holte Wein aus dem Keller – wieder ein Geheimnis, das sie vermutlich für sich behalten sollte – und schnitt einen halben Laib Brot auf. Außerdem wusch sie das restliche Teegeschirr ab. Ihr Magen rumpelte von dem bitteren Geruch des Tees, aber sie ließ sich nichts anmerken.

»Ms. Cavendish ... Schüsseln.«

»Sofort.«

Josie setzte sich, und Nathaniel servierte ihr eine heiße weiße Brühe.

»Eine Spezialität der Region«, erklärte er ihr. Er öffnete ein Fenster, um die dampfende Luft hinausweichen zu lassen, sodass sie beim Klang von Regen und Donner zu essen begannen.

»Es ist köstlich.«

»Freut mich, wenn es Ihnen schmeckt.« Nathaniels Gesicht bekam ein wenig Farbe. Josie musste schmunzeln, die einfachsten Komplimente brachten diesen Mann in Verlegenheit.

»Hat Ihnen noch nie jemand gesagt, dass Sie ein ausgezeichneter Koch sind?«

»Ich bewirtschafte im Normalfall keine Gäste.«

»Eine Schande.«

Josie wollte gerade um einen Nachschlag betteln, als ein

gewaltiger Knall sie beide zusammenzucken ließ. Die Gläser am Tisch klirrten. Nathaniel hielt sich an der Tischplatte fest und atmete scharf ein.

»Schon gut«, beruhigte ihn Josie. »Ein Blitz muss eingeschlagen haben.«

Nathaniel sprang auf und humpelte zur Tür.

»Verflucht!«

Er rannte nach draußen in den strömenden Regen.

Einer der Apfelbäume brannte. Josie folgte ihm und schnappte sich zwei Eimer.

»Der Regen sollte das Feuer löschen, aber man kann nie vorsichtig genug sein.« Der Baum war nahe genug am Haus, sodass das Feuer überspringen könnte.

Josie reichte Nathaniel einen Eimer, und sie schöpften Wasser aus der Regentonne.

Es dauerte nicht lange, und das Feuer war erloschen. Leicht außer Atem und bis auf die Knochen durchnässt kehrten sie zurück in die Stube. Bereits bei der Tür entledigte sich Josie ihrer Kleider, bis sie nur noch in ihrer Unterwäsche dastand.

Nathaniel sah sie mit weit aufgerissenen Augen und rot glühenden Wangen an.

»Was bitte denken Sie, hier zu tun, Ms. Cavendish?«

Josie wrang ihre Kleider im Waschbecken aus und stellte einen Sessel in die Nähe des Ofens, um ihr Kleid darüberzuhängen. So wäre es hoffentlich in wenigen Stunden trocken.

»Sie sollten weniger gaffen, Sir Mayfield, und sich selbst ausziehen, bevor sie noch krank werden.«

Sie griff nach einem Holzscheit und warf ihn in den Ofen.

»Ich gaffe nicht, es passiert nur nicht jeden Tag, dass sich eine Frau in meinen Wohnräumen entkleidet.«

»Dann sollten Sie öfter ausgehen, ich bin sicher, die Damen würden Ihnen zu Füßen liegen.«

»Ms. Cavendish!« Nathaniel stapfte mit hochrotem Kopf die Treppe hoch.

Josie schmunzelte, er war so einfach, ihn zu ärgern, obwohl sie es wahrscheinlich gerade etwas übertrieben hatte. Sich einfach so vor ihm auszuziehen ... Immerhin war er ihr Arbeitgeber. Das gehörte sich nicht. Doch so war Josie nun mal. Ihr Schamgefühl hatte sie während der Kriegsjahre verloren. Wer zwischen Leben und Tod stand, hatte keine Zeit, sich um nackte Haut Gedanken zu machen. Wenn Mrs. Mayfield hier wäre, würde sie wahrscheinlich vor Scham bewusstlos werden, und Rosetta würde die Augen verdrehen. *Josie, du hast keine Ahnung von der Welt,* würde sie sagen, und William würde lachen. Der Hauslehrer würde sie zu einem aussichtslosen Fall erklären. Josie neigte den Kopf und rubbelte sich mit demselben Handtuch, das sie für die Katzen gebraucht hatte, ihr Haar trocken. Sie hörte, wie im oberen Stock die Wasserleitung ansprang. Wahrscheinlich war das Nathaniel, der sich ein Bad einließ. Hatte er ihren Rat also beherzigt, dieser sture Mann? Sollte sie heißes Wasser für ihn bereitstellen? Oder gab es hier Warmwasser?

Josie begann, den Tisch abzuräumen. Ob Nathaniel ihr wohl ein altes Hemd borgen konnte, bis ihre Kleidung wieder getrocknet war? Heute konnte sie wahrscheinlich nicht mehr zum Anwesen zurück, der Regen war stärker geworden.

Sie blickte sich um. Es gab eine gepolsterte Holzbank nahe dem Fenster, auf der sie schlafen könnte, wenn Nathaniel es denn erlaubte. Hoffentlich hatte sie ihn nicht zu sehr verärgert, sonst warf er sie womöglich doch noch hinaus. Josie zuckte die Achseln. Auch wenn es so war. Es war nicht das erste Mal, dass sie im Dunklen bei Regen ihren Weg finden musste, begleitet von Donner, der wie Bombenhagel auf sie einprasselte.

Judy war ihr wirklich etwas schuldig. Ob Nathaniel auch für sie gekocht hätte?

»Was tun Sie denn noch hier unten?«

Nathaniel stand auf den Stufen und sah sie auf sehr offensichtliche Art und Weise *nicht* an. Er selbst hatte sich umgezogen, und sein Haar war getrocknet.

»Ich habe Ihnen ein Bad eingelassen, also kommen Sie.«

Noch bevor Josie etwas erwähnen konnte, war er wieder nach oben verschwunden. Sie ermahnte sich, den armen Mann nicht mehr so viel zu ärgern, vor allem, weil er so nett zu ihr war. Nicht nur das Essen war überaus großzügig ausgefallen, jetzt hatte er ihr sogar noch ein Bad eingelassen.

Neugierig folgte sie ihm in den oberen Stock. Neben dem Badezimmer gab es noch zwei weitere Räume, doch die Türen waren geschlossen. Nathaniel schob sie etwas unwirsch hinein und schloss die Tür hinter ihr.

»Lassen Sie sich Zeit.«

In einer breiten Wanne dampfte warmes Wasser.

»Ich habe ein Gewand für Sie bereitgelegt, also keine Ausreden mehr, um in Unterwäsche hier herumzuflanieren.«

Josie verdrehte die Augen, auch wenn Nathaniel das natürlich nicht sehen konnte. »Verstanden, Sergeant.«

Josie hörte ein Murren hinter der Tür, dann war es still. Zaghaft ließ sie sich in die Wanne gleiten und genoss das Gefühl der Wärme, die ihre kalten Glieder auftauen ließ.

Für einen reinen Männerhaushalt war es hier erstaunlich sauber. Ob tatsächlich niemand herkam, wenigstens um zu putzen? Andererseits kochte Nathaniel auch selbst.

Josie ließ den Kopf in den Nacken sinken und lauschte dem Sturm, der die Welt da draußen immer noch fest im Griff hatte.

Sie musste eingenickt sein, denn das Nächste, woran sie sich erinnerte, war ein leises Klopfen an der Tür. Das Wasser war bereits lauwarm.

»Alles in Ordnung, Ms. Cavendish?«

»Natürlich.« Josie sprang aus der Wanne und rutschte beinahe auf den Fliesen aus.

»Sind Sie etwa eingeschlafen?«

»Natürlich nicht!«

Schnell trocknete sich Josie ab. Nathaniel hatte ihr eine Leinenhose, dicke Strümpfe und ein Flanellhemd bereitgelegt. Sie zog ihre Unterwäsche wieder an. Das Hemd passte, aber die Hose war ihr viel zu groß, ohne Gürtel hielt sie nicht. Josie beschloss, die Hose einfach wegzulassen. Das Hemd reichte ihr ohnehin bis zu den Knien und die Strümpfe ebenso, sodass kaum Haut zu sehen war. Hoffentlich war das dem jungen Hausherrn auch züchtig genug.

Sie riss die Badezimmertür auf, hinter der immer noch Nathaniel stand.

»Sie sind sehr wohl eingeschlafen.«

»Vielleicht bin ich ein wenig ... eingenickt«, gab Josie zu und zwängte sich an Nathaniel vorbei. Er versteifte sich unter ihren Berührungen, aber sie sagte nichts, immerhin hatte sie doch beschlossen, ihn weniger zu ärgern. Sie wollte wieder hinab in die Stube gehen, aber er hielt sie auf.

»Wo gedenken Sie hinzugehen?«

Nathaniel griff nach Josies Arm und zog sie in eines der verschlossenen Zimmer. Es war eine Art Rumpelkammer, zumindest das, was wohlhabende Leute unter einer Abstellkammer verstanden. Der Raum war größer als Josies Schlafzimmer im Haupthaus. Etliche Boxen standen darin herum, jemand – vermutlich Nathaniel – hatte ein provisorisches Lager mit Kissen und Decken errichtet, und auf einem kleinen Hocker brannte eine Kerze. Ein nervöses Kribbeln breitete sich in Josies Magengegend aus, wenn sie daran dachte, dass er das alles bewerkstelligt hatte, während sie in der Wanne zur Ruhe gekommen war. Dabei musste er auch müde sein. Er war schon wieder so bleich im Gesicht, mit dunklen Ringen unter den Augen.

Wieso gab er sich ihretwegen solche Mühe?

»Ich nehme an, ein Feldbett stellt für Sie kein Problem dar?«

»Eine Decke und ein Kissen hätten es auch getan, ich habe schon auf kälteren und härteren Böden geschlafen.«

»Es betrübt mich, dies zu hören, Ms. Cavendish.«

»Wir mussten alle unseren Beitrag leisten. Was sind meine Unannehmlichkeiten im Vergleich zu den Leben, die verloren gegangen sind?« Verstohlen betrachtete Josie Nathaniels Narben.

»Ich bin sicher, Sie hätten dem Krieg fernbleiben können. Ihr Vater hatte die Mittel und Wege.«

»Ich war nie an der Front, aber ich konnte auch nicht daheimsitzen und Däumchen drehen. Mein Vater war dagegen, dass ich in den Lazaretten arbeitete. Vielleicht war es dumm von mir, darauf zu bestehen. Ich habe meinen Teil an Blut und Leid gesehen, Sir Mayfield. Genug für ein ganzes Leben.«

»Womöglich hat Ihr Vater Sie deswegen hierhergeschickt. Ein kleines Städtchen mitten im nirgendwo.«

»Sie meinen, hier kann ich keinen Ärger anrichten?«

Nathaniel lachte. »Ich glaube nicht, dass es einen Ort gibt, an dem *Sie* keinen Ärger anrichten können, aber wenigstens findet der Ärger Sie hier nicht, und Sie müssen nicht zwischen Bombenangriffen und Toten auf dem kalten Boden ausharren.«

»Ich würde jetzt gern erwidern, dass es nicht so schlimm war.«

»Und ich würde es gern glauben.«

Ein unliebsames Schweigen machte sich zwischen ihnen breit. Josie hing ihren Erinnerungen nach, und Nathaniels Blick wurde glasig. Ein grollender Donner holte sie beide wieder zurück ins Hier und Jetzt.

»Ich habe selten einen Sturm erlebt, der solch einen langen Atem hatte.« Josie sah aus dem Fenster, dann wandte sie sich wieder Nathaniel zu. »Was befindet sich in den Kisten? Ich habe Sie nicht für einen Menschen gehalten, der Dinge hortet.«

»Sind Sie schon wieder neugierig, Ms. Cavendish.«

»Nicht wirklich, aber das Gespräch über den Krieg hat meine Stimmung getrübt, und ich hatte gehofft, in den Kisten würden sich womöglich ein paar spannende Geschichten verstecken.«

»Sie scheinen eine Vorliebe für Geschichten zu haben.«

»Wenn man ständig von Militärbasis zu Militärbasis zieht, sind Geschichten manchmal die einzigen Freunde, die ein junges Mädchen haben kann.«

Nathaniel wich einen Schritt zurück und deutete in den Raum hinein. »Bitte, seien Sie mein Gast.«

Josie hüpfte grinsend zur ersten Kiste und musste erst mal eine dicke Staubschicht entfernen, bevor sie hineinlugen konnte. Was sie jedoch zu sehen bekam, ließ kurzzeitig ihren Atem stocken.

Darin lag ein Stoffhase. Außerdem Rasseln, Blechspielzeug und weitere Plüschtiere.

»Wenn sich dahinter eine traurige Geschichte verbirgt, dann will ich sie, glaube ich, nicht hören.«

Nathaniel lachte bitter.

»Haben Sie noch nie davon gehört, dass Neugierde nicht gut für den Menschen ist?«

Josie sah ihn missmutig an.

»Es ist nicht so schlimm, wie Sie befürchten. Die Dinge haben früher einmal mir gehört.«

»Ihnen? Sie sind also ein Nostalgiker?«

»Womöglich? Ich weiß nicht ...«

Nathaniel ließ sich auf einer der Kisten nieder und rieb sich das Bein. Er schien Schmerzen zu haben.

»Wissen Sie, meine Mutter starb kurz nach meiner Geburt. Ich habe keinerlei Erinnerungen an sie, aber jedes Spielzeug, jedes Bilderbuch, jedes Kleidungs- oder Möbelstück in diesen Kisten hat sie für mich ausgesucht. Das hat mir mein Vater erzählt. Sie soll so glücklich gewesen sein, als sie erfuhr, dass sie ein Kind unter dem Herzen trug ... Es war ihr sehnlichster Wunsch gewesen. Wenn ich als Kind einsam war, dann nahm ich eines dieser Dinge zur Hand und stellte mir vor, wie sie es für mich ausgewählt hatte und wie wir damit gespielt hätten, wenn sie am Leben geblieben wäre ... Ms. Cavendish, wieso starren Sie mich so seltsam an?«

»Das ist ja noch viel trauriger, als ich es mir vorgestellt habe.« Josie schniefte und wischte sich eine Träne aus dem Auge. Sie machte mit dem Stoffhasen in der Hand einen Schritt auf Nathaniel zu.

»Brauchen Sie eine Umarmung, Sir Mayfield?«

»Sie sind unmöglich, Ms. Cavendish.«

Nathaniel stand auf und flüchtete regelrecht aus dem Raum.

»Gute Nacht, Ms. Cavendish!«, rief er ihr noch zu, während sie mit dem Stoffhasen im Raum zurückblieb.

Die Nacht musste bereits weit vorangeschritten sein, als Josie erwachte. Sie hatte sich noch ein wenig mit dem Inhalt der Kisten beschäftigt, aber war recht schnell schläfrig geworden. Sie musste gestehen, dass sie sich in dem kleinen Häuschen wohler fühlte als in dem riesigen Anwesen. Woran das wohl liegen mochte?

Sie setzte sich schlaftrunken auf. Warum war sie überhaupt wach?

Dann hörte sie es, das leise Wimmern. Waren das Dough und Boy? Sie setzte ihre Füße auf den Boden, schlang die Decke um sich und machte sich auf die Suche nach dem Geräusch. Dabei stieß sie gegen etliche Kisten, weil die Kerze längst erloschen und es stockdunkel war. Auf dem Flur war das Wimmern lauter zu hören.

Es kam eindeutig aus dem einzigen Zimmer im oberen Geschoss, in dem sie noch nicht gewesen war. Nathaniels Schlafzimmer.

Ohne großartig nachzudenken, öffnete Josie die Tür.

»Ich hoffe, Sie haben einen Albtraum und ich finde Sie hier nicht in einer bedenklichen Position vor.«

Im Raum war es dunkel und stickig, und ein säuerlicher Geruch stieg ihr in die Nase. Es war genau die Kombination aus Nacht- und Angstschweiß, die sie aus dem Lazarett kannte. Nachdem sich ihre Augen an die Dunkelheit gewöhnt hatten, durchschritt sie den Raum und öffnete das Fenster. Mit der frischen Luft drang auch ein wenig mehr Licht in das Zimmer. Nathaniel lag wie ein Leichnam in seinem Bett, seine Haut genauso weiß wie das Bettlaken, sein Atem kam stoßweise, und seine Lider flatterten.

Alarmiert fasste Josie an seine Stirn.

»Sie glühen.«

Und außerdem war er schweißgebadet. Josie schloss das Fenster, bevor der Mann sich eine Lungenentzündung holen konnte, und entzündete die Öllampe am Nachttisch. Sie durchwühlte seine Schränke, bis sie einen Schlafanzug fand und außerdem neue Bettlaken.

Dann rüttelte sie Nathaniel, bis er eindeutig wach war.

»Ich hole Ihnen einen Becher Wasser und bin gleich wieder zurück. Wenn Sie nicht wollen, dass ich Sie umziehe, dann müssen Sie das nun selbst tun.«

Sie lief in die Küche und holte neben einem lauwarmen Glas Wasser auch ein paar Stofffetzen, die sie als kalte Wickel verwenden konnte. Wenn sein Fieber nicht sinken wollte, dann würde sie sich auch auf die Suche nach Essig machen, der eine Besserung schnell in Gang setzen würde.

Sie kam zurück in den Raum, wo es Nathaniel gerade einmal geschafft hatte, die Knöpfe seines nassen Schlafanzuges zu öffnen.

»Es ist gut, dass Sie so schwitzen, das heißt, ihr Körper kämpft gegen das Fieber an.«

»Mir ist kalt«, murmelte Nathaniel mit verklärtem Blick.

»Das ist das Fieber.«

Mit routinierten Handgriffen befreite Josie Nathaniel aus

seinem Schlafgewand. Obwohl sie seit dem Krieg für niemanden mehr Krankenschwester hatte sein müssen, hatte sie ihm innerhalb von fünf Minuten das Gewand gewechselt und das Bett frisch bezogen. Es gab eben Dinge, die man einfach nicht verlernte. Und endlich verstand sie auch, warum seine Konstitution so schlecht war und er immer wieder von Beschwerden heimgesucht wurde. Seine komplette linke Seite war von Narben übersät, die so aussahen, als sei sein Körper zertrümmert worden. Wie hatte er mit solchen Verletzungen überhaupt überlebt?

Nathaniel hatte sich ihrem Willen widerstandslos gebeugt. Während sie das Bett gemacht hatte, hatte er auf einem Schemel sitzen und das Wasser in kleinen Schlucken zu sich nehmen müssen. Dann hatte sie ihn wieder ins Bett gehievt und das Fenster noch einmal kurz geöffnet. Dann hatte sie sich seine Kleider geschnappt und sie in die Badewanne geworfen.

Zurück im Zimmer war Nathaniels Blick klarer, aber er war immer noch bleicher als jedes Schlossgespenst.

Josie befühlte seine Stirn und seufzte erleichtert. Das Fieber sank. Sie schloss das Fenster und setzte sich zu ihm auf die Bettkante, wo sie ihm ein kühles Tuch auf die Stirn legte.

»Sie haben das schon oft gemacht?«, hauchte er kraftlos.

»Viel zu oft.«

Josie griff nach seiner Hand, um seinen Puls zu spüren. Als sie ihn wieder loslassen wollte, behielt er ihre Hand in seiner. Er war so schwach, und sie hätte sich ihm locker entziehen können, aber das wollte sie gar nicht. Sie konnte sehen, wie angestrengt er versuchte, dass Zittern, das mit dem Fieber gekommen war, vor ihr zu verbergen.

»Sie müssen sich vor mir nicht verstellen, Sir Mayfield. Kann ich noch etwas für Sie tun?«

»Ja ... hören Sie auf mit diesem Sir und nennen Sie mich endlich Nathaniel.«

»Nathaniel?«

»Das ist mein Vorname.«

»Das weiß ich, aber ich habe eher daran gedacht, Ihnen noch Wasser zu bringen, oder vielleicht einen Tee.«

»Nein, Nathaniel reicht mir.«

Josie musste ein Lachen unterdrücken. Sprach der Mann etwa im Fieberwahn? Morgen würde ihm das alles furchtbar unangenehm sein. Seine Wangen würden wieder rot werden. Darauf freute sie sich schon. »Warum hätten Sie gern, dass ich Sie Nathaniel nenne?«

»Dann kann ich Josephine zu Ihnen sagen. Ich liebe den Klang Ihres Namens.«

Josies Herz machte einen Sprung, und sie spürte, wie ihr das Blut in die Wangen schoss. So ein mieser Spielverderber, den Spieß einfach umzudrehen! Jetzt war sie es, die hoffte, dass er dieses Gespräch vergaß.

»Mir ist kalt.« Nathaniel begann, unkontrolliert zu zittern. Josie holte noch ein paar Decken, aber das Zittern ließ nicht nach. Außerdem kam sein Atem wieder stoßweise, er wollte sich aufrichten und zappelte im Bett herum.

»Beruhigen Sie sich«, wisperte Josie.

»Sagen Sie, beruhigen Sie sich, *Nathaniel*.«

Josie rollte mit den Augen. »Beruhigen Sie sich, *Nathaniel*.«

Er hörte auf, wie wild zu zappeln, aber er war immer noch unruhig, obwohl er dafür eigentlich keine Energie mehr haben dürfte.

Schlimmer als ein Kind.

Da hatte Josie eine Idee. »Warten Sie kurz.«

Sie lief zurück in die Rumpelkammer, weil sie sich an etwas erinnerte, das sie in den Kisten gefunden hatte.

Es war ein rundes Gefäß, das auf einer Tonscheibe angebracht war. Das Gefäß konnte man drehen und durch winzige Schlitze, die sich darin befanden, konnte man in das Innere blicken. Kleine Bilder waren dort angebracht, und wenn man das Gefäß schnell genug drehte, bewegten sich diese Bilder. Im Falle dieses Gefäßes war es das Bild von einem Tiger, der immer schneller lief, je schneller man das Gefäß auf der Tonscheibe drehte. Josie wusste, dass dieses Spielzeug einen recht komplizierten Namen hatte, aber er wollte ihr einfach nicht einfallen. Sie schnappte sich das Gefäß und trug es vorsichtig in Nathaniels Zimmer. Dann setzte sie sich zu ihm aufs Bett und hielt ihm das Spielzeug vor die Nase. Sie drehte es langsam, damit er dem Tiger zusehen konnte. Wie hypnotisiert starrte er auf das Tier und ... beruhigte sich.

»Haben Sie schon einmal einen Tiger gesehen, Josephine?«

Er sang ihren Namen wie eine Melodie in einem traurigen Lied.

»Ja, als ich in Indien war.«

»Erzählen Sie mir davon, Josephine. Erzählen Sie mir so viele Geschichten, dass ich ein Buch damit füllen könnte.«

Josie lachte. »Das wird sich wohl kaum in einer Nacht bewerkstelligen lassen.«

»Dann soll das nicht unsere letzte gemeinsame Nacht sein«, sagte er mit so viel Ernst und Entschlossenheit in der Stimme, dass Josie sich kurz fragte, ob er wieder klar im Kopf war. Nein, mit Sicherheit nicht. Aber wenn sie ihm morgen davon erzählen würde, dann würde er wahrscheinlich vor Scham vergehen.

Josie kicherte.

»Das war kein Witz, Josephine.«

»Natürlich nicht, Nathaniel.«

Sie wechselte das Tuch auf seiner Stirn. »Schließen Sie die Augen, dann erzähle ich Ihnen von Indien.«

Er gehorchte und tastete nach ihrer Hand, die sie ihm bereitwillig reichte. Seine Lippen verzogen sich zu einem Lächeln, und ihr Herz machte einen Sprung.

Leise begann sie zu erzählen. »Jeder Tag dort hat sich wie Fieber angefühlt, die Luft war so heiß, dass ich dachte, ich würde Feuer einatmen. Es dauerte Wochen, bis ich mich an das Leben dort gewöhnt hatte.«

»Und dann hast du es dort geliebt«, flüsterte Nathaniel.

Nun hatte er alle Förmlichkeiten fallen gelassen, bestimmt lag es am Fieber …

»Ja, ich habe das Land ins Herz geschlossen. Die Menschen und ihre Geschichten, sie haben mich unendlich fasziniert.«

»Glaubst du, du könntest es auch lieben, hier zu sein?« Ein bitteres Flehen lag in seiner Stimme.

Josie konnte ihn kaum verstehen. Sein Atem wurde regelmäßiger. Er schlief ein, bevor sie ihm sagen konnte, dass sie dieser Ort und die Menschen hier schon längst in ihr Herz geschlossen hatte. Besonders ihn.

Kapitel 11

Eliza

Die Wucht des Aufpralls katapultierte sie durch das halbe Zimmer, wo Harrold reglos unter ihr liegen blieb. Bunte Punkte tanzten vor ihren Augen, und ihr Kopf tat weh. Aber nicht weil sie gefallen war, sondern weil alles so furchtbar schwierig war! Was zum Teufel meinte Harrold damit, dass er eifersüchtig war? Er hatte doch eine Freundin! Erst gestern Abend hatte ihr Tante Mildred von seinem ausschweifenden Lebensstil erzählt, nachdem sie fachmännisch Liebeskummer bei Eliza attestiert hatte.

Sei nicht traurig, Eliza. Harrold kommt schon noch auf den rechten Weg, da bin ich sicher – das waren ihre Worte gewesen.

Aber warum sollte er? Harrold war überaus reich, und das ganz ohne sein Erbe aus der Apfelplantage. Außerdem umschwärmten ihn die Frauen, als wäre er die Sonne. Er brauchte sie also nicht! Nicht mehr ...

Ein bitterer Geschmack breitete sich in ihrem Mund aus.

»Bist ... bist du okay?«, flüsterte er.

Eliza atmete tief ein und aus. Sie wollte aufstehen, aber eine dunkle Macht hielt sie an seiner Brust gefangen. Sie grub die Fingerspitzen in den Stoff seines Shirts und seufzte. Es war schön, sich einzureden, es wäre okay, einfach hier liegen zu bleiben. Seine Wärme hüllte Eliza in einen warmen Kokon, und sie driftete ab, zurück in die Vergangenheit.

Er und ich. Unter dem Apfelbaum.

Erst nach einer gefühlten Ewigkeit schaffte sie es, sich aus dem Traumgespinst zu lösen, weil Harrold leise stöhnte, was sie hochschrecken ließ. Seine Wangen zeigten einen Hauch von Rosa, und er presste die Lippen fest zusammen.

O Gott, er hat Schmerzen. Und ich dumme Nuss schwelge hier in alten Erinnerungen, anstatt ihm zu helfen!

Sie stemmte sich hoch, doch da schoss sein Arm hervor und legte sich um ihre Taille. Jetzt konnte sie sich erst recht nicht mehr bewegen. Ihr Herz machte einen Sprung, nur um dann völlig verwirrt gegen ihre Rippen zu hämmern.

»Harrold, was ...?«

Er hob die Hand und strich eine zerzauste Locke aus Elizas Gesicht. »Hast du dich verletzt?«, fragte er.

»Verletzt? Nein, ich ... nein, ich glaube nicht. Aber du ...«

»Warum weinst du dann?«

Er berührte ihre Wange, zerrieb dir Träne zwischen seinen Fingern.

Warum sie weinte? Vermutlich weil schon die bloße Erwähnung des Namens Claire einen brennenden Zorn in ihr auslöste, den sie kaum zu ertragen imstande war. Der Drang, Harrold ins Gesicht zu schlagen, anstatt erleichtert darüber zu sein, dass ihm nichts passiert war, ließ sich kaum unterdrücken. Oh, sie war so unendlich wütend auf ihn! Dabei hatte sie doch überhaupt kein Recht dazu!

»Eliza.« Sein Daumen strich über ihre Unterlippe. Ein Schauer jagte ihre Arme entlang und mündete in ihre Fingerspitzen.

»Wir müssen das Buch finden ...«

Einmal mehr richtete sie sich auf und drehte den Kopf, um ihn nicht länger ansehen zu müssen. Aber vor allem, damit er nicht mitbekam, wie schnell ihr Herz schlug – selbst nach all den Jahren, seit sie einander verloren hatten. Dabei war einfach alles an dieser Situation falsch ... weil es eine Frau namens Claire in seinem Leben gab.

»Ach, scheiß drauf!«, zischte er.

Jetzt wird er mich loslassen!

Aber Harrold ließ sie nicht gehen. Stattdessen packte er ihren Nacken und zog sie näher.

Ihre Hand landete auf seinem Mund. »Nein, das geht nicht ... Harrold, das dürfen wir nicht ... Claire ...«

Er zog ihre Finger fort.

Was hat er nur vor?

Sein Blick verdunkelte sich, und ihr war, als fiele sie in einen tiefschwarzen See, aus dem es kein Entkommen für sie gab. Und wenn sie sich nicht bald zur Wehr setzte, würde sie auf jeden Fall darin ertrinken ...

»Gott verdammt, jetzt vergiss doch endlich Claire! Sie hat rein gar nichts mit uns beiden zu tun!«

Harrold war verärgert. Weil sie ihn zurückwies? Aber nicht mit ihr! Sie war schließlich kein Spielzeug, an dem man ein paar Stunden Freude hatte, bevor man es gelangweilt beiseitelegte! Es reichte doch, dass Charles so gedacht hatte ...

»Warum muss eigentlich immer ich die Vernünftige von uns beiden sein?«, schimpfte sie.

Sie wollte sich losmachen, aber er drehte sie blitzschnell um, sodass es plötzlich Eliza war, die unter ihm lag.

»Ich war noch nie vernünftig, wenn es um dich ging.«

Und dann küsste er sie.

Obwohl er eine andere Frau an seiner Seite hatte, ließ es Eliza zu, dass sich ihr Herz vor Freude nahezu überschlug, als seine Lippen auf ihre trafen und sie in Besitz nahmen, als gehörte sie ihm. Früher einmal, da war sie sich sicher gewesen, dass sie zueinandergehörten. Aber jetzt? Wollte sie es immer noch? Und wenn nicht, warum ließ sie ihn dann gewähren?

»Eliza«, raunte er ihren Namen. Sein Atem kam stoßweise, genau wie ihrer.

Eine Gänsehaut jagte über ihren Körper, ließ sie schwach und empfindlich werden.

»Der Teufel soll mich holen, aber nicht einmal er kann mich jetzt noch davon abhalten.«

»Harrold, warum?«, hauchte sie, aber statt einer Antwort schenkte er ihr einen weiteren Kuss. Zärtlicher dieses Mal, voller ... Sehnsucht, so, als hätte er die letzten zehn Jahre nur darauf gewartet, sie in den Armen halten zu dürfen.

Jemand räusperte sich. Eliza erstarrte zu Stein. Harrold hob nur verärgert den Kopf.

»Ich sage, dass mich nicht einmal der Teufel davon abhalten kann, und jetzt stehst du hier!?«, knurrte er.

»Verzeihung, junger Herr. Ich wollte nur kurz nach ihnen beiden sehen und fragen, ob Sie etwas benötigen.«

Es war Mary. Eliza blickte in Richtung der Tür. Für jemanden, der gerade in so etwas wie ein *Stell dich ein* hineingeplatzt war, wirkte sie ziemlich zufrieden. Beinahe verzückt. Aber Eliza hatte ja von Anfang an geahnt, dass Großmutter Agathas Hausmädchen auf die eine oder andere Art und Weise in diese Geschichte verstrickt war.

»Nun, wenn Sie nichts weiter wünschen, würde ich vorschlagen, dass Sie weitermachen, wo Sie aufgehört haben. Die Damen werden hocherfreut über diese Entwicklung sein!«

»Hexen!«

Harrold, der auf seine Ellenbogen gestützt über ihr thronte, schüttelte schnaubend den Kopf, bevor er seine Aufmerksamkeit wieder auf sie richtete.

»Harrold, ich ...«

Er legte ihr den Zeigefinger auf die Lippen. »Bitte sag einfach nichts, Eliza. Phrasen wie *Das war ein Fehler* oder *Lass uns nur Freunde sein* ertrage ich heute nicht mehr. Ich habe so lange auf dich gewartet, und ich möchte diesen Moment noch etwas mehr auskosten, bevor du mich wieder verlässt.«

Bevor ich ihn wieder verlasse? Eliza richtete sich auf, bis sich ihre Stirnen berührten. *Ich habe dich nicht absichtlich verlassen! Aber das wüsstest du längst, wenn du damals gekommen wärst.*

Aber was nützte ihm dieses Wissen, wenn sie ohnehin nicht zusammen sein konnten? Dieser Schmerz gehörte ihr allein, und bis jetzt hatte sie gewusst, wie sie damit umgehen musste. Eliza seufzte. Dann krabbelte sie unter Harrold hervor. Obwohl ihre Knie vor Aufregung zitterten, machte sie sich schnell daran, die verstreuten Bücher aufzusammeln und ins Regal zurückzustellen.

»Eliza ...«

Aber sie reagierte nicht. So zu tun, als wären diese Küsse nie passiert, erschien ihr die beste Lösung zu sein. Sie würde einfach kein weiteres Wort mehr darüber verlieren.

»Eliza!« Harrold war hinter sie getreten. »Kannst du mir jetzt nicht mehr in die Augen sehen?«

Ein Gegenstand landete auf ihrem Kopf. Es war das Buch.

Eliza fuhr herum. »Wusstest du etwa die ganze Zeit, wo es steht, und hast mich wie eine Idiotin danach suchen lassen?«

Harrold blickte finster auf sie herab. »Du warst so vertieft darin, die Bücher zu ordnen, dass ich dich einfach nicht stören wollte. Gott, Eliza, du hast sogar dabei gestrahlt wie ein kleines Kind an Weihnachten! Nächstes Mal werde ich keine Rücksicht nehmen und dich einfach fortzerren, wenn dir das lieber ist.«

Er drehte sich um und ging zur Tür.

Gut gemacht, Eliza! Jetzt hast du ihn endgültig vergrault. Sie strich über den ungewöhnlichen Einband. *Aber er hätte mich nicht einfach so küssen dürfen!* Er war aus Holz und bemalt, was ungewöhnlich war für diese Zeit. *Aber ich wollte doch von ihm geküsst werden! Jetzt muss ich das Rätsel wohl doch allein lösen.*

Sie öffnete das Buch. *Josephines magische Reisen.* Autor: Nathaniel Mayfield.

»Oh! Nathaniel hat das Buch geschrieben?«, rief sie freudig aus. Aber Harrold hörte sie ja nicht mehr. Sie war wieder allein.

»Komm jetzt, ich will dir noch etwas zeigen. Es ist mir gerade eben eingefallen.« Harrold kam zu ihr, griff nach ihrer Hand und zerrte sie zur Tür und hindurch.

Völlig überrumpelt folgte sie ihm. »Ich dachte, du wärst gegangen«, wisperte sie.

Sie liefen einen Gang entlang, zwei Treppen hinauf und hinunter, bis Harrold plötzlich stehen blieb und Eliza hart gegen seinen Rücken prallte. Stöhnend rieb sie sich die Nase.

»Das könnte dir so passen, aber ich denke gar nicht daran aufzugeben.« Er lächelte.

»Was tun wir hier?«, fragte sie.

»Sieh selbst ...«

Eliza wandte sich um. Sie befanden sich in einem breiten Gang. Goldene Wandleuchter erhellten die nussholzvertäfelten Wände. Und Porträts. Unzählige Porträts und Familienfotos.

»Wo ... wo sind wir?«

»Im alten Teil des Anwesens. Hier befanden sich die Gemächer meiner Urgroßmutter und ihres Bruders William. Der da ... das war Jefferson Mayfield I. Er hat Appleton Valleys Grundstein gelegt.«

Eliza musterte das Bild. »Er sieht so stolz aus.«

»Das war er auch, und dass er Äpfel nicht leiden konnte, soll ihm auch nie zum Verhängnis geworden sein. Schau, das ist Rosetta, meine Urgroßmutter. Der Kleine neben ihr ist William.«

Sie gingen weiter und blieben vor einem überdimensional großen Bild stehen.

Eliza blickte zwischen Harrold und dem Bild umher. »Du siehst ihr wirklich ähnlich ... Sie war ein hübsches Mädchen.«

»Und sonst fällt dir gar nichts an dem Bild auf? Ist das nicht dein Job? Geheimnisse alter Gegenstände entdecken?«

Er legte seine Hände auf ihre Schultern und drehte sie herum.

»Oh ...« Eliza löste sich von Harrold und trat näher an das Bild heran.

»Ist das ...?«

»Ich bin sicher, dass das Josephine ist. Die Idee kam mir beim Frühstück heute Morgen. Ich glaube, dass Agatha und Mildred Josephine gekannt haben.«

Hinter den Kindern stand eine schlanke, eher hochgewachsene Frau mit goldenem Haar, das zu einem strengen Dutt gedreht worden war.

Dann ging ihr ein Licht auf. »Josephine war Rosetta und Williams Gouvernante ...«

Harrold nickte. »Und sie sieht dir so ähnlich, dass es fast schon gruselig ist.«

Eliza stemmte die Hände in die Hüften, während sie weiter das Bild inspizierte. Es zeigte die Kinder auf Stühlen sitzend, während Josephine hinter ihnen stand. Sie hatte die Arme in einer eher unüblichen Pose um sie gelegt, was ihre tiefe Zuneigung für ihre Zöglinge deutlich zum Ausdruck brachte. Wer auch immer dieses Werk geschaffen hatte, hatte sich bestens darauf verstanden, die Gefühle der Menschen mit dem Pinsel sichtbar darzustellen.

»Dann hat sie also nicht auf der Plantage gearbeitet, sondern war Teil der Familie ... Und so hat sie auch Nathaniel kennengelernt. Als Gouvernante müsste sie rund um die Uhr für die Kinder da gewesen sein. Bestimmt hat sie auch hier gewohnt. Üblicherweise schliefen die Kinderfrauen in den Zimmern der Schützlinge oder unter dem Dach. Aber Rosetta und William waren schon älter, also ... Oh ...«

Sie hielt inne, weil sie schon wieder vom Thema abschweifte. Charles hatte es gehasst, wenn sie voller Inbrunst von Dingen erzählte, für die sie schwärmte. Harrold aber lehnte mit verschränkten Armen zwischen Jefferson Mayfield I. und einer fetten Katze an der Wand, und lächelte sie breit an.

Eliza räusperte sich. »Entschuldige, ich bin manchmal etwas impulsiv, wenn es um die Geschichte geht.«

»Rede einfach weiter, ich höre dir gern zu.«

Nachdem sie alle Bilder gesichtet hatte, trat sie neben Harrold, der mit offenen Augen zu schlafen schien.

»Ob ich mir das Buch wohl ausborgen darf?«, fragte sie.

Harrold zuckte die Schultern. »Nimm es einfach mit. Grandma hatte auch nichts dagegen, dass ich dir das Spielzeug geschenkt habe.«

»Der Einband ist sehr speziell, und da wir noch keinen weiteren Anhänger gefunden haben, dachte ich, ich werfe lieber noch einmal einen Blick drauf.«

»Dann lass uns heute zusammen zu Abend essen. Ich könnte dich um acht Uhr abholen und wir ...«

Eliza schüttelte den Kopf. »Nein, ich glaube, das ist keine gute Idee. Ich ... ich brauche eine Pause.«

»Eine Pause?« Er runzelte die Stirn.

Von dir. »Ich ruf dich an, wenn ich etwas gefunden habe.« *Weil ich mir selbst nicht mehr vertrauen kann. Zwei nette Worte, und ich fliege wie Ikarus zur Sonne.*

»Dann lass mich dich wenigstens nach Hause bringen. Ich muss wissen, dass du sicher daheim ankommst.«

Warum, Harrold? »Okay.«

Ein letzter Blick auf Josephines Porträt, dann machten sie sich auf den Rückweg. Eliza hielt das Buch so fest umklammert, als wollte sie darin verschwinden, während Harrold stumm neben ihr herging.

Die Lippen zu einem festen Strich gepresst, schien er mit seinen Gedanken in den Wolken zu hängen. Wegen ihr? Oder wegen Claire?

»Kinder ...«

Tante Mildred und Agatha saßen auf den weichen Stühlen in der Eingangshalle des Anwesens.

»Jetzt schau doch nicht so verärgert, mein Junge. Ich war eben zufällig in der Gegend, und da dachte ich, ich nehme Eliza gleich mit.«

Eliza trat neben ihre Tante.

»Hast du gefunden, wonach du gesucht hast?«, wollte Mildred wissen.

»Ja.«

»Willst du dann noch hierbleiben? Ich meine, habt ihr noch etwas vor?«

»Nein, ich möchte einfach nur nach Hause.«

Agatha und Mildred tauschten einen fragenden Blick, aber das war ihr egal. Sie wollte einfach nur weg und in Ruhe über alles nachdenken.

»Dann sehen wir uns ... morgen?« Hoffnung schwang in Harrolds Stimme mit.

Elizas Herz machte einen verhaltenen Sprung. »Ich gebe dir Bescheid, sobald ich etwas gefunden habe.«

Dann drehte sie sich um und eilte zur Tür hinaus.

Kapitel 12

Eliza

»Ist etwas passiert?«

Tante Mildred lehnte in der Tür zu Elizas Zimmer. Mit den Lockenwicklern im grauen Haar und dem herzförmigen Lolli in der Hand wirkte sie wie ein Teenie im Körper einer alten Frau.

Sie blickte auf.

»Seid ihr euch etwa näher gekommen?«

Eliza zuckte zusammen, und die winzige Lupenbrille rutschte von ihrer Nase und landete auf dem Buch. »Was soll denn bitte passiert sein?« Ihre Stimme klang merkwürdig schrill.

Mildred gestikulierte mit dem Lutscher, als wäre er ein grellroter Zauberstab. »Nun, du weißt schon ... so dies und das... Körperliche Handlungen, für die man seine Lippen benutzen müsste ... Ich habe gehört, du bist ausgerutscht und direkt auf Harrold Mund gelandet?«

Eliza seufzte. »Mary hat es euch erzählt, oder?« Sie drehte sich auf dem Stuhl um und verschränkte die Arme um die Lehne zwischen ihren Beinen. »Nehmen wir an, es wäre so gewesen. Rein hypothetisch, meine ich.«

»Rein hypothetisch, natürlich.« Ihre Großtante verzog die Lippen zu einem verschwörerischen Grinsen.

»Was, wenn es mir tatsächlich gefallen hätte, von ihm geküsst zu werden?«

»Also hat er dich geküsst und nicht umgekehrt!«, kombinierte Mildred mit detektivischem Scharfsinn.

Eliza seufzte wieder. Dabei drehte sie eine verirrte Locke, die sich aus ihrem Zopf gelöst hatte, um ihren Zeigefinger. »Ich fühle mich furchtbar ...«

»Obwohl es dir gefallen hat? Der Junge küsst doch bestimmt ganz formidabel, oder etwa nicht?«

»Das ist es nicht.«

Er küsst wie ein verdammter Gott ... Aber das wusste ich ja schon!

»Was ist es dann? Immerhin habt ihr zehn Jahre aufeinander gewartet! Wehe, du vergraulst ihn! Weißt du eigentlich, wie schwer es war, euch zur selben Zeit nach Appleton Valley zu bringen? Oh ...« Sie biss in das Zuckerherz. »Vergiss, was ich gerade gesagt habe ...«

»Ich weiß einfach nicht, was ich denken soll. Betrug ist falsch.«

»Hättest du das mal meinem Ehemann Nummer eins gesagt. Frederic hatte so viele Affären, dass ich sie nicht einmal an zwei Händen abzählen kann. Glücklicherweise starb er in den Armen von Affäre vier und nicht in meinen. Dieser Idiot hätte besser eine Pause machen sollen. Aber was hat das mit Harrold zu tun?«

»Er hat eine Freundin in L. A.!«

Mildred verzog das Gesicht. »Eine Freundin? Das ist ganz und gar unmöglich!«

»Aber sie hat ihn gestern Abend angerufen, ich habe das Gespräch doch mit angehört.«

»Vom Anfang bis zum Ende?«

Eliza schüttelte den Kopf. »Nein, aber ...«

»Woher weißt du dann, dass diese Frau seine Freundin war? Hat er das gesagt? Hast du ihn gefragt?«

»Nein, aber ...«

»Nein, aber ... nein, aber!« Das rote Herz verwandelte sich in eine blinkende *Stopp, hör auf mit dem Blödsinn*-Tafel.

»Harrold hat keine Freundin. Dieser Trottel hat seit zehn Jahren keine Frau mehr an seiner Seite gehabt, die länger als nur eine Nacht bei ihm geblieben wäre. Diese Frau, von der du da sprichst, heißt nicht zufällig Claire?«

Die Locke rutschte von Elizas Finger.

Jetzt war es Mildred, die einen lauten Seufzer ausstieß. »Eliza, Claire ist nicht seine Freundin! Sie ist bloß ein armes, verirrtes Ding, das eine einzige Nacht mit ihm verbracht hat und sich nun einbildet, er wäre ihr zukünftiger Ehemann.«

»Eine einzige Nacht?«

Eliza schluckte. Sie ballte die Hände zu Fäusten, um die Kälte zu vertreiben, die ihre Fingerspitzen gerade taub werden ließ. Die Erkenntnis traf sie wie ein Schlag ins Gesicht. Es war Eifersucht! Sie war eifersüchtig auf eine Frau, die sie noch nie zuvor getroffen hatte, wegen eines Mannes, der vor langer Zeit einmal ihr gehört hatte. Dabei hatte sie selbst doch vor Kurzem noch Charles heiraten wollen!

»Ich kann sehen, wie sich die Zahnräder in deinem Kopf drehen. Aber vielleicht musste es so kommen. Charles war nicht der richtige für dich. Das hat auch deine Mutter gewusst. Vielleicht hat sie deshalb ihre Meinung geändert. Sie hatte wohl ein schlechtes Gewissen ...«

»Wie meinst du das?«

»Du wirst es noch früh genug herausfinden.« Mildred erhob sich. »So gern ich mit dir plaudere, diese alte Frau muss jetzt langsam mal ins Bett. Schließlich lassen sich Falten, die so tief wie diese Furchen in meinem Gesicht sind, nur durch einen ausgedehnten Schönheitsschlaf glätten. Ab ins Bett, Schätzchen – mach nicht mehr zu lange.«

Eliza nickte. »Schlaf schön.« Sie wandte sich wieder Josephines Buch zu. Unzählige Geschichten, die mit Tinte per Hand verfasst worden waren, füllten die Seiten. Der Buchdeckel war aus Apfelholz geschnitzt und mit Farben veredelt. Es war ein eigentümliches Werk. Aber wunderschön. Schade, dass sie sich nicht mehr daran erinnerte, wie Agatha ihnen daraus vorgelesen hatte.

Eliza öffnete es erneut und überflog die ersten Seiten. Die Geschichte handelte von einer tapferen Apfelprinzessin, die zusammen mit ihrem Vater auf der Suche nach einem seltenen Gewürz durch ganz Indien reiste. Am Ende der Erzählung war ein Rezept für eine traditionelle Süßspeise notiert. Eliza blätterte vorsichtig um. Zum Glück hatte sie die wichtigsten Behelfnisse für Restaurierungen mitgenommen. Dazu zählten auch ihre weißen Stoffhandschuhe.

Aber wo könnte der nächste Anhänger versteckt sein? Mildred hätte ihr bestimmt einen Schubs in die richtige Richtung gegeben, wäre es nicht irgendwie in dem Buch versteckt. Sie hob es an und untersuchte es noch einmal genauer.

Plötzlich landete ein kleiner goldener Gegenstand auf den Tisch.

Verwundert drehte sie das Buch einmal um. Da war ein verstecktes Fach in dem hölzernen Deckel. Warum war ihr das nicht eher aufgefallen?

Weil du andauernd nur an Harrold denkst, deshalb.

Sie zog an einem grünen Band, das herausgerollt war. Eine schmale Schublade öffnete sich.

»Und darum ist die Hinterseite dicker als die Vorderseite«, murmelte sie.

Eliza nahm die Muschel und ihr Handy. Zur Abwechslung wusste sie einmal sofort, was der Anhänger zu bedeuten hatte.

Es ist eine Muschel, schrieb sie.

Es dauerte keine Minute, da antwortete er schon: *Schon wieder der Hafen? Ich kann jetzt nicht ins Gefängnis gehen!*

Eliza kicherte, während sie tippte: *Der Strand. Wir treffen uns dort morgen bei Sonnenuntergang.*

Ich bringe Wein mit. Ich muss mir Mut antrinken. Aber vielleicht wird es auch romantisch.

Ihr Herz machte einen Sprung. *Warum? Hast du mir etwas zu beichten?*

Ich denke, wir haben uns viel zu erzählen, und da ich schlechter wegkommen werde, als ich es mir wünsche, bleibt mir nur dieser eine Freund, auf den ich zählen kann.

Gute Nacht, Harrold.

Gute Nacht, El.

El... So hatte er sie seit einer Ewigkeit nicht mehr genannt.

Kapitel 13

Eliza

Es war bereits weit nach Mittag, als Mildred Eliza zum dritten Mal daran erinnerte, dass sie sowohl das Frühstück als auch das Mittagessen verpasst hatte.

»Ich freue mich ja darüber, dass du mir im Laden aushilfst, aber da ich ihn ohnehin nur an zwei Tagen in der Woche öffne, macht es nichts, wenn er mal ein Monat geschlossen bleibt. Glaub mir, Schätzchen, ich bin reich, ich kann's mir leisten.«

»Nur noch dieses eine Messer, dann bin ich fertig«, antwortete Eliza.

Sie war gerade dabei gewesen, ein mindestens einhundertdreißig Jahre altes Besteckset der Firma J. & L. Lobmeyr aus Österreich zu polieren. Vermutlich stammte es aus dem Nachlass einer reichen verwitweten Gräfin. Wie auch immer Tante Mildred an diese Rarität gekommen war, bei einer Auktion würde es sich mehr als gewinnbringend verkaufen ...

»Na gut, aber nur noch dieses eine Messer und keinen Teelöffel mehr! Wann bist du überhaupt aufgestanden, dass du sogar Zeit noch hattest, den Verkaufsraum nach Themen zu sortieren?«

»Ich konnte nicht schlafen – kurz nach zwei Uhr morgens, schätze ich.«

Mildred seufzte. »Du triffst dich doch später mit Harrold, nicht wahr? Wir werden deine geschwollenen Augen kühlen müssen und die dunklen Ringe wegschminken. Aber keine Sorge, darum kümmere ich mich später!« Sie klatschte beschwingt in die Hände. »Schließ den Laden, sobald du hier fertig bist. Ich warte im Salon auf dich.«

Und schon war sie verschwunden. Nur ihr schiefer Singsang hallte noch durch die Räume. Eliza kicherte – und dann gähnte sie. Sie ließ das nahezu fertig polierte Messer sinken und klopfte sich auf die Wangen, bis sie glühten. Ihre Augen brannten vor Müdigkeit.

Wenn sie nur nicht die ganze Zeit an Harrold hätte denken müssen ...

Da bimmelte das Glöckchen an der Tür, und eine penetrante Parfümwolke wehte ihr entgegen.

»Willkommen in Appleton Valleys kleinem, aber feinem Antiquitätenladen, was kann ich für Sie tun?« Eliza schnappte nach Luft und erhob sich. Im Vorbeigehen verdeckte sie das Besteckset mit einem weichen Tuch.

»Meine Güte, wie eng es hier ist. Und so vollgeramscht! Man kann sich ja kaum bewegen ...«

Eliza hüstelte angestrengt und öffnete das kleine Fenster zwischen den Glasvitrinen, bevor sie an die Kundin herantrat. »Suchen Sie etwas Bestimmtes? Ich kann Ihnen helfen, es zu finden, wenn Sie möchten, und ...«

Die Frau drehte sich um, schob ihre teure Markensonnenbrille über ihre Nase auf ihr blond gefärbtes Haupt und musterte Eliza abfällig. »Pardon? Was haben Sie gesagt?«

Ihr französischer Akzent klang genauso ekelhaft süß, wie ihr Parfüm roch. Eliza verstummte. Blaue Augen hinter künstlich verlängerten Wimpern blinkten sie an, was Eliza dazu veranlasste, fragend an sich selbst herabzublicken. Ihr Körper war von einer aufwendigen Rüschenschürze verdeckt und das lange goldene Haar zu einem ordentlichen Zopf gebunden. Na gut, bis auf die eine Locke, die sich ihren Weg ausnahmslos jedes Mal auf mysteriöse Weise aus dem Haargummi kämpfte.

Die gefärbte Blondine schnalzte pikiert mit der Zunge. »Ich bin mir nicht sicher, wie *Sie* mir helfen könnten?«

Eliza straffte die Schultern. Was zum Teufel wollte diese Insta-Tussi eigentlich hier? Und für wen hielt sie sich? Die Königin von England?

»Nun, ich nehme an, Sie sind nicht grundlos in unseren Laden gekommen? Wenn Sie allerdings nichts Bestimmtes suchen, dann können Sie sich auch gern einfach nur umsehen.«

»Ja, da haben Sie ganz recht! Ich suche tatsächlich etwas, oder besser noch, jemanden. Sie sind nicht zufällig mit einer Dame namens Eliza Benington bekannt?«

Oh, und wie ich mit ihr bekannt bin! Sie steht direkt vor dir, Barbie!

Die Blondine sprach einfach weiter, ohne ihre Antwort abzuwarten. »Ich muss wissen, wer sie ist und was er an ihr findet.«

Er ... Harrold?

»Sie ...«, setzte Eliza an, wurde jedoch sofort wieder von Barbie unterbrochen, die theatralisch seufzte.

»Er ist einfach abgehauen! In einer Nacht- und Nebelaktion, können Sie sich das vorstellen? Claire wusste gar nicht, wie ihr geschieht.«

Eliza biss sich auf die Lippen, um nicht in lautes Gelächter zu verfallen, weil diese Frau wie ein Kind in der dritten Person von sich sprach.

Warte ... bist du etwa die *Claire?*

»Ich musste einige Gefallen einlösen, um herauszufinden, wo er ohne Claire hingegangen ist. Aber wissen Sie, was? Vor einer Deveraux kann man sich nicht verstecken! Zum Glück hat sein dummer Anwalt sein Handy in der Bar liegen lassen. *Quel idiot!*«

»Nun, wissen Sie, er ...«

»Wir hatten nur eine Nacht zusammen, aber es war die beste Nacht meines Lebens. Claire hat noch niemals zuvor einen Mann getroffen, der sich darauf verstanden hat, ihr zu zeigen, was wahre Liebe ist.« Sie blinzelte übertrieben, dann neigte sie den Kopf und leckte sich über die Lippen, als wollte sie gerade ein Stück Torte mit quietschpinkem Zuckerguss verdrücken. »Mit jedem Stoß, wenn Sie armes Ding verstehen, was ich meine ...«

Eliza zuckte zusammen. Wenn sie sich gerade eins nicht vorstellen wollte, dann war es der Mann, den sie gestern Nachmittag geküsst hatte, *stoßend* mit dieser dümmlichen Barbie im Bett.

»Miss, hören Sie, ich ...« Sie versuchte es etwas energischer – und scheiterte kläglich.

Barbie blickte verträumt in die Ferne. »Dieses Mädchen, Eliza, ich glaube, er liebt sie noch immer. Jedenfalls hat das sein Anwalt behauptet. Und auch, dass Harrold nicht vorhat, nach L. A. zurückzukehren. Aber das wird Claire unter gar keinen Umständen zulassen! Wenn jemand von diesem Mann zum Altar geführt wird, dann *moi*! Ich werde dieser amerikanischen Göre *mon ami* ganz bestimmt nicht kampflos überlassen!«

Elizas Magen zog sich krampfhaft zusammen, während sich ihre Finger schmerzhaft in ihre Handflächen bohrten. Scheiße, sie konnte sich nicht mehr daran erinnern, wann sie zuletzt so wütend gewesen war! Auf Barbie und auf Harrold!

»Also, was ist nun? Kennen Sie seine Jugendliebe? Ich habe gehört, sie soll hier in der Nähe wohnen. Falls Sie sie sehen, hier ist meine Telefonnummer, bitte rufen Sie mich an.« Sie legte eine Visitenkarte auf die blank polierte Theke und öffnete die Tür.

Eliza verfluchte das verdammte Glockenspiel.

»Im Namen der Liebe.«

Eliza nahm die Karte. Später würde sie das glänzende Stück Papier mit einem Streichholz zum Teufel jagen.

»Ich werde sehen, was ich tun kann«, antwortete sie knapp.

Barbie lächelte. »*Merci, Mademoiselle ...!*«

»Benington.«

»Ah, Benington! Es war mir eine Freude.«

Eliza räusperte sich lautstark, aber der erwartete Gegenwind setzte nicht ein. Scheinbar hatte sie doch keinen Kampf zu erwarten.

»*Au revoir.*«

Dann war Claire zur Tür draußen. Eliza seufzte so laut, dass es in ihren Ohren dröhnte. Aus dem Flur drang schrilles Gelächter zu ihr in den Verkaufsraum. Eliza schloss den Laden ab, dann eilte sie in den Salon. Natürlich gehörte das Gekicher zu niemand anderem als Tante Mildred und Großmutter Agatha via Videotelefon.

»*Au revoir ...*«, prustete Agatha.

Eliza stemmte die Hände in die Hüften. »Habt ihr euch jetzt ausreichend lustig gemacht?«, fragte sie.

Mildred zuckte zusammen. Ebenso wie Agatha am Telefon. Die drei Frauen starrten sich an. Und prusteten los.

Irgendwann fand sich Eliza mit dem Handy in der Hand vor einem Teller Pancakes mit duftendem Speck und einem Spiegelei wieder. Tante Mildred reichte ihr den Sirup.

»Ich hoffe immer noch, dass Harrold sturzbetrunken war, als er dieser Frau seine Manneskraft bewiesen hat. Andernfalls muss ich doch sehr an der geistigen Gesundheit meines Enkels zweifeln. Dieses arme Ding kann doch keine Zwiebel von einer Kartoffel unterscheiden!« Agatha war außer sich.

Mildred lachte. »Aber Prada von Gucci. Da ist doch auch eine honorable Leistung.«

»Was hat er sich nur dabei gedacht? Ich habe doch bestimmt keinen Trottel erzogen? Sag, dass es nicht meine Schuld ist, Mildred!«, jammerte Agatha.

Ihre Großtante steckte sich ein Stück Speck in den Mund, bevor sie genüsslich kauend antwortete. »Ich weiß nicht, ich meine, sieh dir nur den Unterschied an« – sie deutete auf Eliza –, »sie ist besser geraten als er.«

»*Sie* wollte den gleichen Fehler wie du machen, wenn ich dich an Ehemann Nummer eins erinnern darf?«

Mildred verdrehte die Augen. »Stochere ruhig weiter in meinen Wunden!«

»Also, Eliza, was wirst du jetzt tun?«, fragte Agatha.

»Ich weiß es nicht«, flüsterte sie.

»Du weißt es nicht? Wenn es wahr ist, dass Harrold dich nie vergessen hat, dann ist doch klar, was zu tun ist, oder etwa nicht? Und ich weiß aus verlässlichen Quellen, dass er immer noch in dich verliebt ist.«

»Und wer soll diese Quelle sein?«, fragte Mildred.

»Na, ich natürlich! Ich war da, als er an jenem Abend nach Hause kam. Daher weiß ich, wie sehr es ihn getroffen hat, dich zu verlieren, Eliza.« Agatha stellte ihre Teetasse ab.

»Warum ist er dann nicht zu unserem Treffpunkt gekommen, Granny? Ich habe die ganze Nacht im Apfelhain auf ihn gewartet!«, platzte Eliza heraus. Ihre Gabel flog über den Tisch und blieb zielsicher in der Butter stecken.

»Moment, du hast auf ihn gewartet, aber wann?«

»Ich habe ihm eine Nachricht geschrieben. Eins der Dienstmädchen hatte mir versprochen, sie ihm zu geben! Damals hatte ich noch kein Handy.«

Das Bild am Telefon flackerte, weil Agatha ihre Position veränderte. »Wer?«

»Wer?«

»Welches Dienstmädchen? Du erinnerst dich doch bestimmt noch an ihren Namen?«

»Ann. Es war Ann. Sie hatte rotes Haar und Sommersprossen wie ich. Wir waren Freundinnen.«

Agatha plumpste auf einen Stuhl. Tante Mildred zog die Gabel aus der Butter und legte sie auf den Tisch. Eliza blickte zwischen dem Telefon und ihrer Tante hin und her.

»Ihr wisst doch etwas ... Jetzt spuckt es schon aus, na los!«

»Wir dachten, du wüsstest es«, antwortete Mildred.

»Was?«

»Ann war doch auch in Harrold verliebt. Hast du es denn nie bemerkt? Sie hat gekündigt, gleich nachdem er fortgegangen war! Vermutlich hat sie nicht damit gerechnet, dass auch er einfach verschwinden würde. Ich habe sie danach nie wiedergesehen.«

Elizas Herz rutschte ihr in die Hose. »Dann hat Harrold meine Nachricht also nie bekommen?« *War ich all die Jahre völlig grundlos wütend auf ihn?*

»Davon gehe ich aus. Niemand hätte ihn aufhalten können, hätte er davon gewusst.« Agatha seufzte. »Es tut mir so leid, mein Kleines. Erst dachten wir, ihr hättet euch getrennt, weil es das erste Mal war, das ich den Jungen habe weinen sehen. Und er hat nicht einmal eine Träne vergossen, als sein Vater gestorben ist ... Aber dann ist er wortlos gegangen, und wir wussten, da ist etwas faul.«

»Er hat nie auch nur ein Wort darüber verloren, und uns waren die Hände gebunden. Bis er nach dir gefragt hat.«

»Harrold hat nach mir gefragt?«

Agatha nickte. »Er rief mitten in der Nacht sturzbetrunken an und wollte wissen, ob ich etwas von dir gehört hätte. Und als ich nachfragte, legte er einfach auf, dieser dumme Junge! Du kannst dir vorstellen, wie besorgt ich war ... Harrold hat nie getrunken, also muss etwas passiert sein, dass ihn an dich erinnert hat. Vielleicht ein altes Foto zusammen mit einem Brief aus Appleton Valley.«

Warme Hände legten sich aus Elizas Schultern. »Egal, was geschehen ist, die Frage ist doch: Was fühlst du, Eliza?«

Eliza schloss die Augen. Ihr Herz wummerte unaufhörlich in ihrer Brust, als wollte es schreien: *Ja, ja, ja!* Sie ergriff Tante Mildreds Hände.

»Oh, du lächelst ja«, hörte sie Agatha zwitschern.

»Dann gehst du heute Abend an den Strand, nicht wahr?«
Tante Mildred hauchte ihr einen Kuss aufs Haar.

Eliza nickte. »Wie könnte ich ein gutes Rätsel einfach so abbrechen? Ich muss doch erfahren, wie es Josephine ergangen ist und welche Lehren ich aus ihrer Geschichte ziehen soll! Wer weiß schon, wo uns dieses gemeinsame Abenteuer noch hinführt?«

Als ob ich jetzt noch kampflos aufgeben könnte! Aber ich muss es von ihm hören. Er muss mir sagen, was er will.

Entschlossen stopfte sich Eliza ein Stück Pancake in den Mund und schob noch ein Löffelchen Sirup hinterher. Dann verabschiedete sie sich von Agatha, die ihr freudig zuwinkte. Glänzten da etwa Tränen in ihren Augen? Tante Mildred zog sie in eine feste Umarmung. »Zünde eine Kerze in der Kapelle für mich an, hörst du?«

»Das werde ich! Danke, für alles, Tante Mildred.«

Auch dafür, dass du mir diesen Brief bezüglich deines nahenden Ablebens geschrieben hast.

Kapitel 14

Josephine, 1920

»Ich kann immer noch nicht fassen, dass Sie mich dazu überredet haben.«

Nathaniel kämpfte sich die Klippen hinab und warf Josie böse Blicke zu. »Was heißt hier überredet, soweit ich mich erinnern kann, war das Ihre Idee!«

Kichernd schrieb sie ihren Namen in den feuchten Sand, während sie unten auf ihn wartete. Immer wieder blickte sie auf, aber es schien, als ob er immer langsamer wurde, anstatt schneller. Nachdem sie die halbe Familie auf dem warmen Untergrund verewigt hatte, verlor sie die Geduld und stapfte los in Richtung Wasser. Auf dem Weg entledigte sie sich ihrer Stiefel, sodass sie mit bloßen Füßen im Meer stehen konnte. Ihr Kleid hatte sie sich hochgebunden. Heute trug sie nicht ihre graue Uniform, sondern ihr sonnengelbes Reisekleid; es war perfekt für Wanderungen. Josie tauchte ihre Hände in das kühle Nass und genoss die Bewegungen der sanften Wellen. Sie griff nach einer kleinen Muschelschale, die halb verborgen zwischen feinem Kies und Sand nur auf sie zu warten schien. Sie fand eine und dann noch eine und noch eine. Wie ein Kind sammelte sie die Muscheln und ließ sich vom Wasser treiben. Es war ihr freier Tag, also konnte ihr auch niemand sagen, was sie zu tun und zu lassen hatte.

»Sie sollten nicht zu tief ins Wasser gehen, unter dem Sand liegen scharfkantige Steine.«

Josie erhob sich und blickte über die Schulter. Dabei lächelte sie. »Nathaniel, machen Sie sich etwa Sorgen, um mich?«

Er hatte es endlich nach unten geschafft und war schnaubend am Ufer zum Stehen gekommen.

»Nein, ich informiere Sie nur. Sorgen mache ich mir darum, dass Sie wieder auf die Idee kommen, sich Ihrer Kleider zu entledigen.« Nathaniels Wangen färbten sich in einem zarten Rotton.

Josie lachte. »Mir ist noch nie so ein scheuer Mann wie Sie untergekommen.«

»Es besteht ja wohl einen Unterschied zwischen scheu und anständig.«

Er stapfte zu dem Picknickkorb, den Josie achtlos im Sand zurückgelassen hatte, und breitete im Schatten der Klippen eine Decke aus. Dann fing er an, allerlei Köstlichkeiten aus dem Korb zu ziehen. Josie kehrte dem Meer den Rücken zu, getrieben von ihrem hungrigen Magen und gelockt von der Aussicht, wieder eine von Nathaniels selbst gekochten Spezialitäten zu kosten.

Er klopfte leicht auf ihre Finger, als sie versuchte, sich eine mit Schokolade überzogene Erdbeere zu schnappen.

»Bringen Sie lieber etwas von dem Treibgut her, damit ich ein Feuer machen kann.«

»Sie wollen bei dieser Hitze ein Feuer machen?«

»Josephine, warum tun Sie eigentlich nie, worum ich Sie bitte?«

Bei dem Klang ihres Namens beschleunigte sich Josies Puls. Sie liebte es, wenn er sie bei ihrem vollen Namen nannte.

»Warum grinsen Sie denn jetzt so breit?«

»Ach, nur so.«

Josie sprang auf und fing an, getrocknetes Holz aufzulesen. Dabei wanderten ihre Gedanken zu Nathaniel. Selbst ihr war klar, dass das zwischen ihnen mehr war als eine gewöhnliche Beziehung zwischen Dienstherrn und Angestellter. Er hatte vorgeschlagen, ihren freien Tag gemeinsam zu verbringen, und sie hatte zugesagt. Warum? Weil sie tatsächlich gern Zeit mit ihm verbrachte. Er wirkte einschüchternd mit seiner autoritären Haltung und den Narben, aber dahinter verbarg sich eine sanfte Seele, die leicht in Verlegenheit geriet. Josie kannte nur wenige Männer, die auch eine weiche Seite besaßen. Ihr Vater war einer davon gewesen.

Doch warum wollte *er* eigentlich Zeit mit ihr verbringen?

Sie hatte gedacht, er würde seine Bitte, sie beim Vornamen nennen zu dürfen, zurückziehen, sobald das Fieber erloschen war, doch anscheinend war es ihm damit ernst gewesen. Hieß das, dass er sie gern hatte?

Josie hatte sich beim Sammeln des Holzes treiben lassen und war immer näher an die Klippen geraten. Sie merkte es erst, als sich ein kühler Schatten auf ihre erhitzte Haut legte. Nathaniel war immer noch mit Vorbereitungen beschäftigt. Wie viel Essen hatte dieser Mann denn nur eingepackt? Ein angenehmes Kribbeln breitete sich in ihrer Magengegend aus. Er war so nett zu ihr, auch wenn sie ihn oft ärgerte. Aber wieso? Konnte es tatsächlich sein, dass er sie mochte? Es erschien ihr so absurd. Noch nie hatte ein Mann Interesse an ihr gezeigt. Nicht wirklich. Nicht aufrichtig. Nicht so wie Nathaniel.

War es, weil sie ihm geholfen hatte, als das Fieber in ihm gewütet hatte? Brauchte er eine Krankenschwester? Das erschien ihr logisch.

Etwas betrübte ihre Gedanken. Der alte Mayfield war nie im aktiven Dienst gewesen, das hatten William und Rosetta erst vor ein paar Tagen ausgeplaudert. Nathaniel war der einzige Soldat in der Familie gewesen und noch dazu ein hochdekorierter. Es war also nicht undenkbar, dass ihr Vater und Nathaniel sich kannten. Das würde vieles erklären.

Wenn sie gute Bekannte gewesen waren, könnte ihr Vater Nathaniel darum gebeten haben, sich um Josie zu kümmern.

Der Gedanke schmerzte. Das würde erklären, warum er so nett war. Er erfüllte den letzten Wunsch eines toten Kameraden, und es hatte nichts mit ihr zu tun.

»Träumen Sie etwa mit offenen Augen, Josephine?«

Nathaniel stand hinter ihr, sein warmer Atem kitzelte sie im Nacken. Erschrocken drehte sie sich zu ihm um.

»Ich habe Sie ein paar Mal gerufen, aber Sie haben nicht reagiert.«

»Ich war in Gedanken.«

Nathaniel war näher an sie herangetreten und nahm ihr das Feuerholz aus der Hand.

»Kommen Sie.«

»Wieso tun Sie das?«

»Was? Ihnen das Treibgut abnehmen und Sie zum Essen holen? Weil sonst die Sonne untergeht, bevor wir auch nur einen Happen zu uns genommen haben.«

Josie schüttelte den Kopf. »Nein, das meine ich nicht. Ich meine, wieso sind Sie mir gegenüber so großzügig, wo ich doch nicht mehr bin als eine einfache Angestellte?«

Nathaniel legte den Kopf schief, sodass sein dunkles Haar über seine Augen fiel, was es ihr erschwerte, seine Mimik zu deuten. »Ist es Ihnen unangenehm?«

Seine Stimme besaß eine unnatürliche Kälte, die ihr Innerstes zu Eis gefrieren ließ. Aber nur für ein paar Sekunden, denn sie hatte keine Angst vor Nathaniel. »Nein, im Gegenteil. Ich finde es schön, so viel Ihrer Aufmerksamkeit für mich zu haben. Ich frage mich nur, warum? Wollen Sie mich bloß wieder in Unterwäsche sehen oder wollen Sie mir einen Ring an den Finger stecken?«

Wieder einmal hatte sie es geschafft, Nathaniel erröten zu lassen ...

»Sie sind unmöglich, Ms. Cavendish!« Er kehrte ihr den Rücken zu und stapfte zu ihrem Picknickplatz zurück.

Josie folgte ihm kichernd und hoffte, dass sie ihn nicht zu sehr verärgert hatte, sodass er aufhörte, sie beim Vornamen zu nennen. Immerhin hatte sie sich schon daran gewöhnt. Er ignorierte sie, während er versuchte, ein Feuer zu entfachen. Seine Hände zitterten, und er stellte sich furchtbar ungeschickt an.

»Lassen Sie mich ...«

Grummelnd machte er ihr Platz und wühlte im Picknickkorb herum. Dabei glühten seine Wangen immer noch. Während sie die Feuersteine aneinanderrieb, breitete sich eine sanfte Wärme in ihr aus, die sich zu einem Pochen in ihrer Mitte formte und dessen Echo in ihren Fingerspitzen widerhallte. Es war ein neues, aufregendes Gefühl, das ihr den Atem raubte und sie ungewohnt nervös machte. Sein Blick ruhte auf ihr. Josie wusste, dass ihr vorlauter Mund ihr oft mehr Feinde als Freunde brachte. Aber Nathaniel schien sich nicht so einfach abschrecken zu lassen. Immerhin war er nicht vor ihr davongelaufen. Selbst wenn er nur dem Wunsch ihres Vaters Folge leistete, war er aufmerksamer, als er hätte sein müssen. Da musste eindeutig mehr dahinterstecken.

Als das Feuer endlich brannte, legte Nathaniel verschiedene Spieße auf ein provisorisches Gitter und positionierte es nahe den Flammen.

»Kommen Sie, Josephine, ich will Ihnen etwas zeigen, bevor das Essen fertig ist.«

Sie verkniff sich einen Kommentar, weil sie so froh war, dass er sie wieder mit ihrem Namen ansprach, und folgte ihm. Er führte sie zurück zu den Klippen. Vor einer schmalen Felsspalte machten sie Halt. Ohne Nathaniel hätte Josie den Durchgang, der allem Anschein nach in eine Höhle führte, im Schatten der Steine nie entdeckt.

Nathaniel reichte ihr die Hand. »Seien Sie vorsichtig, die scharfen Felskanten verzeihen keine Unachtsamkeiten.«

Josie legte ihre Finger in seine. Seine Haut fühlte sich angenehm warm an. Sie genoss die sanfte Berührung, während er sie sicher durch die Felsspalte führte. Wohin ging der Weg nur?

Sie liefen ein paar Meter weit. Das Rauschen des Meeres war hier drinnen nicht mehr zu hören. Nur ein gelegentliches Tropfen und das Echo ihrer Schritte begleiteten sie. Dann gewöhnten sich Josies Augen langsam an die Lichtverhältnisse, und vor ihr manifestierte sich ein kleiner Raum, dessen Boden mit schillerndem Wasser bedeckt war. Erstaunt hielt sie inne und betrachtete das Glimmern der winzigen Wellen, die durch Wassertropfen verursacht wurden, die von der Decke fielen.

»Es wird das Grab der Meerjungfrau genannt«, sagte Nathaniel und räusperte sich. »Ich dachte, es könnte dir vielleicht gefallen.«

Josie hob die Augenbrauen und grinste. Was ihr auf jeden Fall gefiel, war, dass Nathaniel nun wieder jegliche Formalitäten wegließ und auch noch immer ihre Hand hielt, obwohl keine Notwendigkeit dazu bestand. Die Wärme, die sie noch am Lagerfeuer für ihn gespürt hatte, breitete sich nun wie sengende Lava in ihr aus.

»Es ist wunderschön, woher kommt das Glitzern und Funkeln?« Sie löste sich von Nathaniel und watete tiefer in die Grotte hinein. Ihre Füße glitten über den nassen Boden und versanken im feinen Sand, doch er fühlte sich rauer an als am Meer, so, als würden sich zwischen den Sandkörnern Kieselsteine verstecken.

»Sieh dir den Boden genauer an.«

Josie bückte sich. Zwischen ihren Fingern kamen Hunderte von winzigen Muschelschalen zum Vorschein. Das wenige Sonnenlicht, das durch den Eingang drang, brach sich im schillernden Perlmutt der Muscheln und ließ das Wasser wie Eis in der Sonne glitzern. Josie spielte ein paar Minuten damit, bevor sie sich wieder erhob. Nathaniel hatte sich auf einen herausragenden Felsen gesetzt und beobachtete sie.

Ein friedvoller Ausdruck lag auf seinen Zügen, und ein zartes Lächeln umschmeichelte seine Lippen. Nun war es an Josie, nervös zur Seite zu blicken. Er war ein solch ansehnlicher Mann, und er schenkte ihr all seine Aufmerksamkeit. Und wer war sie eigentlich? Eine mittellose Waise, die nicht mehr besaß als die Kleider, die sie am Leib trug.

Nein, sei doch nicht so dumm, Josephine!

Zwar besaß sie nicht viel, aber sie war am Leben, während es viele andere nicht waren. Und dieses Leben würde sie in vollen Zügen genießen! Bevor sie der Mut verlassen konnte, setzte sie sich zu Nathaniel auf den Stein, etwas näher, als es der Anstand erlaubte. In der Dunkelheit der Grotte berührten sich ihre Hände.

»Ich hab mich nie getraut, dich anzusprechen«, sagte Nathaniel leise.

»Wir haben doch schon oft miteinander gesprochen?«

»Nicht jetzt ... damals.«

Josie hielt die Luft an. Kannten sie sich etwa von früher? Aber dann würde sie sich gewiss erinnern, Nathaniel war niemand, den man einfach so aus seinem Gedächtnis streichen konnte. Waren sie irgendwann zur selben Zeit auf der gleichen Militärbasis gewesen?

»Es war in Station Point in Dakar, ich war noch ein Kadett, und wir hatten den Befehl, die Seeüberwachung zu übernehmen, da es zu dieser Zeit viele Überfälle gab. Das war noch vor dem Krieg«, sagte er. Nathaniel atmete schwer ein und aus.

Josie drückte sanft seine Hand und schmiegte sich an ihn. »Erzähl weiter, bitte ...«

Sie würde ihm zuhören, er musste sich nur trauen.

»Ich habe einen Kameraden, Withnight, ins Lazarett gebracht, weil er sich bei der Übung mit geladener Waffe selbst ins Bein geschossen hatte. Erst dachte ich, er sei einfach ein unglaublicher Trottel, aber ...«

»... er war ein Deserteur.«

Josie kannte solche Geschichten. Soldaten, die solche Angst vor dem Krieg hatten, dass sie sich lieber selbst verstümmelten, anstatt aufs Schlachtfeld gerufen zu werden. Vor dem Krieg waren Deserteure jedoch nicht so häufig gewesen.

»Hinter dem Lazarett befand sich ein kleiner Garten, in dem die Frauen aus dem nahen Dorf Gemüse zogen und ihre Kinder spielen ließen.«

»Ich erinnere mich.«

Josie erinnerte sich vor allem an die Hitze bei Tag und die Kälte bei Nacht, an die bunten Märkte und das köstliche Essen und wie freundlich die Einheimischen gewesen waren. Sie war jung gewesen damals, gerade einmal sechzehn Jahre alt. Und wenn sie die Augen schloss, dann war sie wieder dort in diesem kleinen Garten. Eine friedliche Oase inmitten der hektischen Militärbasis.

»Dort habe ich dich zum ersten Mal gesehen.«

»Ich hab den Kindern Märchen erzählt, sie konnten gar nicht genug davon bekommen.«

»Die kleine Meerjungfrau. Das hast du ihnen oft erzählt«, flüsterte er.

»Es war ihre liebste Geschichte.«

»Ich habe manchmal heimlich gelauscht und davon geträumt, dich einmal hierher mitzunehmen. Vielleicht ist das tatsächlich der Ort, an dem die kleine Meerjungfrau begraben liegt.«

»Sie ist zu Seeschaum geworden.«

»Der könnte ja hierher getrieben worden sein.«

»Aber du weißt, dass die Meerjungfrau den Mann ihrer Träume nie bekommen hat?«

»Sie war ein mutiger Freigeist und er eine traurige Version von einem Prinzen, das hätte sowieso nicht geklappt.«

Nathaniel schnaubte und Josie kicherte.

Die Anspannung fiel von ihr ab, und sie entspannte sich. Sie wagte sich dichter an Nathaniel heran, und er legte einen

Arm um sie. Seine Verlegenheit schien mit ihrem Lachen davongetragen worden zu sein.

»Dein Vater hat mich beim Lauschen erwischt. Wir haben uns unterhalten, und er hat mich von da an unter seine Fittiche genommen. Ich habe ihn sehr bewundert, er war ein hervorragender Stratege.«

Josie schluckte und unterdrückte ein Glucksen. Sie konnte sich lebhaft vorstellen, wie ihr Vater den jungen Nathaniel dabei erwischt hatte, wie er seiner Tochter nachstellte. Bestimmt hatte er ihm gehörig den Marsch geblasen. Nathaniel musste ein ebenso eloquenter Redner gewesen sein wie ihr Vater, wenn er sich aus dieser unliebsamen Situation nicht nur vernünftig herausgeredet hatte, sondern ihn sogar davon überzeugen konnte, ihn in seine Obhut zu nehmen.

»Ich denke, er wusste, wie es um mich stand, lange bevor es mir klar war. Er hat mir gut zugeredet, dich anzusprechen. Er sagte, du würdest mich schon nicht fressen. Ich war mir da aber nicht so sicher.«

Josie boxte ihm in die Seite, und Nathaniel legte auch seinen zweiten Arm um sie, sodass sie ihm nicht mehr entkommen konnte.

»Ich habe dich immer von der Ferne aus beobachtet und auf den richtigen Augenblick gewartet. Und dann waren wir plötzlich im Krieg, und ich musste weg. Und dann wurde ich verletzt, und ich dachte, das war's. Das Einzige, das ich wahrhaftig bereute, war, nie den Mut gehabt zu haben, dich anzusprechen.«

»Wie ist die Geschichte ausgegangen? Hast du überlebt?«

»Nein, ich bin gestorben und du redest mit einem Gespenst.«

»Wirklich?«

Nathaniel zog sie auf seinen Schoß. »Ms. Cavendish, Sie sind wirklich unmöglich.«

Josie legte ihre Hände um Nathaniels Nacken und berührte seine Stirn mit ihrer, sodass sie seinen Atem auf ihrer Haut spüren konnte.

»Bitte, erzähl weiter«, flüsterte sie.

»Ich habe überlebt. Aber ich war am Ende. Das Grauen des Krieges hat mich in all meinen Träumen heimgesucht. Ich konnte nicht mehr schlafen, war wie von Sinnen. Ich zog mich hierher zurück, distanzierte mich von meiner eigenen Familie und vegetierte vor mich hin. Und dann erreichte mich ein Brief von deinem Vater. Es war, als hätte mir das Leben alles genommen, nur um mir eine neue Chance zu geben. Ich dachte, diesmal werde ich es bestimmt nicht vermasseln.«

Josie legte ihre Hand an seine Wange.

»Dann vermassle es nicht. Ich bin jetzt hier bei dir.«

Er seufzte. Selbst in der Dunkelheit konnte sie erkennen, dass er zögerte. Aber wieso? War das hier nicht genau das, was er schon immer wollte?

»Aber was kann ich dir schon bieten, Josephine? Ich bin nicht mehr der, der ich einst war. Der Mann, der sich vor dir hinknien hätte können, der existiert nicht mehr. Ich bin entstellt, ein Krüppel, um den du dich dein Leben lang kümmern müsstest.«

Josie sah ihn erschrocken an. »Wie kannst du nur so furchtbare Dinge über dich selbst sagen? Wir sind am Leben, Nathaniel, so viele andere sind es nicht.«

Sie legte ihre zweite Hand auf seine Wange – dorthin, wo die Narben sich am tiefsten in sein Fleisch gebohrt hatten.

Ein noch tieferer Seufzer entfloh seinem Mund.

Dann hauchte Josie ihm einen Kuss auf seine Stirn. Nur ganz leicht.

»Ich hab noch nie auch nur ein einziges Mal von dir als Krüppel oder Bürde gedacht.«

»Ich weiß, so denkst du nicht, deswegen bist du ja auch so besonders.«

»Ich verlange nichts von dir. Auch nicht, dass du dich vor

mich hinkniest. Wenn du an meiner Seite sein möchtest, dann wünsche ich mir von dir nur das eine, und zwar, dass du dich selbst und dein Leben schätzt.«

»Nur das?«

»Nun ja, mir würden auch noch andere Dinge einfallen, aber da müsste ich noch weniger als meine Unterwäsche tragen.«

»Ms. Cavendish, Sie sind wirklich unmöglich! Ich lege hier all meine Karten vor Ihnen auf den Tisch, und Sie machen sich über mich lustig.« Er sah sie grimmig an.

Hatte sie ihn schon wieder verärgert? Aber warum spürte sie seine Finger dann so sehnsüchtig an ihrer Taille?

Sie beugte sich vor, um ihm ins Ohr zu flüstern: »Ich hoffe, dir ist klar, welche Bürde du dir auferlegst? Denn wenn du mich jetzt nicht zu Boden stößt, wirst du mich nicht mehr los.«

Sie drückte sich noch näher an ihn, bis Nathaniel sie stöhnend stoppte.

»Josephine, bitte hör auf.« Aber seine Finger straften seine Worte Lügen.

Konnte sie es wagen? Noch nie zuvor hatte sie so etwas Ungehöriges getan. Ob Nathaniel wusste, dass er der erste Mann war, den sie im Begriff war zu küssen?

Ihre Lippen flogen über seine. Nathaniel neigte den Kopf nach unten.

Hatte sie es übertrieben?

»Josephine, dann gibt es kein Zurück mehr«, hauchte er.

Das Blut rauschte ihr in den Ohren, als er langsam den Kopf hob. Das Schillern der Muscheln im Wasser brach sich auf seinem Gesicht. Er war wunderschön. Mit all seinen Narben, seinen Sorgen und seiner Dunkelheit, die er wie Schatten mit sich herumtrug, war er wunderschön.

»Ich blicke nicht zurück, das habe ich noch nie getan. Nur geradeaus in die Zukunft, und dort sehe ich uns.«

Er atmete hörbar laut aus. Und dann lagen Josies Lippen auf seinen.

Josies Magen knurrte.

Es dämmerte bereits, als sie nach Hause kam. Ob sie Judy um die Reste des Abendessens anbetteln durfte? Der herbe Duft der drei verbrannten Fleischspieße hing ihr noch in der Nase; sie hätte das leicht schwärzliche Fleisch ja trotzdem gegessen, aber Nathaniel hatte es ihr nicht erlaubt. Stattdessen hatte er sie mit Erdbeeren gefüttert. Nun ja, zumindest mit einer, bevor er vor Scham fast vergangen war.

»Warum grinsen Sie wie eine Vollidiotin?«

Josie zuckte erschrocken zusammen. Der Geruch von Tabak wehte zu ihr herüber. Ein Lichtpunkt tanzte in den Schatten der nahen Baumgruppe.

»Mr. Miller, was tun Sie hier?«

Heute hat doch gar kein Unterricht stattgefunden ...

»Ich frage mich, Ms. Cavendish, ob sie einfach nur dumm sind oder eine Opportunistin ... so wie ich ein Opportunist bin.« Er nahm einen tiefen Zug von seiner Zigarette, bevor er sie auf dem Boden austrat.

»Ich habe keine Ahnung, wovon Sie sprechen, außerdem muss ich weiter, gehaben Sie sich wohl.«

Der Hauslehrer stellte sich ihr in den Weg. Warum war er überhaupt hier? Dauernd lungerte er auf dem Grundstück herum, obwohl er eine Wohnung im Dorf hatte. Womöglich hatte er eine Liebschaft unter den Bediensteten, doch davon hätte Judy ihr gewiss erzählt. Dafür gab es ein anderes Gerücht, dem Josie bis jetzt jedoch keine Aufmerksamkeit geschenkt hatte, weil es zu absurd war.

Mrs. Mayfield und Mr. Miller.

Josie schüttelte den Gedanken ab. Reichtum erzeugte immer Neid, das musste der Grund für die bösen Gerüchte über Mrs. Mayfield sein.

»Wissen Sie, ich frage mich schon die ganze Zeit, was sie

von dem Krüppel wollen. Aber langsam wird es mir klar. Der Krüppel hat die Plantage geerbt, und wenn sie einen kleinen Bastard zeugen, bevor er das Zeitliche segnet, stehen sie gar nicht einmal so schlecht da.«

Josie sog scharf die Luft ein. Menschen wie Miller waren ihr zutiefst zuwider. Wie konnte er es nur wagen, so abfällig über Nathaniel zu sprechen?

»Aber würde das nicht Ihre Pläne durchkreuzen, Mr. Miller? Sie sind doch derjenige, der Mrs. Mayfield umschwärmt wie die Motte das Licht.«

»Nun, für meinen Plan kann es keinen legitimen Erben geben.«

Also stimmten die Gerüchte zumindest zum Teil? Ob Mrs. Mayfield wusste, wie Miller über sie dachte? Gewiss nicht. Josie konnte sich das einfach nicht vorstellen.

»Sie sind ein furchtbarer Mensch, Mr. Miller.«

Josie wurde übel. Miller nannte sich einen Opportunisten, aber in Wahrheit war er bloß ein Aasgeier, der darauf wartete, vom Tod anderer zu profitieren.

Er lachte. Ihre Worte schienen ihn nicht im Geringsten zu beeindrucken.

»Ich weiß genau, was für eine Art Mensch ich bin, aber können Sie dasselbe über sich sagen?« Er bleckte die Zähne und kam näher.

Josie ballte die Hände zu Fäusten.

»Wir sollten zusammenarbeiten, statt gegeneinander. Es ist doch genug Reichtum für uns alle da.«

Er beugte sich zu ihr hinab. Josie hatte keine Ahnung, was Miller vorhatte, aber bevor er sie berühren konnte, landete ihre Faust in seinem Gesicht. Sie schüttelte die Hand aus, das würde morgen noch brennen ...

Miller war auf dem Hintern gelandet und gaffte sie perplex an. Anscheinend war er noch nie von einer Frau geschlagen worden.

Er erhob sich und klopfte sich den Staub von der Hose, als

wäre nichts passiert. »In Ihnen scheint mehr Gosse zu stecken, als ich vermutet habe, darum sage ich es jetzt in einer Sprache, die auch ein Straßenköter wie sie verstehen kann. Halten Sie sich fern, sonst ...«

»Sonst was, Mr. Miller?«

Josie hatte sich zu ihrer vollen Größe aufgerichtet. Was stimmte mit diesem Menschen bloß nicht? Sie hatte ihn gerade ohne Probleme zu Boden geworfen, und jetzt drohte er ihr? Warum? Dachte er tatsächlich, dass sie Angst haben würde?

Miller starrte sie eine gefühlte Ewigkeit lang schweigend an. »Ich habe Sie gewarnt, Ms. Cavendish. Was von nun an geschieht, liegt außerhalb meiner Macht.«

Er wollte sich umdrehen und gehen, doch Josie hatte ihm noch etwas Wichtiges zu sagen. Sie packte seinen Arm und drehte ihn in einer schwungvollen Bewegung nach hinten, so, wie ihr Vater es ihr gezeigt hatte.

Miller stöhnte schmerzerfüllt auf und fiel auf die Knie. Aber Josie ließ nicht locker, sondern zog seinen Arm sogar noch eine Spur weiter nach hinten. Dann beugte sie sich vor und flüsterte ihm ins Ohr: »Jetzt passen Sie auf, Sie Aasgeier. Sollten Nathaniel oder den Kindern durch Ihre Schuld Schaden zukommen, dann werde ich wie eine Naturkatastrophe über Sie hereinbrechen und Ihnen jeden einzelnen Knochen brechen.«

Sie stieß ihn von sich, und er landete mit dem Gesicht auf der Erde. »Sie sind eine Wahnsinnige!«

»Machen Sie, dass sie wegkommen, Miller.« Josie drehte ihm dem Rücken zu und setzte ihren Weg fort.

Aber sie war nicht dumm. Sie wusste, dass Miller sie wie ein elender Feigling von hinten attackieren würde. Sie passte genau den richtigen Moment ab und trat zur Seite, sodass sein Angriff ins Leere ging und er erneut auf dem Boden landete.

»Unterschätzen Sie mich nicht, Männer wie Sie essen wir Gossenkinder zum Frühstück.«

Diesmal war er klug genug, liegen zu bleiben.

Josie warf ihm einen letzten abschätzigen Blick zu, dann ging sie fort. Ihr knurrte immer noch der Magen. Hoffentlich hatte Judy ihr etwas aufgehoben.

Kapitel 15

Harrold

Harrold musste sich nicht einmal umdrehen, um Elizas Ankunft zu bemerken. Er hatte auf sie gewartet.

»Du bist schon hier?«

Ihre Stimme jagte ihm einen Schauer über den Rücken, und er musste kämpfen, um sie nicht sofort in seine Arme zu ziehen. Bereits in der Bibliothek hatte er sich kaum im Griff gehabt und sie einfach geküsst, obwohl sie es ihm nicht erlaubt hatte. Auch wenn er den Eindruck gehabt hatte, dass sie es genauso sehr wollte wie er.

»Taz kümmert sich außerordentlich gut um meine Aktien, also habe ich Zeit.«

Eliza trat neben ihn. Das lange Haar fiel offen über ihren Rücken, einzelne Strähnen tanzten sachte im Wind.

Wie gern er es anfassen würde ...

»Wie bist du eigentlich auf den Strand gekommen?«, fragte er.

Eliza holte die Muschel aus einer Schatulle in ihrer Tasche.

»Am Hafen kann man keine schönen Muscheln finden, also konnte es nur hier sein. Und dann fiel mir die alte Felsenkapelle ein. Hier könnte ein weiterer Hinweis versteckt sein.«

Er nahm ihr den Anhänger aus der Hand und betrachtete ihn. Es war eine goldene Muschel, deren Herz eine winzige Perle bildete.

»Wollen wir dann los?«

»Erst die Arbeit, dann das Vergnügen, hm? Nein, heute nicht. Ich habe den Wein nicht umsonst mitgebracht.« Er ergriff Elizas Hand und hängte die Muschel an eins der goldenen Glieder. »Ich mache alles, was du willst, aber erst möchte ich ... Ich meine, das Rätsel läuft uns doch nicht weg, oder? Ich möchte gern noch ein wenig mehr Zeit mit dir verbringen, Eliza.«

»Wirklich? Alles, was ich will?« Sie zwinkerte ihm zu.

Harrold atmete geräuschvoll aus. »Komm.«

Er führte sie ein Stück weit den Strand entlang, bis sie etwa auf gleicher Höhe mit der Felsenkapelle standen. Dort hatte er eine Decke ausgebreitet und den Picknickkorb abgestellt, welchen Mary in seinem Auftrag gepackt hatte. Zwei Fackeln steckten im Sand.

Eliza strahlte. Ihre Finger verschränkten sich mit seinen.

Er blickte sie fragend an.

»Ich nehme deine Einladung an, und jetzt möchte ich mir diese furchtbaren Schuhe ausziehen, in die mich Tante Mildred gezwungen hat, weil sie angeblich so gut zu dem Kleid passen ...« Sie bückte sich nach den Riemen, während er immer noch ihre Hand hielt. Das Haar rutschte ihr über die Schulter, und Harrold schob es zur Seite, damit es ihr nicht im Weg war. Eine niedliche Röte zierte ihr Gesicht, als sie aufblickte.

Ist es ihr unangenehm, wenn ich sie so berühre? »Sorry«, murmelte er und trat einen Schritt zur Seite – ohne sie dabei loszulassen.

Dann setzten sie sich hin.

Eliza streckte die Beine aus und strich sich das Kleid glatt. In der Sonne glänzte ihr Haar noch goldener als sonst. So, wie in seinen Erinnerungen, an die er sich so lange geklammert hatte. Wehmut überkam ihn, und er fragte sich, ob sie genau so oft an ihn gedacht hatte wie er an sie.

»Diesen Anblick vergisst man nie.« Sie lehnte sich zurück und genoss die warme Brise.

»Stimmt.«

Ich habe dein Lächeln auch nie vergessen.

Als hätte sie seine Gedanken gehört, neigte sie den Kopf und lächelte ihn an. Harrold schluckte schwer, weil sein Herz so wild gegen seine Brust hämmerte. Früher einmal, da war dieses Lächeln nur für ihn bestimmt gewesen und nicht für einen anderen Mann. Der bloße Gedanke an Eliza, zusammen mit diesem Charles, ließ ihm das Blut in den Adern gefrieren.

»Harrold?«

»Hm?«

»Warum hast du dieses Leben gewählt?«

Harrold seufzte. »Dieses Leben? Was genau haben dir die alten Hexen denn über mich erzählt? Dass ich mein Leben in Bars vergeude und wie ein Nymphomane durch halb L. A. hure?«

»Ich würde sagen, dass sie es nicht ganz so dramatisch geschildert haben, aber so ungefähr, ja.« Sie grub ihre Finger in den weichen Sand und ließ ihn hindurchrieseln.

»Dann haben sie ja keines meiner Geheimnisse ausgelassen.« *Natürlich haben sie das nicht ... und jetzt hältst du mich vermutlich für das größte Arschloch aller Zeiten.*

Harrold straffte die Schultern und öffnete den Korb. Wenn er sich jetzt nicht ablenkte, dann würde er vermutlich platzen. Eine Dose nach der anderen landete zwischen ihnen, als wollte er eine Mauer erbauen, um dahinter zu verschwinden.

»Sind das etwa kandierte Feigen?«

Er nickte. »Du hast dieses kandierte Zeug schon immer geliebt, darum dachte ich, ich lasse sie für dich einpacken.«

Sie öffnete die Dose, steckte sich ein Stück der süßen Leckerei in den Mund und stieß einen zufriedenen Seufzer aus. »Das weißt du noch?«

Ich erinnere mich an alles.
Sie leckte sich über die Finger.
Warum quälst du mich so, Eliza?
»Ich frage mich nur, warum du deinen Traum von der eigenen Praxis nie wahr gemacht hast? Du hast doch immer gesagt, du willst deine Fähigkeiten zum Wohle anderer nutzen. Und ich kenne niemanden, der besser im Menschen-Lesen ist als du!«
Eigentlich wollte ich immer nur dir helfen.
»Mein Traum segelte vor zehn Jahren nach England.«
Eliza hielt in ihrer Bewegung inne.
»Drei Tage nach dir verließ ich Appleton Valley. Ich beendete mein Medizinstudium in Princeton, wo ich auf Taz traf, mit dem ich ins Aktiengeschäft einstieg. Ich verdiene so viel Geld, dass ich Tag ein, Tag aus in meinem Penthouse auf der Couch hätte liegen können, ohne auch nur einen Finger zu rühren, aber ich entschied mich doch dazu, die Facharztausbildung abzuschließen. Das war ich dir schuldig. Ich wollte dich nicht enttäuschen, obwohl ich nicht damit gerechnet hatte, dich je wiederzusehen. Du hast immer nur das Beste in mir gesehen.«
Eliza rückte ein Stück näher, sodass sich ihre Schultern über die Plastikdosenmauer hinweg berührten.
»Irgendwann begann ich, aus Langeweile durch die Clubs zu ziehen, um die Menschen zu beobachten.«
»Du hast in den Leuten gelesen, während sie gefeiert haben?«
Harrold zuckte mit den Schultern. »Gelesen, analysiert, Probleme beleuchtet. Und jedes Mal bin ich zu demselben Schluss gekommen.«
»Und der wäre?«, fragte sie neugierig.
»Das ich dieses Leben eigentlich gar nicht für mich will. Aber jetzt ist es zu spät. Niemand kann seine Vergangenheit ändern.«

»Aber seine Zukunft kann man ändern. Warum starten wir nicht einfach damit?«

Wir? Bestimmt meinte sie es nicht so. »Und du? Was hast du die ganze Zeit über getrieben?«

»Nichts.« Sie seufzte. Dann bettete sie ihren Kopf an seine Schulter.

Harrolds Herz machte einen Sprung.

»Ich habe die Schule abgeschlossen und damit begonnen, Psychologie zu studieren. Aber das war nichts für mich. Ich bin eben nicht wie du ... Dann bekam ich ein Praktikum in einem Auktionshaus und begann, Kunstgeschichte zu studieren und mich auf die Bewertung historischer Gegenstände zu spezialisieren. So kam ich in Mr. Pickleberrys Auktionshaus, wo ich mich, wenn man nach der Meinung meiner Mutter und Tante Mildred geht, noch zu Tode arbeiten werde.«

»Du hast mindestens drei Kilo zugenommen, seit Mildred dich aufpeppelt.«

Eliza kicherte. Sie war bestimmt die einzige Frau auf diesem Planeten, die sich über so eine Aussage von einem Mann freute.

»Ja, nicht wahr?« Sie richtete sich auf und stemmte die Hände in die Hüften. »Damals habe ich mir nur Zeit zum Essen genommen, wenn Mog mir in die Finger gebissen hatte. Ich glaube, das Magenknurren hat ihn schrecklich genervt.«

»Ein treuer Kater.«

»Ja, er war immer für mich da, aber Charles mochte ihn überhaupt nicht. Und Mog mochte Charles nicht. Vielleicht hätte ich das Verhalten meines Katers schon damals ernst nehmen müssen.«

»Aber, du wolltest diesen Mann heiraten.« Wut kroch durch seine Adern wie Gift, das in einem Hexenkessel hochkochte. Seine Finger bohrten sich in die Decke, und er wandte sich ab. Schließlich hatte er nicht das Recht, wütend zu sein. Schon gar nicht auf Eliza. Das wusste er und trotzdem ...

»Ja, das wollte ich.« Ihre Stimme war nicht mehr als ein Flüstern. »Ich dachte wirklich, wir könnten glücklich werden. Aber jetzt weiß ich, dass unsere Beziehung von Anfang an ein Fehler war. Gegen Ende hin waren wir nicht mehr als Mitbewohner in einer WG, mit einem Kater als Schiedsrichter. Er war nicht der Mann, den ich wollte, und ich war nicht die Frau, die er brauchte.«

Die Dosenmauer fiel in sich zusammen, als sie ihre Hand auf seinen Unterarm legte. Ihre Augen glänzten feucht. Harrold legte eine Hand an ihre Wange, und sie schmiegte sich hinein.

»Ich ... möchte nur ein bisschen bei dir sein«, flüsterte sie.

Harrold räumte die Dosen zurück in den Picknickkorb, bevor er sich ausstreckte und Eliza an sich zog. Ihre Finger spreizten sich über seinem pochenden Herzen.

Scheiße, jetzt weiß ich es ganz sicher. Ich liebe dich noch immer. Vielleicht mehr als je zuvor.

»Weißt du, wofür ich dankbar bin?«, fragte sie plötzlich.

»Wofür?«, murmelte er in ihr Haar.

»Tante Mildreds Brief. Nur wegen ihr haben wir uns wiedergefunden. Wenn auch nur ...«

»Ich bin nicht mit Claire zusammen. Wir haben nur eine flüchtige Nacht verbracht, nichts weiter. Seitdem verfolgt sie mich wie die Lightversion einer Stalkerin. Es tut mir leid«, fiel er ihr ins Wort.

Eliza atmete bebend aus.

»Ich liebe sie nicht.« *Aber ich liebe dich.* Das war es, was er eigentlich sagen wollte.

»Und es tut mir leid, dass du dieses Gespräch zwischen uns mit anhören musstest. Ich hoffe nur, dass sie in L. A. bleibt.«

Mit der plötzlichen Stille zwischen ihnen kam die Dämmerung. Warum sah sie ihn plötzlich so an? Wollte sie ihm noch etwas sagen, ihn noch mehr tadeln?

»Ich hätte es dir gleich sagen sollen, anstatt dich einfach zu küssen.«

Sie richtete sich auf. »Das hättest du.«

Jetzt war sie ihm so nahe, dass er sie küssen könnte, wenn er es wollte. Aber er hielt sich zurück. Seine Arme lagen ruhig neben seinem Körper, und er verzog keine Miene, als sie ihr Bein mit seinem verhakte.

»Was sollen wir nur tun, Harrold? Ich habe Angst davor, wieder in ein Loch zu fallen ... wie damals. Ich will nicht wieder verlassen werden.« Sie legte sich wieder hin.

»Du brauchst keine Angst zu haben, ich bin ja da.«

Eliza malte kleine Kreise auf seiner Brust. »Ich ertrage das nicht noch einmal.«

»Das musst du auch nicht, ich verspreche es.«

Eliza kuschelte sich näher an ihn. So lagen sie schweigend nebeneinander, bis die Sonne im Meer versank. Irgendwann wurden Elizas Atemzüge flacher, und sie schlief ein. Eine Weile lang betrachtete er ihr Gesicht, zählte die Sommersprossen und fragte sich, wie er ihre gemeinsame Geschichte zu einem guten Ende führen konnte. Dann zog er seine Arme unter ihr hervor und deckte Elizas Körper mit einer Decke zu, die Mary dankenswerterweise in den Korb gepackt hatte. Die Felsenkapelle lag nur ein paar Meter entfernt.

Es war ein kleiner Raum, der in den Stein gehauen worden war und schon seit Jahrzehnten nicht mehr genutzt wurde. Üblicherweise hielt eine eiserne Tür die Statue, die dort verborgen war, von ungebetenen Gästen fern. Aber heute stand sie offen. Bestimmt waren Agatha und Mildred zuvor hier gewesen. Nur was hatte die Felsenkapelle mit Josephine und Nathaniels Geschichte zu tun? Oder war dieser Ort nur ein Zwischenstopp in Elizas und seiner gemeinsamen Vergangenheit?

Harrold betrat die Kapelle, die ihn durch einen schwach beleuchteten Gang führte.

Und dann erkannte er sie.

Die Statue einer Meerjungfrau. Sie sah aus wie Eliza. Nein, es war Josephine, die dort saß. Ihre Hände zu einer Schale geformt, fing sie das Wasser auf, das von der Decke tropfte, bevor es weiter in den glitzernden Brunnen floss, der die kunstvoll geformte Schwanzflosse umgab. Sie war wunderschön. Und aus irgendeinem Grund wusste er, dass es Nathaniel gewesen war, der die Statue in Auftrag gegeben hatte. Aber warum war sie ihm früher nie aufgefallen? Waren sie als Kinder denn nie hier gewesen? Er konnte sich jedenfalls nicht mehr daran erinnern.

Ein leichtes Funkeln forderte seine Aufmerksamkeit, und er trat näher. Da war er, der Hinweis, nach dem sie gesucht hatten. Ein kleiner goldener Anhänger in Form eines Apfels, welchen die Meerjungfrau in den Händen hielt.

Das Apfelfest. Es war schon damals gefeiert worden, das wusste er von seiner Großmutter. Josephine war nur ein paar Monate zuvor nach Appleton Valley gekommen. Vielleicht war etwas auf dem Apfelfest geschehen?

Er schloss den Anhänger in seine Faust.

Sein Handy läutete. Es war Claire. Harrold seufzte und drückte sie weg.

Alles, worum er sich jetzt kümmern wollte, war, Eliza sicher und wohlbehalten in ihr Bett zu bringen. Seine Probleme konnten warten.

Kapitel 16

Eliza

Nachdenklich drehte Eliza den goldenen Apfel zwischen ihren Fingern. Harrold hatte den Anhänger auf ihrem Nachttisch liegen lassen, nachdem er sie ins Bett bugsiert hatte – damit sie ihn sofort sah, wenn sie aufwachte.

Hitze stieg ihr in die Wangen, ihre Lippen pulsierten.

Harrold hatte sie wieder geküsst. Es war ein zärtlicher Kuss voller Zuneigung gewesen. Von Charles war sie nie so geküsst worden. Nicht einmal am Anfang ihrer Beziehung. Aber mit Harrold war es schon immer anders gewesen. Plötzlich war sie wieder die schüchterne Siebzehnjährige, die in den älteren Jungen verliebt war. Vielleicht hatte sie ja deshalb so getan, als würde sie schlafen ... Der bloße Gedanke daran ließ ihre Haut prickeln. Ein glühender Funken zündete in ihrem Magen wie ein Feuerwerk, das sie zu verschlingen drohte.

Er hatte sich bei ihr entschuldigt, ihr von Claire erzählt, aber sie hatte es *ihm* nicht erzählt. Sie hatte ihm nicht gesagt, dass sie Claire bereits getroffen hatte. Dass diese Frau ihm nach Appleton Valley gefolgt war. War es richtig gewesen? Aber sie wusste ja nicht einmal, ob Claire noch hier oder schon längst wieder abgereist war. Immerhin wollte er ja nichts von ihr.

»Gerade erinnerst du mich an ein Kleinkind, dem die Eiskugel aus der Waffel gefallen ist. Oder an eine Frau, der man ihr Herz gestohlen hat.« Tante Mildred lümmelte eindeutig gelangweilt vor ihrer Buchhaltung. »Weißt du, dass Harrold nicht sofort gegangen ist, nachdem er dich nach oben begleitet hatte?«

Eliza horchte auf. Alles, woran sie sich erinnerte, waren seine Lippen und wie er sie gehalten hatte. Dann war sie eingeschlafen.

»Als er nicht wieder runterkam, habe ich nachgesehen. Und weißt du, wie ich euch vorgefunden habe?« Sie grinste von einem Ohr zum anderen.

»Wie denn?«, rief Eliza mit hochrotem Gesicht aus.

»Ihr lagt zusammen im Bett, du auf seiner Brust, während er in Josephines Buch las. Später meinte er, er könne sich an eine Geschichte erinnern, die etwas mit diesem Apfel zu tun haben könnte.«

Harrold ist bei mir geblieben ...

Die Glocke bimmelte, und eine Kundin trat ein. Eliza zeigte ihr eine Brosche, die im Schaufenster lag. Die Frau kaufte sie als Geburtstagsgeschenk für ihre Mutter und verließ den Laden mit dem gleichen Lächeln im Gesicht, das auch auf Mildreds Lippen lag.

»Du bist wahrlich die einzige Person in dieser Familie, die meinen Laden übernehmen kann.«

»Meinst du?«

Mildred nickte. »Du könntest hierbleiben, weit weg von London und all deinen Problemen. Hier bist du die Chefin, und es gibt niemanden, der dich herumkommandiert. Außerdem wärst du ganz weit weg von diesem Ekelpaket. Hast du eigentlich noch mal etwas von ihm gehört?«

Eliza rückte eine Vase zurecht. »Von Charles? Ich habe ein Foto von ihm und seiner neuen Freundin auf Instagram gesehen. Sie ist zweiundzwanzig, hat blondes Haar, eine Traumfigur, und ich wünsche ihnen nur das Beste.«

»Also ich nicht.« Mildred klappte das Buch zu. »Ich hoffe, er bereut es noch sehr lange, dich wie Dreck behandelt zu haben.«

»Er hat mich nicht wie Dreck behandelt.«

»Nun, da bin ich anderer Meinung, aber das ist jetzt auch egal. Ich bin jedenfalls froh, dass der Junge wieder hier ist. Er ist zwar in mancher Hinsicht nicht der Schnellste, aber wenigstens hat er endlich gerafft, was jetzt zu tun ist.« Eliza nahm Mildred die Unterlagen ab und räumte sie zurück ins Regal. Dann schloss sie den Laden zu und setzte sich zum Tee. Der goldene Apfel lag mitten auf dem Kuchenteller. Tante Mildred ließ sich neben ihr auf einen Stuhl plumpsen. In den Händen hielt sie einen Flyer.

»Das Apfelfest?«, fragte Eliza überrascht.

»Nächste Woche, Schätzchen. Hast du es etwa vergessen?« Mildred schob den Flyer über den Tisch. »Das ganze Dorf wird auf den Beinen sein. Agatha hat wie immer alle eingeteilt. Ich bin für Josephines Apfelkuchen zuständig.« Sie seufzte. »Aber meine Arthritis macht mir in letzter Zeit so schwer zu schaffen. Das habe ich Agatha auch gesagt, aber diese Sklaventreiberin will mir einfach nicht zuhören.«

Ein schrilles Miauen ertönte neben ihr.

Eliza legte den Flyer auf den Tisch und rutschte auf dem Stuhl zurück, um Mog auf ihren Beinen Platz zu machen. Sofort rollte sich der Kater zu einem großen, flauschigen Ball zusammen. Ihr schlechtes Gewissen meldete sich. Sie hatte den Kater in letzter Zeit eindeutig vernachlässigt.

»Mog war immer für mich da.« Sie kraulte ihn im Nacken, während sie mit dem Zeigefinger das Wort *Apfel* auf dem Flyer nachzog.

Elizas Gedanken schweiften ab. Ihr letztes Apfelfest war fast genau zehn Jahre her. Es war auch jener Abend gewesen, an dem sie sich endlich getraut hatte, ihre Gefühle vor Harrold laut auszusprechen. Dass sie verliebt waren, war kein Geheimnis, aber es ihm ins Gesicht zu sagen, hatte sie einfach nicht eher übers Herz gebracht.

Hätte ich es ihm nur früher gesagt, dann hätte es keinen verdammten Zettel gebraucht.

Eliza ließ den Apfel über den Teller rollen.

Ob sich Harrold wohl noch daran erinnerte?

»Erde an Eliza, hilfst du mir nun, oder nicht?«

»Hm?«

»Ich habe also richtig gehört, dass ihr euch am Samstag treffen werdet, um Apfelkuchen nach Josephines Rezept zu backen?«, fragte Mildred.

Harrold hat mich in seine Arme gezogen und geküsst. Es war der glücklichste Tag in meinem Leben.

»Ich habe Harrold schon eine SMS von deinem Ding da geschrieben.«

Eliza erwachte aus ihrer Starre. »Du hast was? Tante Mildred, nein! Aber woher kannst du das?«

Die alte Frau zwinkerte. »Das wüsstest du wohl gern, was? Ich kann mehr, als du denkst, und ich habe die Sache für dich in die Hand genommen, also sei mir lieber dankbar. Du und Harrold ... ihr werdet zusammen für das Apfelfest backen. Womöglich werdet ihr dort auch einen weiteren Hinweis entdecken.«

Eliza nahm ihr Telefon. *Ich schaffe das allein*, wollte sie sagen.

Aber Harrold hatte bereits geantwortet: *Wir backen hier in der Küche auf dem Anwesen, also hole ich dich am Samstag nach dem Frühstück ab. Trag am besten keinen Rock. Ich weiß nicht, ob ich mich noch einmal beherrschen kann. H.*

Elizas Herz wummerte in ihrer Brust. Was dachte sich dieser Mann eigentlich? Wollte er sie ärgern? Aber dieses Spiel beherrschte sie ebenso.

Dann werde ich mir irgendeinen kurzen 80er-Fummel aus Tante Mildreds Kleiderschrank aussuchen! Sicher haben wir hier auch noch eine von diesen winzigen Schürzen herumliegen ... und wer weiß schon, ob ich mich zurückhalten kann?

Harrold tippte seine Antwort in Lichtgeschwindigkeit: *Vielleicht stehe ich schon heute Nacht vor deiner Tür.*

Eliza kicherte. *Romeo?*

Wart's nur ab!, schrieb er zurück.

Ein klimperndes Geräusch lenkte Eliza ab. Es war Tante Mildred, die selbstzufrieden in ihrer Teetasse rührte. Mog hatte in der Zwischenzeit die Seiten gewechselt und starrte sein Frauchen böse an. Verräter!

»Dein Lächeln erinnert mich an jemanden.« Mildred sah versonnen drein.

»An wen?«

»Josephine – du bist ihr sehr ähnlich.«

Eliza rückte näher und ergriff die Hand ihrer Tante. »Erzählst du mir ein bisschen von ihr?«

»Alles, was ich dir sagen kann, ist, dass sie *ihn* mit demselben Ausdruck angesehen hat wie du dieses Handy.«

Eliza errötete. »Ihn?«

»Sie war schön wie du, immer neugierig und nicht auf den Mund gefallen. Darum hat sie sich auch einigen Ärger eingehandelt, als sie noch jung war. Aber mehr darf ich dir wirklich nicht verraten. Du sollst das Rätsel schließlich mit Harrold zusammen lösen.«

»Warum ausgerechnet sie?«

Mildred seufzte. »Wäre sie noch hier, dann wäre das alles nie passiert! Deine Urgroßmutter hat sich wirklich bestens darauf verstanden, die Familie zusammenzuhalten. Nur dein Vater musste wie so oft aus der Reihe tanzen.«

»Wir haben schon lange keinen Kontakt mehr.«

»Ich weiß. Sophia hat mir alles erzählt.«

»Wäre ich doch nur nie gegangen. Ich habe so viele Jahre verloren«, flüsterte Eliza.

»Aber du bist jung. Du hast noch genug Zeit.«

Sie erhob sich mit dem Kater auf dem Arm, der sich schnell in einen flauschigen Schal verwandelte, sodass sie beide Hände frei hatte. Dann nahm Mildred den goldenen Apfel und hängte ihn an das Armband.

»Ihr seid jetzt beide hier, und mit Josephines Rätsel habt ihr endlich die Chance, wieder zueinanderzufinden. Ihr müsst euch nur trauen.« Sie hauchte einen Kuss auf Elizas Haar. »Denk einfach darüber nach, Schätzchen. Was möchtest du wirklich? Aber ich glaube, du trägst die Antwort schon längst in deinem Herzen.« Sie kicherte. »Falls du mich suchst, ich bin in meinem Zimmer. Eine alte Frau braucht schließlich ihren Schönheitsschlaf.«

In ihr langes weißes Spitzennachthemd aus der Jahrhundertwende gehüllt wartete Eliza am Fenster und starrte in die Dunkelheit. Es war längst nach Mitternacht und bereits das zweite Mal, dass sie hier stand, weil sie auf Harrold wartete. So wie früher.
Er wird nicht kommen.
Gerade als sie sich wieder hinlegen wollte, ertönte ein dumpfes Klackern am Fenster. Eliza fuhr herum, wobei sie über Mog stolperte, der ihr dreistes Vergehen mit einem lang gezogenen Frauchen bestrafte, bevor er mit struppigem Schwanz auf das Fensterbrett sprang. Eliza raffte den Rock und tappte vorwärts.
Zusammen mit Mog spähte sie hinaus, aber der Platz unter ihrem Fenster war leer. Plötzlich begann der Kater, laut zu schnurren, und die Klinke des Fensters abzuschmusen.
»Was ist denn mit dir los?«
Sie zog die Flügel auf und genoss den kühlen Wind, der ihr Gesicht umschmeichelte. Mog lehnte sich aus dem Fenster.
»Aber hier ist doch niemand«, flüsterte Eliza. »Lass uns wieder ins Bett gehen. Ich glaube nicht, dass er noch kommt.«
»Erwartest du etwa einen anderen Mann?«
Erschrocken zuckte Eliza zurück und biss die Zähne zusammen, um den Schrei zu unterdrücken, der im Begriff war, sich aus ihrer Kehle zu befreien. Harrold reagierte blitz-

schnell, kletterte von dem knorrigen Apfelbaum aufs Fensterbrett und hielt ihr den Mund zu.

»Still, Eliza, du weckst sonst noch das halbe Dorf auf ...«

Der Klang seiner Stimme jagte ein angenehmes Prickeln über ihren Rücken.

Eliza umklammerte seinen Arm.

»Geht's wieder?«, fragte er belustigt.

Sie nickte und er zog die Hand fort.

»Ich dachte, du kneifst«, wisperte sie.

Harrold machte einen Schritt auf sie zu.

»Das könnte dir wohl so passen! Hübsches Outfit übrigens. Es ist auch wirklich recht frisch heute.«

Eliza blickte an sich herab.

Dieser ... dieser Mann!

Mit hochrotem Kopf hob sie die Arme über ihre Brüste, die sich ganz eindeutig durch den dünnen Baumwollstoff abzeichneten. Wo war nur ihr Mut geblieben? Harrold ging an ihr vorbei und setzte sich aufs Bett. Sofort rollte sich Mog neben ihm zu einer flauschigen Kugel zusammen. Der Kater schien einen Narren an ihm gefressen zu haben, seit er sie vor ein paar Tagen nach Hause gebracht hatte.

»Es ist wie damals.« Harrold blickte sie an. In seinen Augen erkannte sie Wehmut.

Eliza ließ die Arme sinken. Plötzlich war es ihr egal, ob Harrold es sah. *Weil sie wollte, dass er sie sah.*

»Nein.«

»Nein?«

Sie setzte sich neben ihm aufs Bett und zog die Klammer, die ihre Lockenpracht zusammenhielt, aus dem Haar. Flüssiges Gold regnete auf ihre Schultern hinab.

»Nein, ist es nicht.«

»Wir sind jetzt hier ... zusammen.«

Er setzte sich auf, fasste in ihr Haar und zog sie heran, bis sich ihre Stirne berührten.

»Was willst du jetzt tun? Damals haben wir uns oft davongestohlen. Wir könnten es wieder tun.«

Eliza schüttelte den Kopf. War das der Moment, in dem sie all ihren Mut zusammennehmen musste? Aber wenn sie Harrold jetzt küsste, dann gab es kein Zurück mehr für sie. Sie könnte es tun und eine wundervolle Zeit mit ihm verbringen, bis sie wieder nach London heimkehrte. Und selbst, wenn sie hierbliebe, wie Tante Mildred es sich wünschte, hieß das noch lange nicht, dass er auch hierbleiben wollte. Eliza wusste nicht, ob sie seinen Verlust noch einmal verkraften konnte. Die Erkenntnis, dass sie ihn immer noch liebte, ließ sie vor Angst erzittern, aber gleichzeitig auch vor Verlangen vergehen.

Ich habe nie damit aufgehört, dich zu lieben, Harrold.

Sie zog die Beine an und drehte sich so, dass sie sich auf seinen Schoß setzen könnte, wenn sie es wollte.

Was soll ich jetzt nur tun?

»Komm, Eliza ...«, raunte er.

Sie krabbelte auf seinen Schoß, wobei das Kleid über ihre Oberschenkel rutschte.

»Ich möchte hierbleiben. Ich finde es gut so, wie es ist.«

Harrold atmete hörbar laut aus. »Eliza, warte, ich ...«

Eliza erstarrte. War nicht er der gewesen, der sie in der Bibliothek geküsst hatte? Ihr Herz brachte gerade noch ein schwaches Klopfen zustande, bevor es ihr bebend den Dienst versagte.

»Wir ... Ich weiß, dass wir uns zehn Jahre nicht gesehen haben und dass ich dich in der Bibliothek und danach abgewiesen habe. Aber ich dachte, du wärst mit einer anderen Frau zusammen.« Sie holte fahrig Luft, wobei sich ihre Nägel in seine Schultern bohrten. »Ich weiß nicht, was in mich gefahren ist ... aber wahrscheinlich hast du recht, und es ist besser so. Du wirst nach L. A. zurückgehen und ich ... ich weiß es nicht, aber ...«

»Eliza ...«

»Es tut mir leid, lass uns ... lass uns einfach so tun, als wäre das hier alles nie passiert! Du bist nicht den Apfelbaum hochgeklettert und in mein Zimmer eingestiegen und ich bin nie ... Du weißt schon.«

Eliza wollte von ihm herunterrutschen, aber da packte Harrold ihre Schenkel und hielt sie auf seinem Schoß fest.

»Mir tut es nicht leid.« Er schlang einen Arm um ihre Taille und zog sie näher heran. »Ich habe es ernst gemeint, als ich sagte, dass ich dich nie vergessen konnte. Zum Teufel, wenn du wüsstest, wie sehr ich es versucht habe, aber du warst trotzdem immer in meinen Gedanken, obwohl ich es mir verboten hatte.« Er lehnte sich vor. »Es war, als hätte man dich mir gewaltsam aus den Händen gerissen. Aber jetzt kann ich dich endlich wieder berühren.« Harrold zeichnete kleine Kreise auf ihre nackte Haut. »Ich will dich im Arm halten, aber ich werde es nur tun, wenn du es auch willst.«

Ein Schauer jagte durch Eliza hindurch, und ihr Puls beschleunigte sich.

»Sag es, Eliza!« Er öffnete den ersten Knopf ihres Nachtgewandes, dann den zweiten.

»Harrold, ich will dich ...«, flüsterte sie.

Jeder Knopf enthüllte einen weiteren Zentimeter ihres Körpers, bis das Nachthemd von ihren Schultern glitt.

»Du bist wunderschön.«

Er fasste in ihr Haar und zog daran, bis sie sich ihm entgegenwölbte und den Mund öffnete.

»Ich will dich küssen.«

Doch Eliza kam ihm zuvor. Ihre Lippen fanden seine, und sie stöhnte auf, als sie ihn in ihrem Mund schmeckte.

Mehr, sie wollte mehr!

Als hätte er ihre Gedanken gehört, richtete er sich auf und ließ sie aufs Bett gleiten. Dann zog er sich das Shirt über den Kopf, bevor er zu ihr zurückkam. Erneut fanden ihre Lippen die seinen, bis sie schließlich schwer atmend innehielten.

Ihre Stirn an seine gedrückt blickte Eliza ihm tief in die

Augen. Das Blau seiner Iriden schien sich mit jeder Sekunde, in der sie hineinstarrte, mehr zu verdunkeln.

»Harrold ... ich ...« Ihr Herz raste in ihrer Brust.

»Ich kann nicht fassen, dass du hier bist«, flüsterte er.

Er beugte sich zu ihr herab und hauchte einen Kuss auf ihre Stirn. Seine Hand lag auf ihrem Bauch, direkt über der pulsierenden Hitze, die sich in ihrem Schoß gesammelt hatte. Sie war warm und verstärkte das zischende Feuer in ihrem Inneren.

Eliza brummte zufrieden, als er die Finger spreizte.

»Du machst es mir wirklich nicht gerade leicht, nicht wie ein verdammtes Tier über dich herzufallen.«

»Und warum tust du es dann nicht?«

Er legte sich auf die Seite, bevor er sich auf seinen Ellenbogen stützte. »Weil das hier mehr ist als nur eine Spielerei. Ich will genug Zeit haben, dich zu lieben.«

Eliza wandte sich ihm zu und legte die Hand auf sein Herz, das wie verrückt in seiner breiten Brust pochte. »Dein Herz rast.«

»Immer, wenn du bei mir bist.«

Er löste sich von ihr und zog die Hose aus. Dann bettete er ihren Kopf auf seiner Brust und deckte sie beide zu. Eliza atmete erleichtert auf. Sie liebte es, wie er sie bei sich hielt, als wollte er sie nie wieder loslassen. Mutig hakte sie ihr linkes Bein zwischen seine und presste ihre Hüfte gegen seine Körpermitte.

»Eliza ...«, mahnte Harrold. »Fordere mich nicht heraus. Morgen Vormittag hole ich dich zum Backen ab, da müssen wir fit sein.«

»Aber du bist doch schon hier.«

»Umso besser, dann habe ich es ja nicht mehr so weit.«

Eliza kicherte. »Lass uns jetzt schlafen.«

»Ich weiß aber nicht, ob ich mich zurückhalten kann.« Harrold seufzte und führte ihre Finger an seine Lippen.

»Wir haben alle Zeit der Welt, wenn du das willst.«

Kapitel 17

Josephine, 1920

Josie überwachte Williams Umgang mit dem Messer. Der Junge stellte sich gar nicht so ungeschickt an. Er hielt die Klinge vom Körper weg und übte genug Druck aus, um zu schneiden und nicht zu hacken. Zufrieden verschränkte Josie die Arme vor der Brust und ließ William in Ruhe arbeiten. Auf Rosetta musste sie nicht achten, ihr Umgang mit dem Messer war tadellos, aber das wunderte Josie nicht. Rosetta hatte alle Fähigkeiten verinnerlicht, die sie ihrer Meinung nach zu einer guten Ehefrau machte. Und noch viele mehr. Dieses Mädchen war so talentiert. Josie warf ihr einen stolzen Blick zu. Selbst in Millers Unterricht war sie dem Stoff weit voraus.

»William, vergiss nicht, die Apfelstücke ins Zitronenwasser zu legen.«

»Weiß ich doch, Josie.«

»Ich bin wieder da.«

Judy spazierte mit einem Weidenkorb durch die Küchentür und schenkte allen ein bezauberndes Lächeln. Sie stellte den Korb auf die Anrichte zwischen William und Rosetta. Josie liebte die unkomplizierte Art des Dienstmädchens. In den letzten Monaten war sie ihr zu einer echten Freundin geworden. Judy schnappte sich einen der Äpfel und bis knackend hinein.

»Danke, Judy, du bist ein wahrer Schatz.«

Josie griff in den Korb, in dem sich sowohl Zimtstangen

als auch geriebener Zimt, Anis, Nelkenpulver, Kardamom und zu guter Letzt Vanilleschoten befanden.

»Die Sachen waren gar nicht so leicht zu bekommen.«

Josie nickte dem Dienstmädchen anerkennend zu und deutete den Kindern an, zu ihr zu kommen.

»Hier, riecht mal.«

William machte ein verträumtes Gesicht.

»Und das willst du in den Kuchen geben?« Rosetta hob zweifelnd die Augenbrauen. Warum nur war dieses Kind allem Neuen gegenüber so skeptisch?

Josie nahm die Zimtstangen und gab sie in den Bottich zu den geschälten und geteilten Apfelspalten in das Zitronenwasser.

»Das wird ein Josie-Spezial-Kuchen«, sagte William und leckte sich über die Lippen.

»Schälst du die Äpfel, William? Wir brauchen für das Fest ja nicht nur einen einzigen Kuchen. Judy kann dir dabei helfen.«

»Wie bitte?«

Judy hatte es sich gerade mit einem frisch aufgebrühten Kamillentee gemütlich gemacht. Josie wurde bei dem Anblick des Tees übel; erst heute Morgen war ihr wieder einmal ein viel zu bitterer Tee serviert worden. Entweder ihre britischen Gene duldeten nur die feinsten Blätter oder die Amerikaner konnte ihn einfach nicht richtig zubereiten. Judy sah über die Unterbrechung ihrer Pause gar nicht glücklich aus, dennoch krempelte sie die Ärmel hoch.

»Na, meinetwegen.«

Sie stand auf und band sich eine Schürze um.

»Aber backen können wir sie hier nicht.«

»Ja, ja ich weiß.«

Sie nutzten nicht die Hauptküche des Hauses, sondern eine kleine Teeküche mit einem direkten Zugang zum Garten. Unter Josies Aufsicht hatte William die Äpfel für die Kuchen selbst gepflückt. Rosetta hatte sie dabei überrascht.

Das Mädchen kannte jede Apfelsorte, die auf der Plantage angebaut wurde, und auch, wo sie wuchsen. Sie wusste auch, welche Sorte süß und welche sauer war. Als Josie sie jedoch dafür gelobt hatte, hatte sie nur die Achseln gezuckt. Das war wohl nicht die Art von Kompliment, das diesem Mädchen schmeichelte. Wie konnte Josie Rosetta nur klarmachen, wie wundervoll sie eigentlich war? Das Mädchen versteckte seine Unsicherheiten unter einer dicken Schicht altklugen Gehabes und Arroganz, dabei war sie gar nicht so.

»Rosie, komm doch mal her, ich zeige dir, wie du das Mark aus einer Vanilleschote entfernst.«

Widerwillig stellte sich Rosetta zu ihr und beobachtete sie.

»Was wirst du heute Abend anziehen?«

»Wie bitte?«

Rosetta verdrehte die Augen. »Zum Fest natürlich.«

»Ach so, darüber habe ich noch nicht nachgedacht. Ich dachte eigentlich, meine Uniform? Schließlich begleite ich dich und William.«

»Das ist eine ganz furchtbare Idee, Josephine. Immerhin ist es ein Fest, und Nathaniel wird auch anwesend sein.«

»Was hat er damit zu tun?«

Rosetta schüttelte ungläubig den Kopf; Judy kicherte.

»Glaubst du, dass du die einzige Frau bist, die sich für Nathaniel interessiert? Immerhin ist er ein hochdekorierter Soldat und der Erbe der Plantage.« Rosetta hob den Zeigefinger, als würde sie ein ungezogenes Kind zurechtweisen, und auch Judy nickte ernst.

»Du musst dich anstrengen, Josie. Sonst wird dir der Mann noch vor der Nase weggeschnappt«, sagte sie und zerteilte einen Apfel.

»Hier scheint ja jeder der Meinung zu sein, dass der junge Herr und ich Interesse aneinander hätten.«

»Is esch denn nischt so?« William hatte den Mund voller Rosinen, die sie noch für den Kuchen brauchten.

»William, die sind in Rum eingelegt, spuck sie sofort aus!« Josie scheuchte den Jungen zum Mülleimer.

Ein Sturm braute sich in ihrem Magen zusammen. Der Gedanke, dass Nathaniel ein begehrter Junggeselle sein könnte, war ihr noch nie gekommen. Er lebte zwar zurückgezogen, aber das bedeutete nicht, dass er kein Interesse an einer Heirat haben könnte. Wie würde sie reagieren, falls er tatsächlich eines Tages eine Frau fand?

Sie erhitzte Sahne und löste das Vanillemark darin auf, bevor sie auch noch Zimt, Nelken und Kurkuma hinzufügte.

»Und wenn es so wäre, dann ginge es nur euren Bruder und mich etwas an.«

»Du bist manchmal sehr naiv, Josie.« Jetzt stemmte Rosetta die Hände in die Hüften und sah ihre Gouvernante böse an.

»Denkst du, William und mir ist es egal, was mit euch beiden passiert? Stell dir vor, Nathaniel gerät in die Finger irgendeiner gierigen Frau. Das Erste, was sie tun würde, wäre, dich auf die Straße zu setzen.«

Rosetta hatte sich in Rage geredet, nun aber stockte das Mädchen. Josie wusste genau, was ihr durch den Kopf ging. Sie dachte an ihre Mutter und den alten Mayfield. Und an ihren Vater.

»Ich glaube, du musst dir nicht so viele Gedanken machen, Rosie. Euer Bruder ist ein intelligenter Mann, er wird schon nicht auf eine Betrügerin hereinfallen. Ich vertraue ihm, und das solltet ihr auch tun.«

Sie arbeitete weiter an dem Kuchen, während sie die Blicke der anderen in ihrem Nacken spürte. Aber sie konnte ihnen unmöglich mehr erzählen. Sie wusste doch selbst nicht, wie es zwischen Nathaniel und ihr stand. Ihre Gefühle außen vorgelassen, war sie eine einfache Angestellte und er ein wohlhabender Junggeselle. Wollte er sie überhaupt an seiner Seite? So ganz offiziell?

»Ich zweifle nicht an Nathaniel, sondern an dieser Welt,

in der wir leben«, flüsterte Rosetta, und die Bitterkeit in ihrer Stimme stach wie Dornen in Josies Herz.

»William, dir wird noch schlecht werden.«
Josie musterte besorgt den dritten kandierten Apfel in der Hand des Jungen. Sein Hemd war bereits ruiniert, und von seinen klebrigen Händen tropfte Apfelsaft. Genau in diesem Augenblick richtete der Filmführer die Kamera auf sie beide. Großartig, nun war dieser Moment auch noch für die Ewigkeit festgehalten worden!
»Wo seid ihr nur? Mutter sucht nach euch!« Rosetta kam über den Platz gelaufen.
»Wir sollen gemeinsam das Fest für offiziell eröffnet erklären, ein Mann von der Zeitung ist da, um ein Foto zu machen.«
Schnell wischte Josie mit einem Taschentuch über Williams verschmiertes Gesicht und seine Hände, bevor sie ihn an seine Mutter übergab. Mrs. Mayfield warf Josie einen Blick zu, der sie daran zweifeln ließ, ob sie ihre Anstellung noch lange innehaben würde. Leider wurde immer klarer, dass Josie nicht das war, wonach Sybille Mayfield gesucht hatte, als sie eine britische Gouvernante für ihre Kinder einstellte. Josie seufzte, doch was brachte es, über verschüttete Milch zu weinen? Judy hatte versprochen, sie an ihrem nächsten freien Tag ins Dorf zu begleiten und sie dort mit ein paar Ladenbesitzern und Händlern bekannt zu machen. Vielleicht könnte sie erst einmal bei einem von ihnen in die Lehre gehen und so das Geld für den Laden ansparen.
»Warum schleichen Sie um mich herum, Mr. Miller?« Josie drehte sich nach links und verschränkte die Arme vor der Brust. Der Hauslehrer lungerte im Schatten des Heulabyrinths herum.
Aasgeier.
»Ich beobachte nur, Ms. Cavendish. Meine Probleme

scheinen sich gerade auf angenehme Weise von selbst zu lösen.« Er kam auf sie zu, war aber schlau genug, Abstand zu halten. »Sie sind eine furchtbare Gouvernante, also wird man sich Ihrer bald entledigen, und der junge Herr scheint bessere Optionen als Sie gefunden zu haben.«

Miller deute mit einem Kopfnicken auf den Platz vor dem Haus, wo sich eine Traube von Menschen um die Familie Mayfield versammelt hatte. Nathaniel stand etwas abseits und unterhielt sich mit Chestnut, bei dessen Anblick Josie flau im Magen wurde. Sie hatte den Hafenmitarbeiter nicht in guter Erinnerung behalten. Außerdem entgingen ihr die Blicke der jungen Frauen nicht, die Nathaniel neugierig musterten. Da standen sie und tuschelten hinter ihren Fächern miteinander. Josie musste an eine Grube voller Schlangen denken.

»Und sie sind alle so viel schöner als Sie, Ms. Cavendish. Das müssen doch selbst Sie sehen.«

Millers Worte taten weh. Josie wusste sehr genau, wer oder was sie war, er brauchte ihr die Wahrheit nicht auch noch auf einem Silbertablett zu servieren.

Seit ihrem Ausflug zum Strand hatten sie keine Zeit mehr allein miteinander verbracht. Dachte er an sie? Sehnte er sich genauso sehr nach ihr wie sie nach ihm? Miller schob sich in ihr Blickfeld, sodass ihr die Sicht auf den Mann versperrt blieb, der ihr Herz schneller schlagen ließ. Nun war ihr der Hauslehrer doch näher gekommen, als gut für ihn war. Wut flackerte in ihr hoch, doch ihr Vater hatte ihr beigebracht, in jeder Situation einen kühlen Kopf zu bewahren. Wenn sie ihm jetzt eine verpasste, dann war sie ihren Job wahrscheinlich noch heute Abend los. Es juckte sie in den Fingern.

Jetzt war er sogar so dreist, nach einer ihrer losen Haarsträhnen zu greifen. Doch bevor Josie etwas Unüberlegtes tun konnte, schnellte eine andere Hand hervor. Der Hauslehrer wich zurück wie eine Ratte, die in der Dunkelheit von

einem Lichtkegel getroffen wurde. Jemand legte seinen Arm um Josies Taille und zog sie dichter an sich heran.
Nathaniel.
Wie war er so schnell bei ihr gewesen? Sie spürte seinen pochenden Herzschlag in ihrem Rücken, sein Atem, der ihre Haut wie eine frische Meeresbrise streifte.
»Du versuchst schon wieder, dir etwas zu nehmen, dass dir nicht gehört, Raymond.«
Miller machte einen weiteren Schritt zurück.
»Mitnichten, mein lieber Nathaniel, alter Kamerad. Ich achte nur auf dich, du hast dich ja schon immer gern in aussichtslose Situationen gestürzt.«
Kameraden? Hatten sie etwa zusammen gedient? Josie konnte sich Miller nur schwer als Soldat vorstellen.
»Hat er dich belästigt, Josephine?«
»So sehr, wie mich eine Eintagsfliege belästigen würde.«
Nathaniels Brust vibrierte, während er lachte. »Komm mit.« Er ignorierte Miller und zog Josie mit sich fort.
»Nathaniel, ich arbeite.«
»Die Kinder sind mit Sicherheit noch eine Stunde mit Fotografieren und dem Filmteam beschäftigt. Die sollen ruhig etwas für ihr Geld tun.«
»Die Kinder?«
»Das Filmteam! Willst du mich schon wieder ärgern?«
Josie kicherte, dann kam ihr ein Gedanke. »Hat dich Mrs. Mayfield damals deswegen um Erlaubnis gebeten? Wegen des Filmteams?«
Nathaniel nickte.
»Es war ziemlich kostspielig. Aber ich weiß, dass es eigentlich nicht Sybilles, sondern Rosies Idee war, deswegen habe ich zugestimmt. Sie hat ihrer Mutter geschickt zugeredet. Der Film soll in den Kinos der umliegenden Städte gezeigt werden und den Tourismus ankurbeln. Das Mädchen hat einen ganz schön schlauen Kopf auf ihren Schultern sitzen.«

Ein Lächeln stahl sich auf Josies Lippen. Es gefiel ihr, wie wohlwollend Nathaniel über ihre Zöglinge sprach. Immerhin waren ihr die Kinder in der kurzen Zeit so sehr ans Herz gewachsen, als wären es ihre eigenen. Hoffentlich könnte sie die beiden besuchen, wenn sie ihre Stelle verlor. Sie stand in Mrs. Mayfields Augen schon schlecht genug da, und nun schlich sie sich auch noch davon, um sich mit Nathaniel zu vergnügen. Zumindest hoffte sie, dass er etwas Vergnügliches im Sinn hatte.

Die Dämmerung hatte bereits eingesetzt; ein warmer Spätsommerabend stand ihnen bevor.

Er durchquerte mit ihr den Eingang zum Heulabyrinth. Das Fest hatte gerade erst begonnen, weshalb sie die einzigen Menschen im Irrgarten waren. In den schmalen Gängen duftete es wunderbar nach Heu und wilden Blumen. Nathaniel zog sie immer weiter, bis sie jegliche Orientierung verlor.

»Was wolltest du mir hier drinnen zeigen?«

Ein schelmisches Lächeln umspielte seine Lippen, als er sie schwungvoll herumwirbelte und gegen die Heuwand presste.

»Nichts«, flüsterte er dicht an ihrem Ohr. »Ich wollte nur mit dir allein sein.« Sein Arm fand den Weg um ihre Taille. »Weißt du eigentlich, wie bezaubernd du heute Abend aussiehst?«

Ihre Stirnen berührten sich. Sie strich ihm behutsam über die Wange. Er schmiegte sich in ihre Hand.

»Dieses Kleid weckt viele Erinnerungen.«

Ein Lächeln huschte über Josies Lippen. Er hatte es also nicht vergessen. Das Kleid war zwar nichts Besonderes mit seiner schlichten Farbe und den dezenten Stickereien, aber sie hatte es während ihrer Zeit in den Militärlagern fast jeden Tag getragen.

»Ich wünschte, ich hätte damals den Mut gehabt, dich anzusprechen. Wer weiß, wie unser Leben jetzt aussehen würde? Sicherlich hätte ich das Militär verlassen, um Zeit mit meiner wundervollen Braut zu verbringen. Wir hätten dem Krieg fernbleiben können. Dein Vater hätte womöglich noch seine Enkelkinder kennengelernt.«

Seine Stimme triefte vor Reue, und auch Josie wurde das Herz schwer, doch sie durfte nicht zulassen, dass sie beide in die Dunkelheit glitten. Es war so einfach, sich dem Grauen der Vergangenheit hinzugeben und sich vorzustellen, die engen Gänge, in denen sie standen, wären Schützengräben und hinter jeder Ecke lauerte ein Feind.

Josie schloss die Augen.

Sie stellte sich auf die Zehenspitzen und hauchte einen Kuss auf seine Lippen. Es hätte ein unschuldiger Kuss werden sollen, einer, der die Schrecken ihrer Erinnerungen vertrieb und sie in die Gegenwart zurückholte. Aber Nathaniel zog sie in eine Umarmung, aus der sie nicht entkommen konnte. Er vergrub seine Hand in ihrem Haar und presste sie dichter an das Heu, kurz stockte ihr der Atem, so überrascht war sie darüber, dass dieser schüchterne Mann einmal die Initiative ergriff. Seine Hand strich ihren Rücken entlang und spielte mit der Schnürung ihres Kleides, doch sie würde ihm sicher nicht den ganzen Spaß allein überlassen. Sie ließ ihre Finger unter sein Hemd wandern und die Landschaft seines Körpers erkunden, bis er erschrocken zurückwich.

»Sie sind unmöglich, Ms. Cavendish.«

Sein Gesicht war rot, und er konnte ihr kaum in die Augen sehen.

Josie machte einen Schritt auf ihn zu und dann noch einen, bis Nathaniel es war, der gegen das Heu gepresst wurde.

Seine Lider sanken hinab, als sie den oberen Knopf seines Hemdes öffnete und einen Kuss auf seine Haut hauchte. Seine Finger bohrten sich in ihre Taille, pressten sie noch fester an sich. Ihre Herzen schlugen im Gleichtakt – schnell und kraftvoll. Josie wollte nie wieder damit aufhören ...

Heute, hier, in diesem Moment hatte Nathaniel ihr die Antwort gegeben, auf die sie gewartet hatte, ohne sie in Worte zu fassen.

Stimmen drangen zu ihnen vor.

Josie atmete tief ein und aus und legte ihre Hände um Nathaniels Nacken. Dann zog sie ihn noch einmal zu sich herab und küsste ihn zärtlich, so, als hätten sie alle Zeit der Welt.

»Sag mir, Josephine, was sind deine Wünsche, deine Sehnsüchte? Ich möchte sie dir alle erfüllen.«

»Ich will tanzen«, flüsterte Josie in die Stille hinein, »und einen kandierten Apfel essen.«

Nathaniel lachte leise, bevor er einen weiteren Kuss auf ihre Stirn platzierte. »Ich würde dir die Welt zu Füßen legen, aber du willst dich im Kreis drehen und Äpfel essen?«

»*Einen* Apfel. Mit Zuckerguss.«

»Sie belieben zu scherzen, Ms. Cavendish.«

»Nun ja, vielleicht würde ich auch zwei schaffen.«

Sie lächelte ihn an, und ein letztes Mal liebkoste Nathaniels Mund den ihren. Dann machten sie sich auf den Rückweg in die Wirklichkeit, die mit ihm ein klein wenig heller und klarer wirkte.

Kapitel 18

Harrold

Harrold verschlug es regelrecht die Sprache, als Eliza zusammen mit seiner Großmutter die Treppe herunterkam. Sie trug ein mit bunten Blumen besticktes Leinenkleid unter einem braunen Mieder aus Leder. Ihre Haare lockten sich über ihren Rücken, und er erkannte bunte Bänder, die farblich passend zu den Blumen hineingeflochten worden waren.

»Mach den Mund zu, mein Junge, bevor sich ein Insekt hineinverirrt.«

Großtante Mildred saß ihm gegenüber auf einem seidengepolsterten Stuhl und rührte in ihrem Earl-Grey.

Er sprang auf, als Eliza auf ihn zukam, und reichte ihr seinen rechten Arm.

»Sieht sie nicht einfach fabelhaft aus?«, rief Agatha und klatschte begeistert in die Hände.

»Aber ja, meine Liebe, Josephines Festtagskleid steht Eliza so hervorragend wie erwartet.«

»Das Kleid gehörte Josephine?«, fragte Eliza überrascht.

Agatha schnappte sich einen Butterkeks von der Etagere auf dem kleinen Tischchen. »Hab ich das nicht erwähnt? Das tut mir leid! Aber ja, es gehörte deiner Urgroßmutter. Sie besaß zwar keine so gewaltige Garderobe wie die meisten Frauen ihres Standes, aber ein paar Kleider konnten wir trotzdem aufbewahren.«

»Dreh dich doch mal im Kreis, Schätzchen. Dort, direkt unter dem Glasfenster.«

Eliza ließ Harrolds Arm los. Sein Puls beschleunigte sich, während er sie dabei beobachtete, wie sie sich mitten unter dem Fenster positionierte.

Fuck. Wie sollte er so jemals wieder zu Sinnen kommen? Seit jener Nacht vor zwei Tagen, in der er nichts weiter hatte tun wollen, als Eliza zu lieben, hatte sich etwas in ihm verändert. Der Drang, immerzu in ihrer Nähe zu sein und sie schützend im Arm zu halten, ließ sich kaum mehr unterdrücken und brachte ihn regelrecht um den Verstand. Wie er es geschafft hatte, die Finger von ihr zu lassen, obwohl sie ihm ganz eindeutig zu verstehen gegeben hatte, dass sie ihn wollte, konnte er selbst nicht ganz begreifen. Womöglich, weil sie die Eine war. Ganz sicher, weil er sie liebte.

»Und jetzt drehen!«, rief Mildred, während Agatha eifrig Fotos schoss.

Auf einmal wirkte Eliza wie eine Traumgestalt auf ihn. Blanker Horror ergriff von ihm Besitz, als er sich vorstellte, plötzlich neben Claire aufzuwachen und nicht neben ihr.

Am nächsten Morgen die Augen zu öffnen und sie in seinem Arm vorzufinden, hatte sich so natürlich angefühlt.

»Harrold, wie findest du es?«

»Hm?«

»Harrold?«

Sie stellte sich auf die Zehenspitzen, um sein Gesicht zu erreichen.

Ich will dich küssen.

Erneut rührte Mildred lautstark in ihrer Tasse. »Ich habe gerade ein Déjà-vu, Agatha! Hast du dieses Foto bei der Hand?«

»Welches Foto? Ah! Ich weiß, welches du meinst. Lass mich sehen.«

Agatha machte auf dem Absatz kehrt und kam wenig später mit einem Kuvert angelaufen, welches sie an Mildred weiterreichte.

»Da ist es. Sieh es dir an! Sie hat mir davon erzählt. Er hatte ihr die Haarnadeln heimlich aus dem Knoten gezogen, weil er es sehen wollte. Hier ...« Mildred gab die alte, vergilbte Fotografie an Eliza und Harrold weiter. »Da sehr ihr es. Es wurde in dem Jahr ihres ersten Apfelfestes aufgenommen.«

Eliza nahm das Bild. »Sie trägt dieses Kleid. Wie schön sie ist!«

Harrold blickte über ihre Schulter. Das Foto zeigte Josephine. Sie trug dasselbe Kleid, und ihr Haar fiel in Wellen über ihre Schultern. Im Hintergrund lehnte ein hochgewachsener, dunkel gekleideter Mann, dessen Gesicht kaum zu erkennen war. Er hielt etwas in der Hand. Josephine bemerkte es nicht.

»Ihr seht euch wirklich zum Verwechseln ähnlich. Der Mann im Hintergrund, das ist Nathaniel.«

»Warum existiert hier eigentlich nirgendwo ein Bild von ihm?«

Agatha seufzte. »Das werdet ihr noch früh genug herausfinden.«

»Er war doch der Hausherr, aber hier scheint er nicht existiert zu haben.«

Eliza ergriff Harrolds Hand und verschränkte ihre Finger miteinander. Dann gab sie das Foto an Mildred zurück. »Danke, dass ihr uns das Foto gezeigt habt. Man kann sehen, wie sehr er sie gemocht hat.«

»Es ist seine Körperhaltung. Obwohl er sie geärgert zu haben scheint, erwartet er sie jederzeit zurück. Als würde sie in seine Arme fallen, sobald sie sich umdreht«, sagte Harrold.

Mildred und Agatha tauschten einen wohlwollenden Blick. »So, Kinder, ich glaube wir müssen langsam los ...

Agatha darf nicht zu spät kommen, schließlich ist sie die Gastgeberin!«

Agatha nickte zustimmend. »Ich hoffe, du hast nicht vergessen, die Apfelkuchen abholen zu lassen?«

Mildred stieß einen Schrei aus. »O nein!« Dann verzog sie das Gesicht zu einer hämischen Grimasse. »Natürlich habe ich sie Bobby vor einer Stunde mitgegeben. Oder hältst du mich für völlig senil?«

Die alten Damen schritten einträchtig durch die Tür, und weg waren sie.

Harrold grinste und sah Eliza an. »Sie sind wirklich und wahrhaftig alte Hexen! Was haben die beiden nun schon wieder vor?«

Ganze sieben Stunden später fand sich Harrold von seiner Großmutter verdonnert immer noch hinter einem Verkaufsstand für Apfellikör wieder. Das ganze Dorf war auf den Beinen und feierte. Während die ältere Generation beisammensaß und über die alten Zeiten redete, spielten die Kinder hinter den aufgebauten Heuballen Verstecken oder tobten zwischen den Apfelbäumen umher. Die Stimmung war ausgelassen.

»Einen Apfellikör, eher früher als später!«

Harrold blinzelte auf die andere Seite. Dort stand Eliza und verteilte Josephines Apfelkuchen auf apfelförmigen Papptellern. Die Nachricht, dass sie wieder nach Appleton Valley heimgekehrt war, hatte sich wie ein Lauffeuer im Dorf verbreitet, weshalb sie unzählige Hände schütteln und Umarmungen über sich ergehen lassen musste. Trotzdem lächelte sie.

Wie schön sie ist.

»Mayfield, wo bleibt mein Likör?«

Wenn er könnte, würde er zu ihr gehen, sie an der Hand nehmen und mit ihr zusammen durch den Apfelhain schlendern.

Ein dumpfes Geräusch ertönte vor ihm. Harrold blickte nach unten. Es war Mr. Chestnut, der seiner Wut mit einer donnernden Faust auf dem Tisch Luft gemacht hatte. Mit hochrotem Gesicht deutete er ungeduldig auf die Flaschen.

»Wird's jetzt bald?« Bürgermeister Chestnut lehnte sich über den Tisch und stieß dabei unzählige Schnapsgläser um.

»Ich weiß ganz genau, dass Sie und Ms. Benington in meine Vitrine eingebrochen sind. Was haben Sie da drin wohl zu suchen gehabt, hm? Aber ganz egal, was es war, ich habe es unter den Tisch fallen lassen, weil Sie Agathas Enkel sind. Und jetzt her mit meinem Likör, dieses Fest ist anders ja kaum zu ertragen.«

Harrold starrte den missgelaunten Giftzwerg von Bürgermeister an. Wie konnte es sein, dass ein Mann wie er ein wichtiges politisches Amt bekleidete? Aber dann fiel ihm ein, dass die meisten Politiker ähnliche Ekelpakete waren.

Hinter Chestnut erkannte er die Sekretärin aus dem Büro. Sie wirkte ebenso verärgert wie ihr Chef. Vermutlich war sie die Leidtragende ihres kleinen »Verbrechens« gewesen.

Harrold räusperte sich und richtete sich zu seiner vollen Größe auf, starrte belustigt auf den Winzling mit der Glatze hinab.

»An Ihrer Stelle würde ich das Trinken lieber sein lassen, sonst ...«

Ein glockenhelles Lachen ließ ihn innehalten. Er blickte alarmiert in die Menge.

Claire.

Sein Magen zog sich krampfartig zusammen.

Sie hatte ihn also gefunden.

»Hören Sie, Mr. Chestnut, ich möchte mich in aller Förmlichkeit bei Ihnen für unser Verhalten entschuldigen. Nehmen Sie diese Flasche ... oder nein ... lieber gleich zwei als Zeichen meiner Reue an! Aber jetzt müssen Sie mich entschuldigen. Ich habe noch etwas Wichtiges zu erledigen!«

»Mayfield, was soll das?«, protestierte er, nahm dann aber

doch zwei der Flaschen, wobei er eine wie ein Verbrecher in seinem Jackett verschwinden ließ, und machte sich davon.
Wo war sie? Oder habe ich mich verhört?
Er wandte sich an den Jungen neben sich. »Kommst du kurz allein zurecht, ich muss telefonieren.«
»Klar.«
Harrold zog die Schürze aus und zückte sein Handy. Hatte sie deshalb damit aufgehört, ihn ständig anzurufen? Weil sie ihn längst gefunden hatte? Er wählte Taz' Nummer.
»Es tut mir so schrecklich leid. Hätte ich nur nicht so viel gesoffen, dann wäre das nie passiert! Ich weiß doch auch nicht, warum mir die zwei französischen Bräute nicht verdächtig vorgekommen sind. Normalerweise bist du immer derjenige, den jede Frau besteigen will ...«
Harrolds Herz rutschte ihm in die Hose. Einerseits, weil Taz gehörig Mist gebaut hatte, andererseits, weil er es kaum ertragen konnte, an seine lasterhafte Vergangenheit erinnert zu werden. Auch wenn er dabei immer völlig klar geblieben war. Das änderte nichts. Seine Großmutter hatte mit allem recht gehabt. Genau wie Tante Mildred.
»Was ist passiert?«, knurrte er ins Telefon.
»Ich war feiern ... mit den Jungs. Ich habe erst am nächsten Morgen bemerkt, dass mein Handy weg ist. Dann rief Crystal ... du weißt schon, die aus der Bar ... im Büro an. Ich hatte es in der Bar verloren. Sie meinte, eine großbusige Blonde hätte es gefunden.«
»Fuck, das war Claire! Wann war das?«
»Weiß nicht, vor zwei Wochen? Vielleicht drei? Irgendwann bekam ich eine SMS von einer unbekannten Nummer: *Danke, ich habe sie gefunden.*«
Harrold schloss die Augen und atmete tief durch. »Und wann wolltest du mir sagen, was passiert ist? Du weißt doch, wie verrückt sie ist! Warte ... wann hat sie dir geschrieben?«
»Vor ein paar Tagen. Es tut mir leid, Mann! Ich stecke

mitten in einem schwierigen Fall und hatte keine Zeit, mir darüber Gedanken zu machen. Russell hält mich auf Trab.«

»Staatsanwalt Russell?«

»Yep, aber egal. Was wirst du jetzt tun? Wie kann ich dir von hier aus helfen? Und das Wichtigste: Wann kommst du endlich nach Hause?«

Harrold seufzte. »Gar nicht. Und ich weiß es nicht. Vermutlich bleibe ich hier. Das heißt, wenn alles nach Plan verläuft und Eliza auch hierbleiben will. Worüber ich mir jetzt nicht mehr so sicher bin ... Dank dir.«

»Sorry, Mann, ich verspreche, ich mach's wieder gut! Wenn dein Mädchen endlich *Ja* gesagt hat, dann schwöre ich, dass ich deine Hochzeitsfeier bezahle. Sobald ich den Prozess hinter mir habe, komme ich zu dir.«

»Gut, ich nehme dich beim Wort.« Harrold bahnte sich einen Weg durch die feiernde Menge.

Spielende Kinder liefen ihm durch die Beine, und eine faltige Großmutter kniff ihm im Vorbeigehen in die Wange. Gerade lief ein alter Schwarz-Weiß-Film auf einer Leinwand ab, der das Leben in Appleton Valley in den 1920er-Jahren zeigte. Harrold blieb stehen.

Eliza, nein, Josephine tanzte zusammen mit den anderen Frauen auf dem Platz. Vermutlich sollte es der traditionelle Apfeltanz sein, aber sie kannte die Schritte nicht, also wiegte sie sich einfach irgendwie zum Takt. Plötzlich schwenkte die Kamera auf einen kleinen Jungen, den Harrold als William identifizierte.

Und plötzlich stolperte ein Mann in die Menge und fiel Josephine in die Arme. Der Junge lachte. Josephine sagte etwas. Obwohl es ein Stummfilm war, verstand er, was sie zu ihm sagte: »*Guck nicht so grimmig, Nathaniel. Lass uns lieber tanzen!*« Das Bild wechselte zu Arbeitern, die auf Leitern standen und fröhlich Äpfel von Bäumen pflückten.

Erneut ertönte Claires Lachen. Harrold hatte sich also doch nicht getäuscht!

Geistesgegenwärtig bahnte er sich seinen Weg in Richtung des Apfelkuchenstands, doch Eliza war nicht mehr dort.

»Hast du Eliza gesehen?«, fragte er Tia, die Frau des Bäckers.

»Hier kam plötzlich so eine übertrieben braun gebrannte Blondine vorbei. Eliza schien sie zu kennen. Sie hat ihren Finger in den Apfelkuchen gesteckt, in abgeleckt und Eliza gefragt, ob sie dein Ding ebenso genossen hätte wie Claire. Nichts für ungut, Harrold, aber was ist bloß mit deinem unschlagbaren Urteilsvermögen passiert?«

»Wo sind sie hingegangen?«

Tia zuckte die Schultern. »Ich glaube, hinter die Scheune. Zum Glück ist Mildred gerade damit beschäftigt, in der Halle Agathas Fotobände zu präsentieren ... Sonst wären hier schon längst die Fetzen geflogen.«

»Danke, Tia.«

Harrold machte auf dem Absatz kehrt und rannte in Richtung der Scheune, die nur ein paar Meter vom Festgeschehen entfernt war. Claire, die gut eineinhalb Köpfe größer als Eliza war, tänzelte von einem Fuß auf den anderen, während Eliza stramm wie eine Soldatin dastand und keine Miene verzog. Nur ihre bebenden Fäuste verrieten sie.

»Claire wusste von Anfang an, wer du bist, Eliza. Warum hast du dich nicht gleich zu erkennen gegeben?«, säuselte die Blondine.

»Du hast mich ja gar nicht zu Wort kommen lassen«, antwortete Eliza.

Harrold blinzelte. Der Kontrast zwischen den beiden Frauen war wie Tag und Nacht. Einmal mehr schämte er sich wegen seiner Vergangenheit. Schließlich war es nur seine Schuld, dass Eliza Claires Anwesenheit ertragen musste.

»Wie siehst du überhaupt aus? Wie eine Bauerndirne! Aber mein Harrold mag Frauen mit Klasse.« Sie deutete auf sich selbst und dann auf Eliza. »Nicht das da.«

Eliza lachte. »Du kennst ihn doch gar nicht! Hast nur deine Beine für ihn breitgemacht, sonst nichts weiter. Ich weiß zwar nicht, warum er sich auf dich eingelassen hat, aber ich schiebe es einfach auf den Alkohol, den Harrold normalerweise so sehr verabscheut.«

Die Wasserstoffblondine kam näher.

»Wenigstens hatte ich ihn zwischen meinen Beinen! Du bist vor zehn Jahren ohne Vorwarnung abgehauen und hast ihm das Herz gebrochen. Das habe ich herausgefunden, als ich mit einer deiner *Freundinnen* gesprochen habe.«

»Ich habe Harrold nicht verlassen, weil ich es wollte, sondern weil ich keine Wahl hatte! Außerdem habe ich ihm einen Zettel geschrieben, aber er ist nicht zu unserem Treffpunkt erschienen. Aber warum zum Teufel erzähle ich dir das überhaupt?«

Harrold hielt inne. Er hatte niemals eine Nachricht erhalten!

Claire kicherte. »Das ist Claires magische Fähigkeit! Mir erzählen die Menschen einfach alles. Soll ich dir ein kleines Geheimnis verraten?« Sie schürzte die Lippen. »Harrold hat im Bett deinen Namen geflüstert, Claire hat es ihm nie erzählt. Schließlich soll er gar nicht wissen, wie sehr er dich liebt. Aber du sollst es wissen, damit die Enttäuschung noch größer wird, wenn er dich wieder verlässt!«

Harrold wollte am liebsten den Kopf gegen einen Holzbalken schlagen und im Erdboden versinken. Er konnte sich beim besten Willen nicht daran erinnern, an Eliza gedacht zu haben, wenn er mit einer anderen Frau zusammen gewesen war. Schließlich hatte er sich zehn Jahre lang verboten, auch nur einen Gedanken an sie zu fassen! Aber gegen sein Unterbewusstsein war selbst er machtlos.

»Nun, dann habe ich eine unschöne Nachricht für *Claire*.« Eliza betonte den Namen seiner Stalkerin mit einem solch frostigen Lächeln im Gesicht, dass sich ihm die Nackenhaare aufstellen. »Harrold wird mich nicht wieder verlassen, nein, ich wir werden hierbleiben, zusammen! Mr. Pickleberry hat mein Kündigungsgesuch gestern unterschrieben.«

»Pardon?«

Jetzt standen sie Nasenspitze an Nasenspitze.

Harrolds Herzschlag beschleunigte sich, als er ihre Worte begriff. Sie würde hierbleiben. Bei ihm ... »Harrold gehört mir! Ganz gleich, was du dir in deinem kranken Gehirn einbildest ... und jetzt verschwinde, bevor ich Sheriff Danes rufe. Bei Unruhestifterinnen wie dir kennt sie nämlich kein *Pardon*.« Eliza raffte ihren Rock, drehte sich um und ging einfach in seine Richtung davon, ohne Claires Antwort abzuwarten. Gleich käme sie an ihm vorbei.

»Warte!«

Gerade als er nach ihrer Hand greifen wollte, stolperte Eliza zurück und stieß einen lauten Schrei aus. Die ersten Dorfbewohner kamen angerannt, um ihr zu Hilfe zu eilen.

»Du!«

Claire hatte in Elizas Haar gefasst und zog so kräftig daran, dass sie vor ihr auf die Knie fiel. Harrold wollte eingreifen, aber Tante Mildred hielt ihn zurück.

»Lass sie. Sie schafft das schon.«

Eliza rappelte sich auf und holte aus. Claire zuckte zusammen. Kurz bevor Claires Hand die Wange der anderen Frau berührte, stoppte sie.

Ein Raunen ging durch die Menge. Mittlerweile war das ganze Dorf herangeeilt.

»Ich sage es dir jetzt zum letzten Mal: Fahr zurück nach Hause! Dieser Mann gehört mir. Er liebt nur mich, verstehst du? Nur mich! Und ich liebe ihn. Also verschwinde endlich von hier und lass uns in Ruhe. Wir haben schon genug Zeit verloren, weil uns Menschen wie du Steine in den Weg gelegt haben.«

Sie ließ die Hand sinken. Claire erhob sich, tippte etwas in ihr Handy und brüllte auf Französisch hinein. Dann ging sie hoch erhobenen Hauptes davon.

Du liebst mich. Und ich liebe dich, Eliza.

Eliza stieß einen tiefen Seufzer aus und drehte sich um. Alle Farbe wich aus ihrem Gesicht, als sie ihn und die anderen Dörfler um sich herumstehen sah. Dass ihr die Menschen zujubelten, machte es auch nicht besser.

Und dann lief sie los.

»Fuck!«, stieß Harrold aus, und dieses Mal schupste Mildred ihn vorwärts.

»Ihr nach, worauf wartest du noch?«

Kapitel 19

Eliza

Eliza rannte, als ob der Teufel hinter ihr her wäre. Sie hatte ihre Gefühle für Harrold laut ausgesprochen und das auch noch vor dem ganzen Dorf! War er die ganze Zeit dort gestanden? Was hatte er gehört? Sie wollte auf der Stelle im Erdboden versinken!

Als sie das nächste Mal aufblickte, saß sie in der Laube hinter dem alten Haus am anderen Ende des Apfelhains auf einer knarzenden Hollywoodschaukel aus Holz und weinte. Tränen der Wut rollten über ihre Wangen, und sie schauderte, weil es mit der Dunkelheit allmählich kühler wurde. Hätte sie sich doch bloß mehr angezogen!

Ich habe Harrold vor allen Leuten gesagt, dass ich ihn liebe.

Erneut wurde sie von einem Schwall Tränen geschüttelt, der nun gar nicht mehr so viel mit ihrer Wut auf Claire zu tun hatte, sondern mit ihrer Wut auf sich selbst. Aber warum regte sie sich eigentlich so auf? Sie hatte ihm bereits deutliche Signale gesendet, nur noch nicht mit ihm darüber gesprochen. Sie wusste doch gar nicht, ob er auch hierbleiben wollte! Mit nur ein paar Worten hatte diese dumme Kuh es geschafft, sie völlig aus der Fassung zu bringen. Eliza ballte die Hände zu Fäusten.

»Sie bildet sich wohl was drauf ein, nur weil sie einmal mit Harrold geschlafen hat ...«, murmelte sie.

Wütend stieß mit dem Fuß gegen den hölzernen Balken, der die Schaukel hielt. Die Ketten quietschten.

»Soll sie doch ... Das macht mir gar nichts aus!«

Aber warum schmerzte ihr Herz dann so sehr, wenn sie es nur wagte, daran zu denken, wie er sich mit dieser Claire in den Laken wälzte? Eifersucht fegte durch sie hindurch wie eine Flutwelle. Sie könnte Harrold erwürgen! Und Claire gleich mit ihm.

»Ich habe auch Erfahrungen gemacht!«, redete sie einfach weiter.

Auch wenn Charles nicht die beste Erfahrung ihres Lebens gewesen war. Ihre gemeinsame Zeit hatte einem Albtraum geglichen. Charles mit seinem Studium. Charles und seine Bedürfnisse. Charles, Charles, Charles ... Wenn sie so darüber nachdachte, dann tauchte ihr Name in dieser – ihrer eigenen – Geschichte kaum auf.

»Eigentlich dachte ich immer, dass es Harrold sein würde, aber das Schicksal hatte wohl andere Pläne. Und jetzt rede ich auch noch mit mir selbst.«

Sie schauderte, als sie an letzte Nacht dachte und wie gut es sich angefühlt hatte, mit ihm zusammen zu sein. Wie perfekt seine Lippen auf ihre passten. Und der Funke, der ihr Innerstes zum Glühen brachte ...

Was soll ich jetzt nur tun? Eliza raufte sich die Haare.

Tante Mildred hatte nicht einmal mit der Wimper gezuckt, als er hinter ihr die Treppe hinuntergekommen war. Ganz im Gegenteil, sie hatte Eliza ihr breitestes Lächeln geschenkt und Harrold wohlwollend zugenickt. Wahrscheinlich hatten sie und Agatha nur darauf gewartet, dass er wie früher über den Apfelbaum zu ihr hochkletterte und in ihr Zimmer stieg.

»Du könntest Platz machen, damit ich dich in den Arm nehmen kann.«

Harrold beugte sich von hinten über sie.

»H...harrold ...«, hauchte sie.

Er strich ihr eine zerzauste Locke aus dem Gesicht.

»Warum bist du weggelaufen?« Er kam um die Schaukel herum, und Eliza rutschte zur Seite. Es knarzte verdächtig, aber Harrold ließ sich nicht davon beirren. »Ich würde dich jetzt wirklich gern in den Arm nehmen, okay?«

Sie nickte. Zum Glück war die Schaukel so tief, dass er bequem Platz hatte und sie zwischen seine Beine ziehen konnte. Jetzt lag sie halb auf ihm, und er schmiegte die Arme um sie. Seine Körperwärme erfasste Eliza.

»Hast du ... Ich meine, was hast du gehört?«, wisperte sie.

Er nahm ihre Hände in seine. »Ist das wichtig?«

»Ja.«

»Dann habe ich alles gehört.«

»Oh.«

Sie rutschte auf der Schaukel herum, aber Harrold hielt sie fest.

»Ich habe diesen Zettel nie bekommen, Eliza.« Seine Stimme war nicht mehr als ein Flüstern. »Hätte ich es gewusst, dann wäre ich zu dir gekommen. All die Jahre dachte ich, du hättest mich verlassen. Es war so schwer, dich zu vergessen.«

Eliza blickte auf. »Ich habe bis zum Morgengrauen auf dich gewartet. Das waren die längsten Stunden meines Lebens. Und dann war ich so enttäuscht, dass mir nicht einmal in den Sinn gekommen ist, du könntest ihn nicht erhalten haben.«

»Wir haben so viel Zeit verloren.« Harrold drückte sie noch fester an sich.

»Ich weiß, und es tut mir leid.«

Er streichelte ihre Wange, und Eliza hielt den Atem an. Sie wollte es sehen, seine Gedanken in seinen Augen lesen, aber die Dämmerung warf bereits die ersten Schatten auf sein Gesicht.

»Es war nicht deine Schuld. Wir waren noch so jung. Vielleicht ... Ich meine ... jetzt haben wir eine Chance, alles nachzuholen, was wir verpasst haben«, sagte Harrold.

Eliza seufzte. Es klang abgehackt, weil ihr wieder Tränen in die Augen traten.

»Natürlich nur, wenn du das auch willst. Wir müssen auch nicht jetzt darüber reden. Ich will nur, dass du weißt, dass ich *dich* gehört habe ...«

Eliza schlug die Hände vor den Mund und unterdrückte das Schluchzen, das in ihrer Kehle steckte.

Seine Worte hüllten sie in einen warmen Kokon, dem sie nie wieder entfliehen wollte. Harrolds Lippen streifte ihre Wange und küssten die einzelnen Tränen fort, die sie nicht hatte zurückhalten können. Eine Zeit lang saßen sie einfach nur da, bis Eliza wieder imstande war zu sprechen.

»Ich habe mich ziemlich lächerlich gemacht, oder? Jetzt weiß ganz Appleton Valley über uns Bescheid.«

Harrold fasste nach einer ihrer Locken und drehte sie um seine Finger. »Ich finde, dass du es Claire ordentlich gezeigt hast, was mich ziemlich stolz gemacht hat. Außerdem wusste das Dorf schon immer über uns Bescheid. Was glaubst du, warum sie dir alle zugejubelt haben?«

»Wie peinlich.«

»Sie hätten es ohnehin bald alle erfahren.«

»Was meinst du?«, fragte sie.

Aber statt einer Antwort drehte Harrold ihr Kinn zu sich und küsste sie. Selbst in der Dunkelheit konnte sie sehen, dass er lächelte.

»Hast du das Video vorhin gesehen?«, fragte er.

»Nein.«

»Dann werde ich Grandma bitten, es uns noch einmal zu zeigen. Es wird dir gefallen!«

»Was ist denn so Besonderes an dem Video?«, fragte sie neugierig.

»Es zeigt Josephine zusammen mit Nathaniel auf dem Apfelfest. Und auch den kleinen William. Rosetta scheint den Film zu drehen. Aber ich bin mir nicht ganz sicher. Man sieht nur ihre Hand. Außerdem hört man keine Stimmen.«

Eliza setzte sich überrascht auf. »Eine Filmkamera?« Ihr Historikerinnen-Herz schlug höher.

»Ich wusste nicht, dass solche Aufnahmen überhaupt existieren. Grandma und Tante Mildred wollten bestimmt, dass du sie siehst.«

»Die Mayfields waren eine äußerst wohlhabende Familie! Du musst wissen, dass die Filmografie damals langsam auch der breiteren Masse zugänglich wurde. Aber natürlich nur all jenen, die es sich auch leisten konnten!« Sie klatschte begeistert in die Hände. »Denkst du, es könnte noch mehr Aufnahmen von Josephine, Nathaniel und den Kindern geben? Womöglich hilft uns das, ihr Rätsel zu lösen? Oh, das wäre einfach wunderbar!«

»Du musst die zwei alten Hexen nur fragen. Ich glaube nicht, dass sie dir jemals einen Wunsch abschlagen würden.«

Eliza kicherte. »Ich bin so neugierig darauf, mehr zu erfahren! Schließlich war Josephine nur eine Gouvernante und Nathaniel seinem Geburtsrecht nach der nächste Hausherr. Irgendetwas muss passiert sein, weshalb er dieses Recht verloren hat.«

»Er hatte sich in eine Hausangestellte verliebt?«

Eliza legte ihre Hand auf sein Herz. »Da wäre er nicht der erste Mann auf diesem Planeten gewesen. Mein Bauchgefühl sagt mir aber, dass es anders war. Auf dem Anwesen existiert kein einziges Porträt von ihm, aber von Josephine durchaus. Ist das nicht komisch?«

Harrold nickte. »Grandma weiß bestimmt etwas darüber.«

»Oder wir finden es einfach selbst heraus. Ich habe so viele Fragen!« Euphorisch stützte sich Eliza auf Harrolds Oberschenkel, der einen resignierten Laut von sich gab.

»Auf dem Video kam es mir so vor, als ob er hinkte. Könnte er vielleicht im Krieg verletzt und unehrenhaft entlassen worden sein und deshalb keinen Anspruch gehabt haben?«

Eliza schüttelte den Kopf. »Nein, außer er wäre verrückt geworden. Aber diese Tatsache hätten sie vertuscht, um keine Konsequenzen aus der üblen Nachrede zu riskieren. Ich glaube, dass er es vielleicht selbst so gewollt hat. Der Krieg ging an den meisten Männern nicht spurlos vorbei. Dennoch: Irgendwas muss passiert sein.«

»Und das werden wir herausfinden, aber nicht jetzt.«

Harrold umfasste ihre Hüfte und setzte sie rittlings auf seinen Schoß. »Ich wünsche mir, dass die Sterne in deinen Augen heute nur für mich leuchten.« Zum Glück war es mittlerweile fast dunkel, sodass er nicht mehr sehen konnte, wie sich ihre Wangen rot färbten. Das Verlangen von gestern Abend flutete ihren Körper und erfasste ihr Herz. »Es tut mir leid …«

Ein Schauer jagte ihr Rückgrat entlang, als er begann, die Schleife an ihrem Hals zu lösen. »Was tut dir leid?«, flüsterte sie.

Er öffnete den ersten Knopf ihres Kleides und zeichnete ihr Schlüsselbein nach. »Ich wollte niemals, dass du so etwas ertragen musst. Eigentlich hatte ich gehofft, ich könnte die letzten Jahre vor dir verbergen, aber das hat wohl nicht so gut geklappt, wie ich es mir vorgestellt hatte. Ich wusste, dass Claire verrückt ist, und ich hätte es dir früher sagen müssen, anstatt dich ins offene Messer laufen zu lassen.«

Ihre Haut prickelte überall dort, wo er sie berührte. »Ich bin schon ein großes Mädchen, du musst mich nicht mehr beschützen. Wir haben alle eine Vergangenheit.«

Harrold versteifte sich unter ihr. Dann wandte er sich ab.

Warum? Sie nahm sein Gesicht in ihre Hände. »Was hast du?«

Er seufzte. »Die bloße Vorstellung von dir und diesem Charles lässt mich regelrecht aus der Haut fahren. Ich weiß, dass es mir nicht zusteht, aber ich kann nichts dagegen tun. Seit ich mit Agatha und Mildred darüber gesprochen habe, fühle ich mich wie ein Tier, das versucht, seine Beute zu schützen. Würde er mir unter die Augen treten, könnte ich für nichts garantieren. Es ist erbärmlich.«

Sie lehnte sich vor und küsste ihn, wobei sie an seiner Unterlippe knabberte. »Ich bin also deine Beute, ja? Schon mal drüber nachgedacht, dass es vielleicht umgekehrt ist?« Eliza rutschte über seinen Schoß. Aber ehe sie ihn erneut küssen konnte, packte er sie und hielt sie nahe bei sich, sodass sie nicht mehr fliehen konnte, selbst wenn sie es wollte.

Sein Mund prallte so hart auf ihren, dass sie ein überraschtes Stöhnen ausstieß, welches er sofort wieder mit seinen Lippen einfing.

»Harrold ...« Eliza bohrte ihre Finger in seine Brust, weil sie das Gefühl hatte, sich irgendwo festhalten zu müssen.

»Lass dich einfach fallen, ich halte dich.«

Erneut suchte seine Zunge die ihre, und er hielt sie so lange fest, bis sie die Sterne sehen konnte, von denen er zuvor gesprochen hatte.

»Du bist alles, was ich je wollte ...«, raunte er.

Schwer atmend sank Eliza gegen ihn, doch er ließ sie nicht zur Ruhe kommen. Federnde Küsse benetzten ihren Hals, bis er den Ansatz ihrer Brüste erreichte.

»Ich will einfach alles von dir, Eliza ...« Seine Stimme bebte.

Und ich will alles von dir. Und noch viel mehr ...

Ein Rascheln ertönte, und sie hielten inne. Eliza wollte Abstand zwischen sich und Harrold bringen, aber er presste sie an sich, sodass ihr Kopf auf seinem klopfenden Herzen lag.

»Kinder, seid ihr da?«

Es war Agatha.

»Ich weiß, dass ich euch vermutlich gerade störe, aber Mildred hat sich mal wieder vor ihren Verpflichtungen gedrückt, und wir haben alle Hände voll zu tun. Die Heuballen müssen auf den Lastwagen gehoben werden, und Tia kann die Kuchen für die Spenden nicht allein vorbereiten.«

Harrold gab ein verärgertes Brummen von sich. Die Vibration schoss direkt durch Elizas Magen in ihre Mitte.

»Fünf verdammte Minuten, Grandma, okay? Wir brauchen nur fünf Minuten, dann kommen wir!«

»Danke, mein Junge.«

Ihre Schritte wurden leise. Plötzlich ertönte leises Gekicher in der Ferne. »Fünf Minuten? Wäre das nicht ein bisschen zu kurz?«

Harrold ließ den Kopf sinken. »Danke, Grandma, für dein unerschütterliches Vertrauen in meine Manneskraft ...«

Später standen Harrold und Eliza Schulter an Schulter in der Küche des Anwesens, wo sie von Agatha, die inzwischen zu Bett gegangen war, dazu verdonnert worden waren, die restlichen Kuchen für die Dorfspende an die Bedürftigen vorzubereiten.

»Haben wir noch Folie?«, fragte Eliza.

Harrold zuckte die Schultern. »Ich war seit zehn Jahren nicht mehr hier drinnen. Eigentlich bin ich mir sicher, dass ich noch nie hier drinnen war.«

»Aber es sind noch zwei Bleche Kuchen über.«

Harrold betrachtete Josephines Apfelkuchen mit Abscheu. »Ich werde nie wieder ein Stück davon essen können ... Was hatten die zwei alten Hexen überhaupt mit so viel Kuchen vor? Ich glaube, sie haben nicht nur uns, sondern das ganze Dorf zum Backen verdonnert!«

Eliza zog eine Lade auf. »Hilft es dir, wenn ich dir sage, dass ich auch lieber auf dir liegen geblieben wäre?«

Sie klimperte mit den Wimpern und beobachtete selbstzufrieden, wie er zum ersten Mal überhaupt in ihrer Gegenwart errötete.

»Eliza, bitte sei still.«

»Warum?«

»Dich in der Küche übers Knie zu legen ... erscheint mir nicht ... passend.«

Eliza lachte, während sie sich daran machte, weitere Schubladen aufzuziehen. Irgendwann gelangte sie zu einer kunstvoll bemalten Bauernanrichte. Ein Stück silberfarbene Folie lugte aus einem Schlitz. Neugierig zog Eliza an dem Knauf der Schublade. Darin lagen die Folie und obenauf ein weiterer Anhänger.

Es war eine Teekanne.

»Harrold!«, rief sie aufgeregt.

»Was ist? Ist etwas passiert?«

Er beugte sich von hinten über sie.

»Sieh nur ...«

Sie reichte ihm den kleinen goldenen Anhänger.

»Eine Teekanne? Was hat sie wohl zu bedeuten?«

»Ehrlich gesagt hab ich da so eine Ahnung. In Tante Mildreds Laden steht ein ganz ähnliches Teeservice. Womöglich ist dort unser nächster Hinweis versteckt. Wollen wir gleich los?«

Harrold schüttelte den Kopf, während er die goldene Kanne an Elizas Armband klippte.

»Es ist schon spät, Grandma wird mich enterben, wenn sie herausfindet, dass ich dich im Dunkeln habe heimgehen lassen.«

Sein Handy läutete. Er holte es aus der Hosentasche.

Unbekannt.

Sie hatte es auf dem Display gesehen.

»Wer ist es?«

Harrold drückte den Anruf weg und schaltete das Telefon aus. »Nicht so wichtig.«

»Es war Claire, oder?«

Brennende Wut erfasste Eliza. Was zum Teufel wollte diese französische Schlange noch von ihm? Hatte sie ihr denn nicht eindeutig klar gemacht, dass sie nichts mehr in Appleton Valley zu suchen hatte?

»Du musst zur Polizei gehen, Harrold. Sie wird dich nie in Ruhe lassen.«

»Sie wird irgendwann das Interesse an mir verlieren.«

»Und wenn nicht? Ich habe das Interesse an dir zehn Jahre lang nicht verloren!«

Harrold verschränkte die Arme vor der Brust. »Warum hast du dann nie versucht, Kontakt zu mir aufzunehmen? Hast du Mildred eigentlich je nach mir gefragt?«

»Was? Das ist doch nicht das Gleiche! Unsere Geschichte hat rein gar nichts mit dieser irren Stalkerin zu tun!«

Warum sagte er plötzlich so etwas? Es stimmte ja, dass sie fortgegangen war und nie zurückgeblickt hatte. Aber wenn er wüsste, wie viele Tränen sie wegen ihm vergossen und wie sehr sie sich für ihre Feigheit gehasst hatte, dann ... Ihr Herz geriet aus dem Takt, als sie sah, wie das Leuchten in seinen Augen verschwand.

Ich muss hier weg.

Sie atmete hörbar laut aus.

»Eliza, ich ... es ... es tut mir leid, so habe ich das nicht gemeint.«

Eliza trat an ihm vorbei und legte die Silberfolie auf den Küchentisch.

»Ich verstehe dich.« Ihre Stimme klang frostiger, als sie es beabsichtigt hatte. »Du hast mir nicht vergeben, dass ich gegangen bin. Aber du weißt, dass ich Appleton Valley gegen meinen Willen verlassen musste, oder? Ich habe dir eine Nachricht hinterlassen, Harrold. Und ich habe stundenlang im Apfelhain auf dich gewartet. Mom hat mir damals kein Handy erlaubt, und Tante Mildred besitzt heute noch keines!« Tränen traten ihr in die Augen, aber Eliza verbot sich, vor ihm zu weinen. Sie wandte sich ab.

»Eliza ...«, flüsterte er ihren Namen. Die Hand, mit der er nach ihr greifen wollte, blieb in der Luft hängen.

»Willst du wissen, was Mom damals zu mir gesagt hat, als ich heulend an der Reling gestanden habe? Sie sagte: *Männer sind alle gleich. Erst stehlen sie dein Herz, und dann lassen sie dich einfach fallen. Harrold ist da keine Ausnahme.*« Ein Schluchzen entfuhr ihrer Kehle. »Ich habe ihr gesagt, dass du anders bist, aber sie hat mir nicht geglaubt. Was hätte ich denn machen sollen? Fortlaufen? Ich war erst siebzehn Jahre alt, verdammt! Hättest du dein Studium für mich abgebrochen?«

Harrold ließ die Hand sinken. Eliza wurde heiß und kalt zugleich, und ihre Knie begannen zu zittern. »Ich ... ich bin müde. Ich gehe ins Bett.« Sie öffnete die Tür.

»Eliza, warte, ich begleite dich.«

Er war ihr nachgekommen und nun so nah, dass sie seine Wärme durch ihr Kleid spüren konnte.

Oh, Harrold ... wenn du nur wüsstest, wie sehr ich dich liebe ...

»Danke, aber ich finde das Zimmer schon allein. Schließlich habe ich auch einmal hier gewohnt.«

Kapitel 20

Eliza

Eliza saß über Josephines Buch gebeugt und studierte den kunstvoll verzierten Einband. Zumindest versuchte sie es. Immer wieder wanderte ihr Blick zu der großen dunklen Gestalt in dem Lederfauteuil.

Warum musste er ausgerechnet dort sitzen? Konnte er seine Aktiengeschäfte nicht woanders erledigen?

Eliza nahm einen Stift und fügte eine weitere Notiz hinzu.
Hilflos.
Ja, sie fühlte sich hilflos ... Da fiel ihr auf, dass ihre Bemerkung rein gar nichts mit dem außergewöhnlichen Werk vor ihr zu tun hatten, und sie strich es schnell durch.

Sie hatten seit gestern Abend kein Wort mehr miteinander gesprochen. Elizas Herzschlag beschleunigte sich. Sie griff nach dem Wasserglas und nahm einen kräftigen Schluck. Es war so furchtbar heiß und stickig hier drinnen.

Im Buch brütete die Apfelprinzessin gerade über einer Schatzkarte, die sie zu verborgenem Beduinengold führen sollte.

Eliza blätterte um. Die Buchstaben verschwammen vor ihren Augen.
Ich muss eine kurze Pause machen.
Sie nieste.

Erneut blickte sie über ihre Schulter. Harrold starrte sie an, sagte aber nichts. Die Stille war beinahe unerträglich. Am liebsten hätte sich Eliza einen Zauberumhang umgeworfen und wäre unbemerkt an ihm vorbeigeschlichen, um ihm zu entkommen. Weglaufen war so viel einfacher, als sich seinen Problemen zu stellen.

Sie kritzelte auf das Papier. Einen schiefen Stern. Ein Kätzchen, das sie an Mog erinnerte. Ein Herz. Seinen Namen. Hatte sie überreagiert? Sie hatte den Schmerz in Harrolds Augen deutlich sehen können. Er hatte gelitten ... genau wie sie. Hatte geglaubt, verraten worden zu sein ... genau so wie sie. Hatte sie aus seinem Leben gestrichen ... so, wie sie es mit ihm getan hatte. Und am Ende war ihnen beiden nichts anderes übrig geblieben, als die Liebe, die sie für einander empfunden hatten, endgültig aus ihrem Herzen zu löschen.

Aber es hatte nicht geklappt. Daran konnte auch Charles nichts ändern. Charles, der heute Morgen seine Verlobung mit der zehn Jahre jüngeren Frau bekannt gegeben hatte, wie sie auf Instagram hatte lesen dürfen.

Erneut musste sie niesen.

Mal sehen, wie lange es dauerte, bis seine neue Freundin, die nur ganz zufällig auch die Tochter von Baron Watersby war, begriff, um welche Sorte Mensch es sich bei ihrem Verlobten wirklich handelte. Ein Funken Schadenfreude machte sich in ihr breit. Zufällig kannte sie den Baron von einer der Auktionen und wusste, dass mit diesem Mann nicht gut Kirschen essen war, sobald er eine Verfehlung gegen seine Familie witterte.

Eliza richtete ihre Aufmerksamkeit wieder auf das Buch. Obwohl es beinahe hundert Jahre alt war, wirkte es, als wäre es gut gehütet worden. Vermutlich von Josephine selbst.

Jemand klopfte. Es war Agatha.

»Eliza, kann ich reinkommen?«

»Natürlich«, krächzte sie.

Agatha trat ein und ging an Harrold vorbei, ohne ihn auch nur eines Blickes zu würdigen. Natürlich hatte sie mitbekommen, was gestern zwischen ihnen vorgefallen war.

»Ich wollte mich bei dir wegen gestern Abend entschuldigen. Anstatt dich mit meinem dummen Enkel allein zu lassen, hättest du nach Hause gehen sollen.«

Eliza schluckte, während sie in Harrolds Richtung linste. Er regte sich nicht.

»Es ist nicht deine Schuld, Grandma. Es war ein Missverständnis. Wir ... wir müssen einfach nur miteinander reden. Das ist alles.«

Keine Reaktion.

Bestimmt wartete Harrold nur darauf, dass sie den ersten Schritt machte.

Aber er hat sich doch bei dir entschuldigt, Eliza!

»Nun, wie dem auch sei. Habt ihr gestern Abend noch etwas herausgefunden?«

Eliza zeigte ihr das Bettelarmband. »Eine Teekanne. Aber wir haben noch keine Ahnung, was sie zu bedeuten hat.«

Agatha setzte sich neben Eliza und deutete auf das Buch. »Du solltest das ganze Buch lesen. Womöglich findest du darin die passende Geschichte?«

»Ich kann mich an jedes einzelne Märchen darin erinnern. Eine Teekanne kommt nicht vor.« Harrold starrte aus seinem finsteren Eck zu ihnen hinüber. Um genau zu sein, starrte er nur sie an.

»Keine Teekanne, das ist wahr. Aber verzauberte Teeblätter ... Oh!« Sie schlug die Hände vor den Mund. »Mildred wird mich lynchen.« Sie ergriff Elizas Hand. »Deine Finger sind ja ganz kalt! Geht es dir nicht gut, Schätzchen? Du solltest dich vielleicht etwas ausruhen! Ich habe Mildred schon gesagt, dass du noch ein paar Tage bei uns verbringen wirst. Du sollst dir um den Laden keine Sorgen machen, sie hatte eh nicht vor, ihn diese Woche aufzuschließen. Sie sagte, sie brauche Urlaub nach dem Apfelfest. Dabei war sie die Erste, die in einem unbemerkten Moment die Kurve gekratzt hat.«

Eliza kicherte. »Klingt nach Tante Mildred.« Dann nieste sie.

»Leg dich am besten ein bisschen hin. Mary wird dir einen

Kamillentee und die Wärmflasche bringen. Oder möchtest du lieber meine Heizdecke ausprobieren?«

»Mach dir keine Sorgen, Granny, es geht mir gut. Ich bin nur etwas erschöpft von gestern. Aber vielleicht werde ich mich trotzdem kurz hinlegen.«

Eliza schloss das Buch so behutsam wie möglich und steckte es in einen weichen Beutel, den sie im Laden gefunden hatte. Der Sessel kratzte ohrenbetäubend laut über den Boden, verursachte ihr eine Gänsehaut.

»Komm, Liebes, ich begleite dich nach oben.«

Harrold sprang auf. »*Ich* kann Eliza begleiten!«

Agatha stemmte die Hände in die Hüften. »Du bleibst hier und denkst darüber nach, was du getan hast.«

»Ich habe gar nichts getan.« Er setzte sich wieder hin, wobei er noch tiefer im Sessel verschwand.

Agatha hakte sich bei Eliza unter und führte sie aus der Bibliothek hoch zu den Gästezimmern. Das Zimmer, in dem sie letzte Nacht einquartiert worden war, war nicht dasselbe gewesen wie damals, als sie noch hier gewohnt hatten. Bestimmt hatte Großmutter sie absichtlich nicht dort schlafen lassen, um die schlechten Gefühle von früher nicht heraufzubeschwören. Dabei waren ihre Erinnerungen an dieses Zuhause überwiegend positiv. Genau wie Harrolds Familie hatten sie im ersten Stock gewohnt, nur auf der anderen Seite. Sie konnte sich noch gut daran erinnern, wie sie sich in der Nacht durch die dunklen Gänge geschlichen hatte. Meistens war es aber umgekehrt gewesen. Eliza hatte oft hinter der Tür auf Harrold gewartet. Das sachte Klopfen herbeigesehnt ... und dann hatten sie zusammen das Haus unsicher gemacht, bis sie zu müde geworden waren. Manchmal hatten sie sich auch in der Bibliothek versteckt und Harrold hatte ihr vorgelesen. Oder wenigstens hatte er es versucht. Eliza war keine besonders verlässliche Zuhörerin gewesen ...

»Du bist so still.«

»Ich erinnere mich an damals.«

Agatha verzog das Gesicht. »Das tut mir leid, ich hatte gehofft, du hättest es einfach vergessen.«

»Was denn vergessen? Ich sehe gerade vor mir, wie Harrold mich an den Armen den Gang entlangzieht, weil ich auf einer unserer Touren eingeschlafen bin. Es sind schöne Erinnerungen.«

»Ah, dann ist es ja gut. Alles andere ist unwichtig.«

Eliza drückte Agathas Hand. »Wir können die Vergangenheit nicht ungeschehen machen. Aber unsere Zukunft, die haben wir in der Hand. Ich werde mit Harrold reden. Es scheint, als ob unsere Trennung damals eine tiefe Narbe auf seinem Herzen hinterlassen hat.«

»So wie auf deinem ... Ich wünschte wirklich, wir könnten die Zeit zurückdrehen. Deine Mutter hätte sich uns anvertrauen können, und wir hätten euren Weggang verhindert. Sophia hätte dich nie zwingen dürfen, mit ihr zu gehen. Du warst praktisch erwachsen und hättest das Recht gehabt, dich zu entscheiden. Aber sie hatte Angst.«

»Deshalb muss ich die Chance, die ihr mir gegeben habt, nutzen. Grandma, ich möchte hierbleiben. Aber das weißt du bestimmt längst.«

Sie stoppten vor dem Gästezimmer.

»Eliza, ich ...«

Aber Eliza unterbrach sie. »Danke für alles, Granny. Ihr habt mich aus dem schwarzen Loch gezogen, in dem ich herumgetrieben bin.« Sie umarmte Agatha und schloss die Tür auf.

»Ruh dich aus, Schätzchen. Wir sehen uns beim Abendessen. Mildred wird auch da sein.«

Später saß Eliza, in einen zeltgroßen Pullover gehüllt, der einst Harrolds Großvater gehört hatte, auf dem Fensterbrett und beobachtete die Wolken beim Vorbeiziehen. Eigentlich hatte sie schlafen wollen, aber es hatte nicht geklappt. Erst war ihr zu heiß gewesen, dann wieder zu kalt. Ihre Lider hatten bei jedem Wimpernschlag gebrannt, aber die Unruhe, die ihren Körper unter Strom hielt, hatte sich einfach nicht vertreiben lassen wollen.

Plötzlich ertönte Harrolds Klingelton unter ihr. Gleich darauf fuhr ein Wagen vor, den sie noch nie zuvor auf dem Anwesen gesehen hatte.

Neugierig lehnte sich Eliza hinaus.

Die Beifahrertür schwang auf, und eine langbeinige Blondine stieg aus.

Claire.

Was wollte sie hier?

Elizas Magenwände zogen sich bebend zusammen, so, als wollten sie jemanden zerquetschen.

Die Hände in die Hosentaschen gebohrt erschien Harrold auf dem Platz.

»*Mon chéri!*« Claire lief ihm freudestrahlend entgegen. »Danke, dass du mich angerufen hast. Aber ich wusste ja, dass du dich bei mir melden würdest!«

Elizas Herz setzte aus. *Er* hatte sie hierher bestellt?

Erneut spulten sich Kindheitserinnerungen wie ein Film vor ihrem inneren Auge ab, und sie sah sich verborgen hinter einer Hecke kauern. Da war ihr Vater. Und eine Frau. Sie küssten sich. Es war nicht ihre Mutter.

»Ich wollte dich sehen.«

Eliza stieß einen erschrockenen Laut aus. Gleich darauf rutschte sie vom Fensterbrett. Ihr Brustkorb hob und senkte sich krampfartig. Hatten sie sie gehört?

»Ich wollte dich auch sehen! Du hast mich gerufen, um mir zu sagen, dass du mit mir nach L. A. zurückkommst, nicht wahr? Claire wusste, dass diese junge Engländerin nur ein Zeitvertreib für dich ist!«

Mit klopfendem Herzen schob sich Eliza an der Wand entlang und lugte aus dem Fenster. Claire hopste freudig auf und ab, während Harrold sich nicht einen Zentimeter bewegt zu haben schien.

»Zeitvertreib?«, brachte er mühselig heraus. »Du hast ja gar keine Ahnung!«

Also war alles nur gelogen?

»Sie passt auch gar nicht zu dir.«

»Nein?«

Eliza taumelte, fing sich aber sofort wieder und klammerte sich wie ein Kind an den weißen Vorsprung.

»Nein. Sie hat weder Stil noch Klasse. Neben dir wirkt sie wie eine hässliche Bauerndirne mit Sommersprossen.«

Harrold lachte. »Eine Bauerndirne also. Was hast du denn gegen Sommersprossen?«

»Die sind nicht sehr chic ...« Claire tänzelte näher und legte Harrold die Arme um den Hals. Dann lehnte sie sich schnurrend an ihn.

Aber warum bewegt er sich nicht?

»Harrold.«

Er drehte den Kopf in Elizas Richtung.

Sie hatte seinen Namen laut ausgesprochen und war aufgeflogen! Ihre Augen weiteten sich, als sie erkannte, dass er sie direkt anlächelte. Dieser Mistkerl wollte sie verhöhnen.

»Was ist denn, *mon chéri?*« Claire drehte seinen Kopf wieder zu sich. »Wir beide werden so viel Spaß miteinander haben, das verspreche ich dir!« Sie stellte sich auf die Zehenspitzen und brachte ihr Gesicht an seines.

Küsst sie ihn? Und er lässt es einfach zu?

»Ich liebe dich, Harrold!«

Plötzlich sah Eliza rot. So schnell ihre Füße sie trugen, stürmte sie aus dem Zimmer, wobei sie ihre Pantoffeln vergaß und auch, dass sie gar keine Hose mehr trug, sondern nur ihr Shirt und den übergroßen Großvaterpullover.

Als sie endlich unten ankam, war sie völlig außer Atem und zitterte am ganzen Leib. Ihr Haar hing wirr um ihren Körper, und ihre Lunge ächzte, als würde sie jeden Moment explodieren.

»Ich weiß, dass du da bist.«

Das war Harrolds Stimme. Eliza stürmte nach draußen. Dieser Mistkerl! Aber da hatte er sich die falsche Frau zum Spielchen-Spielen ausgesucht. *Dem werd ich's zeigen!*

Sie riss die Tür auf. »Du verlogenes ...«

Eliza blieb stehen und sah sich um. Wo waren die andere Frau und ihr Bonzenauto abgeblieben? Verwirrt blickte sie umher.

»Arschloch?«, vollendete Harrold ihren Satz.

Sie drehte sich um. Da stand er, an der Fassade des Hauses angelehnt, mit diesem unwiderstehlichen Lächeln, das sie ihm am liebsten aus dem Gesicht geprügelt hätte.

»Ja, der Teufel soll dich holen, weil du mir ...«

»... wehgetan hast?«

»Genau ...«

»Hatte ich dir nicht gesagt, dass du nicht so aufreizend herumlaufen sollst?«, sagte Harrold.

»Wo ist die blöde Kuh? Ha? Dieses Mal werde ich mich nicht zurückhalten! Warte ... Was?« Eliza starrte an sich hinab und dann zu Harrold, der ihr plötzlich so nahe war, dass sie nichts weiter tun konnte, als die Arme um sich zu schlingen. »Du gehst also zurück?«

»Nein, wieso sollte ich?«

Eliza machte einen Schritt rückwärts. »Du hast gesagt, dass wir nicht zueinander passen.«

Harrold kam ihr nach. Ein selbstzufriedenes Lächeln zupfte an seinen Lippen. »Wusst ich's doch, dass du alles mitbekommen hast... Und jetzt denk noch mal genau darüber nach, was du wirklich gehört hast.«

»Du hast mich in eine Falle gelockt?« Ein weiterer Schritt, dann stand sie mit dem Rücken an der Wand.

»Du hättest mir doch nie geglaubt, wenn du es nicht selbst gehört hättest!«

Eliza schüttelte den Kopf. »Was gehört?«

Harrold stand jetzt direkt vor ihr. »Du hast es nicht gehört?«

»Nein, ich ... ich habe eine ganze Zeit nach unten gebraucht. Ich musste zweimal eine Pause machen, weil ich nicht mehr laufen konnte.«

Er beugte sich zu ihr herab. Eliza ließ die Arme sinken. Ihre Stirnen berührten sich.

»Eliza, bist du völlig verrückt? Du glühst ja!« Er packte sie.

»Das ist nur, weil ich mich so aufgeregt habe, wegen dir. Es ist deine Schuld, und jetzt erklär mir, was das eben sollte!« Sie schubste ihn fort, aber er war sofort wieder bei ihr.

»Ich habe ihr gesagt, dass ich nur dich liebe. Und dass ich einen prima Anwalt bezahle, der mir helfen würde, sollte sie nicht ein für alle Mal aus meinem Leben verschwinden. Dann habe ich ihr noch gesteckt, dass ich von den dubiosen Geldgeschäften wüsste, in die sie verstrickt ist, und dass ich ihrem Vater davon erzählen würde, falls sie sich weigerte zu gehen.«

»Du hast geblufft.«

»Klar, habe ich geblufft. Ich habe noch nie jemanden so schnell auf High Heels laufen sehen.« Er lachte.

»Du bist unmöglich, Harrold! Bestimmt hast du das vorhin auch nur gesagt, weil du gewusst hast, dass ich hinter der Tür stehe!«

Erneut beugte er sich zu ihr herab, wobei er ihr das wirre Haar hinters Ohr strich. »O ja ... Ich habe wie ein böser, kleiner Junge durch das Glasfenster der Tür gespäht.«

»Ich hasse dich.«

»Hass mich ruhig, so viel du willst.« Ihre Finger verschränkten sich miteinander, sein Atem vibrierte an ihrer Wange. »Was ich in der Küche zu dir gesagt habe, tut mir leid. Es war unfair, und das wusste ich. Aber als mir klar geworden ist, dass ich nie über dich hinweggekommen bin ... Das hat mich ... wütend gemacht.«

Eliza atmete tief durch und sank gegen ihn. Das dumpfe Pochen an ihren Schläfen verwandelte sich in ein ziehendes

Hämmern. Ihr Sichtfeld verschwamm, und sie schloss die Augen. Warum nur war ihr so heiß? Der Presslufthammer in ihrem Gehirn schien bis zu der Glut in ihrem Inneren vorgedrungen zu sein.

»Was machen wir jetzt?«, fuhr er fort.

Schlafen. Ich muss schlafen. »Sag, dass du immer noch hier bei mir bleiben wirst.«

Harrolds Worte klangen so weit weg, und sie verstand nicht alles, trotzdem lächelte sie. Er klang so warm und weich.

»Eliza? Geht's dir gut?« Er streichelte ihren Rücken.

Der Schauer, den seine Berührung auslöste, rieselte schmerzhaft über ihre Haut, aber das hielt die Schmetterlinge in ihrem Bauch nicht davon ab, wie wild zu flattern.

»Eliza, ich sterbe hier gerade vor Aufregung. Bitte beantworte meine Frage. Was machen wir jetzt?«

»Schlafen«, murmelte sie.

»Was?«

Sie hob den Kopf und lächelte ihn an. »Ich will schlafen, bring mich ins Bett.«

Kapitel 21

Josephine, 1920

Josie stand an Nathaniels Bett und blickte besorgt auf ihn hinab. Das Fieber hatte ihn wieder einmal niedergestreckt. Eigentlich hatte sie ihren freien Nachmittag mit ihm verbringen wollen, doch als sie bei ihm angekommen war, hatte sie ihn zusammengesunken im Pavillon gefunden.

»Ich werde einen Arzt rufen lassen.«

»Das ist unnötig, der Quacksalber, der hier im Dorf praktiziert, wollte mir beim letzten Mal einen Aderlass verschreiben.«

»Du beliebst zu scherzen.«

Doch Nathaniel antwortete nicht, seine Zähne klapperten, und sein Körper zitterte unkontrolliert.

»Ich werde dir etwas zum Wärmen bringen.«

Außerdem würde sie später mit Judy reden, das nächste Mal, wenn sie mit der Fähre nach Cape Charles fuhr, sollte sie sich nach einem anderen Arzt erkundigen. Am besten nach einem, der sich keiner Methoden aus dem letzten Jahrhundert bediente.

In der Küche zündete sie ein Feuer an und setzte Wasser auf. Der Herbst neigte sich dem Ende zu, die Bäume waren kahl, und am Morgen bedeckte feiner Reif die braunen Blätter am Boden. Im Haus war es kalt. Josie schnalzte mit der Zunge. Nathaniel durfte mit dem Feuerholz nicht so sparsam umgehen, nicht in seinem Zustand. Sollte er wirklich hier draußen allein leben?

Nathaniels Stöhnen drang die Treppe bis zu ihr herab und spornte sie zur Eile an. Auf dem Tisch stand noch eine Teekanne; war der Tee vielleicht noch warm? Sie schenkte sich selbst eine Tasse ein, um zu kosten, und spuckte den Inhalt sogleich ins Waschbecken. Ihre Zunge fühlte sich taub an, und die Bitterkeit trieb ihr die Tränen in die Augen. Wie konnte man so ein Gebräu nur trinken? Der Geruch verriet ihr, dass es der Tee sein musste, den Nathaniel immer mit Sybille Mayfield trank. Was hatte diese Frau nur für seltsame Vorlieben? Der Tee war so intensiv, dass Josephine die einzelnen Kräuter nicht herausschmecken konnte.

Vielleicht verträgt er ihn nicht?

Wenn Josie so darüber nachdachte, dann war Nathaniel nach Mrs. Mayfields Besuchen immer fiebrig gewesen. Seine alten Verletzungen machten ihn vielleicht anfälliger für bestimmte Substanzen, so, wie Kinder oder alte Menschen gewisse Dinge schlechter vertrugen. Das musste dann aber im geringen Ausmaß für alle gelten. Wenn Nathaniel hoch fieberte, dann sollte ein normaler Erwachsener doch zumindest ein gewisses Unwohlsein bemerken, oder nicht? Also konnte es nicht am Tee liegen. Mrs. Mayfield trank ihren Tee doch auch.

Ein Blick auf den Tisch verriet ihr, dass die Tasse der werten Dame schon wieder unberührt dort stand. Es gab nur eine Möglichkeit, ihre Theorie zu testen. Josie nahm einen großen Schluck von dem bitteren Tee und zwang sich, das Gebräu hinunterzuschlucken. Dann nahm sie den Topf mit kochendem Wasser von der Ofenplatte und bereitete eine Schüssel mit heißem Wasser vor. Sie hatte das letzte Mal in Nathaniels Vorratskammer einige getrocknete Kräuter gesehen, unter anderem Ackerminze, Fenchel und Kamille. Sie warf die Kräuter in das Wasser und trug die Schüssel in Nathaniels Zimmer. Der duftende Dampf würde sich im Raum verteilen und Nathaniel hoffentlich ein wenig Linderung verschaffen. Und wenn der Kräutersud abgekühlt war, könnte er ihn als Tee zu sich nehmen. Sie legte ihm ein kaltes Tuch auf die Stirn und fühlte seinen Puls.

Viel zu hoch.

Besorgt setzte sie sich auf die Bettkante. Sie zwang ihn, ein paar Schlucke von einem süßen Traubensaft zu trinken. Doch er hustete so stark, dass kaum Flüssigkeit in ihn hineingelangte.

Heute Nacht konnte er auf keinen Fall allein bleiben.

»Ich gehe noch mal aufs Anwesen und rede mit Mrs. Mayfield. Sie soll dich ins Haupthaus verlegen lassen, bis du wieder gesund bist.«

»Unten in der Stube gibt es ein Telefon, über das du Lyon erreichen kannst.«

Keine Widerworte? Ihm musste es schlechter gehen, als sie vermutete. Nathaniels Stimme rasselte bei jedem Wort. Saß sein Leiden womöglich in der Lunge? Egal, was er sagte, er musste dringend von einem Arzt untersucht werden.

Josie hetzte in die Küche, um Lyon die Situation zu schildern, in ihn hegte sie vollstes Vertrauen. Er würde Mrs. Mayfield die Dringlichkeit der Situation schon näherbringen.

Es dauerte zwei Stunden, bevor jemand in Nathaniels Haus erschienen.

Josie hatte mit aufkommender Panik beobachtet, wie sich Nathaniels Zustand trotz ihrer Pflege verschlechterte. Unruhig ging sie auf und ab und wechselte alle fünf Minuten den Umschlag auf Nathaniels Stirn. Er stöhnte bei der kleinsten Bewegung, aber wenigstens schlief er. Sie wusste, dass Schlaf im Augenblick das Beste für ihn war, doch die Stille machte Josie wahnsinnig. Sie musste irgendetwas tun, also begann sie, die Küche zu putzen und danach den Rest des Hauses. Sie bereitete eine milde Suppe zu und hoffe, sie nicht zu brauchen, da Nathaniel bald im Haupthaus sein würde. Gerade, als sie darüber nachgedacht hatte, Lyon noch einmal anzurufen, hatte sie das Brummen des Motors vor dem Haus vernommen.

»Na endlich.«

Josie stürmte nach draußen. Lyon und ein junges Mädchen, das sie noch nie zuvor gesehen hatte, stiegen aus.

Lyon wirkte bekümmert.

»Ms. Josephine, darf ich vorstellen? Ms. May Fall.«

Das junge Mädchen machte einen Knicks und sah sie kokett an. Sie war für dieses Wetter viel zu leicht bekleidet. Warum war sie hier? Sie wirkte kaum stark genug, um ihr helfen zu können, Nathaniel ins Auto zu hieven. Egal, im Notfall würde sie das auch allein schaffen!

»Für Vorstellungen haben wir keine Zeit, dem jungen Herrn geht es schlecht, wir sollten ihn schnellstmöglich ins Haupthaus bringen und einen Arzt konsultieren.«

Lyon sah betreten zu Boden.

May stemmte die Hände in die Hüfte und baute sich vor ihr auf. »Keine Angst ich kümmere mich um ihn, Schätzchen.«

»Wie bitte?«

Lyon stellte sich zwischen sie beide.

»Es verhält sich so, dass die junge May ein Schützling des Wohlfahrtsprojektes der Witwe Mayfield ist. May interessiert sich für die Ausbildung zur Krankenschwester und Mrs. Mayfield hielt es für eine gute Gelegenheit, der jungen Dame eine Möglichkeit zu geben, sich zu beweisen.«

Josie blickte ungläubig zwischen Lyon und dem hämisch grinsenden Mädchen hin und her.

»Das ist ja wohl nicht Ihr Ernst? Der junge Herr ist schwer krank!«

»Ich werde mich schon um ihn kümmern.«

Die Art und Weise, wie May das sagte, jagte Josie einen Schauer über den Rücken. »Haben Sie denn Erfahrung?« Josie wollte kein Urteil über May fällen, aber ihre Alarmglocken schellten.

»Ich habe sicher mehr Erfahrung als du, Schätzchen, und jetzt geh zur Seite und lass mich meine Arbeit machen.«

Das Mädchen wollte an ihnen vorbei und stieß gegen Josie.

»Ms. Josephine.« Lyon sah sie an, etwas Flehendes lag in seinen Augen. Er war seit über zwanzig Jahren bei der Familie Mayfield angestellt. Nathaniel war wie Familie für ihn. Josie nickte ihm zu.

»Eure Dienste sind hier nicht erwünscht, junges Fräulein. Lyon, bitte richten Sie Mrs. Mayfield aus, dass ich mich beurlauben lasse, um mich selbst um den jungen Herrn zu kümmern. Sollte sie nicht einverstanden sein, werde ich einer Kündigung widerstandslos zustimmen.«

Mit diesen Worten betrat sie das Haus und verriegelte die Tür hinter sich. Mit pochenden Herzen blieb sie wie angewurzelt in der Stube stehen.

Was hatte sie gerade getan?

Draußen konnte sie das Mädchen schimpfen hören, ihre Hände zitterten, aber Josie wusste, dass sie die richtige Entscheidung getroffen hatte.

Plötzlich drehte sich ihr Magen um. Sie schaffte es gerade noch so zum Waschbecken, um sich zu übergeben. War das die Aufregung? Sie nahm sich ein Minzblatt aus der Vorratskammer, um den bitteren Geschmack in ihrem Mund loszuwerden. Ihre Beine fühlten sich an wie Wackelpudding.

»Josephine?« Nathaniels schwache Stimme drang die Stufen hinab.

Josie schleppte sich in den oberen Stock, und als sie endlich angekommen war, hatte sie das Gefühl, einen Berg erklommen zu haben.

Nathaniel saß aufrecht im Bett, als er sie sah, erhellte sich sein finsteres Gesicht. »Ich dachte, du wärst gegangen.«

Die Angst in seinen Worten bohrte sich in Josies Herz. »So schnell wirst du mich nicht mehr los.«

Sie setzte sich zu ihm an die Bettkante und griff nach seiner Hand. Sie war eiskalt und nass.

»Josie, du glühst.«

»Das kommt dir nur so vor, weil du unterkühlt bist.«

»Nein, gewiss nicht.«

Er berührte mit seinen Lippen ihre Stirn. Sie schloss die Augen und genoss die zarte Berührung, und als sie die Augen wieder öffnete, lag sie bei ihm im Bett, eingekuschelt in seine Arme.

»Hast du dich bei mir angesteckt?«

»Ich denke nicht. Wir teilen zwar dasselbe Leiden, doch ich bin mir sicher, dass es keine Krankheit ist.« Allein der Gedanken, dass sie mit ihrer Theorie richtig lag, verursachte bei Josie erneute Übelkeit.

»Das musst du mir erklären.«

Sie schüttelte den Kopf. »Morgen. Wie geht es dir?«

»Eine wunderschöne Frau liegt in meinem Arm, wie soll es mir da gehen?«

»Der Schlaf scheint dir gutgetan zu haben.«

»Vielleicht solltest du auch schlafen.«

»Das ist eine hilfreiche Idee.«

Josie versuchte, sich aus Nathaniels Umarmung zu befreien. Schlaf würde ihr guttun. Vielleicht existierte ihr Nachtlager vom letzten Mal noch? Aber Nathaniel presste sie fester an sich.

»Hast du nicht gemeint, dass ich schlafen soll?«

»Habe ich.«

»Wieso lässt du mich dann nicht gehen?«

»Das Bett ist groß genug für uns beide.«

Josie warf ihm einen Blick zu. Kam die Röte in seinem Gesicht vom Fieber oder von einem schmutzigen Gedanken? Dem musste sie sofort nachgehen. Sie kehrte ihm den Rücken zu.

»Hilf mir mit meinem Kleid.«

Nathaniel versteifte sich hinter ihr. »Wie bitte? Was soll ich tun?«

Josie schmunzelte. Wenn in ihrem Körper nicht gerade ein Fieber wüten würde, dann hätte sie Nathaniel noch ein wenig mehr gequält.

»Ich werde mit Sicherheit nicht in meiner dreckigen Uniform schlafen. Wenn du also willst, dass ich dein Nachtlager mit dir teile, dann ...«

»Schon gut, ich habe verstanden.«

Er beeilte sich, die Haken an ihrem Kleid zu öffnen, damit sie aus dem rauen Stoff schlüpfen konnte.

»Und jetzt du.«

»Ich?«

»Du sollst ein Nachtgewand anlegen, deine Kleidung ist nass vom Schweiß, und das Laken sollte ich auch frisch überziehen, sonst bekommst du noch eine Lungenentzündung.«

Obwohl sich bei ihr alles drehte, scheuchte sie Nathaniel ins Badezimmer, wo er sich umziehen sollte, während sie das Bett machte.

Die Gedanken kreisten in ihrem Kopf. Sie musste morgen unbedingt mit Judy reden ...

Was würde geschehen, wenn sich ihr Verdacht als wahr entpuppte?

Rosetta und William würde es das Herz brechen.

Josie hielt in ihrer Tätigkeit inne und schauderte. Das durfte einfach nicht wahr sein. Sie musste sich irren, sie *wollte* sich irren!

Erschöpft ließ sie sich ins Bett fallen.

Nathaniel war noch im Badezimmer, sie sollte auf ihn warten. Noch einmal seine Stirn fühlen und seinen Puls messen.

Doch sie schaffte es nicht. Das Fieber brannte in ihr und zwang sie in einen langen, traumlosen Schlaf.

Der Morgen graute bereits, als sie wieder erwachte. Ein Rasseln hatte sie geweckt. War es der Wind? Sie tastete das Bett nach Nathaniel ab.

»Ich bin hier.«

Er saß in einem Stuhl nahe dem Fenster. Sein Atem kam flach, das rasselnde Geräusch tief aus seiner Lunge.

»Ich bekomme so schwer Luft ... deshalb wollte ich zum Fenster ...«

Das Sprechen fiel ihm schwer.

»Verflucht.« Josie stolperte aus dem Bett und griff nach Nathaniel. Sie hievte ihn hoch und zog ihn zurück zum Bett. Er kollabierte im freien Fall, und Josie landete unter ihm auf der Matratze.

»Verflucht. Verflucht. Verflucht.«

Nichts war schwerer als ein bewusstloser Körper. Es kostete Josie all ihre Kraft, unter Nathaniel hervorzukriechen und ihn richtig im Bett zu positionieren.

Und dann begann er zu krampfen.

Es war nicht das erste Mal, dass Josie einen Mann in den Fängen eines Fieberkrampfes beobachtete. Sie stellte sich neben das Bett, bereit, ihn zu schnappen, falls die unkontrollierten Muskelzuckungen ihn gegen Kanten oder auf den Boden katapultieren würden. Er schrie auf und begann, nach Luft zu schnappen, zwischen seinen weit aufgerissenen Augenlidern waren nur weiße Augäpfel zu sehen.

Fünf Minuten. Josie wusste, dass ein Fieberkrampf nicht länger als fünf Minuten andauerte, und sie warten musste, bis es vorbei war.

Warum krampfte er gerade jetzt? Es war ihm doch am Abend schon wieder etwas besser gegangen?

Sie hätte an seinem Lager wachen sollen, anstatt geborgen in seinen Armen einzuschlafen.

Die Minuten verstrichen, während aus Nathaniels Schnappatmung ein röchelnder Hilferuf wurde. Josie ermahnte sich, ruhig zu bleiben. Er würde sie nach dem Anfall brauchen.

Dauerten fünf Minuten wirklich so lange?

Aber was, wenn sie sich irrte? Wenn es gar kein Fieberkrampf war? Wenn er hier vor ihren Augen starb?

Josie atmete tief ein und aus.

Keine Panik.

Alles würde gut werden.

»Ich werde nicht zulassen, dass du hier vor meinen Augen stirbst. Hörst du mich, Nathaniel Mayfield?«

Endlich ließen die Zuckungen nach. Schweißgebadet lag der Mann ihres Herzens im Bett. Er war ruhig. Zu ruhig.

Josie griff nach seinem Handgelenk. Sie konnte keinen Puls fühlen.

Kapitel 22

Harrold

Niemals würde Harrold diesen Anblick vergessen. Eliza, die durch ihn hindurchblickte, als wäre er gar nicht da. Glasige Pupillen, die wie in Zeitlupe zurück in ihren Kopf rollten. Wie ihr schmächtiger Körper in sich zusammenfiel. Ohne Rücksicht auf Verluste. Wäre er nicht da gewesen, dann wäre sie vermutlich einfach der Länge auf dem Boden gelandet.

Noch vor ungefähr zwei Sekunden war er davon überzeugt gewesen, dass Eliza in seinen Armen ohnmächtig geworden war. Was ihr Zustand in ihm auslöste, ließ sich selbst für ihn nur schwer in Worte fassen und zerstörte jeglichen klaren Gedanken. Es war erbärmlich. Er hatte sie aufgefangen, an seiner Brust gehalten und nicht gewusst, was er jetzt tun sollte. Alles, wozu er imstande gewesen war, war, sie anzustarren. Sein Medizinstudium entpuppte sich als völlig wertlos, wenn es um sie ging.

Und dann ... dann hatte sie begonnen zu schnarchen. Harrold hatte die Lippen zu einem festen Strich zusammengepresst, um nicht in schallendes Gelächter auszubrechen. Wären da nicht ihre vom Fieber geröteten Wangen und das leise Winseln zwischen den fast schon niedlichen Atemgeräuschen, könnte man meinen, sie wäre wirklich zusammengebrochen. Dabei war sie vor Erschöpfung einfach nur eingeschlafen.

Die Anspannung fiel von ihm ab. Er hob Eliza auf seine Arme und öffnete die Tür mithilfe von Schuhspitze und Ellenbogen. Dann spazierte er durch die Eingangshalle nach oben in Richtung Speisezimmer. Die Frau in seinen Armen schnarchte selig vor sich hin.

Selbst krank bist du immer noch wunderschön.

Und leicht wie eine Feder ... Obwohl sie ganz eindeutig zugenommen hatte – kein Wunder, Mildred und Agatha fütterten sie wie eine Stopfgans –, fühlte es sich nicht so an. Aber es gefiel ihm, dass sie wieder an Kraft gewann!

Vor dem Speisezimmer machte er halt. Als ob sie durchs Schlüsselloch gespäht hätte, riss Mary genau im richtigen Moment die Tür auf. Agatha und Mildred saßen bereits bei Tisch und unterhielten sich. Beide grinsten von einem Ohr bis zum anderen.

»Habt ihr euch ausgesprochen, ja?«, fragte seine Großmutter.

Agatha spießte eine Cocktailtomate auf ihre Gabel. »Du hast die Sache hoffentlich repariert?«

»Ihr seid wirklich unmöglich! Habt ihr Mary dazu gezwungen, an der Tür zu lauschen?«

Mary zippte ihre Lippen mit einer typischen Handbewegung zu, als wären sie ein Reißverschluss.

Harrold verdrehte die Augen. »Ich nehme Eliza mit auf mein Zimmer. Mary soll den Arzt für morgen aufs Anwesen bestellen.«

»Warum kannst du das denn nicht selbst erledigen? Du bist doch ein Arzt!«

»Aber nicht *so* ein Arzt, und jetzt tut bitte, was ich sage.«

Agatha lachte. »Benimmt sich, als ob er schon der Herr im Hause wäre.«

»Technisch gesehen ist er das wohl auch, da du schon mit einem Bein in der Kiste stehst, meine Liebe.« Mildred grinste.

»Da hast du wohl leider recht.«

Harrold machte auf dem Absatz kehrt. Eliza schlummerte immer noch tief und fest.

Oben angekommen verzichtete er auf unnötiges Licht und tappte im Dunkeln bis zu seinem Bett. Er legte die Frau in seinen Armen auf das frisch bezogene Laken und schälte sie fachmännisch aus dem Pullover, der ganz eindeutig einmal seinem Großvater gehört hatte. Dann holte er ein weiches Handtuch aus dem Badezimmer, tränkte es mit warmem Wasser und kehrte zu Eliza zurück, die sich auf die Seite gedreht hatte. Ihr Atem kam stoßweise. Er knipste die Nachttischlampe an und setzte sich neben sie. Das schlechte Gewissen befiel ihn wie eine ansteckende Krankheit, die sich rasend schnell in seinem Inneren ausbreitete.

»Fuck, verdammt«, fluchte er und begann, den Schweiß von ihrer Haut zu wischen. »Du musst dich jetzt auf den Bauch drehen, Eliza«, flüsterte er ihr zu und tatsächlich stemmte sie sich hoch, der Blick glasig vom Fieber.

»Harrold«, wimmert sie. »Ich bin hier, alles ist gut.« Eine Träne rollte über ihre Wange. »Mir ist so furchtbar übel«, brachte sie mühselig hervor.

Harrold, der schon damit gerechnet hatte, griff nach einer Schüssel, packte ihr Haar und hielt sie fest, während sie sich immer wieder übergab. Als es endlich vorbei war, brach sie weinend auf ihm zusammen, und es scherte ihn nicht im Geringsten, dass sie dabei ihren Rotz und die Reste des Frühstücks in sein Shirt wischte. Irgendwann beruhigte sie sich und er zog ihr das Unterhemd aus und steckte sie in eines seiner alten T-Shirts. Nachdem sie sich den Mund ausgespült hatte, räumte er alles weg, schlüpfte selbst aus den versauten Klamotten und legte sich zu ihr ins Bett. Ihr Kopf auf seiner nackten Brust, ihr heißer Atem, die Glieder eiskalt ...

»Es tut mir leid, Harrold. Ich ... wollte das nicht ... So peinlich ... Lass mich einfach sterben.«

»Schon gut, Kleines. Ich könnte es nicht ertragen, würdest du einen anderen Mann ankotzen als mich.«

Ein Krächzen, das wie ein Kichern klang, drang aus ihrer Kehle. »Aber ich will doch auch nur dich ankotzen.«

Dann schlief sie ein.

Harrold streichelte ihr weiches Haar, während er seine Geschäfte erledigte und Taz eine Nachricht schrieb, in der er mit ihm vereinbarte, ihn so bald wie möglich auf dem Anwesen zu treffen.

Harrold lag mit dem Familienstammbaum und Josephines Märchenbuch neben Eliza und studierte ihre Notizen. Grandma hatte doch von magischen Teeblättern erzählt, die er noch nicht zwischen den vielen Kurzgeschichten gefunden hatte.

»Harrold ...«

Es war das erste Mal, das sie sich erkennbar bewegte, seit sie sich übergeben hatte. Ihre Finger wanderten über seine Brust, hinab zu seinem Bauch, wo sie auf dem Bund seiner Unterhose liegen blieben. Harrold hielt den Atem an.

»Ich habe Durst.«

Mit einem Ruck hievte sie sich hoch, griff nach dem Glas gesüßtem Pfefferminztee auf dem Nachttisch, trank es in einem Zug leer und bemerkte erst dann, dass sie halb nackt auf ihm lehnte.

Ihr verschleierter Blick wurde klarer.

»H...harrold.«

Verwirrt blickte sie sich um, wobei sie angestrengt schluckte. »Wo bin ich?« Sie wollte von ihm herunterkrabbeln, aber er ließ sie sanft auf die andere Seite gleiten und deckte sie zu.

»Du bist in meinem Zimmer.«

Er drehte sich zur Seite und brachte seine Stirn an ihre.

»Was ist passiert?« Sie flüsterte in die Decke.

Ist es ihr peinlich?

»Du hast ein paar Stündchen geschlafen. Doktor Nam war heute Vormittag da und hat dir Bettruhe verordnet.«

»Bettruhe? Ich? Aber wieso denn? Es geht mir doch gut!«

Sie fuhr hoch ... und plumpste zurück in seinen Arm. »Oh ...«

Harrold lachte. Er richtete sich auf und drückte sie an sich. »Du musst dich ausruhen, Kleines.«

Elizas überhitzter Atem benetzte seinen Bauch. »Was machst du da?«, fragte sie.

»Ich stelle Nachforschungen über Nathaniel an. Wir wissen noch nicht genug über ihn und Josephine. Hier ...« Er reichte ihr ein Dokument.

Neugierig nahm sie es.

»Das ist eine Ernennungsurkunde. Dann war Nathaniel also wirklich ein Kriegsheld ... ein sehr angesehener Mann. Aber warum machen dann alle so ein Mysterium aus ihm? Als ältester Sohn hätte er eigentlich das Anwesen führen und die Plantage übernehmen sollen. Hat er aber nicht. Diese Aufgabe fiel Rosetta zu, die nicht einmal blutsverwandt mit ihm war.«

»Ich habe da so eine Vermutung.«

Eliza reichte ihm das Blatt zurück. »Was meinst du?«

»Was, wenn das Haus im Apfelhain sein persönlicher Rückzugsort war? Womöglich wollte er dort allein sein. Dass keine Porträts von ihm existieren, muss einen persönlichen Grund haben. Auf dem Videoausschnitt vom Fest konnte man sehen, dass er Schwierigkeiten beim Tanzen hatte. Außerdem war seine rechte Gesichtshälfte mit dunklen Flecken übersät.«

»Wenn er im Krieg gekämpft hat, dann wurde er wahrscheinlich verletzt. Eine Ehrung wie diese erhält man nur für außerordentliche Tapferkeit.« Eliza begann, zwischen seinen Bauchmuskeln kleine Kreise zu zeichnen. »Was wir also sicher wissen, ist, dass Josephine als Gouvernante nach Amerika kam. Ihre Aufgabe war es, sich um Rosetta und William zu kümmern. Später erhielt Rosetta das Erbrecht an der Plantage, die sie aber nur direkt von Nathaniel erhalten haben konnte, was bedeutet, dass sie eine enge Beziehung zueinander gehabt haben müssen. Die Kinder waren also das Verbindungsglied zwischen Nathaniel und Josephine ... Oh!«

Zu Harrolds Leidwesen stoppte Eliza ihre gedankenverlorenen Streicheleinheiten über seinem Nabel.

»Es könnte tatsächlich Liebe auf den ersten Blick gewesen sein!«

Wie bei uns.

»Meinst du, das wäre möglich?« Eine goldene Locke wickelte sich um Harrolds Finger. Das Spiel mit Elizas Haar beruhigte ihn fast schon auf hypnotische Art und Weise.

Eliza blickte zu ihm auf. Funken tanzten in ihren glasig schimmernden Augen. Konnte er es wagen? Aber noch ehe er den Gedanken zu Ende gefasst hatte, lag sein Mund schon auf ihrem. Die Hitze, die durch ihren Körper strömte, erfasste ihn wie loderndes Feuer und er stöhnte leise.

»Du bist so heiß«, flüsterte er.

»Ich habe ja auch noch Fieber, Harrold. Und du wirst dich bei mir anstecken, wenn wir so weitermachen ...«

Das habe ich nicht gemeint, aber das weißt du längst, nicht wahr?

Harrold lächelte an ihren Lippen. »Das könnte dir so passen, hm?« Ein letztes Mal küsste er sie, bevor er sie wieder in die Decke einwickelte, an seine Brust zog und die Arme um sie schloss.

»Schlaf noch ein bisschen. Wir sehen uns morgen früh.«

Sie spreizte ihre Finger über seinem schnell pochenden Herzen. »Ich will jetzt nicht schlafen, ich habe keine Lust mehr. Lieber möchte ich das Rätsel mit dir lösen.«

»Aber das Rätsel läuft uns nicht davon. Und während du dich ausruhst, werde ich weiter in Josephines Märchenbuch lesen. Vielleicht finde ich ja noch einen Hinweis, der uns weiterhelfen kann.«

»Hm, ja ... aber eigentlich müssen wir nur in Tante Mildreds Laden. Die Teekanne steht in einem der oberen Regale neben dem Silberbesteck ...«

Harrold begann zu lesen. Von der Apfelprinzessin, die ihrem Ritter verzauberte Teeblätter kochte.

Das Fieber war stetig gesunken und mit ihm ihre Motivation, noch länger im Bett zu bleiben. Harrold war untertags in den Laden gefahren, um die Teekanne zu suchen. Tatsächlich hatte er sie genau dort entdeckt, wo Eliza es ihm Tage zuvor beschrieben hatte. Nachdem Tante Mildred ihm die gewünschten eintausenddreihundert Dollar Einsatz abgeknöpft hatte – *Falls du sie auf dem Weg fallen lässt!* –, war er noch zu einem gemeinsamen Abendessen verdonnert worden, bei dem er von einem äußerst grimmig dreinblickenden Kater angestarrt wurde, der seine Besitzerin schmerzlich zu vermissen schien. Da konnte selbst ihre kürzlich entdeckte Sympathie zueinander nichts ändern.

Und so kehrte er erst spät, aber dafür mit einer intakten Teekanne unterm Arm, nach Hause zurück. Seine Großmutter und auch Mary waren längst zu Bett gegangen, nur aus seinem Zimmer drang noch schwaches Licht. So leise wie möglich drückte er die Klinke hinunter und stellte die Kiste auf den alten Sekretär hinter dem Paravent.

Eliza schlüpfte gerade in das frische T-Shirt, das er vorhin für sie bereitgelegt hatte. Dann sank sie zurück auf das Laken und griff nach ihrem Handy.

Sein Display blinkte.

Wann kommst du nach Hause?, schrieb sie.

Eliza saß mit dem Rücken zu ihm.

Vermisst du mich?, antwortete er.

Sie legte das Telefon zur Seite und fasste ihr Haar zusammen. Die zarte Haut an ihrem Hals war immer noch dezent gerötet.

Ja.

Dann streckte sie die Beine aus und drückte den Rücken durch. Trug sie den keine Hose? Ihr Kopf sank in den Nacken. Sie schloss die Augen und atmete tief ein und aus. Ein Stöhnen kam aus ihrem Mund.

Was zum Teufel ...

Harrold trat aus dem Schatten ans Bett heran. »Fängst du etwa schon ohne mich an?«, flüsterte er ihr ins Ohr.

Sie zuckte zusammen, und die Spannung wich aus ihrem Körper. Hilflos sank sie gegen ihn, den Kopf halb auf seiner Schulter liegend.

»Es ist nicht, was du denkst. Nur ... nur eine Yogaübung! Ich liege seit Tagen ihm Bett und kann mich kaum mehr bewegen. Ich fühle mich furchtbar steif.«

Er hauchte einen Kuss hinter ihr Ohr.

Willkommen in meiner Welt.

»Es ist nicht so, dass mir das, was ich denke, was du da gerade mit dir selbst tust, nicht gefallen würde.«

Eliza schauderte, als er ihre Taille umschlang.

»Aber du brauchst immer noch Ruhe ...«

Und ich bin kein wildes Tier, obwohl ich mich gerade wie eines fühle.

Hinter Eliza sitzend spielte er mit dem Saum ihres Shirts, wobei ihm ihre Reaktionen auf seine Finger, die ihre nackte Haut streiften, nicht entging.

»Lass mich nur schnell die Zähne putzen, bevor wir schlafen gehen.«

Er wollte aufstehen, doch da hatte sie sich schon herumgedreht und auf seinen Schoß gesetzt. »Nein.«

»Nein?«, fragte er.

»Nein«, wiederholte sie.

Er streichelte ihre Wange. »Was soll ich dann tun, Eliza? Du musst mir sagen, was du willst.«

Verlegen blickte sie zur Seite.

Er neigte den Kopf. »Sag es«, forderte er. »Ich bin ein Mann und brauche klare Anweisungen.«

Eliza seufzte. Dann ergriff sie seine Hand. »Ich will, dass du mich liebst.«

»Wie?«

»So, wie ich es verdient habe ... wie ich es schon die letzten zehn Jahre verdient gehabt hätte. Wie ... *wir beide* es verdient gehabt hätten.«

Ein warmer Schauer rieselte über seine Schultern bis in seine Fingerspitzen. Sein Puls beschleunigte sich, während sie einander ansahen, als wäre es das erste Mal in ihrem Leben. Eliza hatte recht. Er hatte ihr immer alles geben wollen. Aber stattdessen waren sie auseinandergerissen worden.

»Sag ... sag doch etwas, bitte!«

Er schüttelte den Kopf, wollte jetzt nicht reden. Er wollte nur genau das tun, worum sie ihn gebeten hatte.

Behutsam ließ er Eliza auf das Laken gleiten. Dann zog er sich das Shirt über den Kopf und warf es auf den Boden, bevor er sich über sie beugte.

»Harrold ...«, flüsterte sie seinen Namen und reckte sich ihm entgegen, bis ihre Lippen endlich zueinanderfanden.

Ihr Kuss war verhalten und so leicht wie der Flügelschlag eines Schmetterlings. Aber er wollte mehr, wollte sie kosten, und als hätte sie seine Gedanken gelesen, öffnete sie den Mund und ein honigsüßer Geschmack hieß ihn willkommen.

Du hast den Apfel also doch gegessen, den ich dir aufgeschnitten hatte ...

Harrold vertiefte den Kuss und liebte es, wie sie sich an ihn klammerte und ihre Beine um ihn schloss, um ihn näher bei sich zu haben.

»Ich möchte dich berühren, Eliza. Wirst du es mir erlauben?«

Ihr Atem bebte, während sie ihm ihre stumme Erlaubnis gab. »Mir ist so heiß.«

Harrold rutschte ein Stück an ihr herab, liebkoste die Kuhle zwischen ihren Schlüsselbeinen. Seine Hand lag auf ihrem Bauch, und als er die Finger spreizte, erschauderte sie.

»Du bist wunderschön«, raunte er.

Das Shirt wanderte hoch und entblößte ihre weichen Rundungen.

Für ihn war Eliza wie eine verwunschene Elfe. Eines der bezaubernden Fabelwesen aus Josephines Geschichten. Unwirklich schön und schwer festzuhalten. Sein Herzschlag beschleunigte sich, während er sie mit Ehrfurcht betrachtete. Aber er hatte sie endlich gefangen ... *Dabei weiß ich nicht einmal, ob ich dich überhaupt verdient habe.*

Ihre Fingerspitzen tanzten über seine nackte Brust, seine Wangen, sein Haar ...

»Warum quälst du mich so?«, wisperte sie.

Seine Hand rutschte tiefer. Sie biss sich auf die Lippe, als er die Feuchtigkeit zwischen ihren Beinen fand.

»Eliza, du bist so verdammt unwiderstehlich ...«

Er küsste ihre rechte Brust, spielte mit der harten Spitze. Quälend langsam versanken seine Finger in ihrer heißen Mitte. Fuck, sie war so feucht, dass er nur erahnen konnte, wie gut es sich anfühlen würde, in ihr zu sein. Aber er konnte warten. Er hatte bereits zehn Jahre gewartet und würde diesen Moment so lange auskosten, bis keiner von ihnen mehr klar denken konnte.

»Was soll ich nur mit dir tun?« Seine Stimme klang rau.

Er erhöhte den Druck und brachte ihre Beine zum Zittern. Sie krallte ihre Finger in seine Haut. Der Schmerz erfasste ihn wie eine verdammte Offenbarung.

»Fuck, Eliza ...« Er küsste sie hart.

Ihr Becken ruckte ihm entgegen. »Ich will dich ... ganz, Harrold ich ... ich möchte nicht mehr warten.«

Lächelnd löste er sich von ihr und richtete sich auf. Ihre Lust schmeckte genauso süß wie ihr Mund. Er öffnete den Knopf seiner Hose und beugte sich über sie, um ein Kondom aus der Schublade zu holen. Eliza verbarg ihr Gesicht hinter ihren Händen. Er nahm sie fort und legte sie um seinen Hals.

Ihre Beine wanden sich um seine Hüften, als er in sie glitt.

Eliza zog ihn zu sich, hielt sich an ihm fest, während er sie langsam, aber tief liebte. So, wie sie es verdient hatte.

So fühlt es sich also an, mit einer Frau zu schlafen, die alles und noch viel mehr für einen bedeutet.

Sein Herz hämmerte gegen seine Brust, und sein Atem ging fahrig.

»Ich liebe dich«, flüsterte er.

Eliza küsste ihn.

Ist das ihre Antwort?

Sie stöhnte leise, als er das Tempo beschleunigte. Er streichelte ihre intimste Stelle, bis ihr Becken unkontrolliert zu zucken begann und Sterne in ihren Augen tanzten.

Sein Name verhallte in dem Zimmer wie ein Echo.

»Und ich liebe dich«, hauchte sie atemlos.

Ihre Worte trafen ihn mitten ins Herz, und er packte sie und hielt sie an sich gepresst, bis das Feuer zwischen ihnen explodierte.

Es war das erste Mal, dass er sich vollkommen fühlte.

Natürlich hatte Harrold sein Versprechen wahr gemacht und sie am nächsten Morgen so geküsst, wie er es ihr versprochen hatte. Eliza so verletzlich vor sich zu sehen, ihre bebende Stimme zu hören und das Kratzen ihrer Nägel auf seiner Haut zu spüren, war das Schönste gewesen, was er je hatte erleben dürfen.

Jetzt saßen sie zusammen im Bett, und Eliza inspizierte die Teekanne aus Tante Mildreds Laden.

»Sie ist ein altes Stück, aber gut erhalten. Siehst du den Stempel? Das ist Meissener Porzellan aus Deutschland. Aber irgendetwas stimmt nicht damit.« Sie hob den Deckel ab, drehte und wendete ihn.

»Er ist weiß, allerhöchstens cremefarben vom Dampf des Tees. Aber die Kanne selbst – sie nahm ihr Handy und leuchtete hinein – was ist das für eine violette Verfärbung?«

Harrold beugte sich von hinten über sie.

»Es fühlt sich nicht rau an. Riecht es?«

Eliza schnupperte hinein. »Nein, es riecht nach gar nichts.«

»Könnten es spezielle Teeblätter gewesen sein?«, fragte er.

»Dieses Porzellan ist von höchster Qualität. Teeblätter können zwar Verfärbungen hinterlassen, aber da die Kanne bestimmt immer mit großer Umsicht behandelt wurde, hätte man sie problemlos säubern können müssen.«

»Und was ist das?« Er nahm ihr die Kanne aus der Hand und steckte die Finger hinein.

»Ich glaube, der Kannenhals ist verstopft, aber ich komme nicht dran. Meine Finger sind zu dick.«

Eine niedliche Röte erschien auf ihren Wangen, und sie griff selbst hinein.

»Spürst du es?«

»Da steckt definitiv was drin.«

Sie bohrte in dem Hals, wobei sie sich zurücklehnte, sodass sie halb auf ihm lag.

»Wir könnten es mit einem Stift probieren?«

Eliza sah ihn an, als hätte er den Verstand verloren. »Und sie womöglich beschädigen? Nur über meine Leiche!«

Tag drei Bettruhe, und die Antiquitätenhändlerin war gesund und munter zurück. Harrold prustete.

»Mach dich nicht lustig über mich!« Sie schüttelte die Teekanne, und ein leises Klackern ertönte.

»Oh!«

Eliza drehte sie um, und ein kleiner glänzender Anhänger fiel ihr in den Schoß.

»Ein Äskulapstab?«

»Nathaniel war ein Kriegsheld. Du hast doch gesagt, er war beeinträchtigt? Womöglich litt er an Folgeerscheinungen oder an einer unheilbaren Krankheit? Das könnte auch der Grund gewesen sein, warum Rosetta die Erbnachfolge angetreten hat«, überlegte Eliza. »Aber das ergibt eigentlich keinen Sinn ...«

»Sicher existieren irgendwo Aufzeichnungen, Krankenakten oder eine Sterbeurkunde. Ich werde Grandma befragen. Außerdem habe ich die Geschichte gefunden, von der sie uns erzählt hat. Darin geht es um eine Apfelprinzessin, die ihrem kranken Ritter Tee kocht, um seine Schmerzen zu lindern. Aber anstatt endlich gesund zu werden, wird er immer kränker, bis sie am Ende herausfinden, dass die böse Hexe die guten Blätter gegen vergiftete ausgetauscht hat.«

Eliza stellte das kostbare Gefäß aufs Nachtkästchen. »Wie traurig! Aber am Ende wurde er doch gesund, oder?«

Sie setzte sie neben ihn. »Ich habe das Ende nicht so ganz verstanden, wenn ich ehrlich bin«, sagte er und ergriff Elizas Hand.

»Ich werde sie nach dem Frühstück lesen. Großmutter hat uns diesen Tipp sicher nicht ohne Grund gegeben. Es könnte also eine wahre Geschichte sein. Wenn Nathaniel wirklich vergiftet wurde ... dann müssen wir das irgendwie beweisen können. Gibt es denn ein Gift, das so langsam wirkt?«

Harrold nickte. »Ich denke an Kaliumpermanganat. Es ist ein geruchsneutrales, wasserlösliches Gift, das eine violette Lösung bildet. Aber es ist so extrem giftig, dass schon kleine Mengen tödlich sein könnten.«

»Aber es würde die Verfärbung erklären?«

»Ja. Es wurde damals vor allem in der Medizin verwendet. Aber am besten reden wir mal mit Grandma.«

Die Wangen vor Aufregung gerötet, strahlte sie ihn an.

»Ich kann's kaum erwarten! Lass uns loslegen, ja?« Dann küsste sie ihn und sprang aus dem Bett.

Kapitel 23

Harrold

Die beiden Alten hockten nebeneinander, artig die Hände gefaltet wie beim Verhör.

»Ihr wollt Nathaniels Sterbeurkunde sehen?«, fragte Agatha, als wäre sie ehrlich darüber überrascht.

Eliza nickte. »Die verzauberten Teeblätter haben uns auf diese Idee gebracht.« Sie klimperte mit dem goldenen Bettelarmband. Der Äskulapstab hing direkt neben der Teekanne. »Die Apfelprinzessin und ihr Ritter – das waren Josephine und Nathaniel. Alle Geschichten in dem Buch beziehen sich nur auf sie.«

Tante Mildred nickte. »Das habt ihr gut erkannt! Obwohl Nathaniel ein Soldat war, verfügte er über eine ausgeprägte künstlerische Ader.« Sie erhob sich und trat an Agathas Schreibtisch heran. Dann reichte sie Eliza eine Kiste. Darin befanden sich Fotos.

Die Bilder zeigten die Mayfields in den verschiedensten Alltagssituationen. Josephine und die Kinder, wie sie auf Heuballen herumkletterten. Rosetta, die in Reiterhosen an einem Apfelbaum hing. William, der auf Josephines Schoß saß und seine eindeutig verschmutzten Hände in die Kamera streckte. Nathaniel und William in Soldatenpose ...

»Urgroßmutter war wirklich nicht die typische Gouvernante, oder?«

Agatha kicherte. »Nein, das stimmt. Sie hat die Kinder zu gutherzigen Menschen erzogen, die sich trauten, über den

Tellerrand zu blicken. Und weil sie so war, wie sie war, verliebte sich Nathaniel in sie. Aber nicht erst, als sie in die Familie kam. Er kannte sie schon als junges Mädchen. Ihr Vater war ein hochrangiger Offizier und nahm sie überall hin mit, weshalb sie es gewohnt war, zwischen Soldaten zu leben.«

Harrold deutete auf das nächste Foto. Es zeigte Nathaniel, der auf der Schaukel saß und in die Ferne blickte. Seine linke Gesichtshälfte war von Narben durchzogen.

»Bei seinem letzten Einsatz wurde Nathaniel so schwer verletzt, dass er sich nie wieder komplett davon erholt hat.«

»Deshalb hat er sich in das Haus im Apfelhain zurückgezogen. Und weil sein Gesicht so entstellt war, existieren auch keine Porträts von ihm«, kombinierte Eliza.

Agatha seufzte. »Der Krieg hatte ihn verändert, und sein Ruf litt unter seinem abweisenden Verhalten. Plötzlich sahen alle nur noch den unnahbaren Mann, der durch den Krieg zum Monster geworden war. Er sprach nur mehr mit dem Personal, und außer den Kindern wollte er niemanden sehen, nicht einmal seinen Vater, mit dem er eine sehr schwierige Beziehung führte. Erst als Josephine nach Appleton Valley kam, ging es langsam wieder bergauf mit ihm.«

»Sie hat ihn gerettet. Auf mehr als nur eine Art und Weise«, ergänzte Mildred.

Agatha nickte zustimmend. »Nachdem er sie zu sich geholt hatte, weil er es Mr. Cavendish am Sterbebett versprochen hatte.«

Eliza verzog das Gesicht. »Er hat es aus Mitleid getan?«

»Nein, Eliza, du verstehst das ganz falsch. Er hat es nicht aus Mitleid getan, sondern weil er sie so sehr geliebt hat. Ich habe euch doch vorhin erzählt, dass er sie schon vorher kannte. Ihrem Vater dieses Versprechen zu geben war einfach für Nathaniel, weil er endlich bekam, was er wollte.«

»Woher wisst ihr das alles?«, fragte Eliza.

»Meine Mutter und Josephine waren bis zu ihrem Tod eng

befreundet. Ich meine sogar, mich noch schemenhaft an sie zu erinnern. Leider ging sie recht früh von uns.«

»Er hat auf sie gewartet«, flüsterte Harrold. *So, wie ich auf dich gewartet habe, Eliza.*

»Aber was ist dann passiert?«

»Dann lief ihnen die Zeit davon.«

Das nächste Foto zeigte Josephine und Nathaniel, lachend zusammen vor dem Haus. Sie hielten aneinander fest.

»Und wer ist das?«

Eliza tippte auf das nächste Foto. Etwas abseits hinter Josephine und den Kindern stand eine Frau. »Die zweite Frau vom alten Mayfield, Sybille Mayfield. Rosetta und Williams Mutter. Der Alte nahm sie in dem Jahr, in dem Nathaniel aus dem Krieg heimkehrte, zur Frau. Aber er erkannte die Kinder, die sie in die Ehe mitgebracht hatte, nicht sofort an, also legte sie sich ordentlich ins Zeug. Später setzte Nathaniel Rosetta als Erbin ein.«

»Und wir sollen nun herausfinden, warum?«

Agatha und Mildred tauschten einen vielsagenden Blick. »Damit ihr lernt, warum Zeit so kostbar ist ... und damit ihr sie nicht mit Entscheidungen vertrödelt, die ihr später mal bereut.«

Am nächsten Tag standen Harrold und Eliza Hand in Hand vor dem alten Hafenamt, in dem sich auch das Archiv der Stadt und Bürgermeister Chestnuts Büro befanden.

»Parteiverkehr nur nach Terminvereinbarung. Bürozeiten zwischen 07:30 und 10:30 Uhr«, las Eliza von dem goldenen Schild ab. »Aber wir haben doch gar keinen Termin.«

Harrold zuckte die Schultern. »Ich sehe hier niemanden. Und so, wie er dich behandelt hat, sollte er auf Knien vor dir rumrutschen und uns mit offenen Armen empfangen.«

Er klopfte an die dunkelblau gestrichene Flügeltür, aber niemand öffnete. Die Klingel gab auch keinen Ton von sich.

»Sollen wir nicht doch lieber nach Hause fahren? Wir können einen Termin ausmachen und morgen wiederkommen.«

Harrold klopfte erneut, fester dieses Mal. Die Tür erbebte. »Nein, ich will, dass dieser Gnom seinen Hintern hierherbewegt und uns die Dokumente gibt!«

»Aber uns läuft doch nichts mehr davon, Harrold. Ob wir sie heute, morgen oder in einer Woche bekommen, macht keinen Unterschied.«

»Für dich nicht, aber für mich. Ich kann nie sicher sein, dass ich morgen neben dir aufwachen werde, solange ich dir keinen Ring an den Finger gesteckt habe.«

Sie zuckte zusammen. Harrold ließ die Tür für einen Moment in Ruhe und wandte sich ihr zu.

»Hör zu, ich komme mir total dämlich vor, aber ich werde es dir trotzdem so einfach wie möglich erklären, denn es ist ein ziemlich komplexes Thema: Dein Verlust hat ein Trauma bei mir hinterlassen, das ich nie verkraftet habe. Und ich klinge wahrscheinlich wie ein verdammter Stalker, wenn ich es dir so direkt sage. Aber solange wir das Rätsel nicht gelöst haben und nirgendwo schwarz auf weiß steht, dass du mich nicht mehr verlassen wirst, kann ich das hier nicht aufschieben.« Er umschlang ihre Taille und zog sie heran. Sie musste sich zurücklehnen, um ihm in die Augen sehen zu können. »Ich schwöre dir, dass ich mir einen Therapeuten suchen werde, sobald ...«

»Sobald?«, hauchte sie.

Harrold packte ihren Schopf. »Verdammt, Eliza, ich möchte dich am liebsten auf der Stelle lieben.« Ein angenehmer Schauer kroch sein Rückgrat hinab, als sie ihre Hände an seinen Nacken legte. »Ich weiß, du glaubst nicht daran, weil dein Vater ein Arschloch war und dieser Typ dein Vertrauen missbraucht hat, aber ich bin nicht so. Ich ... Wieso klingt eigentlich alles, was ich sage, wie eine dumme Ausrede?«

Sie stieg auf die Zehenspitzen. »Wer sagt, dass ich nicht daran glaube?«

»Aber ...«

»Kein Aber.«

Ihr Lippen fanden seine.

Jemand räusperte sich lautstark. Harrold schnaubte entnervt.

Bürgermeister Chestnut hatte die Tür aufgerissen.

»Erst klopfen Sie hier wie ein Verrückter, Mayfield, und jetzt wagen Sie es, vor meinem Amt zu stehen und wie ein verliebter Teenager mit Ms. Benington herumzuschmusen. Wie alt sind sie? Sechzehn? Besitzen Sie den gar keinen Anstand?«

»Ich bin einunddreißig. Und was kümmert es Sie? Sehen Sie lieber zu, mehr Anstand in Ihre eigenen Reihen zu bringen.«

Chestnut verschränkte die Arme. »Und was wollen Sie?«

»Wir wollen alte Dokumente einsehen.«

»Haben Sie einen Termin?«

»Nein.«

»Dann melden Sie sich bei meiner Sekretärin, und machen Sie einen Termin aus. Sie kommt nächste Woche aus dem Urlaub zurück.«

Harrold straffte die Schultern. »Aber Sie sind doch jetzt hier, oder nicht? Lassen Sie uns einfach ins Archiv, und wir sind in zehn Minuten wieder weg.«

Der Bürgermeister lachte. »Für wie dumm halten Sie mich eigentlich, Mayfield? Sie haben schon einmal hier herumgeschnüffelt und Eigentum der Stadt entwendet. Ich werde Sie beide ganz bestimmt nicht hier allein lassen.«

»Dann holen Sie die Dokumente, und wir sehen sie uns in Ihrem Büro an.«

»Ich habe Termine wahrzunehmen und keine Zeit für derlei Firlefanz.«

Harrold biss die Zähne zusammen. »Können Sie sich nicht

anderweitig an mir rächen, Chestnut? Ich gebe ja zu, dass es falsch war, das Einreiseregister ohne Einwilligung aus der Vitrine zu nehmen.«

»Es ist von unschätzbarem Wert!«

»Hätten Sie es uns einsehen lassen, wenn wir gefragt hätten?«

Chestnut schnaubte.

»Wir suchen doch nur nach Dokumenten, die Nathaniel Mayfield betreffen«, sagte Eliza.

»Agatha und Mildred sollten Ihnen alle Fragen beantworten können«, maulte Chestnut.

Eliza seufzte. »Sie haben uns nicht ohne Grund zu Ihnen geschickt.«

Der kleine Mann zuckte mit den Schultern. »Nun, dann empfehle ich Ihnen, einen Termin bei meiner Sekretärin, Ms. Lincoln, auszumachen. Sie haben doch beide studiert, da werden Sie es wohl schaffen, einen Telefonhörer in die Hand zu nehmen.«

Harrold versteifte sich. »Es geht hier um eine wichtige Familienangelegenheit, die sich leider nicht aufschieben lässt!«

»Ach ja?« Er lächelte. »Was kann so dringend sein, dass Sie die Dokumente auf der Stelle einsehen müssen? Sie haben sich zehn Jahre lang nicht hier blicken lassen, Mayfield! Was ist denn aus Ihren großen Plänen geworden, hm?« Chestnut grinste noch breiter.

»Meine großen Pläne?« *Was zum Teufel erlaubt sich dieser von Minderwertigkeitskomplexen gezeichnete Gnom?*

»Harrold, lass ihn! Komm, wir gehen ...«

Eliza ergriff seine Hand, zerrte an ihm, aber Harrold schüttelte sie ab und erklomm die drei Stufen. Erschrocken taumelte Chestnut rückwärts und wollte in dem Haus verschwinden, aber Harrold war schneller und stieß die Flügel auf, dass sie gegen die Mauern knallten.

»Sie wissen ganz genau, warum ich gegangen bin ... Appleton Valley bedeutete mir nichts ohne sie! Obwohl es wahrscheinlich besser gewesen wäre, wenn ich dageblieben wäre, um mit Ihnen an Ihren Minderwertigkeitskomplexen zu arbeiten. Sie hätten ganz dringend einen guten Gesprächspartner gebrauchen können, Oliver!«

»Raus aus meinem Haus, Mayfield! Sie sind ja verrückt!«

Harrold beugte sich hinab. »Her mit den Dokumenten, dann sind wir sofort weg«, sagte er ruhig.

Der Bürgermeister schluckte. »Gehen Sie, oder ich rufe den Sheriff.«

»Dann rufen Sie sie doch. Ich warte hier auf sie.«

Er holte eine Schachtel Zigaretten aus der Hosentasche und zündete eine Kippe an. Es war die erste seit einer gefühlten Ewigkeit. Irgendwie hatte er das Rauchen vergessen, seit er Eliza endlich wieder nähergekommen war. Und er hatte es auch nicht vermisst.

Chestnut zückte sein Handy und tippte mit Euphorie auf die Tasten.

»Harrold, bitte ...« Eliza war zwischen sie getreten.

»Und einer wie er wollte Menschen helfen? Dass ich nicht lache! Sie sollten lieber so schnell wie möglich von hier verschwinden, solange es noch geht, Ms. Benington. Sonst enden Sie noch wie Ihre Mutter!«

Eliza blickte zu Harrold auf. Unzählige Erinnerungen flackerten über ihr Gesicht. Ihre Augen wurden feucht, und sein Herz versagte ihm den Dienst.

Dieser verdammte Hurensohn! *Dich mach ich fertig!* »Was zum Teufel stimmt nicht mit Ihnen, Sie Idiot? Sie sollten ...«

Aber bevor er den Satz beenden konnte, berührten ihre Fingerspitzen seine Lippen. Sie zog die Zigarette aus seinem Mund und warf sie auf den Boden. Dabei rollte eine Träne über ihre Wange, aber sie wischte sie fort, als wäre es nichts.

»Lass uns später an den Strand gehen, ich möchte die bunten Muscheln sehen, die ich letztes Mal verschlafen habe.«

»Ja, verschwinden Sie endlich! Und wagen Sie es ja nicht

noch einmal, mir zu drohen, sonst sehe ich mich gezwungen, Sie zu melden. Und weder Ihre Großmutter noch Ihr Geld können Sie retten, Mayfield. Ich dulde keine Aufregungen in meiner Stadt. Denken Sie an meine Worte, Ms. Benington.«

Erneut ergriff Eliza Harrolds Hand.

»Scheren Sie sich zum Teufel, Sie Idiot.«

Dann gingen sie davon.

Das Mondlicht zauberte einen irisierenden Schimmer auf Elizas zierliche Gestalt.

Sie würde mich niemals gehen lassen, wüsste sie, was ich vorhabe.

Harrold hauchte einen Kuss auf ihr goldenes Haar. Gleich nachdem sie gegangen waren, war er mit ihr an den Strand gefahren und hatte ihr das Muschelbeet gezeigt. Obwohl sie Chestnuts Worte getroffen hatten, hatte sie sich nichts anmerken lassen. Aber er sah es. Sah die weitere Narbe, die ihr zugefügt worden war, ohne dass er etwas dagegen hatte tun können.

Wäre ich einfach gegangen, wie sie es wollte, dann wäre das nicht passiert.

Und gerade war er wieder im Begriff, etwas äußerst Dummes zu tun. Denn um das Rätsel zu lösen, musste er an die Unterlagen gelangen. Und an die Unterlagen gelangte er, wenn er ins Archiv einstieg. Damit Eliza nicht wieder ging, war er bereit, alles zu tun, was nötig war, auch wenn sie ihm bereits gesagt hatte, dass sie bei ihm bleiben würde.

Ich bin besessen.

Aber wie könnte er es nicht sein? Sie war alles, was er sich je gewünscht hatte, und endlich hatte sie das Schicksal wieder zusammengeführt. Das musste doch etwas bedeuten?

Es bedeutet, dass ich in den Knast gehe, falls ich erwischt werde.

So leise wie möglich schlich er sich aus dem Zimmer. Er schaffte es bis zur großen Treppe, als das Licht anging.

Seine Großmutter stand dort. »Was hast du vor, Harrold?«

»Du weißt, was ich vorhabe, Grandma. Dieser alte Neider verweigert uns Nathaniels Unterlagen. Versuch erst gar nicht, mich aufzuhalten. Es wird dir nämlich nichts nützen.«

»Aber das versuche ich doch gar nicht.«

»Nicht?«

»Nein.« Agatha lächelte. »Ich freue mich, dass mein Enkel zu einem dieser Männer herangewachsen ist, der alles für eine Frau tun würde, auch wenn es eine Dummheit ist.« Sie kam auf ihn zu. »Bring nur niemanden um. Oliver Chestnut zum Beispiel. Er mag zwar ein Trottel sein, aber er war Sophia eine große Hilfe, als sie gegangen ist.«

»Er hat sie in das Boot gesetzt ...«

Agatha schüttelte den Kopf. »Nein, er hat ihr geholfen, als es keiner von uns konnte, weil sie uns ausschloss.«

»Das war auch eure Schuld, Grandma. Warum habt ihr nicht eher etwas für sie getan? Elizas Vater hätte gehen sollen, nicht sie.«

Sie seufzte. »Du hast recht. Wir wollten einen Skandal vermeiden und haben alles unter den Teppich gekehrt. Dein Dad hat auch versucht, mit Mike zu reden, aber er hat nicht auf ihn gehört.«

»Dad wusste auch davon?«

»Alle wussten es.«

»Scheiße.«

»Darum wollen wir es bei euch wiedergutmachen, weil ihr es verdient habt. Besonders Eliza.« Sie trat einen Schritt zurück. »Sei vorsichtig, Harrold.«

Er kam ihr nach und umarmte sie. »Danke, Grandma.«

Harrold hatte gedacht, es würde schwieriger werden, ins

Hafenamt einzubrechen, aber er hatte sich geirrt. Das Schloss ließ sich so leicht knacken, als wäre es nichts.

Verdächtig. Gibt es hier denn kein Überwachungssystem?

Mitnichten.

Er regelte die Taschenlampe zu einem schmalen Strahl, gerade noch hell genug, um etwas sehen zu können. Dann machte er sich auf die Suche nach dem Archiv. In den oberen Stockwerken befanden sich Chestnuts Büro, das winzige Museum und seine Wohnräume. Harrold durchquerte einen Flur, der mit dunklem Holz und Marmorfliesen ausgekleidet war, und gelangte zu einer engen Wendeltreppe, die ihn, so hoffte er, auch in den Keller führen würde, wo sich Archivräume üblicherweise auch befanden.

Archivräume, Keller, Kerker...

Die Holzbretter knarzten, als er hinabstieg, und der Dietrich in seiner Hosentasche wurde immer schwerer, je weiter er kam.

Eliza wird mich umbringen, wenn sie davon erfährt.

Aber er wollte nicht länger warten. Er hatte lang genug gewartet. Der Keller glich einer verdammten Rumpelkammer. Unzählige durchgesessene Stühle türmten sich zwischen Kisten, alten Tischlampen, Ordnern und ausrangierten Computerbildschirmen. Zwischen den Sachen lag ein alter Golfschläger. Harrold begutachtete ihn. *Oliver, 1977.* Gedankenverloren nahm er ihn mit.

Der gute Chestnut hat also Golf gespielt? Das konnte er sich beim besten Willen nicht vorstellen. Vor einer schweren Eichentür blieb er schließlich stehen. »Das muss es sein«, flüsterte er.

Er lehnte den Golfschläger an die Wand und zückte den Dietrich. Der goldene Knauf lag eiskalt in seiner Hand.

Harrolds Handy vibrierte in seiner Hosentasche, und er zuckte zusammen und drückte sich gegen die Tür. Zu seiner Überraschung gab sie nach, und er taumelte wie ein Vollidiot hinein. Harrold schloss die Tür hinter sich. Der Raum erinnerte ihn an die Bibliothek auf dem Anwesen. Links thronten Bücherregale, die bis an die Decke reichten, in der Mitte stand ein kleines Ledersofa, und auf der anderen Seite befanden sich massive Aktenschränke.

Das musste es sein.

Harrold trat an die grauen Schränke heran.

Geburtenregister. Personenstandsregister. Wohnsitzregister. Personenregister ab 1952 bis 2016.

Er zog die Lade auf. Wo waren die älteren Akten ab dem 19. Jahrhundert? Könnte es sein, dass Chestnut bereits damit gerechnet hatte, dass er versuchen würde, auf kleinkriminelle Art und Weise an die Unterlagen zu gelangen?

Sein Handy vibrierte erneut, und Harrold erstarrte. Es war Eliza.

Wo zum Teufel bist du?

Er atmete geräuschvoll aus und tippte eine Antwort, von der er wusste, dass sie ihn sofort durchschauen würde: *Ich bin gleich wieder zurück. Agatha brauchte etwas von mir.*

Du bist im Hafenamt, oder?

Harrold suchte weiter nach der richtigen Schublade, bis ihm ein angegriffener Karton auffiel, der auf einem der Schränke stand.

Du bist so ein Idiot!

Sein Puls beschleunigte sich.

Weißt du, welche Panik ich hatte, weil das Bett leer war?

Sie vermisste ihn, und er tippte: *Ich werde es wiedergutmachen, sobald ich nach Hause komme, ich verspreche es.*

Und wie willst du das anstellen?

Ich werde dich küssen.

Harrold hob den Karton *Gründerfamilien ab 1857* vom Schrank und öffnete ihn. Ein muffiger Geruch nach altem Papier und Lavendel schlug ihm entgegen.

Er zog einen Stuhl heran und setzte sich.

Die Mallonys, Bakers, Masters, Jones.

Der dickste Ordner gehörte den Mayfields – seiner Familie. Harrold nahm den mindestens zwanzig Zentimeter dicken Ordner und öffnete ihn.

Sein Handy blinkte. Zwei neue Nachrichten.
Ich liebe dich!
Sei vorsichtig, du Trottel!!! Grüße von Granny.

Eine Nachricht von seiner Großmutter, geschrieben von Großtante Mildred? War sie mitten in der Nacht zu Agatha geeilt?

Aber er hatte jetzt keine Zeit mehr und sollte so schnell wie möglich die Biege machen. Die Unterlagen verschwanden in einem schwarzen Beutel, den er sich zu Hause in die Hosentasche gestopft hatte. Dann nahm er den Golfschläger, um ihn zurückzubringen.

»Aber wenn ich's Ihnen doch sage, Sheriff! Hier unten ist jemand, und ich weiß auch schon, wer!« Chestnuts Stimme drang durch das massive Holz der Eichentür.

Scheiße.

Dann flog die Tür auf. Chestnut und eine etwas verschlafen wirkende Miss Danes, der hiesige Sheriff, standen dort. Also sie ihn bemerkte, zückte sie sofort ihre Waffe.

»Was zum Teufel? Waffe weg und Hände über den Kopf! Geben Sie sich sofort zu erkennen!«

»Ach, Unfug! Das ist doch der junge Mayfield! Erkennen Sie ihn etwa nicht?«, fragte Chestnut irritiert.

Mit dem Golfschläger in der Hand drehte sich Harrold um, wobei er seine Kapuze lüftete.

»Mr. Mayfield, was um alles in der Welt hat das zu bedeuten? Ich verlange eine Erklärung, und zwar auf der Stelle.« Sie steckte dir Waffe zurück ins Holster und wollte zu ihm gehen, aber Chestnut drängte sich an ihr vorbei.

»Sie sind ein Dieb, der keine Woche auf einen verdammten Termin warten kann. Was haben Sie gestohlen? Her damit!«

»Und Sie sind ein gemeiner, alter Sack, der sich daran ergötzt, anderen Menschen mit Worten wehzutun! Hätten Sie die Dokumente einfach rausgerückt, dann hätte ich gar nicht zu solchen Mitteln greifen müssen! Nächste Woche, nach Beccas Urlaub, hätten Sie Ihrer Sekretärin vermutlich gesagt, dass sie uns keinen Termin geben soll, damit wir noch länger warten müssen!«

Sheriff Danes stemmte fragend die Hände in die Hüften. »Becca? Aber sie schläft tief und fest neben meinem Sohn in seinem Bett ... Mr. Chestnut, haben Sie Harrold etwa angelogen?«

»Nun ja, aber selbst wenn ... Das ändert gar nichts! Meine Lüge bestätigt nur, was ich schon vermutet habe, seit er vor ein paar Wochen nach Hause gekommen ist. L. A. hat Agathas Enkel zu einem Kriminellen gemacht!«, rechtfertigte er sich.

»Das Amt des Bürgermeisters ist Ihnen scheinbar zu Kopf gestiegen. Oder haben Sie getrunken? Sind Sie etwa ... zugedröhnt?«, fragte Harrold.

Sheriff Danes drehte sich zu Chestnut um. »Hm ... Sind Sie es?«

»Wo denken Sie hin, Clara?«

»Für Sie Sheriff Danes.«

Der Bürgermeister rollte die Augen. »Jetzt sperren Sie diesen Taugenichts schon ein!«

Harrold presste den schwarzen Beutel an sich. »Na gut, ich gehe freiwillig mit, aber nur, wenn Sie diesen Wahnsinnigen auch mitnehmen!«

»Wen nennen Sie hier einen Wahnsinnigen, junger Mann?«

»Sie, Oliver. Erst versuchen Sie beinahe, Eliza zu ertränken, dann behandeln Sie uns wie Dreck, beleidigen meine Frau ... Und am Ende stecken Sie noch mit Claire Deveraux unter einer Decke!«

»Ihre Frau?« Sheriff Dane zwinkerte Harrold zu. »Wollen Sie Eliza etwa heiraten?«

Harrold nickte. »Wir wollen sogar in *seiner* Stadt wohnen bleiben!«

»Sie sind eine Schande für die Mayfields. Ich habe alles gehört!«

»Und Sie sind eine Schande als Bürgermeister. Ich weiß, dass sie Geld von Claire angenommen haben. Bestimmt steckt sie hinter all dem!«

Chestnuts Gesicht wandelte sich von Kalkweiß zu Wutrot. »Ich dachte, es wäre das Beste für alle, wenn Sie wieder verschwinden! Sie sind doch auch nicht besser als Ms. Beningtons Vater. Und wer könnte schon ahnen, dass diese dumme Französin alles vergeigt!«

»Sie wissen, dass Claires Geld in Ihrem Tresor nur unbrauchbare, gewaschene Scheine sind, verehrter Herr Bürgermeister?«

Wieder ein Bluff.

Chestnut hielt inne. »Wie bitte?«

Sheriff Danes, die sie mit einem breiten Lächeln im Gesicht beobachtet hatte, klatschte zufrieden in die Hände. »Meine Herren – ich verhafte Sie einfach beide. Sie, Harrold, wegen Hausfriedensbruch und versuchtem Diebstahl. Und dich, Oliver, wegen Amtsmissbrauch und dubiosen Geldgeschäften. Hände auf den Rücken! Ihr habt das Recht zu schweigen, alles, was ihr sagt, kann vor Gericht gegen euch verwendet werden. Ihr habt das Recht auf einen Anwalt, wenn ihr euch keinen leisten könnt, dann wird euch einer gestellt ... Obwohl ihr beide ja genug Geld habt, nicht wahr?«

Sie zwinkerte, während sie Harrold die Handschellen anlegte. Er ergab sich widerstandslos. Nicht so der Bürgermeister.

»Das meinst du nicht ernst, oder?«

»Todernst. Und jetzt raus hier, Oliver, bevor ich euch der ganzen Stadt vorführe!«

Dabei lachte sie, als wäre es das erste Mal seit einer Ewigkeit, dass sie Spaß an ihrem Job hatte.

Kapitel 24

Rosetta, 1920

Josephine war letzte Nacht nicht nach Hause gekommen. Rosetta kroch aus dem Bett und schlüpfte in ihre Reitkleidung. Dann suchte sie in ihrem Kleiderschrank nach einem Mantel, weil sie bereits eine Idee hatte, wo sich ihre Gouvernante herumtreiben könnte.

Rosetta seufzte. Ihre Finger wühlten sich durch ihren vollgestopften Kleiderschrank und streiften die Oberfläche eines rauen Stoffes. Es war ein alter geflickter Mantel, der schon einige Jahre überstanden hatte. Ihre Mutter hatte bereits mehrmals versucht, ihn zu entsorgen, so, als würde sie jedes Andenken an *ihn* auslöschen wollen. Wut stieg in Rosetta auf, während sie liebevoll über die silbernen Knöpfe strich, die wie Rosen geformt waren. Eine Erinnerung überrollte sie.

Weihnachtsmorgen ... der Duft von gebratenen Äpfeln ... ihre Mutter, die ihr die Knöpfe an den Mantel nähte ... ihr Vater, der stolz daneben stand ...

Sie waren glücklich gewesen. Damals hatte ihre Mutter immer gelächelt. *Richtig* gelächelt.

Rosetta schlüpfte in den Mantel, der sich so ganz anders anfühlte als ihre neue teure Kleidung.

William schlief noch. Sie überlegte, ihn zu wecken, aber ohne ihn war sie schneller. Er würde sich ärgern, aber sie würde ihm zu Mittag ihr Dessert überlassen, das würde ihn wieder glücklich stimmen. Er war eigentlich so ein lieber Junge.

Rosetta schlich durchs Haus. Aus dem Salon drang das Geklimper von Geschirr. Sie musste daran vorbei, wenn sie das Haus durch das Haupttor verlassen wollte.

»In West Point gibt es einige gute Schulen, ich habe Bekanntschaften dort. Ich könnte etwas für dich arrangieren.«

Rosetta blieb wie angewurzelt vor der angelehnten Tür stehen. Das war die Stimme von Miller, aber was wollte er um die Uhrzeit hier? Der Morgen war kaum angebrochen. War er tatsächlich so früh hierhergekommen, oder war er nie daheim gewesen? Eine Welle aus Übelkeit und Scham überrollte sie. Ihre Mutter war wahrlich eine furchtbare Frau. Und was sollte das mit den Schulen?

»Eine Militärakademie für William und eine Höhere-Töchter-Schule für Rosetta?«

Ihre Mutter klang unsicher, wie immer, wenn sie glaubte, den Männern damit zu gefallen. Immer wieder predigte sie ihrer Tochter, dass Männer kluge Frauen abstoßend fänden, und womöglich hätte Rosetta ihr irgendwann geglaubt, wenn Josie nicht aufgekreuzt wäre. Sie war nicht klassisch gebildet, aber sie verstellte sich nicht und spielte auch nicht das schwache kleine Fräulein. Dennoch himmelte Nathaniel sie an. Was ihre Mutter sagte, konnte also nicht wahr sein!

»Überleg es dir, Sybille. Sie wären jeden Sommer daheim, aber unterm Jahr hättest du Zeit, um dich zu erholen. Du könntest endlich das Leben leben, das du verdient hast.«

Mit ihm an ihrer Seite.

Mr. Miller war so widerlich schleimig und vorhersehbar. Wieso erkannte ihre Mutter nicht, dass es dem Lehrer nur ums Geld ging?

»Die letzten Jahre waren tatsächlich schwierig.«

Sie hörte ihre Mutter theatralisch seufzen. Rosetta presste die Lippen aufeinander und schickte ein Stoßgebet in den

Himmel: *Herr, bitte gib mir die Kraft, meine Mutter nicht zu erdolchen!*

»Aber solche Schulen sind teuer. Nathaniel wird dem nie zustimmen, schon gar nicht jetzt, wo er so großen Gefallen an der dümmlichen Gouvernante gefunden hat.«

»Nathaniel wird nicht mehr lange dein Problem sein. Nicht wahr?« Millers Stimme triefte vor Genugtuung.

»Wer weiß?«

Eiskalte Schauer krochen Rosettas Rücken hinab. Was für einen Unfug hatte ihre Mutter nun schon wieder angestellt? Sie konnte sich ihr unschuldiges, dümmliches Lächeln nur allzu gut vorstellen. Es sollte bloß keiner ahnen, wie verdorben sie tatsächlich war.

»Ein harter Winter steht vor der Tür. Er ist seit dem Krieg gebrechlich. Wie ein Blatt im Wind. Keiner würde Fragen stellen. Keiner würde ihn vermissen.«

Eine neue Art der Übelkeit stieg in Rosetta hoch. Sie war vielleicht noch zu jung, um alles zu verstehen, aber selbst sie konnte sich zusammenreimen, dass hier etwas definitiv nicht stimmte.

Ihre Mutter wollte sie und William loswerden. Und was war ihr Plan mit Nathaniel? Wenn er nicht mehr war, wäre ihre Mutter die Erbin des Vermögens der Mayfields.

Aber ihre Mutter irrte sich. Nathaniel war genauso wie ihr Vater einer der stärksten Männer, die Rosetta kannte. Er war ihnen gegenüber immer so gütig gewesen. Er war es, der sie nach der Nachricht von Papas Tod in den Arm genommen und getröstet hatte.

Tränen brannten in Rosettas Augen. Niemals würde er einfach so sterben. Was erlaubten sich dieser doofe Miller und ihre Mutter, so schändlich über ihren Bruder zu reden?

»Und was ist mit der Gouvernante? Sie könnte selbst ohne Nathaniel zum Problem werden, wenn die beiden bereits erfolgreich damit waren, die Blutlinie fortzusetzen.« Miller klang tatsächlich besorgt, aber ihre Mutter kicherte wie ein kleines Mädchen.

»Keine Sorge, ihr habe ich auch in unbemerkten Momenten etwas in den Tee getan. Aber nicht dieses Gift. Ein anderes ... wenn du verstehst, was ich meine.«

Auch etwas in den Tee getan?

»Es wirkt vorzüglich, ich benutze es auch. Diese Frau wird in nächster Zeit gar nichts fortsetzen«, gurrte Sybille.

Rosetta musste weg von hier. Sie musste Josie finden!

»Rosie.«

Erschrocken blickte Rosetta hoch. Doch sie war nicht entdeckt worden. Nicht von ihrer Mutter und Miller. Judy stand hinter ihr.

Wie lange schon? Hatte sie auch alles gehört?

Sie war bleich wie die weiße Wand, vor der sie standen.

»Wir müssen Josie finden.« Die Angestellte griff nach Rosettas Hand und zog sie mit sich, hinaus in den Garten.

Kapitel 25

Josephine, 1920

Nathaniel atmete wieder. Josie wischte sich den Schweiß von der Stirn. Sie wollte sich nicht ausmalen, was hätte passieren können, wenn sie nicht hier gewesen wäre. Am liebsten wäre sie hier an Ort und Stelle neben Nathaniel im Bett zusammengebrochen, doch ein drängendes Klopfen an der Tür ließ sie nach unten eilen.

Wer kann das sein?

Aber eigentlich war es Josie egal, wenn dieser jemand nur dafür sorgte, dass Nathaniel auf schnellstem Wege ins Hospital gelangte.

Als sie die Tür öffnete und Rosetta und Judy keuchend in der Tür standen, ahnte sie bereits, dass etwas geschehen sein musste.

Kapitel 26

Sybille, 1920

Sybille Mayfield wartete darauf, dass Lyon ihr die Wagentür öffnete. Der alte Mann wurde immer langsamer, bald würde sie ihn ersetzen müssen. Während sie wartete, kramte sie in ihrer Handtasche nach einem Taschentuch. Versuchsweise tupfte sie sich die Augenwinkel ab und übte sich in der Darstellung einer bekümmerten Miene. Immerhin war ihr »geliebter« Stiefsohn vor drei Tagen ins Hospital gebracht worden.

Welch tragischer Schicksalsschlag für sie. Der dritte in Folge.

»Sicher, dass ich dich nicht begleiten soll?« Miller saß neben ihr und reichte ihr die ledernen Handschuhe.

»Das wäre doch mehr als unpassend.«

»Da hast du wohl recht.« Er griff nach ihrer Hand und hauchte einen Kuss auf ihre schneeweiße Haut.

Als Lyon die Tür öffnete, versteckte sie ihr Lächeln schnell hinter dem Taschentuch, auch wenn sie sicher war, dass der Chauffeur sie längst gesehen hatte. Doch was sollte er schon dagegen tun? Er war machtlos. Genauso wie sie einst machtlos gewesen war. Doch alles änderte sich, wenn man Geld hatte. Jeder tanzte um einen herum, jeder Wunsch wurde einem erfüllt, in der lächerlich geringen Hoffnung, es möge etwas von dem unsäglichen Reichtum und Glück für einen selbst abfallen.

Heuchler!

Miller war nicht viel besser als all die anderen Speichellecker, aber er war schön anzusehen und leicht zu kontrollieren, genau so, wie sie es mochte. Eine Tugend, die sie ihrer Tochter noch beibringen musste. Dieses Kind wusste schlichtweg nicht, was gut für sie war. Dabei hatte sie mit Rosetta noch große Pläne.

Sybille durchquerte die leeren Flure des Hospitals. Ihre Absätze erzeugten ein geräuschvolles Echo. Sie fühlte sich wichtig, nein, sie *war* wichtig. Die Erbin des Mayfield-Vermögens. Das neue Oberhaupt einer der Gründerfamilien dieser Stadt. Sie unterdrückte ein Kichern, das in ihrem Hals steckte. Sie hatte es fast geschafft. Von der Gosse in den Palast, und die besten Jahre ihres Lebens lagen noch vor ihr. Eine unbändige Freude kroch in ihr hoch.

Bald schon war sie keinem einzigen Mann mehr Rechenschaft schuldig. Bald war sie frei.

Sie konnte nicht verhindern, dass ihre Mundwinkel nach oben zuckten.

Wie unangebracht.

Krankenschwestern kamen ihr entgegen, aber niemand brauchte ihr zu erklären, wohin sie zu gehen hatte, immerhin gab es für die Familie Mayfield einen eigenen Bereich im obersten Trakt des Krankenhauses. Ehemann Nummer zwei, Gott habe ihn selig, war erst vor Kurzem hier verstorben. Damals hatte sie nicht erst nachhelfen müssen. Der Greis war bereits bei ihrer Vermählung den Toten näher gewesen als den Lebenden.

Mit seinen letzten Worten hatte er nach seiner verstorbenen Frau gerufen. Welch Schande für sie, als all die Ärzte und Schwestern im Raum betreten zu Boden gesehen hatten. Doch nun würde es keiner mehr wagen, schamvoll den Blick zu senken. Sie würde dem alten Mayfield seinen Wunsch erfüllen. Er war wieder mit seiner Frau vereint, nun würde auch der Sohn bald folgen.

Ihre Mundwinkel zuckten verräterisch, doch sie tupfte mit ihrem Taschentuch über ihre Augen.

Welch Tragödie das alles!

Sie hatte die Räumlichkeiten fast erreicht, als sich die Tür von innen öffnete.

Ah, die treu sorgende Gouvernante.

Diese Frau war seit ihrer Ankunft eine einzige Enttäuschung. Sie besaß weder wie erhofft Beziehungen zum englischen Königshaus noch hatte sie Rosetta die britische Etikette nähergebracht. Sie hätte bereits auf der Hut sein sollen, als Nathaniel diese Person vorschlug.

Ein Gefallen für einen gefallenen Kameraden, hatte er gesagt.

Typisch Nathaniel. Sein Herz war größer als sein Verstand. Er war auf das arme traurige Ding hereingefallen, das ja so allein in der Welt war. Wirklich hübsch war sie ja nicht, also musste sie andere Qualitäten haben, die einem Mann wie Nathaniel zusagten.

Doch damit war jetzt Schluss.

Sie würde dafür sorgen, dass Ms. Cavendish auf dem nächsten Boot in Richtung Heimat saß, dann war sie wieder das Problem der Briten. Mr. Chestnut würde ihr sicher für den ein oder anderen Goldtaler zur Hilfe eilen, er war immer sehr bemüht, wenn Geld floss.

Nun aber war es an der Zeit, wieder das Gesicht der Trauer zu tragen, ein Schauspiel, in dem sie in den letzten Jahren zur Expertin geworden war. Ms. Cavendishs Mine zufolge konnte die Tragödie nicht mehr weit entfernt sein. Mit verschränkten Armen und glasigen Augen stand diese Frau wie ein Wachhund vor dem Krankenzimmer ihres Stiefsohnes.

»Wie geht es ihm?« Sybille war stolz auf den zitternden Unterton ihrer Stimme. Vielleicht sollte sie tatsächlich einmal an Schauspielunterricht denken, schließlich hatte sie noch ein ganzes Leben mit Aktivitäten zu füllen, und die

Menschen dieses Filmteams hatten ihr versichert, dass die Kamera sie lieben würde.

»Er lebt.«

Sybille seufzte erleichtert. »Dem gütigen Gott sei Dank, einen weiteren Schicksalsschlag hätte ich nicht verkraftet.«

»Sie kommen reichlich spät, dafür, dass Sie sich scheinbar solche Sorgen gemacht haben«, sagte Josephine.

Es stimmte, dass sie sich Zeit gelassen hatte. Drei Tage. In der Hoffnung, sie müsste ihn und seine furchtbar entstellte Fratze nicht noch einmal sehen. Aber was erlaubte sich dieses dumme Gör, sie darauf hinzuweisen? »Ich habe erst vor Kurzem in genau diesen Räumen einen geliebten Menschen verloren.« Sie tupfte sich die Augenwinkel.

»Haben Sie damals ebenfalls nachgeholfen?«

Sybille fuhr zusammen. »Wie bitte?«

Die Gouvernante verschwand in dem Krankenzimmer.

Unmöglich.

Sie musste sich verhört haben.

Mit schweren Schritten und klopfendem Herzen folgte sie ihr.

Doch es war leer. Also nicht wirklich leer.

Aber das Bett war es.

Wo war Nathaniel?

Stattdessen standen zwei Männer in dem Raum. Maggot, der Sheriff, und ein Mann, den sie nicht kannte. Er war hochgewachsen, mit einer dicken Hornbrille auf seiner scharfkantigen Nase, der weiße Mantel verriet ihn als Arzt. Zwischen ihnen stand Rosetta.

Was tut das Mädchen hier?

Die Gouvernante legte ihrer Tochter die Hände auf die Schultern. War das ein Ring an ihrem Finger?

»Du kannst gehen, Kleines, den Rest erledigen wir.«

Rosetta verließ den Raum, ohne sie eines Blickes zu würdigen. Aber das hätte Sybille im Augenblick nicht unwichtiger sein können. Sie konnte den Blick nicht von dem

Schmuckstück nehmen, das an dem linken Ringfinger der Gouvernante steckte. Sie erkannte den Ring sofort wieder. Der alte Mayfield hatte ihn ihr angeboten, aber sie hatte ihn abgelehnt. Dieses schlichte, wertlose Stück einer bereits toten Frau ... Es hatte nicht zu ihr gepasst.

Was wurde hier gespielt?

»Ich verstehe nicht, wo ist Nathaniel? Wo ist mein geliebter Stiefsohn?«

»Er ist im Anwesen. Wo er hingehört, wo er sich erholen und gesund werden kann und ein langes, glückliches Leben führen wird.«

»Ms. Cavendish, ich verstehe Ihre Feindseligkeit mir gegenüber überhaupt nicht.«

»Es ist vorbei. Sie brauchen nicht mehr die Unwissende zu spielen.« Sheriff Maggots scharfe Worte ließen Sybille sprachlos erstarren.

Die Gouvernante trat zur Seite und gab den Blick auf einen Tisch frei, auf dem eine Teekanne und ein kleines Fläschchen standen.

Es war *das* Fläschchen.

Sybille verspürte den übermenschlichen Drang, sich zu übergeben.

»Dass Sie Judy einfach dafür benutzt haben, um an das Gift zu gelangen, ist absolut widerlich. Hatten Sie etwa vor, die Schuld auf sie zu schieben, falls sie doch entdeckt werden sollten?«

Die Gouvernante sah sie mit hasserfüllten Augen an.

Nein! So durfte es einfach nicht enden. *Denk nach.* Sie brach in Tränen aus. »Ich wurde genötigt, ich wollte das alles nicht.«

»Falls Sie die Schuld jetzt auf Miller übertragen wollen, kommen Sie ebenfalls zu spät, er war bereits geständig. Für eine Strafmilderung hat er wie ein Vögelchen gesungen.«

»Sie lügen.«

Sheriff Maggot lachte hämisch. »Er wird in diesem Augenblick verhaftet. Seine letzte gute Tat auf freiem Fuß war es, dafür zu sorgen, Sie sicher hier abzuliefern.«

Nein. Er hatte sie verraten, dieses elendige Schwein! Männer waren alle gleich. Für nichts zu gebrauchen.

»Die Frage ist nicht mehr, ob Sie für Ihre Tat zur Rechenschaft gezogen werden, sondern wie.«

»Ich bin eine Kriegswitwe und Mutter. Meine Kinder sind noch klein, sie brauchen mich. Kein Richter der Welt wir eine verzweifelte Witwe von ihren Kindern trennen.«

Ja, genau, ich bin im Recht!

»In dem Fläschchen ist nur Medizin, das hat mir der Mann gesagt, der es mir verkauft hat. Ich bin unschuldig.«

»Wenn es Medizin ist, dann trinken Sie es doch.«

Die Gouvernante kam ihr bedrohlich nahe, Sheriff Maggot musste sie zurückhalten.

»Mrs. Mayfield, ich denke, Sie können gehen, wir übernehmen jetzt den Rest.«

Es war Sybille nicht entgangen, dass Sheriff Maggot mit der Gouvernante gesprochen hatte und nicht mit ihr.

Also hatten sie es wirklich getan. *Sie und Nathaniel ...*

»Sie hat doch auch einen Mann auf dem Totenbett geheiratet. Sie will auch nur an sein Geld. Warum ist sie so viel besser als ich?« Die Worte kamen wie giftige Pfeile aus Sybilles Mund. Wie konnten es diese Personen wagen, über sie zu urteilen? Keiner wusste, wie ihr Leben in Armut ausgesehen hatte. An ihrer Stelle hätte jeder so gehandelt.

Die Gouvernante riss sich von dem Sheriff los und hechtete auf sie zu. »Ich habe Nathaniel geheiratet, damit jemand da ist, der sich um die Kinder kümmert, falls er durch Ihr Verschulden stirbt und Sie dafür ins Gefängnis wandern.

Diese brutale Frau wagte es, Hand an sie zu legen und sie zu schubsen, bevor sie wie ein wild gewordener Stier das Krankenzimmer verließ.

Die beiden Männer blickten unbeeindruckt auf sie herab. Keiner half ihr auf die Beine. Ihre Mienen triefen vor Verachtung. So wie damals, als sie nichts besessen hatte und ein Niemand gewesen war.

»Ich muss nicht ins Gefängnis?«

Sie klammerte sich an diese letzte Hoffnung. Vielleicht würde man sie aufs Land schicken.

»Wenn Sie geständig sind, dann wird Ihnen Dr. Phillis hier alles weitere erklären, und dann können Sie selbst entscheiden, ob Sie ins Gefängnis gehen oder den lieben Doktor begleiten wollen. Wenn Sie mich fragen, ist es eine Entscheidung zwischen Vorhölle und Hölle. «

Kapitel 27

Josephine, 1920

Die Tür fiel hinter Josie ins Schloss, und sie lief die langen Gänge des Krankenhauses entlang. Vor der Tür wartete Lyon auf sie, von Miller war weit und breit nichts mehr zu sehen. Sie hoffte, er schmorte bereits in irgendeiner Zelle.

»Mrs. Mayfield.« Lyon wirkte mehr als vergnügt, sie so nennen zu dürfen. »Darf ich Sie nach Hause bringen?«

»Ich bitte darum, ich ertrage es nämlich nicht, noch länger von Nathaniel getrennt zu sein. Er ist ein fürchterlicher Patient und macht den Pflegepersonen sicher nur Ärger. Und wehe, Sie nennen mich noch einmal Mrs. Mayfield, dann werden Sie mich kennenlernen!«

Lyon schmunzelte. »Wie sie wünschen, Ms. Josie. Und wenn Sie mir die Bemerkung erlauben, hätte ich so eine wundervolle Gattin, würde ich auch lieber von ihr gepflegt werden.«

Seine Worte zauberten eine zarte Röte auf Josies Wangen.

Gattin.

Nathaniel und sie waren verheiratet. Das war das Wahnsinnigste und Beste, das sie je getan hatte. Und ausgerechnet Mr. Chestnut hatte sie in einer Nacht- und Nebelaktion im Krankenhaus getraut. Der Hafenmitarbeiter hatte etwas gut bei ihr.

Mit quietschenden Reifen kamen sie vor dem Anwesen zum Stehen. Lyon hatte sich extra beeilt. Rosetta kam ihr entgegen und fiel ihr in die Arme, William stand unschlüssig auf den Stufen, doch als Josie ihn zu sich winkte, kam auch er angelaufen.

Josie schloss die Kinder in eine feste Umarmung. Sie wollte sie nie wieder loslassen.

»Es ist vorbei«, flüsterte sie ihnen zu.

Die letzten drei Tage hatten sich wie Jahre angefühlt – die Unsicherheit, ob ihr Plan aufgehen und sie Rosetta und William in Obhut nehmen durfte, hatte sie alle in Unruhe versetzt. All das Bangen hatte jetzt endlich ein Ende.

Judy kam die Treppen herabgeeilt, Dough und Boy tänzelten zwischen ihren Füßen und maunzten fürchterlich.

»Ja, ihr zwei, es gibt ja gleich Abendessen.«

Josie fielen fast die Augen zu, und sie strauchelte. Die Begegnung mit Sybille hatte ihr den letzten Rest an Energie geraubt. Eigentlich wollte sie nur noch ins Bett, aber da gab es noch jemanden, dem sie einen Besuch abstatten musste. Der Gedanke an ihren Gatten hauchte ihrem müden Geist wieder ein klein wenig Leben ein.

»Seid mir nicht böse, wenn ich mich verabschiede. Wir sehen uns morgen, ihr Lieben.«

Sie schickte die Kinder mit Judy zum Abendessen und begab sich in den ersten Stock des Anwesens.

Nathaniel wohnte nicht mehr in seiner kleinen Hütte, sondern hatte seine alten Gemächer bezogen. Der Hausherr war zurückgekehrt.

Sie öffnete die Tür und bekam mit, wie Nathaniel wie ein kleines Kind die Einnahme seiner Medikamente verweigerte ... und dafür einen bösen Blick der Krankenschwester kassierte.

»Bitte, lassen Sie uns allein.«

»Natürlich, Mrs. Mayfield.«

Josies Wangen glühten. Sie war tatsächlich seine Frau, und alle wussten es.

»Wieso nimmst du deine Medikamente nicht?«

»Ich bin doch kein Greis! Hast du gesehen, wie viele Tabletten ich schlucken soll?«

»Das ist, damit du wieder gesund wirst, du unmöglicher Mann.«

Sie durchquerte das Zimmer und entledigte sich im Gehen ihrer Kleidung, sodass sie sich nur in ihrer Unterwäsche zu Nathaniel ans Bett setzen konnte.

Sein Gesicht färbte sich von einem unnatürlichen Bleich zu einem unnatürlichen Rot.

»Ist alles gut über die Bühne gegangen?«, fragte er in einem ernsten Ton, der so gar nicht zu seinem wandernden Blick, der an den ungehörigsten Stellen hängen blieb, passte.

»Sybille sollte uns keine Probleme mehr bereiten.«

Sie griff nach den Tabletten, einem Glas Wasser und setzte sich rittlings auf ihren Gatten. Direkt auf seinen Schoß.

»Josephine ...«

Sie legte ihren Zeigefinger an seine Lippen.

»Ich habe gehört, Sie sind ein ungezogener Patient gewesen, Mr. Mayfield.«

Sie nahm eine der Tabletten in den Mund.

»Josephine, das ist doch gefährlich, wenn du ...«

Weiter kam er jedoch nicht, den Josie beugte sich über ihn und verschloss seinen Mund mit ihrem, dabei wechselte die Tablette seinen Besitzer.

Josie reichte ihrem verdutzten Gatten das Wasserglas und zählte die Medikamente in ihrer Handfläche.

»Noch fünf Tabletten übrig.«

»Das überlebe ich nicht«, raunte Nathaniel. Seine Hände glitten unter ihre Unterwäsche, streiften ihren Bauch, ihre Brüste und ...

Josie stieß ein tiefes Seufzen aus. »Oh, und wie Sie das Überleben werden. Sie werden leben, Mr. Mayfield, denn es gibt noch einige Dinge, dich ich gern mit Ihnen anstellen würde.«

Er warf ihr einen belustigten Blick zu und strich über ihre

Wange. »Du bist alles, was ich mir je erträumt habe ... und noch mehr.«

»Mr. Mayfield, Sie bringen Ihre Frau in Verlegenheit. Das ist ungehörig.«

Josie grinste und wollte sich die nächste Tablette in den Mund schieben, doch Nathaniel wirbelte sie herum, sodass sie es war, die unter ihm lag. Er nahm ihr die restlichen Tabletten aus der Hand und schluckte sie, bevor er ihren Hals und ihren Nacken mit Küssen bedeckte.

»Ich weiß ja, dass du gern die Kontrolle behältst, aber was hältst du davon, wenn du mir bei unserem allerersten Tanz die Führung überlässt.«

Überrascht blickte Josie in das Gesicht des Mannes, den sie liebte. Sie sah die große Sehnsucht in seinen Augen und die Aufrichtigkeit seiner Gefühle. Wie konnte sie ihm auch nur einen Wunsch abschlagen? Sie platzierte einen sanften Kuss auf seinen Lippen, bevor sie jeglichen Widerstand aufgab.

»Mit dem allergrößten Vergnügen, Mr. Mayfield.«

Kapitel 28

Eliza

Das durchdringende Läuten ihres Handys riss Eliza aus dem Schlaf. »Ich bin gleich da, Mr. Pickleberry!«

Sie setzte sich auf und blickte sich verwirrt um. Das war nicht ihr Schlafzimmer ... und sie arbeitete auch nicht mehr für das Auktionshaus.

»Harrold!«, rief sie laut und strampelte die Decke fort, in die sie sich wie ein Burrito eingewickelt hatte.

Sie sprang aus dem Bett, riss die Tür auf und rannte im Pyjama und ohne Socken durch das Haus, bis sie das Speisezimmer erreicht hatte. Agatha saß dort, in ein langes schwarzes Kostüm gekleidet. Das kleine Hütchen mit der Pfauenfeder saß schief auf ihrem Kopf. Den kleinen Finger ausgestreckt trank sie ihren Earl Grey, als könnte sie am heutigen Tag kein Wässerchen trüben. Elizas Magen vollführte einen Salto, und ihr wurde schwindelig. Das flaue Gefühl nach diesem furchtbaren Traum, in dem sie Mr. Pickleberry gesehen hatte, wollte einfach nicht verschwinden. Dass Harrold nicht wieder heimgekommen war, musste etwas zu bedeuten haben!

»Granny, wo ist Harrold?«, rief sie.

Agatha nahm einen weiteren Schluck, dann erst stellte sie die Tasse ab.

»Ach ...« Sie wedelte mit der Hand, als wollte sie eine lästige Fliege vertreiben. »Den löse ich aus, sobald wir mit dem

Frühstück fertig sind. Komm, Eliza, setz dich.« Sie deutete auf den Stuhl neben sich.

»Auslösen? Aber warum? Und wo? Oh!«

Agatha nickte. »Ich nehme an, Sheriff Danes wird es den zwei Herren so gemütlich wie möglich gemacht haben. Also genießen wir unser Frühstück, bevor wir Harrold aus der Zelle holen.«

»Sie hat ihn eingesperrt?«

»Natürlich hat sie das. Harrold ist im Hafenamt eingebrochen und hat dabei den stummen Alarm ausgelöst. Wobei ich immer noch glaube, dass unser lieber Herr Bürgermeister nur darauf gewartet hat, ihn auf frischer Tat zu ertappen.« Sie kicherte.

Eliza umklammerte die Teetasse, welche ihr Mary zuvor gereicht hatte, fester. »Er hat mir versprochen, keine Dummheiten zu machen. Wir hätten doch warten können!«

»Ich glaube, Harrold hatte keine Lust mehr zu warten. Außerdem hat Oliver euch angelogen. Seine bemitleidenswerte Sekretärin ist gar nicht im Urlaub. Sie kam nur gestern nicht zur Arbeit, weil sie krank war. Chestnut hatte nicht vor, euch die Unterlagen einfach zu überlassen.«

Eliza schüttelte ungläubig den Kopf. »Aber warum das? Wir haben ihm doch gar nichts getan? Er war von Anfang an unausstehlich!«

Agatha stellte ihre Tasse galant auf den winzigen Teller. »Oliver ist ein besonderer Mann. Vermutlich hat er dich sofort erkannt, als du vor ihm gestanden hast. Du siehst Sophia ja doch ganz schön ähnlich. Weißt du, er hat ihr sehr geholfen, als es mit deinem Vater schlimm wurde. Sie wollte nicht mit uns reden, aber mit ihm sprach sie immer. Und er mochte sie mehr, als er es je zugeben würde.«

»Er war in meine Mutter verliebt?«

»Er hat es nie laut ausgesprochen, aber er ist auch kein Meister darin, seine Gefühle zu verbergen. Das hast du ja sicher schon bemerkt.«

Eliza biss in ein Croissant. »Was hat das mit mir zu tun?«

»Ich vermute, er wollte verhindern, dass es dir genauso ergeht wie deiner Mutter. Die Gerüchte um Harrolds Lebenswandel haben ihn hellhörig gemacht. Und natürlich hat deine liebe Großtante ausgeplaudert, dass wir euch nach Hause holen wollen.«

»Harrold ist nicht wie andere Männer.«

Agatha lächelte breit. »Er hat dich immer auf Händen getragen. Schon als du noch klein warst. Und ich bin mehr als alles andere davon überzeugt, dass ihr hier glücklich sein werdet.«

Sie erhob sich und nickte Mary zu. Eliza sprang auf.

»Dann lass uns die zwei Idioten abholen gehen. Wir treffen Mildred dort.«

Harrold saß mit geschlossenen Augen und verschränkten Armen auf der Bahre, während Bürgermeister Chestnut, seinen Kopf auf Harrolds Schoß gebetet, selig wie ein Baby schlief.

»Ein Bild für Götter«, flüsterte Mildred.

Agatha kicherte.

Zuvor waren sie von Sheriff Danes über die Vergehen der beiden Männer aufgeklärt worden, und dass es zu keinem Verfahren kommen würde, wenn Agatha die Kaution bezahlte und eine Spende an die Stadt leistete, was sie liebend gern tat.

»Harrold ...« Eliza trat an die Gitterstäbe heran. Er öffnete die Augen, blickte sie an, rührte sich aber nicht vom Fleck. »Was hast du dir nur dabei gedacht?«

Sie umklammerte das kühle Metall. Obwohl Eliza wusste, dass er es für sie beide getan hatte, war sie furchtbar wütend auf ihn. Es nützte auch nichts, dass er sie mit diesem traurigen Hundeblick ansah.

Nun, vielleicht nützte es doch ein kleines bisschen mehr, als sie dachte ...

»Ich habe mir Sorgen gemacht!«, legte sie nach.

Seine Lippen formten Worte. »Es tut mir ja leid, aber ich habe etwas gefunden.«

Mildred trat neben Eliza. »Was soll dieses peinliche Gemurmel?« Sie klopfte an die Gitterstäbe. »Wach auf, Oliver, wir sind hier, um dich rauszuholen! Der Sheriff hat dir auch ordentlich den Hintern versohlt, ja? Und du, Harrold, du bist als Nächster dran, du Trottel!«

Chestnut fuhr hoch.

»Gut geschlafen, werter Prinz? Steh auf, wir gehen!«, schimpfte sie weiter. »Du und ich, wir trinken jetzt Tee, um etwaige Unklarheiten für immer aus dem Weg zu räumen, denn Harrold wird hierbleiben, genau wie Eliza.«

Erst jetzt schien der Bürgermeister zu begreifen, in welch peinlicher Situation er sich befand.

»Sei nicht so hart zu ihm, Tante Mildred, wir sind jetzt beste Freunde.« Harrold klopfte ihm auf die Schulter.

Chestnut setzte an, um zu protestieren, hielt aber den Mund, als ihm Eliza einen enttäuschten Blick zuwarf.

Dann betrat Sheriff Danes den Raum. In ihrer Hand baumelte ein Schlüssel. »Meine Herren! Sie dürfen gehen.« Sie öffnete die Tür.

Der Bürgermeister aber blieb einfach sitzen, ebenso wie Harrold.

»Und jetzt gebt euch schon die Hand, und alles ist gut«, mahnte Agatha, bevor sie »Wie kleine Kinder!« zischte.

Chestnut schüttelte den Kopf. »Das alles tut mir schrecklich leid, Eliza. Ich dachte, es wäre das Richtige. Sophia hat mir viel bedeutet, musst du wissen. Wir waren befreundet, und ich kannte dich, seit du ein Baby warst. Es fiel mir schwer zuzusehen.«

»Harrold kanntest du allerdings auch, seit er ein Baby war. Und er war immer ein guter Junge.«

Der Bürgermeister nickte. »Ich übernehme die volle Verantwortung. Sheriff Danes? Sie haben die gestohlenen Dokumente in Verwahrung genommen – ich möchte, dass Eliza sie bekommt.«

»In Ordnung. Ich gebe sie euch, sobald wir hier fertig sind.«

Chestnut erhob sich und spazierte aus der Zelle, wo er von Mildred an der Hand genommen und aus der Wache gezerrt wurde. Harrold erhob sich ebenfalls, aber weiter als zwei Meter schaffte er es nicht, denn Eliza sprang ihm in die Arme und platzierte einen wütenden Kuss auf seinen Mund.

»Ich hasse dich.«

»Und ich liebe dich.«

Auf einem Bleistift kauend starrte Eliza auf die alte, vergilbte Akte, die vor ihr auf dem Tisch lag. Harrold saß neben ihr und wühlte durch eine Kiste alter Fotos, die sie gestern Nachmittag in dem kleinen Haus im Apfelhain gefunden hatten. Eliza hatte darauf bestanden, dass sie noch einmal hingingen und nach Hinweisen suchten.

Sie seufzte. »Ich verstehe das alles nicht«, sagte sie frustriert. »Wäre es ein Gutachten zu irgendeiner alten Taschenuhr, dann ... Aber das hier ist wohl wirklich eher dein Fachgebiet.« Sie schob Harrold den Bogen hin.

»Nathaniels Krankenakte.« Er drückte den Deckel auf die Kiste und stellte sie auf den Boden. »Mal sehen.« Er blätterte zurück. »Ziemlich umfangreich, für damals. Das hier« – er tippte auf die erste Seite – »ist der Bericht des Lazarettarztes. Nathaniel wurde von einer Splittergranate verwundet. Hier steht, dass dreiundzwanzig Splitter aus seiner linken Gesichtshälfte entfernt werden mussten. Es grenzt an ein Wunder, dass er das überlebt und noch mehr, dass er sein Augenlicht nicht verloren hat. Er hatte wirklich großes Glück.«

»Wie furchtbar ...«

Harrold nickte. »Er muss schlimme Schmerzen gelitten haben. Damals gab es noch keine Antibiotika. Die Wunden mussten täglich gereinigt werden. Allein der Verbandswechsel muss die Hölle gewesen sein.«

»Gab es denn keine Schmerzmittel?«

»Morphium und Opium waren damals die Mittel der Wahl. Aber die Chance, abhängig zu werden, war groß.«

Eliza umschlang Harrolds Arm und bettete ihren Kopf an seiner Schulter, weil sie plötzlich den unbändigen Drang verspürte, ihm so nahe wie möglich zu sein. Er hauchte einen Kuss auf ihren Scheitel, dann fuhr er fort. »Hier steht außerdem, dass es geschah, als er einen Kameraden in den Schützengraben zog. Der Mann wäre gestorben, wäre Nathaniel nicht bei ihm gewesen. Wie er es danach geschafft hat, wenigstens die Hälfte der Männer in Sicherheit zu bringen, obwohl er so schwer verwundet war, ist mir ein Rätsel.«

»Dafür bekam er die Ehrung.«

»Dein Urgroßvater war ein Held.« Er blätterte um. »Hier ist noch ein Bericht aus einem Hospital. Im Herbst des Jahres 1920 verschlimmerte sich sein Zustand so rasant, dass die Ärzte es sich erst nicht erklären konnten.«

»Könnte seine Verletzung schuld gewesen sein?«, fragte Eliza.

Harrold schüttelte den Kopf. »Das glaube ich nicht. Die Videoaufnahmen, die ich gesehen habe, hätten nicht vermuten lassen, dass er todkrank war.«

»Vielleicht wurde er krank ... gemacht.«

Eliza stand auf und hob die Teekanne von der Kommode. Dann nahm sie den Deckel ab.

»Die verzauberten Teeblätter.«

»Wenn er wirklich vergiftet wurde, dann wäre eine rapide Verschlechterung mehr als wahrscheinlich. Kaliumpermanganat ist hochgiftig. Aber wer könnte es auf ihn abgesehen haben? Josephine kann es auf keinen Fall gewesen sein. In der Geschichte serviert die Apfelprinzessin ihrem Ritter zwar den Tee, aber sicherlich wusste sie erst nichts davon. Hier ...«

Er zog einen Zettel aus dem braunen Packen heraus.

»Josephine war auch krank ...« Harrold deutete auf die violett verfärbte Kanne.

»Möglicherweise wurde sie misstrauisch, nachdem Nathaniel krank wurde, und hat ihn selbst getrunken. Wenn die beiden viel Zeit miteinander verbracht haben, dann hat sie bestimmt schreckliche Angst um ihn gehabt.«

Eliza nickte. »Das Josephine Nathaniel vergiftet hat, können wir zu einhundert Prozent ausschließen, dafür lege ich meine Hand ins Feuer. Es muss also jemanden gegeben haben, der einen Grund hatte, ihn zu töten. Jemand, der etwas davon gehabt hätte, wäre er nicht mehr da gewesen.«

Ein leises Klopfen ertönte, und Agatha trat ein. Unschlüssig blieb sie im Zimmer stehen.

»Grandma?«

Sie wirkte irgendwie ... aufgekratzt.

»Alles in Ordnung?« Eliza ließ die Papiere sinken. »Wir haben gerade herausgefunden, dass Nathaniel eine Zeit lang sehr krank gewesen sein muss. Wir glauben, dass er mit Tee vergiftet wurde.«

Agatha nickte. »Mildred ist gerade gekommen. Ich wollte euch zum ... Tee abholen ...«

Das Wort Tee sprach sie so leise aus, dass Eliza Mühe hatte, sie zu verstehen. Harrold nahm die Papiere und die Fotokiste. Dann folgten sie Agatha schweigend.

Tante Mildred wartete mit einem breiten Grinsen im Salon auf sie. Das genaue Gegenteil von Agatha. »Setzt euch doch, Kinder, und nehmt euch eins von Marys berühmten Gurkensandwiches. Die schmecken wirklich vorzüglich!«

Agatha sank neben Mildred auf den Stuhl, stieß einen tiefen Seufzer aus und griff lustlos nach einem Sandwich, welches sie sich wenig damenhaft in den Mund steckte. Eliza setzte sich neben sie. Nur Harrold blieb wie angewurzelt stehen. Diesen nachdenklichen Ausdruck kannte sie.

»Was ist los mit dir, Grandma?«, fragte er. »Tante Mildred sieht aus, als hätte sie im Lotto gewonnen. Warum nicht du?«

Agatha seufzte erneut. »Ich weiß auch nicht, Harrold! Vielleicht weil ich Angst habe? Immerhin ist das Spiel vorbei. Und ich habe so gern Zeit mit euch verbracht ...«

»Noch nicht ganz!«, meinte Mildred kichernd.

»Sie hat recht.« Eliza breitete die Dokumente auf dem Tisch aus. »Wir sind doch gerade erst dabei, das Rätsel zu lösen! Immerhin sind wir jetzt ziemlich sicher, dass Nathaniel vergiftet wurde. Und dass es nicht Josephine gewesen ist.«

»Natürlich war es nicht Josephine ... die beiden haben sich geliebt!«

»Aber wer war es dann?«, fragte Harrold.

»Nathaniel wurde ins Hospital eingeliefert, aber schon kurze Zeit später wieder in häusliche Pflege entlassen. Josephine hat sich um ihn gekümmert.«

Agatha nickte. »Er weigerte sich dortzubleiben. Die Erfahrungen, die er im Feldlazarett machen musste, hatten ihn geprägt. Er war kein einfacher Mann, und dennoch hätte Josie alles für ihn getan, so, wie er alles für sie getan hätte. Sie war die Einzige, auf die er gehört hat. Und auf Rosetta ... meine Mutter.«

»Josie?«

»So wurde deine Urgroßmutter von allen hier genannt. Obwohl sie die Einzige von adeligem Blut war, hasste sie nichts mehr als nobles Getue.«

Eliza griff nach Harrolds Hand, der immer noch neben ihr stand. Er blickte auf sie herab und setzte sich, ohne dass sie ihn bitten musste. Dabei ließ er sie nicht los. Ihr Herz machte einen Sprung.

Ich liebe dich so sehr.

»Genau so hat er sie auch angesehen.« Ein kleines Lächeln zupfte an Agathas Lippen.

»Ihr wolltet wissen, wer die Schuld an Nathaniels miserablem Gesundheitszustand trug ... Habt ihr den Polizeibericht denn schon gelesen?«

Harrold nahm den Bericht zur Hand. »Sybille Mayfield. Wer war sie?«

»Sybille Mayfield war Rosetta und Williams Mutter. Die zweite Frau des alten Mayfield.«

Mildred nickte. »Genau. Sie hat nicht einmal gewartet, bis der Leichnam ihres Mannes zu Hause war, bevor sie den alten Herrn geheiratet hat. Rosetta und William waren noch klein.«

»Hier steht, dass sie am 05. Oktober 1920 wegen Hysterie und Neigung zur Selbstgefährdung mit Tendenzen der Gefährdung anderer zur Unterbringung in eine Klinik an der Westküste überstellt wurde. Zeitgleich wurde ein Mr. Miller in Gewahrsam genommen. Hier steht im Originalwortlaut: ›... war maßgeblich an dem versuchten Mord an Nathaniel Mayfield beteiligt.‹ Wir können also klarstellen, dass Eliza Josephine und Nathaniels direkte Nachfahrin ist, er also tatsächlich ihr Urgroßvater war ... Aber ich stamme von einer Mörderin ab?«

»Meine Großmutter war ein furchtbarer Mensch, ja«, sagte Agatha.

»Nathaniel und Josephine waren also verheiratet?«

Tante Mildred nickte. »Ja, sie hatten heimlich geheiratet. Nathaniel wollte, dass für Josephine und die Kinder gesorgt ist, falls er stirbt. Sonst wäre die Apfelplantage vermutlich an Sybille und ihren Liebhaber gegangen. Außerdem war Josie damals bereits mit deinem Großvater schwanger. Er hätte es geliebt, hier mit uns am Tisch zu sitzen und über die Vergangenheit zu sprechen. Schade, dass er nicht mehr bei uns sein kann.«

»Also hat Sybille Nathaniel vergiftet, um an die Plantage und das Geld zu gelangen?«

Agatha und Mildred nickten gleichzeitig.

Eliza suchte Harrolds Blick. Er sah ... traurig aus. Als könnte er es nicht fassen.

Oh, Harrold ...

Sie legte ihre Arme um ihn und schmiegte sich an seine Brust. »Du bist nicht wie sie«, flüsterte sie. »Außerdem hast du ja mich. Ich passe auf dich auf ...«

»Aber er ist wegen ihr gestorben. Sie hat ihn umgebracht!«

Mildred schnappte sich eines der Gurkensandwiches. »Jetzt zieh doch nicht so ein langes Gesicht, Harrold.«

»Soll ich mich etwa darüber freuen, dass meine Ururgroßmutter Elizas Urgroßvater wegen Geld und Äpfeln ermordet hat?« Er raufte sich die Haare. »Ich würde es sogar verstehen, wenn du nichts mehr mit mir zu tun haben wolltest, Eliza.«

»Was redest du nur für einen Unsinn, du dummer Junge? Wer hat denn behauptet, dass Nathaniel sofort gestorben ist? Er hat eisern gekämpft, um so lange wie möglich bei ihr zu bleiben, obwohl er durch seine Kriegsverletzung und die Nebenwirkungen des Giftes beeinträchtigt war. So hatten noch fünfzehn wunderschöne Jahre zusammen, und er sah seine Kinder aufwachsen«, schimpfte Mildred.

»Sie hat recht, Harrold. Könnt ihr euch nun denken, warum wir euch nach Hause geholt haben?«

Agatha lächelte. Eine Träne rollte über ihre Wange.

»Grandma ...« Elizas Stimme klang gepresst. Ihre Sicht verschwamm.

»Eliza, nicht ...«, Harrold drehte sie zu sich herum, sodass sie sich gegenübersaßen, »... nicht weinen ... bitte.«

Aber sie konnte einfach nicht aufhören. Der Stress der letzten Monate, nein, Jahre schien auf einmal von ihr abzufallen, wie eine Gerölllawine einen Hang hinabrutschte. Das war es also, was Mildred und Agatha gemeint hatten. Sie hatten das Rätsel gelöst, die Aufgabe erledigt. Das Bettelarmband war nun vollständig, so wie Eliza und Harrold nun vollständig waren.

»Eliza, ich will dir etwas sagen.«

»Ich ... ich kann einfach nicht aufhören«, schluchzte sie.

Er rutschte über den Stuhl und kniete sich vor sie hin. Selbst jetzt war sie kaum drei Zentimeter größer als er, und er zog sie in seine Arme, wo sie weinen konnte, bis sie alle Tränen der letzten Zeit aufgebraucht hatte. Harrold öffnete ihre Hand und legte etwas hinein. Eliza trocknete ihre Tränen in seinem Shirt.

Es war ein goldenes Herz.

»Ich habe es für dich anfertigen lassen.«

»Wie schön es ist ...«

»Ich hatte es in Auftrag gegeben, bevor du fortgegangen bist.«

»O Harrold ...« Erneut brannten Tränen hinter ihren Lidern.

Er küsste sie.

Eliza küsste Harrold.

Dann klatschte jemand in die Hände.

»Da sich die Gurkensandwiches wie durch ein Wunder in Luft aufgelöst haben und ihr euch bereits zum Happy End geküsst habt, meine ich, es ist Zeit, euch etwas zu geben. Wir haben sie für euch aufbewahrt, weil wir wussten, dass Josephine und Nathaniel es so gewollt hätten.«

Mary reichte Tante Mildred ihre Tasche, und diese kramte eine winzige unscheinbare Schatulle heraus. Agatha nickte zustimmend.

Harrold öffnete sie. Darin befanden sich zwei Ringe.

»Da ihr jetzt gelernt habt, die wertvolle Zeit, die euch geschenkt wurde, so anständig wie möglich zu nutzen, wird es jetzt Zeit, ein wenig unanständig zu werden. Wir wollen einen Enkel, und zwar, *bevor* wir sterben. Wenn ihr also nichts Besseres vorhabt, hat Oliver zugestimmt, euch nächste Woche zu trauen.«

»Habt ihr etwa immer noch nicht genug?«

»Harrold.«

Eliza griff nach den Ringen. Sie nahm den größeren und steckte ihn Harrold an den Finger. Den anderen streifte sie sich selbst über.

»Wir wollen.«

Dann küsste sie Harrold, um seine Widerworte im Keim zu ersticken.

Endlich sind wir wieder zu Hause.

Epilog

Josephine

Nathaniel stand wieder vor diesem Haus. Diesem düsteren, leeren Haus, dessen Fensterläden vernagelt waren und aus dem jegliches Leben verschwunden war. Aber auch ebenjenes Haus, das so nahe an der Hauptstraße lag und sich perfekt für Josies Laden eignen würde.

Sie griff nach Nathaniels Hand und schmiegte sich an ihren Gatten. Er schenkte ihr ein sanftes Lächeln, er lächelte jetzt öfter, das Fieber und die Albträume waren weniger geworden, doch nie mehr ganz verschwunden. Die Ärzte wussten nicht, ob er je wieder vollständig genesen würde. Aber Josie wollte nicht an eine ungewisse Zukunft denken, sondern die Gegenwart mit ihrem Ehemann und den Kindern genießen.

Rosetta und William standen neben ihr. Sie waren schweigsam seit ihrer Ankunft. Mittlerweile wusste Josie, dass es das alte Haus von Nathaniels Freund war. Genau das Haus, in dem Rosetta und William geboren und aufgewachsen waren. Sie strich über ihren Bauch, in dem sich ein herannahendes Leben regte, das durch kleine Tritte auf sich aufmerksam machte. Bald würde es auf die Welt kommen, und dann gab es in ihrer kleinen Familie keinen Platz mehr für Trauer und Trübsal. Ihr Blick fiel auf Rosetta, die gebannt ihren Bauch beobachtete, als könnte sie nicht fassen, dass in Josies Körper ein Baby heranwuchs. Dabei war sie doch sonst immer so erwachsen. Josie schmunzelte.

»Wollen wir hineingehen? Ich habe nicht ewig Zeit.« Geschäftig öffnete Chestnut die Tür und ging voraus. Der Bürgermeister hatte sich heute extra Zeit für sie genommen.

»Nach euch.« Nathaniel ließ seiner Frau und den Kindern den Vortritt. William beobachtete ihn dabei genau. In letzter Zeit hatte er damit begonnen, alles nachzuahmen, was Nathaniel tat. Sein neuer großer Wunsch war es, Soldat zu werden – wie sein Vater und Nathaniel.

Im Inneren des kleinen Hauses hatte der Windzug Staubwolken aufgewirbelt, die wie glitzernde Schleier durch das Sonnenlicht tanzten.

Josies Herz machte einen Sprung. Genau hier würde sie den Grundstein für ihr Vermächtnis legen. Sie konnte es bereits vor ihrem geistigen Auge sehen: Regale, gefüllt mit kleinen Wundern. Sie würde der Welt Geschichten und Träume hinterlassen.

»Sie sind sich sicher, dass das eine gute Idee ist?« Chestnut legte die Dokumente bereit.

»Ich weiß auch nicht, ob ich einverstanden bin.« Rosetta beugte sich mit verschränkten Armen über die Papiere; ihre Miene war ernst.

Nathaniel trat neben sie und klopfte ihr liebevoll auf die Schulter. »Denkst du denn, es wäre eine gute Idee, die Geschäfte der Plantage Josie zu überlassen, wenn ich einmal nicht mehr bin?«

»Nur über meine Leiche! Sie hätte sie in weniger als einem Jahr heruntergewirtschaftet.« Rosetta schüttelte den Kopf.

»Hey, ich kann euch hören!« Josie grinste gespielt erbost.

Chestnut räusperte sich, und alle Augenpaare richteten sich auf ihn. »Ich wiederhole nun die wichtigsten Punkte des Vertrages. Der Besitz der Familie Mayfield geht nach dem Tod von Nathaniel Mayfield auf seine Stiefschwester Rosetta Mayfield über. Im Gegenzug geht der Besitz von Rosetta und William Mayfield, sprich diese Bruchbude, auf Josephine Mayfield und deren Nachkommen über.« Alle nickten zustimmend, und Mr. Chestnut fuhr fort. »Für alle Mitglieder der Familie Mayfield sowie deren Nachkommen bleibt ein Wohnrecht für das Anwesen auf der Plantage erhalten. Außerdem werden William und Josephine sowie ihre Nachkommen mit jeweils zehn Prozent an den Einnahmen der Plantage beteiligt. Wenn es keine Einwände gibt, bitte ich jetzt alle Parteien zu unterschreiben. Damit wir dieses unleidige Thema endlich hinter uns bringen können.« Der Bürgermeister legte einen Füllfederhalter bereit, bevor er sich abwandte und brummend seine Schläfen massierte. »Ich muss ja nicht immer alles verstehen«, murmelte er kaum hörbar.

Josephine grinste und setzte ihre Unterschrift neben Nathaniels. Eine große Last fiel von ihren Schultern. Niemals hätte sie für so etwas Gewaltiges wie diese Plantage verantwortlich sein wollen. Fast tat ihr Rosetta leid, aber das Mädchen hatte einen so klugen Kopf auf ihren Schultern ... Es war nur recht, dass sie das Apfelgut übernahm, sobald es notwendig wurde. Bis dahin konnte sie lernen.

Das kleine Stupsen in ihrem Bauch holte sie in die Wirklichkeit zurück.

Josie kicherte. Dann lief sie nach draußen und begann mit bloßen Händen, die Bretter von den Fenstern zu reißen. Luft, Leben und Liebe sollten dieses Haus erfüllen.

Nathaniel war ihr gefolgt. Als sie alle Bretter abgenommen hatten, legte er seine Arme um sie und drückte ihr einen Kuss aufs Haupt. »Ich habe etwas für dich.«

Als wäre sie aus Glas, hob er ihre Hand und schloss eine goldene Kette um ihr Handgelenk. Winzige goldene Anhänger baumelten daran.

»Für jeden wundervollen Gedanken, aber auch für den Schmerz, für jeden einzelnen Schritt auf unserem Weg, ob er nun leicht oder schwer war. Ich möchte keine einzige Erinnerung missen«, hauchte er ihr ins Ohr.

»O Nathaniel, dabei hast du mir doch schon so viel geschenkt.«

Sie drehte sich in seinem Arm und hauchte ihm einen Kuss auf die Lippen.

»Sind Sie glücklich, Mrs. Mayfield?«

»Die glücklichste Frau der Welt, Mr. Mayfield.«

Mildred

Sie drehte den Schlüssel nach links, dann wieder nach rechts, doch das Schloss bewegte sich keinen Millimeter. »Werde ich auf meine alten Tage noch senil?«, schimpfte sie.

Sie probierte jeden Schlüssel, der an dem Schlüsselbund hing, aber kein einziger passte.

Der Antiquitätenladen blieb geschlossen.

Agatha keifte aus dem wartenden Taxi heraus: »Was machst du denn da, du alte Schachtel? Das Taxameter läuft! Glaubst du etwa, das Geld wächst auf den Bäumen?«

»Ja, auf deinen Apfelbäumen, du knausriges Biest.«

»Bitte streitet nicht, die Fahrt wurde bereits bezahlt.« Jim, der Taxifahrer, stellte den Motor des Wagens ab und lehnte sich gemütlich in seinem Sitz zurück.

Mildred probierte zum zweiten Mal alle Schlüssel durch. »Du kannst dich nicht immer auf andere verlassen«, murrte sie.

»Die Kinder haben sich um alles gekümmert.«

Mildred stemmte die Hände in die Hüften und verdrehte die Augen. »Dann versuch du es doch!«

Agatha zückte theatralisch ein besticktes Stofftaschentuch und tupfte sich den Schweiß von der Stirn. Es war außerordentlich warm für Anfang April.

»Ich dachte, du brauchst keine Hilfe?«

»Sagt die Frau mit dem Dienstmädchen!«

»Mary gehört ja wohl zur Familie!«, rief Agatha empört.

Fluchend hievte sie sich aus dem Taxi, drängte Mildred zur Seite und riss ihr den Schlüsselbund aus der Hand.

»Jetzt haben sie uns schon die Kreuzfahrt geschenkt!

»Ich dachte, dein Enkel ist reich? Außerdem werden sie uns nicht verlassen, jetzt, wo Eliza endlich meinen Laden übernimmt und Harrold das Krankenhaus in Cape Charles mit seiner Intelligenz bereichert? Alte Schrulle ...«, sagte Mildred.

»Und haben sie sich schon irgendwo häuslich niedergelassen? Denk doch nach, Mildred! Sie werden nicht ewig mit mir unter einem Dach wohnen wollen! Oder sollen sie etwa in Harrolds Kinderzimmer Kinder zeugen? Das ist doch kein Zustand für die Ewigkeit! Ich habe Angst, dass ihnen Appleton Valley doch zu langweilig wird! Was, wenn sie ihre Meinung ändern und nach London gehen? Oder nach Los Angeles?«

»Ach, du und deine Schwarzmalereien! Kein Wunder, dass sie dich für paar Wochen loswerden wollten! Wahrscheinlich bist du ihnen mit deiner Mäkelei fürchterlich auf die Nerven gegangen!«

Agatha prustete. »Dann war ich aber nicht die Einzige, die ihnen auf die Nerven gegangen ist! Denn soweit ich mich erinnern kann, bin ich nicht allein an Deck gelegen und habe mir einen Sonnenbrand geholt!«

Mildred seufzte.

»Bist du sicher, dass das dein Schlüsselbund ist?«, fragte Agatha.

»Für wie bekloppt hältst du mich eigentlich?«

»Meine Antwort auf diese Frage willst du ganz sicher nicht hören!«

»Meine Grandma hat auch so eine, da drin ist doch ein Notfallschlüssel.« Der junge Mann war ebenfalls aus dem Wagen gestiegen und deutete auf eine schwarze Box, die am Türstock angebracht war.

»Aber natürlich, was für ein gescheiter Bursche du doch bist! Kennen wir uns irgendwoher?«, fragte Mildred.

»Bist du sicher, dass du nicht senil wirst? Warum erkennst du Boyds Sohn nicht? Das ist Jim!«

»Ich weiß, wer Jim ist, verdammt! Aber es ist ja nichts Neues, dass du meinen Sarkasmus nicht verstehst. Der Code ist das Jahr, in dem Josephine hier angekommen ist, also 1920.« Mildred ignorierte Agatha und Jim und gab die vierstellige Pin ein, der die Box öffnen sollte. Die Box öffnete sich mit einem leisen Piep-Geräusch, aber darin befand sich kein Schlüssel.

Mildred zog eine gehäkelte Muschel und eine Meerjungfrau aus Pappmaschee aus der Box.

»Was, zum heiligen Apfelbaum, ist das denn?«

Jim stieg wieder in sein Taxi und startete den Motor. »Mir wurde nicht grundlos aufgetragen, heute euer Chauffeur zu sein, das Wunschziel sollten mir die Damen aufgrund der Hinweise sagen können.«

Mildred und Agatha warfen sich einen bedeutsamen Blick zu, dann rafften sie ihre Röcke.

»Auf zur Grotte«, riefen sie im Chor und stürzten zum Taxi.

»Wenn du Mildred nach unten begleitet hast, kommst du wieder zu mir hoch, Jim«, rief Agatha. Sie stand am Rand der Klippe und beobachtete, wie der junge Mann Mildred den Weg hinab bis zum Strand stützte. »Und du wartest unten auf mich, geh ja nicht allein in die Grotte hinein!«

»Ist ja schon gut«, brüllte Mildred hoch.

Agatha griff nach ihrem Stock und begann vorsichtig mit dem Abstieg. In ihrem Alter hatte man keine Zeit mehr, um zu warten. Sie hatte gut die Hälfte der Strecke allein bewältigt, bevor Jim ihr endlich zu Hilfe kam.

»Wenn du hier stolperst und dich verletzt, macht mich

Harrold einen Kopf kürzer. Obwohl ... vor Eliza habe ich mittlerweile mehr Angst.«

»Keine Sorge, Unkraut vergeht nicht!«, rief Mildred vom Eingang der Grotte aus, wobei sie hämisch lachte.

»Du sollst warten, habe ich gesagt!«, schimpfte Agatha.

Nach all den Strapazen der letzten Monate lagen ihre Nerven blank. Alles, was sie sich wünschte, war ein Happy End für Eliza und Harrold. Zwar hatten sie erst vor einem halben Jahr im kleinen Kreis zwischen den Apfelbäumen geheiratet, aber trotzdem wurde Agatha das Gefühl nicht los, dass etwas nicht stimmte, und ihr schlimmster Albtraum war es, hier allein mit Mildred auf den Tod zu warten ...

Eliza schien oft kränklich zu sein, ging nur selten nach draußen, und wenn doch, dann tigerte Harrold nervös um sie herum. Hoffentlich stellte er sich vor seinen Patienten nicht genauso dümmlich an.

»Sollen wir eine Pause machen?«, fragte Jim.

»Sie hat den Stock nicht ohne Grund bekommen!«, rief Mildred und war weg.

Natürlich hatte sie nicht auf Agatha gewartet. Fluchend betrat sie die Grotte.

»Hier ist der nächste Hinweis!«

Mildred deutete aufgeregt in Richtung der Meerjungfrau. Zu ihren Füßen lagen ein roter Plüschapfel und eine Apfelblüte aus perlenbesetzter Seide.

»Du weißt, wo wir hinmüssen?«

»Natürlich.«

»Dann auf zu Nathaniel und Josephines Haus!«

»Also alles wieder rauf?«, fragte Jim schnaufend.

»Alles wieder rauf.« Mildred und Agatha kicherten einträchtig.

Das Taxi kam zwischen den blühenden Apfelbäumen im Hain zum Stehen.

»Das ist hoffentlich unsere letzte Station.«

Mildred fächerte sich mit ihrem Jahrhundertwendefächer Luft zu. »Die Kinder scheinen zu vergessen, wie alt wir eigentlich sind.«

»Hör auf zu motzen.«

Jim verabschiedete sich mit einem breiten Grinsen im Gesicht, nachdem Agatha ihm einen Einhundertdollarschein zugesteckt hatte.

Jetzt standen sie vor dem Haus.

»Hat es hier schon immer so ausgesehen?«, fragte Mildred staunend.

»Nicht, als ich das letzte Mal hier war.«

Die Haustür war ganz eindeutig ersetzt worden, ebenso wie die Fenster, und auch das Dach schien neu eingedeckt worden zu sein.

Neugierig lugten sie hinein.

»An der Wand hängt ein Flachbildfernseher.«

»Lass uns reingehen.«

Die Tür stand offen. Warme Farben hießen sie willkommen. Die Wände zierten unzählige Familienfotos, dessen Herz Josephine und Nathaniels Hochzeitsfoto bildete.

»Wunderschön!«

Untergehakt folgten sie dem Flur entlang in die Küche. Hier sah es beinahe so aus wie damals. Ein seltsames kreuzartiges Gestell lag auf dem runden Tisch in der Mitte.

Bitte hängt alles dran, was ihr gefunden habt, stand auf einem verblichenen Zettel.

Agatha und Mildred sahen sich fragend an. »Ich denke, sie meinen die Hinweise.«

Agatha nahm den Plüschapfel zur Hand.

Tatsächlich verfügten alle Hinweise über kleine Schlaufen und ließen sich auf dem seltsamen Gestell befestigen.

»Und jetzt?«, fragte Agatha.

»Oh, ich denke ich weiß, was es ist.« Plötzlich hatte Mildred Tränen in den Augen. »Komm mit!«

Sie schnappte sich das Gestell und zog Agatha die Treppe hoch. Auch hier war fleißig renoviert worden.

Vor einer geschlossenen Tür blieben sie stehen.

Mildred klopfte. Die Tür schwang auf und gab den Blick auf ein kleines, aber feines Kinderzimmer frei. Helles Holz, bunte Farben und dazwischen ... fand sich das alte Spielzeug, welches sich über die Jahre in der Familie angesammelt hatte. Auf dem Polster in dem Kinderbettchen lag ein abgegriffener Stoffhase. Auf einem Tischchen stand ein Zoetrop.

In einem Schaukelstuhl saß eine Frau und schlummerte. Ihr goldenes Haar lockte sich glänzend um ihren zarten Körper. Eine Hand lag auf der kleinen Wölbung, die sich eindeutig unter dem geblümten Kleid abzeichnete.

»Wie Josephine«, flüsterte Mildred.

Eliza öffnete die Augen und streckte sich, bevor sie ihnen ein strahlendes Lächeln schenkte. »Ihr zwei habt ganz schön lange gebraucht.«

Harrold trat neben seine Großmutter. »Gib mir das mal.«

Er nahm ihr das Gestell aus der Hand und befestigte es über dem Kinderbett. Es war ein Mobile.

»Oh.«

Endlich fiel auch bei Agatha der Groschen.

Eliza kam auf sie zu und schloss sie in die Arme. »Ich hoffe, ihr habt noch genug Energie für euer Urenkelchen.«

»O Eliza ... das ist die schönste Überraschung, die du diesen zwei alten Schachteln machen konntest.«

Harrold hauchte einen Kuss auf Elizas Haupt. »Ich war übrigens auch an dieser Überraschung beteiligt.«

Agatha atmete tief durch. »Ihr bleibt also hier, ja? In Appleton Valley?« Sie konnte es immer noch nicht glauben.

»Gibt es denn einen schöneren Platz auf der Welt, um unser Kind aufwachsen zu sehen?« Harrold nahm die Hand seiner Großmutter in seine. »Keine Sorge, uns wirst du nicht mehr los. Immerhin ist das schon immer unser Zuhause gewesen.«

Später an diesem Abend saßen Eliza und Harrold auf der Hollywoodschaukel in ihrem Garten. Eliza streichelte über ihren Bauch.

»Denkst du, die Überraschung ist uns gelungen?«, fragte sie.

»Jim meinte, die beiden hätten bis zum Schluss keine Ahnung gehabt.«

Eliza kicherte. »Schön, dass wir die alten Hexen auch mal dran bekommen haben.«

Harrold beugte sich vor und küsste Elizas Ehering, bevor seine Lippen die ihren fanden.

»Sind Sie zufrieden, Mrs. Mayfield?«

»Ich bin die glücklichste Frau in Appleton Valley, Mr. Mayfield.«

Sie drehte sich um und krabbelte auf seinen Schoß. »Ich liebe dich«, flüsterte sie und schmiegte sich an ihn.

Harrolds Hand legte sich schützend auf ihren Bauch. »Und ich liebe dich ... euch.«

Dann stand Eliza auf und zog Harrold mit sich, zurück in das Häuschen zwischen den Apfelbäumen.